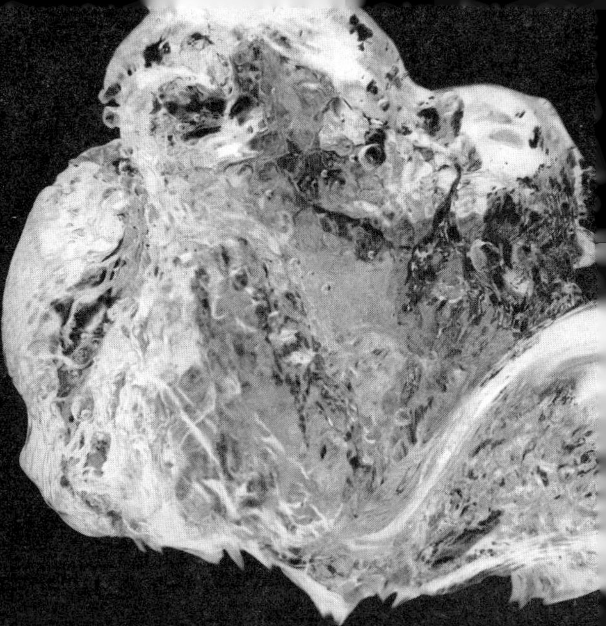

新生

しんせい

島崎藤村著
SHIMAZAKI TOSON　　黃錦容 譯

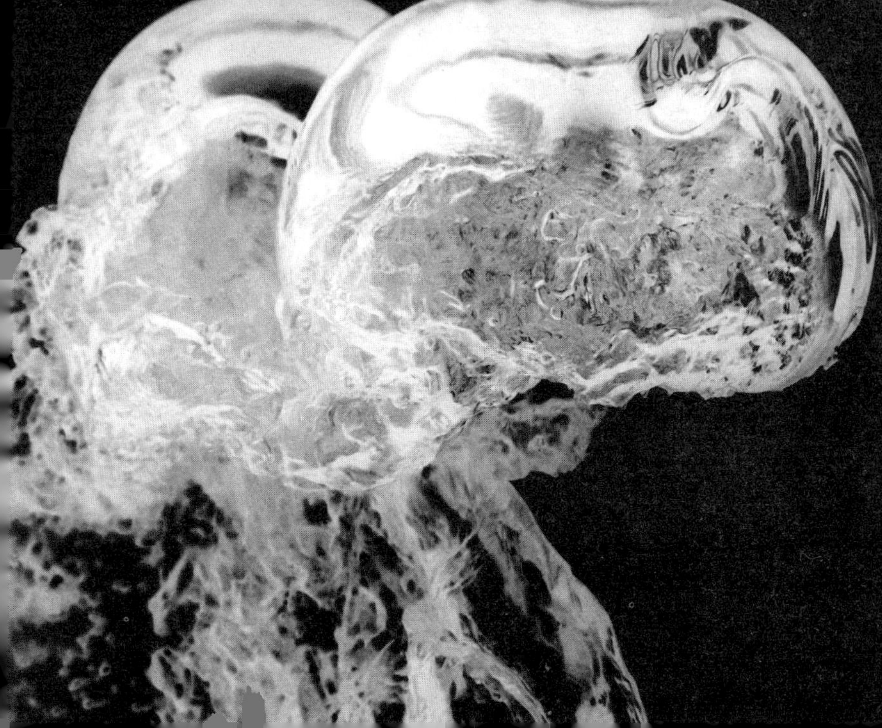

文學の部屋 No.17

新生

作　者——島崎藤村
譯　者——黃錦容
責任編輯——陳嫺若、黃薇嬪

發行人——涂玉雲
出　版——麥田出版
台北市信義路二段213號11樓
電話：(02) 2351-7776 傳眞：(02) 2351-9179
發　行——英屬蓋曼群島商家庭傳媒股份有限公司城邦分公司
台北市民生東路二段141號2樓
電話: (02) 2500-0888　24小時傳眞: (02) 25170999
讀者服務專線: 0800-020-299
網址：www.cite.com.tw Email: cs@cite.com.tw
郵撥帳號——19833503
英屬蓋曼群島商家庭傳媒股份有限公司城邦分公司

香港發行所——城邦 (香港) 出版集團有限公司
香港北角英皇道310號雲華大廈4/F, 504室
電話：(852) 2508-6231 傳眞：(852) 2578-9337
馬新發行所——城邦 (馬新) 出版集團
Cite (M) Sdn. Bhd. (458372U)
11, Jalan 30D / 146, Desa Tasik, Sungai Besi,
57000 Kuala Lumpur, Malaysia.
電話：(603) 9056-3833 傳眞：(603) 9056-2833
印刷：凌晨企業有限公司
初版：2004年11月
售價：360元

導讀——象徵愛情勝利的誠實告白

政治大學日文系副教授　黃錦容

島崎藤村，小說家、詩人。明治五年（一八七二）生於長野縣，本名島崎春樹。初期也曾用過無名氏、古藤庵無聲、枇杷坊等其他筆名。出生於長野縣木曾郡山口村望族，家中自江戶時期代代擔任村長以及馬籠宿（中山道是江戶時期的交通要道，日本橋爲起點，距京都約五百三十公里，總共有六十九個旅人以及公務使用的旅店設施，馬籠宿爲第四十三個旅店），父親是第十七代當家。

由於島崎家身爲地方望族，家人均期望他能成爲一個政治家或企業家。但是當他進入明治學院就讀、結識了同窗的馬場孤蝶、戶川秋骨等人後，他開始致力於文學。明治廿四年（一九八一、二十歲）畢業於明治學院（日本最早的基督教大學，一八六三年創始時爲私塾型態，後改稱「東京一致神學校」，一八八七年改名爲「明治學院」，現今之明治學院大・高等學校）後，開始將翻譯作品投稿至巖本善治主導的《女學雜誌》（一八八五・七月〜一九〇四・二月）。翌年成爲明治女學校高等科的英文老師。此外，也參加了北村透谷等人所辦的文藝雜誌《文學界》（一八九三～一八九八・一），發表詩、小說、評論等文章。

《文學界》時代的島崎，雖然發表過詩、小說、評論等各式型態的作品，但在文學上最初的成功，當屬一八九七年二十六歲時發表的抒情詩集《若菜集》。後來一連串的詩集如《一葉舟》、《夏草》（一八九八）、《落梅集》（一九〇一）等，奠定了他在近代詩史上的地位。不久，島崎對於自己詩的表現手法產生疑問，開始朝散文方向摸索新的表現手法。在發表過幾部短篇集後，長篇小說《破戒》（一九〇六）使他成為「日本自然主義」❶的代表作家。後來又陸陸續續發表了《春》（一九〇八）、《家》（一九一〇）、《黎明前》（一九三二～一九三五）等作品。昭和十八年（一九四三）在執筆大作《東方之門》期間，因為腦溢血死於自宅，享年七十二歲。

島崎藤村《新生》這部長編小說由前・後編所構成。自大正七年（一九一八）五月至大正八年（一九一九）十月止連載於「東京朝日新聞」。描述作者從四十一歲到四十七歲為止七年生活的自傳作品。描寫島崎藤村與實際真有其人的姪女島崎駒子之間的不倫事件。小說由主角岸本的姪女節子向主角告知懷孕的事情開始，是部大膽披露作者發生於自身的亂倫事件的作品。

島崎藤村的《新生》也是一部生動地反映了女性自我糾葛的作品。一直以來，《新生》被認為是男主角因肉慾的驅使，和姪女陷入不倫關係，然後為求靈魂的救贖而苦惱所寫的自我告白私小說。當初出國前岸本就沒有贖罪和拯救節子的思緒，他想到了就是如何拯救自己以便脫身，岸本從旅遊地拜託哥哥處理善後，瞞著社會大眾，以及包括婆婆等親戚們，把生下來的孩子送給別人當養子，而他在這件事平息下來前，一直留在國外。從這樣的岸本身上，我們可以看見在家庭制度裡男性的自私任性。

自從結褵十二年的妻子死後，這三年以來照顧四個孩子之外，他忍受了長期的孤獨與禁慾，但爲何在節子告知他已懷孕後，他需倉皇遠赴法國外遊呢？在他個人認爲他的外遊與獨身禁慾同樣是一種苦行與服罪，但其實從頭到尾只不過是他個人演的獨角戲，從節子告知懷孕的場面觀之，他對於自己面對的兩種危機——包括內在精神倦怠頹廢的死亡氣息；和外在違反道德產生不倫關係讓姪女懷孕這兩個事實並行的狀態下，就匆匆忙忙逃往法國迴避問題的粗糙處理手法可知。

❶日本的自然主義以島崎藤村的《破戒》（一九〇六）和田山花袋的《蒲團》（一九〇七）二作決定了它的基調。其平面描寫與無理想無解決的思維模式雖被批評欠缺社會性，依據個人自我人生經驗事實書寫，作否定性的懺悔或告白。這個書寫模式到強調人道主義立場的白樺派作家（一九一〇～一九二三）以志賀直哉爲首，則轉化爲肯定性來看待自我剖析個人的生活方式。而「私小說」一詞的定型是在大正九年（一九二〇），以宇野浩二・葛西善藏・廣津和郎等「奇蹟派」作家爲代表性作家。其心境小說的特色在於將身邊雜事以關照的感受性方法娓娓道出，有偏限於個人小市民封閉殼中的特質。

自認爲是折磨自己、孤獨苦行的國外生活中可以消除自己的罪孽的岸本，他自私的解決方法在節子成爲母親之後就無法自圓其說、將女性的自我隔離在外了。在第二卷以後節子內心的變化是以排山倒海、源源不斷的大量信件的形式來追趕著保守沈默、不斷逃避到國外的岸本。節子的書信內容打破了岸本男性自怨自憐「苦行僧」似的自我限定，岸本的三年遠遊只不過是他自己描繪出來的流放外島的虛像。叔父愛的畸戀正是個人精神上、肉體上情慾的一個宣洩口，所以她不容許叔父繼續對她用〈『你』這種含糊字眼稱呼〉（第一卷／四四）她，她哀怨的言詞同時也不斷的敲擊叔父爲了打消「罪過」的僞善心態、提出義正嚴詞的批判。

但是，回國後的岸本，和節子又恢復原來的關係，也愛上了節子。這就是節子的「力量」帶來的改變，岸本熱情回應了節子的愛的呼喚，兩人重新得到從未體驗過的愛的甜蜜和力量，也讓他排除了再婚的念頭，兩人坎坷的人生道路面前似乎展開另一條曙光。岸本決定將兩人的不倫關係用自己的筆公諸於世，除了是怕再一對一的愛情關係中得到滿足後，卻在社會架構裏被埋葬的恐懼作祟之外，也是他自認爲抱著〈對節子的深刻愛情〉、〈無計可施下事情眞正的解決〉（第二卷／九三）。而他的懺悔更是脫離「見不得人」（第二卷／一〇三）的可怕夢魘糾纏的行爲，看著精神相當獨立的節子的姿態，更加強化了岸本告白的勇氣和信心。在此岸本的冷靜打算和心理作用的轉移引人深思。彷彿他與節子戀愛感情的產生，是由於憐憫像是幽靈而且廢人的節子，才應她所需所被動呼應的產物。

所以他徵求了節子的消極同意下，便草草的開始動筆記錄下兩人的眞實於報章每日的連載小說中，他的良知裏認爲這種破斧沉舟的告白最大的受害者是他本人才對，而且躲在陰暗角落的節子應該早晚得要殺出一條生路的，而這生路除了見容於社會規範之外，最重要的更是節子她自己可以獨立的面對週遭的壓力和歧視，這是他自以爲是的兩全其美、兩人都得到拯救的好辦法。他認爲自救他救的告白手法，以雙重意義無情的將節子埋葬。一個是以岸本的「憐憫」之情所訴說的戀愛感情；另一個是由社會意義的懺悔行爲所產生的世間嘲笑及責難。並且結果是彼此都只得獨身的過下去。

《新生》這部作品，結尾的部份正是岸本感覺來到「寬廣自由的世界」，並且感覺到節子就像是發新芽的根，深深紮根在岸本的庭院的泥土裡、甚至是岸本的內心裡。但是，岸本的「寬廣自由的世界」對節子而言，只不過是令人抬不起頭的社會，岸本從戀愛自我完結的封閉世界裡跳到個人在社會重新立足的寬廣世界，卻使得節子完全被摧毀。在結尾處節子所留下的話語——〈一切不在我心，全然存乎君心〉（第二卷／一四〇），岸本完全被她成長的氣勢給壓倒，心想：〈自己的智慧力量十分的微小，一切只能按照「生命」的自然的變動來來前進了〉的無爲態度，顯示了兩者心理成長的差距有多大。

在不均衡的男女性的戀愛關係中，岸本孤注一擲的自毀性告白能不能帶來兩者的勝利呢？弱勢的節子離岸本而去，成爲一個獨立的女子。岸本按照社會中男性誠實的自我而懺悔告白；而節子是藉著她強烈的「創作」，完成了她愛情裏男性無法不對等面對的愛情眞實，所以兩者的別離意味著誠實者的雙方面的勝利。

序章

新生

岸本

I

我想把近來一些生活片段和隨想集結下來寄給你，但是說實在的，也沒有什麼可寫，你我之間是什麼都不用說的。和你越深交，越感覺沉默的交流對我倆來說比較自然。從舊宅搬進新家之後，最慶幸的便是可以偷懶的閒暇時間變多了。工作對我而言是一件無法勝任的事，我既無法忍受在別人的指使下做事，也沒辦法靠自己的意識鞭策嚴肅地生活，時至今日，我沒做過一份像樣的工作便是最好的證明。我可以花上一整天的時間仰天望雲欣賞大自然而樂此不疲，但是用上半日時間看書卻會讓我疲憊不堪。搬到新家來之後，除了在空地上隨意栽種些樹木、以半帶好玩的心態種了一小塊田地以外，什麼都沒做。只不過，我種的各類菜葉所萌生的新芽，都依序成了餵養田間蟲類的食糧，所以就算種了這些也沒得加菜。我的生活大概就是這個樣子吧！這種田園生活是我想都沒想過的！只是生活始終空白一片，倦怠及頹廢有如一雙灰色的手，一直擱置在我生命的弦上。仔細想想，這就是身處在講求充實生命的時代裏，毫無信仰的人最終會墜入的困境吧！若眞是如此，只怕我連想悔恨都使不上力。因爲我對於活下去的衝勁已然微渺。永遠的墮落下去其實是無爲而治所設的圈套吧！但即便陷入了那圈套中，人們也仍舊殘留著一個信仰。早在兩、三千年前，無爲的觀念便以所有哲理之祖的姿態被提出，如今的我透過自己這具失去生氣的肉體，仍然能聽到那無常的鐘聲深切地傳到心裡。這就是我最近的生活基調……

這封攤在岸本面前的信，來自住在中野地區的友人。

信是數個月前收到的。他拿出這封信讀了一遍又一遍，憶起年輕時候的自己曾經給友人寫過相當長篇幅的信，也曾從友人那兒接過這樣的信，只是不知曾幾何時，彼此的書信往返變成只是通知要事的簡短信件而已。用明信片的話，內容就更簡短了。雖說如此，應該要寫的信還是不斷地增加。常常在一天裏要寫上好幾封信。在其意義上來說，現在置於他面前的這封信，算是少見的。這封信應該說稱不上是書信只是藉書信形式的信。讀著讀著，他首先從這位即將步入中年的友人所記錄的生活點滴和自我告白裏得到感動。傍晚時分到來後，那原本在樹上恣意嬉鬧的鳥兒一隻一隻的靜下來，不知不覺中四周變得一片沉寂。在岸本的現實生活裏，這種向晚的寂寥正向他襲來。好比寫這封信給他的那位朋友吧，自從搬到中野之後就音訊全無。眞的是一點消息都沒有。

這封才剛開始讀的信攤置在眼前，岸本暗暗地在心裏把自己的一生跟這一位十四、五年來自己一向敬愛的友人相比。

2

岸本又接著往下讀。

……自從搬到郊外來後，我的宗教情趣稍微加深了一些。佛教信仰對我而言，無疑只是一種薰陶自我的宗教氣氛。與其要求達到涅盤，我寧可迷執；與其去領略那虛幻的清靜，我倒寧可逗留在這如夢似幻的境地裏，享受片刻倦怠與散漫的「眞我」。就有如感覺自己在睡眠中作了奇異之夢一樣，倦怠懶散的生轉變爲神祕與喜悅的生。我渴望從無常的宗教中探訪蠱惑人的藝術。於是就這樣，閒散的我對郊外的冬日感覺很稀奇，並且試著將它記到日記裏。去年十一月四日第一次降霜。之後，十一月十一日降下第二回薄霜。第四次降霜是在十二月一日，並且已近似雪了。然後七、八、九日接三天的清晨降下了大霜，八角金盤花和大轂吾的葉子都謝了。當中在八日早晨，是入冬以來初次結冰。二十二日以後就完全進入冬天了。丹澤山群到秩父連山之間持續著白雪茫茫的日子。寒風凜冽，但初冬的原野景致教人著迷。霜的蒼白比起雪更有一分無奈的感覺。相反地，融霜時地面染上深沉的色彩比初夏的雨後更教人振奮。此外，被那霜水滋潤的苔類，在朝陽映照下所發出的色澤，眞可說是大地之美的絕賞。此時苔類的青綠比世間任何綠色都還要鮮明，還要充滿生氣。像是碎了一地的翠玉，又像是一幅印象派的畫作。在這寂寥的冬季邂逅如此美麗的青綠實在是令人意外。正當我的靈魂與肉體都為這美麗傾倒的剎那，虛幻的生充滿歡愉，夢幻的浮世也如珍貴的寶石般被珍視著。只是，大自然的奧妙好像是如何努力也探求不盡、也無法參透的。一切的一切就像在做一場夢，而後隨夢散去……

這位試圖融合宗教生活與藝術生活的中野友人，父親過世時留下了一筆相當的財富和儉約習慣。讓他有餘暇去體會出這封信中一再出現的寂靜沉默。而岸本沒有這種餘暇。中野的友人有一位朝夕相伴的良妻，而岸本沒有。岸本的妻子在生下第七個小孩之後，就因產後血崩而過世了。

算算他從山上搬到都市裏生活也過了七年了，在這段時間，教人咋舌的是他的至親一個接著一個死亡。先是長女的死，而後是次女、三女、妻子的死，接著是他疼愛有加的外甥。這些事不斷震撼著他的靈魂。很久之前，在岸本和他的朋友們都還年輕時，他曾有位名叫青木的朋友。但在他還未來得及介紹青木和中野友人認識時，青木便死了。從青木死去當時算起，岸本已苟延殘喘多活了十七年。隨著周遭的人一個個凋零而去，他亦日漸顯得形單影隻。

3

一個至今仍記憶鮮明的影像浮上岸本的心頭。因親人接連死亡而備感威脅與不安的他又被迫再次面對這種場面。他那次出席位於麹町見附內的教堂所舉辦的喪禮。蓋著一塊黑色布幔，裝飾著兩個小花圈的棺木靜靜的放置在佈道台下面。裏面躺著的是他一位基督教徒的老同學，他們約莫是在二十一年前從同一所學校畢業的。為悼念這位死於肺病的友人，喪禮選擇在他生前常來的這座教堂，以極為簡樸的儀式進行。棺木緩緩地被抬起，先是從教堂中央的長排座椅間穿過，然後沿著牆被抬往教堂出口。今天負責祭禱的牧師是死者生前常去聆聽的佈道師，而現在，牧師及親友們圍成一圈扶持著棺木前進。

岸本站在灰色的牆畔眺望著這景象。當日除了岸本之外，足立與菅也出席了葬禮，他們三人都是死者的同窗。「我們同學只來了這些人嗎？」菅一邊問一面放眼搜尋是否還有其他同期畢業生。足立答道：「應該還可以看見其他同學吧！」因喪禮而聚首的人們終於又各自分散，他們三人留在教堂大廳裏，目送那些離去的教徒。就在此時，今天典禮上代替死者家屬致詞的那位老先生向他們走了過來，那是以前常照顧他們三人的學校幹事。「眞是可憐啊！」對於同學的死他表示遺憾。岸本問說：「他有幾個孩子？」幹事回答：「四個。」幹事留下「他們日後可麻煩了」這句話後便先行離去。

岸本一行人準備離開時，參加喪禮的人大多已離去，只留下空盪盪的教堂、大門入口處拱門形的裝飾、高聳的牆壁、剛剛還放著裝飾兩個小花圈棺木的講台、眾人離去後的大量長椅、以及那看來像是爲葬禮特意準備而擺放在講台邊大花瓶裏的花草。漸暖時分，只剩一抹五月的日光透過教堂窗戶斜照進來，還依然留在原地。

岸本有一種難以抹滅的感覺，他凝視著那映在屋頂下的日光，深刻地體會到身爲一個殘存者的悲哀，這也是他在親人相繼辭世後，用自己疲憊不堪的身心領悟出來的。看著足立和菅，以往三人相處的時光又浮現。然後他被迫想起那早逝的青木。而對於正和岸本一同步下石階的足立和菅而言，青木生前的一切早已被他們當成是前塵舊事了。

4

隨後岸本和這兩位朋友一同往見附走去。足立邀他們到自己家，離上一回造訪已經相隔許久了。早上送岸本到教堂的那位車夫，拉著空車跟在邊走邊閒聊的岸本後頭。「我們多久沒去教堂了啊？」他們邊談著這話題，不知不覺便來到古城見附舊跡附近的空地。那天風沙很大，每當滾滾黃沙揚塵飛舞時，他們便背過身去，待沙塵平靜後再開始走。

三人前往的目的地，灑落著悶熱的日照。他們互相談論著牧師在佈道台上頌讀已故友人的略傳——享年四十五歲的一生，然後順著殘存的城邑地勢靜靜地登上一條緩坡。

三人中最為年長的足立說道：「剛才從家裏出來時，正巧在這溝渠附近遇到大夥兒，於是我就跟著送棺木的人們一起到葬禮會場。」岸本突然開口問道：「我們班的同學，有多少人過世了呢？」一聽他這麼問，足立馬上以他慣有的精確口吻回答說：「在二十個同期畢業生當中，已經走了四個人，這回是第五個了。」菅接著說：「應該還有別人吧！我老覺得不只如此。」「那看看接下來會輪到誰？」足立這一句玩笑話一脫口，岸本和菅都沉默下來了。於是有好一會兒他們三個人就這樣不發一語的走著。最後還是由足立先開口打圓場。他笑著說：「我們三人當中最早死的應該會是我吧！」「不，應該是我！」岸本忍不住脫口而出。聽到岸本這麼說，菅則半開玩笑的答腔道：「怎麼可能！你沒問題的啦！我才覺得說不定是我呢！」岸本又說：「但如果主要召見我的話，應當就這一兩年之內了吧！」

或許這兩位友人會覺得岸本這句話是在開玩笑，但對岸本而言，他是很認真的。如煙的風沙又再度激烈地飛揚，就連岸本嘴裏都飛進了沙塵。

當天岸本不顧忌自己才剛參加完喪禮，便跟菅兩人繞到足立家去。

「像這樣大家聚在一起，實在是不常有啊！」足立這麼說道，並且十分周到地招呼他們。於是就這麼不知不覺地，岸本也聊上了癮，留下車伕在大門口一直等他到傍晚時分。

「還記得當初大夥兒剛從學校畢業時，總覺得前頭好像有許多有趣的事等著自己似的。唉！或許人生就是這麼一回事吧！」岸本在兩位同學面前道出這番原本不打算說的話。

「是啊！你說的沒錯，這就是人生！」菅以十分冷靜的口吻這麼說道：「我只要一想到這兒，便覺得不對勁。」

「難道說眞的沒有一些特別的事嗎？」岸本說。

「一開始就以爲會有特別的事發生，眞是大錯特錯！」足立接著說。

久違的三人在足立的房裏聚首，岸本卻感覺到一股奇妙的沉默無形地支配著他們三個。即便是如此不設防的朋友，儘管是如此歡聲地談笑，彼此的內心卻是沉默的。

「如果一直維持眼前這樣的話，我想我是死不成的。」岸本忍不住迸出這樣一句話。

這些談話的回憶、這些光景的回憶、這些事物的記憶、這些內心經驗的回想，對岸本來說都還記憶猶新、歷歷在目。忽然間，他有種不祥的預感，感到生命的危機正一步步向自己逼近。

5

從足立返家，在沿著神田川回程的車上，岸本繼續想著同學的死。這對他而言是一個難以忘懷的記憶，他甚至還想到古時候的人們常講的地水火風之類的事。他想，如果自己能以近乎迷信的熱情，去接觸這火、水、土之類的，去領受那活生生原始自然的話，自己或許就能從中獲得救贖。

人生是何其難以預測，想當初帶著妻子下山生活之際，絲毫沒有料想到在人生的旅途中，竟會遇上這麼沉重的事。中野的友人所感受的倦怠如今也襲向了岸本。以往那些過著高尚生活，曾是提振他精神生活的人們，如今也都變得如此空虛，他甚至開始失去生活的樂趣，鎮日從房間紙拉門裏傳來的，盡是寂寥單調的聲響，感覺像是被禁箇在無盡的寂寞裏，過了一段不出門探訪人的日子，只一味坐在那兒凝視那一面牆。這究竟是自己寫作過度的結果？或是這大半輩子不斷遭逢到無來由憂鬱的結果？抑或是這三年來爲了管教這幾個失去母親的孩子，堅苦奮戰的結果呢？他實在無法找出一個答案來。

從中野的友人那兒收來的信裏，結尾的地方寫道：「岸本，我差不多也該停筆了吧！倦怠與懶惰在等著我重回自我。我的眼、我的心都疲倦了。忽然瞥見花壇邊一隻白蝴蝶在尋找花壇裏最初綻放卻已枯萎的花朵。那隻蝴蝶也是我今年看見的第一隻蝴蝶。我所喜歡的山茶花應該也已盛開了吧！約莫十天前，山茱萸和芥草都開花了，不過這兩者都是寂寞的花。尤其是芥草和臘梅一樣，都是格調很高的花。每當見到這花時，我的心便禁不住因寂寞而顫動不已。」

這名住在中野的友人並無子嗣。他曾經向岸本表示願意收養岸本的二兒子，但是哭鬧不休的孩子在那兒待不上一個禮拜便又回家來了。於是最後岸本把兩個孩子帶在身邊，另一個託給家鄉的姊姊；小女兒則是託給住在常陸海岸的奶媽，他必須得按月寄生活費過去。因此他毫無怨言，持續不輟地寫作。

岸本即將邁入四十二歲，但這不安的前途，就有如世人所俗稱的大厄之年。他曾以自己和中野的友人相比，最後他試著下了這樣的結論。友人所呈現的是生氣勃勃的、放鬆的沉默，而自己則是死寂的沉默。岸本以這種死寂的沉默，準備迎接逐漸襲向自己的風暴。

第一卷

I

岸本的家就住在離神田川河口約隔兩三條街遠的地方。他起身下樓，接著便往他平日最愛散步的河堤走去。而後他在靜得可以的河畔反覆地踱步，就好像是走在自家屋子外邊的走廊一般。

每回來到這河岸，看著那隔著柳樹與河比鄰而居的釣船屋米店，以及雅致的住宅，岸本的心底總會浮現某個不知名青年的影像。就在某次因緣際會下，岸本開始收到來自那名少年的信，也才得知原來自己常來享受散步樂趣的這個河畔，竟也是那少年多年來流連徘徊之處。他們兩人並沒有眞正照過面，但非常奇妙地兩人竟然喜歡上同樣一個地方。而後少年表示想和岸本見面，當時岸本回給少年的信意思大致如下：「平日萍水相逢已太多，因此就當兩人是莫名的朋友，一同玩賞這柳蔭吧！」少年似乎明白他的心意，來信表示不需強求見面。於是兩人便從那時開始持續地通信。在熟悉的柳樹畔，兩個人的心靈交流。對少年而言這河畔就如同是岸本一樣，而對岸本而言這河畔也就等於那少年。

就這樣眺望同一河川、踩著同一片土地卻素未謀面的兩人，持續了相當長時間的紙上交往。岸本曾收到少年在旅途中所寫的明信片，上面寫道：「就算是泛著藍色光影的海洋也抵不過那一列柳樹蔭的寧靜！」有時少年也會從東京的家裏捎信來，訴說年輕歲月裏常有的寂寞無助心情。但漸漸地這樣的信減少了，更不知曾幾何時就突然這麼斷了音訊。「那少年現在怎麼樣了呢？」散步在河畔的岸本邊走邊想著。

少年曾在寫給他的明信片上寫道：「在那一列柳樹蔭旁有一塊大石頭。」這句話不知爲何一直殘留在心頭。站在很可能就是少年所說的那塊石頭旁，一面眺望著淺草橋下看似冰涼的流水，一面在內心裏勾勒著現在大概已十八、九歲少年的影象。那是個會爲垂落到臉頰上柳葉所散發的清香而莫名感動的少年，也是曾經跨坐在這塊石頭上，手托著臉頰，想像著岸本散步經過此處的少年。

這樣年輕的一顆心會向自己靠近、向自己傾訴哀愁，兩人僅以書信交流，卻讓少年視之爲鼓舞的力量……想到這裏，岸本實在沒法再繼續待在那石畔。

依舊是那一列低垂的柳樹——只是少年已消失蹤影，徒留下一如往昔來此散步的岸本。

2

河岸少了少年身影，連牽繫著兩人的楊柳樹也變得枯椏無生氣。岸本的一顆心平靜不下來。這將近三年的獨身生活也無法讓他思緒平靜。「你究竟打算怎樣？你要這樣獨身到何時？你的沉默跟辛苦又到底是爲什麼？你的獨身已經惹得大家議論紛紛了，不是嗎？」面對這樣的質問他也不知該如何回答。他曾把自己的房間比喻成孤立在北海道曠野中的特拉比斯會修道院（Trappost Monastery），而把自己比成修道院士，先爲自己掘好墳墓後，便過著粗衣粗食、勤奮勞動、沉默寡言的生活。也有些人說：「雖然已經告訴自己不要再想這些事了，但卻又不自覺的去想。」岸本也是如此，他還是一直持續在想。

從這兒望去，可以看見河岸邊的船屋前有三四艘小船繫在石壁旁。岸本試圖逃離沉寂如死水般的生活，他曾連著兩個夏天讓自己熱中於划船這項休閒活動。想想那是上一個夏天和更之前那個夏天的事了。但是他發覺到無論做什麼都於事無補，他呆坐在二樓的房裏，最後甚至連動都懶得動。不過，最後他還是勉強下樓，朝著他每天早晨划船的那個河岸走去。他常行船到如湖水般沉靜的隅田川上，從深呼吸一口不似都市中心該有的新鮮空氣，在往來的貨船間穿梭，再由那石壁旁擺槳歸來。

「岸本先生。」一個年輕人邊喊著邊往自己這兒走了過來。仔細一看原來是船屋老闆的大兒子。岸本親切的向他招呼道：「天氣這麼冷，快不能行船了。」他常常到船屋去請眼前這約莫十五、六歲的年輕人當自己駕船的副手，他雖然年紀輕輕卻有一身划槳的好本領。那青年一面看著岸本的臉一面說：「我常碰到您家小泉呢！」「咦？你認識小泉啊？」從這年輕人嘴裏聽見自己兒子的名字，感覺十分特別。「因爲小泉常常到這邊玩。」「像他那樣的人也會來這兒玩啊！」岸本說起自己那即將要上學的兒子。和天眞的少年道別後，岸本又再度沿著那柳葉低垂的石堤旁信步走著。過了柳橋左轉，在河岸邊有一個採砂場。在採砂場附近有兩、三個人引頸望著，好像發生了什麼事情似的。岸本特意停下腳步看看，只見已有人覺得無聊而轉身離去。「到底發生了什麼事？」岸本獨自嘀咕著。兩國鐵橋下隅田川的河水打著漩渦流去，像是要被流水吸走似地映入岸本的眼簾。

3

在隅田川附近住了近六年，河邊人們常聽到的那些傳聞岸本當然也聽說過。但是浮出河面的女屍之類的，倒是一次也沒見過。無巧不巧的這次他竟然遇上了。

「今天早上……」一直在採砂場附近圍觀的一名男子向岸本述說早上發生的事。

漂流到兩國附近的年輕女屍已經被搬走，現場連勘驗時的痕跡也被清理得一乾二淨，連一張草蓆都見不著，但關於那位投水女子的傳言卻依然殘留在那兒。

目睹這突如其來的悲劇之後，岸本返回家裏，心裏來來去去的盡是最近才剛拒絕的親事。一想到自己的疲憊；已沉澱下來的生活；還有才剛進入人生最盛的壯年，身體卻早已呈現垂垂老態，這種種都是因為單身的緣故吧！當他這麼想時，一股無以倫比的厭惡感與懊惱便油然而生。有些操心自己的友人曾勸說：「要結婚的話就要趁現在。」自己並不是不接受他們的好意忠告，只不過一旦眞正提到婚事總是不禁瞻前顧後。

田邊伯父算是岸本的恩人，他們一家先是伯父逝世，接著是伯父的姊姊過世。現在當家的是伯父的獨生子，叫做弘，他打從學生時代就把岸本當作兄長。伯母的身子骨還很硬朗，她曾拖著老邁的身軀，驅車前來給自己說媒，只不過那門親事也被岸本回絕了。岸本老家的姊姊也很擔心岸本，常常寫信來試圖撮合岸本和自己死去兒子的媳婦，也就是岸本的外甥太一的老婆。這樁事他也拒絕了。

另一方面，岸本當然也收過一些來信寫道：「眞有本事的話，你就繼續這樣吧！永遠維持這種生活。」只是寄這種信來的人，多半是比自己年輕許多的人。

一個人靜下來想想，岸本才驚覺這世界上充斥著命運各不相同的女子。有許多年輕女子雖然考慮出家爲尼，但一旦有人看上自己，又轉念認爲嫁出去也無妨便嫁做人婦。還有些女子修養學識兼備，家庭條件又好，只因爲出生在有名的寺院之家，以至於將近四十歲仍保持處女之身。他以前並沒有注意到這些人的存在。岸本不禁想到，或許獨身女子比獨身男子來得更多吧！

4

姪女節子在家裏等著岸本的歸來。從河岸到岸本住的街道隔著一個橫町和幾條小巷，但岸本總有辦法抄近路回家。

「孩子們呢？」就算只是去河岸邊散步，但只要一回到家他一定會向家人這麼問道，這幾乎已成了他的習慣。

他從節子口中得知大兒子受朋友之邀到城裏去玩，而小兒子則在對面鄰居家裏玩耍。岸本總是要聽到這些訊息才能安心。

節子畢業之後一陣子來到岸本家幫忙，那時她姊姊輝子也正巧來到岸本家中，就這樣姊妹倆便一起替岸本帶孩子生活了一年左右。但自從某個夏天送輝子出嫁之後，岸本就全仰賴節子和雇用的奶媽一起照料自己尚年幼的孩子。

剛來岸本家的節子還很年輕，她和輝子雖說是姊妹，興趣卻各不相同。姊姊在學校學刺繡、插花，她卻愛念一些艱澀難讀的書本。節子在畢業後來到岸本家時，發現住在同一條巷子的斜對面，是教一中節❶的老師，而住在隔壁第二戶的人家，則是名浮世繪畫家的後人，更裏面還有常盤津❷創始人的住所。以學藝爲志向的節子，對於能夠在這嘈雜的都市裏找到像叔叔書房這樣的地方，感到非常新奇。當時節子還說：「只要一聽說我到叔叔家來，學校同學都很羨慕呢！」節子說話時，眼裏還閃爍著一抹在學少女的光彩。來去於河岸邊柳樹蔭下那位不知名少年的心——常在信裏向岸本傾訴寂寞、訴說在無依的年輕歲月裏的煩惱——

❶一種在京都發展出來的傳統說書的形式之一，由三味線音樂的始祖都太夫一中所創。

❷也是說書（淨琉璃）的另一支派，其彈奏的曲風現已成爲歌舞伎劇的伴奏音樂而大爲流行。

岸本可以感覺到節子也懷著跟那不知名少年一樣的心境來投靠自己的。節子的母親和奶奶住在鄉下山中，父親因工作長期待在名古屋，姊姊輝子隨丈夫遠赴國外。雖說有伯母住在東京的根岸一帶，但由於民助伯父，也就是岸本的長兄，人在台灣，所以那兒也只剩留下來看家的女人們。能夠讓她依靠的，除了叔父岸本外別無他人。就連那個夏天輝子出嫁時，也是把岸本的家當成半個娘家，從那裏出嫁，踏上新婚旅行的。

「小繁出來玩！」大門那兒傳來鄰居小女孩的叫聲。小繁是岸本的二兒子。

「小繁已經出去玩了喔！」節子從廚房旁的房裏回答。節子幫常常來玩的鄰居小女孩綁頭髮。她是附近針灸醫師的女兒。

「小孩一不在，家裏眞是靜得無聊唉！」岸本這麼對節子說著，一面在家裏踱著步。這時婆婆從廚房那兒走了進來。

「節子，聽說那女屍浮出河面了！」婆婆以她那不標準的發音向節子轉述她自街上聽來的謠言。

「據說肚裏還懷著孩子呢！眞是可憐啊！」才剛開始爲針灸師女兒編頭髮的節子，聽到婆婆這麼說，臉上略過一絲不悅的神色。

5

「節子，」有小孩子的聲音叫喊著，原來是弟弟小繁從對面鄰居家裏回來了。一看到節子替針灸師的女兒編好頭髮，小繁就靠在她身邊，拉起她的手。

岸本邊在屋裏來回走著，一面注視著眼前這景象。他重新審視自己的二兒子，那個宛如妻子園子留給他做爲紀念的兒子，以及節子被孩子們糾纏的高䠷身影。園子還健在時，節子是從根岸去學校的。跟當時穿著短袖單衣和服到家裏來玩的節子相比，現在的她好像變了個人，像個大姊姊一樣。

「小繁過來！來來來，我來看看你現在變多重了！」岸本向孩子們伸手示意。

「爸爸在叫你啊！」節子對著小繁說，小繁高興地連跑帶跳過來。岸本將他面朝後方緊緊抱住，舉起他那長大變重的孩子身軀。

「啊！變重了呢！」岸本說。

「小繁，這次輪到我了！」針灸師的女兒也走了出來仰頭看著岸本說：「叔叔我也要……」

岸本表現出一副很重的表情，邊抱起針灸師的女兒邊說：「哦！你也好重。」

「節子，」突然間小繁向節子走去，像要要求什麼似的開始磨人。那種在語尾用力發重音的孩子語調，聽在岸本耳裏，就像是沒有母親的孩子，在央求一個求也求不來的東西般。

「小繁是不是想睡覺了啊？所以才發出那樣的聲音啊？」節子對孩子們說道，「聽話乖乖睡覺就有獎品給你喔！」

就在這時婆婆從廚房側門走了進來，替孩子們在房間一角鋪上棉被。那是個有火爐、鋪榻榻米的房間，剛好位於岸本二樓書房的正下方。節子從佛壇那兒拿了兩顆橘子過來，她把其中一個拿給小繁，另一個則拿給針灸師的女兒。「瞧，妳也有一個！」

節子在這種時候，無論是言詞或動作總是呈現一種特有的率直。

「來，小繁，拿著橘子好好睡覺吧！」就這樣，節子猶如陪伴小孩睡覺的母親般，一邊撫摸著孩子的頭，一面哄他入睡。節子向岸本說了聲：「叔叔，不好意思，失禮了。」然後便在孩子身旁躺了下來。

岸本在暖爐旁喝著茶，忽然心有所感似的，對著躺下的節子以及正在整理房間的婆婆說道：「小繁比起那時，好像懂事多了。」

節子應聲說：「是啊！他一天天地在長大哩。」

婆婆接話說：「是啊！先生，小繁比起我剛到您這兒來時確實變了許多。節子的姊姊還在時，那時的小繁跟現在差好多……」。

節子和婆婆的回答，正是岸本所期望聽到的。他原本還打算說些什麼，但最後像是在鼓舞自己似的深深地吐了幾口氣。

6

節子對著一臉像是在尋找母親懷抱的孩子說道：「哎呀！眞討厭哪！不要把手伸到姊姊胸前，否則姊姊不陪你睡了！」

婆婆也坐到孩子枕畔，安撫地說：「乖乖睡覺喔！」

節子一面整理自己的衣襟，一面說：「小繁眞的不像小孩子了。所以妳才會說他是介於大人小孩中間的小大人吧！」

「小大人眞麻煩耶！」婆婆用她的家鄉腔說著說著，笑了出來。「唉！怎麼又開始埋怨了，可沒有人在取笑妳喔！現在大家都在誇獎妳呢，不是嗎？哎，說眞的，跟我們剛上這兒工作時相比，小繁懂事了許多呢！」

節子撫著快要睡著孩子的短髮說道：「乖乖睡覺喔。」

在暖爐旁的岸本，像是想瞧一瞧小孩睡臉，問道：「已經睡著了嗎？小孩眞的長得很快啊！純潔不受污染……這孩子，實在教人費心力呀！一使起性子來可眞是……我剛來那天，他又是踹門，又把拉門弄破，一耍起脾氣來就很難安撫……那時候的他也眞夠厲害，輝子和節子應該都很困擾吧！」

「我們常被小繁惹哭呢！」節子一面說，一面靜悄悄地從孩子旁邊起身。「唉，反正他一抓到就不放手，連袖子都差點被他扯破呢！」

「是啊！比起那時小繁好像眞的懂事多了。」岸本這樣說著，心裏浮現那年夏天輝子蜜月旅行前，跟節子一起替自己看孩子的景象。當時他人在二樓便聽到樓下傳來小繁的哭聲，好像輝子和節子都擺不平的樣子，於是岸本緊咬著唇，從二樓飛奔而下，怒斥道：「你爲什麼這麼不聽話？」只見輝子和孩子哭成一團。而節子則是躲在拉門後面偷哭。岸本雖然也想讓孩子自然地成長，盡可能不動手打孩子，但是看到孩子搗亂時，他殘酷的本性又使他沒法坐視不管。

「爸爸，對不起，小繁不會再愛哭了。」在聽到輝子代替孩子道歉求饒前，岸本的氣勢通常是緩不下來的。那個時候，每當孩子們揪著輝子的島田頭（未婚女子梳的髮型），輝子總喊著：「討厭啦！討厭啦！頭髮會亂掉啦！」這話語浮上了岸本心頭。還有那愛搗蛋的小繁，指著輝子說：「妳要出嫁了，我不要我不要……」的影像。岸本還記得，輝子和她先生出國前，到客廳來向自己辭行說：「孩子們都大了呢！」然後擁抱他們。當時站在旁邊的節子還問孩子：「人家誇獎你長大了，有那麼高興嗎？」這些過去的光景，跟眼前所見的，以及往後將發生的，全混雜在一塊，有如閃電般從岸本胸口一閃而過。

「這一切都是因爲園子的死才造成的啊！」他心裏湧起這樣的聲音，無意識地望著空盪溼的屋頂。

7

他們談論著失去母親仍平安長大的孩子們，話題從弟弟轉到哥哥。正當岸本對節子和婆婆講到泉太時，恰巧泉太打外面回來。

泉太在院子旁的門外就開口問道：「小繁呢？」他們兄弟倆只要玩在一起，結局不是哭就是被弄哭，但儘管如此，泉太只要一回到家，第一件事一定是找弟弟。

婆婆對泉太說：「小泉，現在大家正在講你喔！你這樣一直在外面跑來跑去不冷嗎？」

節子看著剛從外邊玩回來，因外頭冷空氣刺激而耳根子通紅的孩子說道：「臉頰怎麼紅成那樣?!」

泉太這個孩子的癖好，就是不管對方是誰，只要一看見人，就纏著不放。不管是做過農務，身子骨頭硬朗的婆婆，或是現在正坐在針灸醫師的女兒是個靜得常讓人忘了她存在的孩子。

「小泉，沒人像你這麼會纏人的了！」雖然岸本這麼說，可是泉太還是會跑到岸本的背後，揪著爸爸的脖子不放。「小泉眞的長大了呢！雖然每天都看著孩子們，卻很難感覺孩子們的成長。」

節子補充說道：「他的和服都變那麼短了！」

岸本又接著說：「唉，每次看到小泉的臉我都會想，他竟也順利地長到這麼大了！那孩子小時候那麼體弱多病，他總是離不開人就是最好的證據了。他的姊姊們比他還來得健康，但卻一一夭折了，只有這當初擔心會養不活的泉太卻平安地長大了。眞令人百思不解啊！」

「聽我說！聽我說！」泉太打斷了父親的談話，他說道：「節子，節子，告訴你一件好事情。妳知道警察跟阿兵哥哪一個比較厲害嗎？」這種問題不只教節子難以招架，就連一直到夏天之前都還跟他們在一塊兒的輝子也受不了。

節子也和姊姊一樣回答道：「都一樣厲害。」

「那學校老師跟阿兵哥呢？」

「都一樣強。」看著這智慧初開孩子的眼眸，節子如此回答。

這時岸本好像想起了什麼似的說：「那些過往現在這樣回想起來好像沒什麼，可是能帶孩子帶三年實在是很了不起啊！能做到這樣眞不容易！你嬸嬸死時，老大小泉也才不過六歲。夏天天氣熱的時候，只要其中一個生痱子，就會再傳染給其他孩子。節子你對那時的事可能不大清楚吧！四個孩子同時哭鬧時，實在是教人束手無策啊！尤其是四個孩子中，最大的也不過才六歲。有時，孩子們發燒，還曾在大半夜去敲門請醫生過來。那個時候，叔叔我也沒法好好睡！」

「確實是呢！」節子用眼神表示認同。「比起那時，現在眞是輕鬆多了！我想應該再熬一些時日就能過去了吧！」節子看著婆婆說道，「等到小繁上小學之後就會好多了！」

岸本走到節子和婆婆面前，手扶地磕頭說道：「這還得要多多拜託你們了！」

8

客廳裏五斗櫃、茶櫃、暖爐的擺設，都還維持著孩子母親生前的樣子，沒什麼改變。而那個有某種紀念價值的八角形舊壁鐘，還懸掛在相同的地方；那個鐘是岸本和園子剛成家時就有的，黃銅的鐘擺也如往昔般擺動著。唯一跟園子在世時不同的，大概就只有牆壁的顏色吧！那面被孩子們塗鴨弄得烏漆抹黑的牆被改塗成淡黃色。那個夏天，岸本曾帶著節子和她姊姊、泉太和小繁到那個河岸去，找了船屋老闆的兒子一起划船，讓家人都搭上小船遊玩。從那之後，孩子們吵著「爸爸！要小船！」的聲音便常常響透客廳。不只如此，有時他們甚至把桌子弄倒當成小舟，綁上長尺當作是船槳，把棉被拿來當作船中的座席，榻榻米上頭就變成船夫的划槳處，孩子們還在剛重新漆好的牆壁畫上波浪，著實把牆壁弄得一塌糊塗。

灰暗的神壇上兩尊牌位泛著金光，一個是孩子母親的牌位，另一個則是他們的三位姊姊的。只是牌位四周早已布滿灰塵。岸本這三年來從不曾忘卻妻子的墓地，但近年來他已經很少去掃墓了。

「我幾乎把妳嬸嬸的事給忘了……」岸本常對節子這麼感嘆道。

在客廳的正上方是岸本的房間，只要打開玻璃窗，便可看到城裏人家綿延的屋簷。雖然在一樓聽不到二樓的說話聲，但在二樓卻可清楚地聽到樓下的對話，尤其是婆婆那高分貝的聲音，好像近在耳邊。每次走上二樓試著在書桌前坐下時，心總會不自覺地飛往樓下孩子們身上。他就算待在二樓，也不忘幫年輕的節子監督孩子們。對他而言，全家人都出去，把自己鎖在屋裏，登上二樓躺著休憩的那種閒散心情已是不復見了。

岸本取出他最喜歡的香菸，在朦朧的煙裏他回想起和園子一起生活的那段時間。「孩子的爸！請你相信我吧！」園子當時把臉頰埋在岸本臂膀裏，邊哭邊說著這句話的餘音猶存。

岸本花了整整十二年才聽到妻子的那番眞心話。園子並不像有錢人家的小姐，她有許多的優點，很能吃苦也勤於勞動，她也很努力地使丈夫感到幸福。但同時，她漫不經心的性格常常引發丈夫的嫉妒。當岸本發現自己太過注意妻子時，爲時已晚。他花了十二年，好不容易才和妻子坦然交心。就在聽到妻子那番話的當下，妻子卻過世了。

「我回顧我的人生，總覺得它分成三個不同的階段。分別是孩童時期、在學時期以及結婚過後。在兒時，我眞的是一個成天只會哭的小孩。」妻子這一番發自內心的遺言，至今還留在岸本耳畔。

於是乎岸本變成了一個若沒有萬全準備就無法再走入家庭的人了。保持單身對他來說，彷彿是他對女人復仇的一種方式。他已經徹徹底底地畏懼戀愛了，因爲愛的經驗傷得他非常深重。

9

對著書桌的牆壁，岸本繼續陷入沉思。

「終於，終於放下人生重擔了！」在他惋惜園子在人生壯年期裏死去而悲傷的同時，這一個眞實不造假的聲音在他心底響起。在失去妻子的當下，岸本便決意不再重蹈婚姻的覆轍。男女相剋的家庭生活已令他嘗盡苦頭。他想把妻子撒手留下的家庭做些改變。如果可以的話，他甚至想以此重新開始新的生活。結婚十二年，養育了七個孩子，就算其中有些缺失，可是身爲一個人的責任也算盡了。他嗅著鑲有藍色翡翠珠的髮夾上所殘留的妻子髮香，懷念著死去的妻子。他拿起妻子生前穿的和服想當成睡衣來穿，他懷著這種心情，想起夫妻間常出現痛苦的冷戰。

岸本望著那面石灰混黏土、後來改漆成淡黃色的牆，這面牆給人儉樸堅實的感覺。他這才注意到自己注視著房裏這面牆的生活已經快三年了。而這三年來，自己所寫的一些東西，最終也不過都是些「無聊」的產物罷了。

「爸爸，」這時樓梯間傳來泉太的聲音，他走上二樓來。

岸本問他：「泉太，小繁呢？」

泉太隨口回答之後，一臉想要央求什麼似的說道：「爸爸我要吃蜜豆……」

「不要再吵著說吃蜜豆了。」

「爲什麼……」。

「你們啊！成天只顧著吃，如果你們乖乖的話，我會拜託節子姊姊買來給你們當獎賞！」

泉太並不似弟弟那樣纏人——不達到目的便不善罷甘休，他的性格有點軟弱，看在岸本眼裏倒也覺得天眞可愛。但若眞要追溯到泉太是什麼時候生的，就會令岸本想起夫婦間的過往而感到情何以堪。

泉太在那扇可看見城裏人家綿延屋頂的窗邊玩了一會兒後，便下樓去了。岸本環顧著書房，這六年來它等於是自己的工作場所。以前那些曾經讓他熱血沸騰的愛書，現在已成爲打著呵欠的靜物，排列在布滿灰塵的書架上。岸本心裏浮現起以前看過的一部戲裏年老的主角，以及受雇到老人身旁彈琴的年輕少女。老人每個月花這筆錢，只是爲了要聆聽充滿朝氣的年輕少女彈指間流洩出的旋律，以此來慰藉年老的寂寞與悲哀。岸本把自己比爲劇中的老人。聽著三味線琴音來慰藉心靈，時而叫喚年輕人到河邊飲酒的老人。而懷抱著少女的單純到自己家幫忙，同時也帶給自己許多慰藉的節子則有如劇中的那個年輕女子。才不過四十歲的年紀，三年的獨身生活就讓岸本嘗盡了臨老的心境。想到此眞是不勝唏噓。

10

屋外孩子的哭聲打斷了岸本的沉思。妻子過世後，岸本不只是一隻爲雛鳥覓食的雄鳥，同時也得身兼雌鳥的角色，一有風吹草動便得展開羽翼，保護幼鳥不受任何傷害。只要一聽到小孩的哭聲，他便會本能地從座位上一躍而起。打開房間外緣那扇凸出外面的窗子張望一會兒，他便走下樓去查看。

「是不是孩子們吵架了呢？」他帶著提醒的意味詢問節子和婆婆。

「那是別家孩子的吵鬧聲。」節子慘白著一張臉，站在廚房旁房間裏的餐櫃前答道。

「是不是發生了什麼事？」岸本用長輩的口吻問道。

「家裏發生了教人心裏發毛的事……」看著節子說出這種文盲說的迷信話，岸本有點兒發火。他要節子把事情原委講明白。節子說，早上她正要去整理神壇，把東西搬到廚房途中，驚見自己的手掌竟沾染著血跡，剛剛才在水槽把血跡洗掉。

「哪有這種事！」

「可是，婆婆也看見了。」

「這種事是不可能的！哪有清理神壇，手會沾到血漬的道理！」

「我也覺得很奇怪，正猜想會不會是老鼠之類的，就跟婆婆一起仔細查看，就連神壇下也看了，可是什麼都沒有啊！」

「這種事別放在心上！就算最後找到原因，一定只是一些無聊的小誤會罷了！」

「我已經把佛壇的神明燈點亮了。」節子只好把今天發生的怪事，當成一種警訊的預兆說道。

「這太不像妳的作爲了吧！以前輝子在的時後，不是也發生過一件怪事嗎？說妳家鄉的奶奶出現在姊姊枕畔什麼的，當時不也把妳嚇得臉色發白？妳們啊！就愛嚇唬叔叔我！」岸本又斥責說道。

沒一會兒時間，一樓房間裏的光線開始暗了下來。岸本從節子身旁走開後，一個人在室內走來走去。最後他竟然也產生了膽小人易有的幻覺，使得他對年輕姪女所說的話無法全然一笑置之。許多人常因屋裏有人過世，住得毛骨悚然而搬家，這類事情現在也無法再斥爲無稽之談了。

岸本走到佛壇前站定。映照著神明燈光的金色牌位上，寫著幾個大字：

寶珠院妙心大姊

II

「你啊！我的悲哀啊！是如此的寂靜。」

岸本一邊唸著，一面點上藍色燈罩中的煤油燈照亮書房。「你家還在用煤油燈啊！眞落伍啊！」雖然連泉太的小學同學都這麼取笑，可是岸本家仍使用煤油燈。他甚是喜歡煤油燈的燈影，常以此撫慰自己的心靈。就連這位法國詩人雖將自己心胸比擬爲酷寒北極的太陽燃燒著赤熱的光，也絕不曾像梟一般眼中閃著銳光，卻在孤獨與悲痛的深淵打顫。岸本想像著這詩人的種種，反覆低吟他所留下這意味深遠的句子，從中獲得一些鼓舞。

熟悉的房裏，黃澄澄的煤油燈光投影在牆面的同時，喜歡一人獨自靜坐的岸本身影，也大大地投影在那上面，他甚至稱呼自己的影子爲朋友。他想起以前那些獨身終老的人們，像是《徒然草》裏那位離世索居也不忘種植芋類治病養身的和尚。如果可能的話，他甚至想就這麼帶著孩子行遍天涯海角。

「先生，久米的父親來了！」婆婆打樓梯處就這麼吆喝著。久米就是常到岸本家玩耍的那個針灸醫師的女兒。

依約前來的針灸醫師提著小小的藥箱上樓來。過年時節的寒氣引得岸本的腰疼發作，他擔心這會變成宿疾。他認爲要拯救自己的心靈，就必須從身體開始。

「或許是坐太久的關係！我的腰好像快要腐朽了。」岸本一面向針灸師這麼說道，一面自行從書房隔壁取出寢具，鋪在靠近牆壁的一隅。

「唉！果眞像是疝氣症狀耶！這種天氣最容易受風寒了。」針灸醫師一面說，一面拿著針灸道具走到岸本身旁。

一陣酒精味撲鼻而來，背著身躺著的岸本雖然看不見，但卻能清晰地感覺到酒精擦拭在背上的肌膚。不一會兒，針灸醫師將一枚枚細針插進岸本的頸間、肩部以及背脊的兩旁。

「好痛！」岸本幾次忍不住喊痛。但是當看似最長的一只纖細金針刺入腰骨兩側深入病灶時，隨著細針的微顫傳來的竟是一股令人想要入睡的舒活。他請醫師替他捶打腰背的患部。

「我大概不行了吧！」在針灸醫師離去後，岸本一個人自言自語。由於療程後暢快的疲勞感，使得他猶如死去般在牆邊癱臥許久。房裏的木窗傳來外頭冷雨的稀瀝聲。

12

年底歲末，這一次，節子沒有與姊姊一起，而是獨自料理叔叔家的大小事，但她一點也不覺困擾。節子的脾氣有一點拗，事情若非由自己全權負責，便沒法盡興地放手去辦事。因此，照這麼看來，這回她可以隨心所欲地料理家務。

但是，在岸本眼裏看來，不知爲何，節子和婆婆一起工作時總是顯得悶悶不樂，好像變了個人似的。在節子的姊姊還待在這兒的那個夏天，節子曾把盛開的鮮黃玫瑰插在一只擺在流理台架上的小瓶裏，在廚房幫忙的當兒，總會偶爾瞥一瞥那花兒，自得其樂的模樣就如同青春少女般。「小泉，給你聞聞，很香喔！」當時節子一面說著，一面拿給孩子看。泉太瞇起眼睛說：「啊！好香喔！」節子的姊姊便會以快活的語氣說：「你眞誇張！」節子則露出一排皓齒彷如小女孩般笑著說：「小泉也會分辨好東西哩。」節子兩姊妹知道許多岸本沒聽過的西洋花草名，其中又以節子較清楚，她似乎天生特別喜歡花，有著文靜而帶點消沉的性格。岸本讚嘆地對她們說：「對於花名妳們知道得眞清楚啊！」節子的姊姊回答道：「只不過是花的名字罷了，不知道也無所謂啊！節子妳說對不對？」於是節子手捧一盆盛開的鬱金香到叔父面前說道：「叔叔，這花聞起來有山茶花的香甜氣味吧！」節子就是這麼清純，還帶著剛畢業不久的那種少女氣息。這樣的節子，到了年尾之際卻變得心事重重、悶悶不樂起來。

岸本過世妻子所遺留下的衣物，有些送回娘家，有些被拿來當成紀念的遺物分送給家鄉的姊妹、住在根岸的嫂嫂姪女、還有山那邊的友人。由於妻子的遺物大多都分給了她生前好友，岸本手邊所剩無幾。「孩子多謝妳們照顧。」岸本曾經這麼說道，並將側廳櫥櫃底層抽屜裏園子的遺物分送給節子姊妹。「節子，歡迎妳來！」當時輝子叫著妹妹的聲調似乎還徘徊在岸本的耳畔。把孩子母親的遺物當成紀念分給幫忙照顧孩子的人，這對岸本而言，絕無什麼好吝惜的。

岸本又再度走到櫥櫃前面。他打開平常歸節子管的櫃子抽屜，取出一樣平時節子不能隨意取用的東西。

「妳們嬸嬸的遺物逐漸分送給大家而減少了。」岸本有點自言自語地說著，爲了逗節子開心，他把從抽屜拿出來的東西放到節子面前。

「妳看，找到這件長襯衫。」岸本把這件年輕女孩會喜歡的少女花樣衣服拿給節子，可是節子臉上卻仍不見喜悅。

13

某日傍晚，節子走到岸本身邊。好像經過百般思索才說出了這話。

「叔叔，你應該很瞭解我的情形吧！」這時正是新年來到，節子剛滿二十一歲之際。正巧孩子們到對門家裏玩，婆婆去接孩子就順便在那兒和人聊天。樓下空無一人只剩他們倆，節子以極細微的聲音告訴岸本，她已當上母親的事實。

那個一直以來想逃避的時刻終於來臨。毫無心理準備的岸本一聽到這件事，便不禁顫抖了起來。雖然那聲音極小，卻帶有驚人的力量，響徹岸本耳際。岸本沒法再待在面容憔悴的姪女身旁，他隨口安撫了她幾句後便離去，但胸口的震撼卻久久難平。爬著昏暗的樓梯上樓，步入自己的房裏後，他用自己的雙手緊緊壓擠著腦袋。

背離世間常理，不聽親人的勸說，就連友人的忠告也不聽從，即使違背世人的正常認知也堅持走自己的路、照自己方式生活，如此頑固一輸的岸本，終究無可避免地陷入這窠臼之中。就算他想要自我辯解，說這只是個無心犯下的罪業，自己在過往歲月裏，對於婦德的重視或是正義的熱愛是不落人後的，說自己也曾戒掉杯中物，也曾沉迷於上方歌❸間奏的三味線演奏，也曾找藝妓爲伴度過鬱悶時分，但不論是何種情形之下自己都是以旁觀者姿態存在，心情從不曾因這些刺激而動搖。雖然他想這麼說，但似乎說不通。他甚至開始懷疑自己是個顚倒是非、故作灑脫、僞裝嚴謹的虛假僞善家。不只如此，他在腦海中一直反覆詢問著自己，如果說有那種閒情逸致聽一曲小歌，爲何不能更適如其分地扮演一個獨身者的角色，讓大家以更寬容的目光看待自己呢？

好一會兒，岸本的腦中一片空白。

房裏藍色燈罩下的煤油燈無力地燃著。堅實的四方形火爐上，那只鐵瓶裏的水也沸騰了。岸本取出茶具沖了一壺平日最愛的熱茶，同時取出平日喜好的紙，無意識地眺望著火爐灰燼裏靜躺的熾紅炭火，吸了兩、三根菸。

在這當下，面對著逐漸毀滅的自己，岸本意識到一種冷徹而痛惜的心情。

---

❸江户時代在京都附近流行，以三味線伴奏的歌曲。

14

竹簾、團扇、豐盛的涼麵等美食盡出，親戚們一面看煙火表演，一面也趁這機會聚聚。外甥的太太在場，學生時代的輝子也在場，而剛打家鄉來的節子也跟隨姊姊而來。當時在場的還有在白扇開合間感嘆「若上天有靈就會賜我一艘脫困之舟」的外甥太一，還有換上和服在眾人間嬉鬧打轉的泉太，和躺在要招待大夥的母親懷裏，吸吮著奶的小繁。兩國那一帶，響起了煙火揚天的聲音。

這是園子還在世時客廳的光景，岸本的記憶裏還清楚可見當時正值黃金年華的園子那結實稍胖卻不失柔軟的身形。岸本回想著過去的事，從一樓發生的事一直到在書房裏發生的事。以前當岸本獨自一人在二樓書房裏伏案時，妻子常會如鳥兒伸開雙翼般從背後將他抱擁，親密地將臉靠向岸本。

從那時候起園子便不再恐懼丈夫的書房。與其說那兒是畫家的工作室，還不如說像是科學家實驗室，既冷漠又嚴肅的，在這樣的書房裏能夠和丈夫如此親暱的相處，讓園子感覺像做夢般快樂。岸本對園子表現出親愛，她也一定以同樣的熱情回應。她曾經讓岸本伏在自己背上，然後就這麼背著他，踉蹌地在書房裏走著。而這一切的一切都是發生在岸本眼前的這書房裏。長久以來一心急欲引導妻子的岸本，直到那時才明白該如何取悅園子。他終於明白自己的妻子並不希望和丈夫的關係是相敬如賓的，她所期望的是狂野的擁抱。

岸本的身體彷彿甦醒了，頭髮、耳朵、皮膚……，其他身體感官也都張開了眼。他感覺到身旁的妻子是以前所未知的。他心裏有一股即使在妻子懷裏飲泣也難以化解的憂鬱心情，有時他覺得那心情像是遊女情痴的悲哀，這些感慨都是來自於身旁妻子沉睡時所發現的悲傷孤獨而引發的。岸本心中的毒蟲就是由這孤獨所孕育而成的。

打從岸本小時候開始，不管是好事或是壞事，若非親身經歷，他便無法眞正體悟的。看到憔悴的節子說出這無法挽救的錯誤，他第一次打從心底感到羞恥。在他要面對節子憤怒的雙親前，他先試想了一下可能的情形。他已四十二歲了，不再是凡事都可以用年輕不懂事來求得原諒的年紀了。他自覺再也沒臉去面對名古屋的哥哥義雄和家鄉的嫂嫂。

15

這場風暴終於還是來臨了！岸本把自己的房間比作是多特比斯修道院，把自己比作是修道院裏的修士，這場風暴襲向他而來。約莫半年前，和節子姊妹一塊兒在這兒熱鬧生活的情景反而像是夢境一般。

岸本對於女性通常是很冷淡的。他以一個旁觀者的角色來面對種種誘惑，並不是刻意要壓抑自我，或許該說是源自於他輕蔑女性的本性吧！若是跟女生崇拜者的已故外甥太一相比，他們的性格可說是南轅北轍。岸本並非特地要從眾多女子中選中了他的姪女，而是不知不覺便和她走上這條不歸路。節子就像是剛從沉重的石縫裏迸出的嫩草般，未曾愛過人也未曾被人愛過。她其實沒有什麼特別之處可吸引岸本的心。只不過她很依賴叔父，像個小女孩般把叔父當成支柱。這樣的「生」是多麼的諷刺啊！對於丟下四個孩子撒手而去的妻子，岸本不願這麼輕描淡寫地帶過，因此他三年來一直全心對著妻子的墳，但他發現自己是被那股「死的力量」踐踏著，而且是極殘酷的踐踏著。

「爸爸，現在是早上嗎？」小繁走向岸本，睜著孩子氣的大眼睛望著他問。小繁常常會問「現在是早上嗎？」或「現在是晚上嗎？」這樣的問題。「啊！現在是早上啊！睡了一覺起來就是早上啊！」岸本如此解釋給小繁聽，抱起了還不會分早晚的孩子。

爲了要看看節子，岸本常常走到廚房邊的小房間那兒去。他裝作有事順道經過廚房。節子正和婆婆一起在廚房幹活兒。有時節子會站在小房間的餐具櫃前，從裏頭取出鰹魚乾拿到廚房去削片。不管是坐立或是動作，節子的身子還看不出引人側目的變化。這讓岸本霎時安心了下來。

就在觀察節子的同時，他也看到了婆婆。婆婆正彎著腰在流理台旁奮力地工作。這位婆婆的性格正直，常以身子骨硬朗而自豪，她是由岸本一位死於肺疾的老同學介紹的。那位朋友還未臥病在床，只是臉色有點差的時候，就常往岸本這兒跑，感嘆著人生的不如意。當時隨同他妻子而來的便是婆婆。婆婆最拿手的就是一面聽著水龍頭湧出的水聲，一面刷洗鍋具。

不知爲何，節子有些害怕跟她最接近的婆婆。但儘管如此，她還是不失冷靜。

16

「先生，您今早怎麼了？連飯都沒吃。」拿著抹布準備上二樓來清理的婆婆這麼問道。

「今天早上的味噌湯很好喝呢！」婆婆又補充著說。

「那有什麼好大驚小怪的，我常這樣少吃一餐啊！」岸本對著一刻鐘都閒不下來的婆婆說：「不要管我，只要替我看好孩子就好了。」

「可是再怎麼說，先生您的身體健康才是最重要的啊！如果先生您把身子骨搞壞了，這一家子就沒法過日了。鄰居們都說是先生您一個人扛起身邊大小事呢！他們都說您很堅強……」岸本靜靜聽著婆婆一面擦拭東西一面說。不一會兒，婆婆下樓離去。只剩岸本一個人揉搓著雙手。

暗地裏，岸本實在無法不因羞愧而臉紅。那個常往來於河岸邊的未知少年有著溫柔的心，要是讓他知道了自己的行徑……。恩人家裏總是視岸本爲兄長的阿弘，平日對自己關心有加的朋友，住在山那頭園子的姊妹淘們，要是被他們知道了的話……。岸本就算全身羞紅也不足以表示自己的羞恥。他想起二十七歲便英年早逝的青木友人，甚至覺得連這位已故友人都會嘲笑自己說：「你還不如早點死了比較好！」那嘲笑聲好像就在耳邊似的。

岸本無法想像再這樣下去結果會如何。但是至少他知道自己將會成爲眾矢之的。他突然想起一位報社總編在法庭上陳述的話。他說，這世間有許多罪惡雖不致觸法，卻教人無法坐視不理，社會大眾必須要對這些罪惡加以韃伐才行。他說新聞記者並不是以揭人隱私爲樂，而是代替社會對那些罪惡之人口誅筆伐。岸本想像這無形的譴責批伐自己時的痛苦，不過，更令人受不了的是旁觀者的冷言冷語。

白晝與黑夜彷彿在瞬息間交替，挑動起岸本的神經，教他又想起自己加諸在姪女和自己身上的沉重傷痕。

他走近玻璃窗，依著二樓那可以眺望大街的欄杆望著這狹小的城鎮。對街人家的房屋，有好幾扇窗子都裝上白色紙拉門。那一扇扇的窗裏，住的正是那些連重新漆個牆都會被他們臆測說成「該不會是要準備討老婆了」的好事人家。一位對於城內任何八卦都不會遺漏的商店老闆娘，正背著偌大的裏布袋從大街走過，似乎剛去辦貨回來。

17

「岸本——我現在在老地方，很久沒和你話家常了，如果方便的話，就乘這輛車來一趟吧！我等你。」

岸本從來接自個兒的車伕那兒收到這封便箋。

「節子，替叔叔備好衣服，我要去見個朋友。」

岸本向節子吩咐著，打點出門的準備。儘管他只是要節子從衣櫥裏把自己的衣服拿出來而已，但岸本的心好像受譴責似的，他從節子身上感到那熟悉及罪惡的悲傷。努力抑制身子變化的節子讓岸本看得心情沉重。而她依然靜靜地替岸本備好一雙白襪子。

現在還是新春期間，這次新年岸本連向親戚拜年都沒去，自個兒關在家裏。然而此刻他卻萌起了許久不曾有的外出念頭。他懷抱著忐忑的心情坐上車，聆聽著家家戶戶的門邊擺飾著的青竹枯葉教風吹響的聲音。車子行過了橋，穿越了電車軌。人們在街上穿梭迎接新年到來，喜悅的神情比起祭典時節有過之而無不及。車子走到了可以聽見汽船聲的地方，便可看見往新大橋一帶流去的隅田川。對岸本而言，那一帶充斥著年少的記憶。

友人元園町在保有江戶風味、整潔宜人的二樓廂房等待他的到來。這位平日忙碌的朋友只要一抽出空到隅田川這一帶休憩，一定會派人去請岸本來聚聚。

「好久不見。」

元園町站起身來和岸本打招呼。店裏長於服侍客人的侍女們，齊聚一起對著岸本和元園町喊著：「先生！先生！」

「元園町先生打從剛才就在這兒等您了。」一位頭髮稀薄的女侍一說完，另一位較年長的侍女接著殷切地說：「岸本先生您好久沒大駕光臨了呢！大家都在猜您最近在忙什麼事情，您府上大家可都安好？您的孩子們呢？」

以前岸本常邀集好友一同前來這二樓座席欣賞一曲小調，抑或是一個人獨自到這兒放鬆心靈。隨著年齡增長，纏繞心房的憂慮使他不得不藉音樂尋求一絲慰藉。記得以前他帶老同學足立來，領他上這二樓座席時，足利還曾笑話道：「一想到岸本你居然也會到這種地方來就覺得很有趣。」他也曾經為了躲避一些交往過於頻繁的友人，而獨自將收到的信件全數帶在身上，到這二樓的座席，花上大半日時間來閱讀。他喜歡與那些身世背景迥異的人談話。他傾聽在這兒工作的侍者身世，或者在這兒聚首的年長、年輕客人的閒話。有時他會召集那些想要靠技藝立身的年輕女孩到自己身旁，他十分喜歡傾聽她們的羅曼史。他對這兒的人事都知道得很清楚，就連有一位女演員尚未在舞台上綻放她的精采前便已人老珠黃，便到這兒的座席來插花多年的事他也知道。

「岸本你不喝酒嗎？」元園町轉身看身旁的女侍一面問道。

「先生現在給您端上熱酒。」

女侍拿著小酒皿一面這麼說著，一面向岸本勸酒。

「好久沒到這種地方來了！」

岸本品著酒香自言自語地說道。

18

元園町此刻就在自己面前，但他絲毫未察覺到岸本所背負的重創，只是一味地飲著酒。若是開誠布公地和元園町商量的話，以他明晰的思慮與感性應該是可以幫上自己忙的。但是岸本實在沒臉講出發生在自己身上的事，他羞於透露此事。

「先生，給您送熱酒來了。」

岸本舉起酒杯接受一位女侍給自己斟的酒。他聽著眾人的談笑，小酌了幾杯。不知不覺地，他的心緒神遊到從前教過自己的老師身上，跟著又想到老師梅開三度的夫人和夫人年輕的妹妹。養花安享晚年的老師，曾和妻子分居一段時間。老師和妻妹的關係，與自己和姪女的關係究竟相不相似，他也不清楚，但起碼結局是相仿的。岸本在內心裏試想老師在深夜裏偷偷去敲醫師家門時的懊惱，還有在醫師頭頭是道的言詞下折服、轉身離去時的悔恨。有這麼一段時間，他的思緒飛到九霄雲外去，盡想著這些事情。

「岸本先生您在想什麼呢？」年長的女侍看著岸本的臉這麼問道。

「我嗎？」岸本望著眼前酒杯說道：「我在想一些束手無策的事。」

「您今兒個什麼都沒嚐不是嗎？您看這酒都涼了！」

「我剛剛便覺得先生您今天臉色不大好呢！」另一位侍女補充道。

「岸本先生，每次見您都覺得您有些改變……。才想說您應該面色紅潤，卻見您一臉慘白，像發生了什麼事似的。」

此時一位來助酒興、稍嫌太瘦的侍女也這麼說道。打從這女孩還是個穿著紅領❹衣的小女孩時，岸本便很關照她，每逢宴會之類的，總會指定她來招呼。而今，她也長大成亭亭玉立的少女了。

「元園町先生就沒什麼改變，總是面帶微笑。」年紀稍長的那位女侍說道。她這話才說完，好像又察覺到什麼似的，連忙接著說：「盡談先生們的事，眞不好意思。」她邊說著，邊將雙手置於膝上行了個禮。

「唱首歌來聽吧！」岸本說。只要一喝酒就會臉紅的岸本，這天並沒有像以往那樣喝醉。

19

岸本在聆聽民謠時，不可思議的竟激起了他的生命意志。爲了助興而到二樓來幫忙招呼的一位女侍知道岸本平日就偏好上方歌謠，於是便配合三味線古意、沉穩、寂寥的調子唱了一首歌。

今時今日，心力交瘁，
何時得一償宿願。
我，僅此一心，永不疲倦，
不嫌棄這人世啊！

這不知作曲者是誰，亦不知是爲何人而作的老歌，從那位像是爛熟李子般的女侍口中流囀而出。

夜晚短暫，
夢也平淡，
野花，餘香，折否？
戀愛最是惱人。

岸本在元園町的身旁，聽了這首歌，從他的心裏牽引而出的，盡是那些爲情所困男男女

❹年輕妓女通穿的衣服。

女的形影。

「元園町先生您的臉色不錯呢！」那位年長的女侍說。

「你的酒是好酒！」岸本看著友人說。

「岸本先生您應該沒喝醉過吧！」那位髮稀的女侍打量著他倆這麼說道，「先生您不怎麼喝酒，也不和女人打鬧，莫非是對女人不感興趣？」

「先生對於坐在身旁的年輕小姐也只用眼睛看。」年長的女侍調侃了他一番。

「不過我希望先生能一直保持這樣，別人都還好！就只有先生您，我不想見您墮落。」髮稀的女侍說。

「我畢竟也只是個軟弱的人。」岸本淡淡回答。

「不，不，您對我們這群人這麼照顧，這是沒得比的！我們瞭解您是想要聽歌才來這兒的。」

「先生您也眞是耐得住啊！也不再娶，難道不寂寞嗎？」

元園町手捧著酒杯，看似十分愉悅地聽著大家的談話。突然他眼神定定地望向岸本說道：「岸本，對於你的獨身，我至今還是抱著疑問。」

岸本不作聲，只是默默嘆了口氣。

20

「如果單以朋友來說，岸本的確值得尊敬。」元園町三杯下肚，幾分微醺下，以教訓的口吻說道：「可是這個男人眞的是一個笨蛋。」

「元園町先生的拿手好戲上場了！」那個髮稀的女侍拍手叫好笑了出來。

「如果沒罵人笨蛋，就表示元園町先生還沒痛快地醉。」年長的女侍也加進來笑鬧成一團。

岸本因爲家裏還有事無法久留，便留下醺醉的友人逕自離去。踏出了這充斥音樂、女子笑語的享樂氣氛中，岸本的心情越發沉重。

岸本朝著回家的方向步行。走到大河邊他的酒也醒了幾分。刺骨的河風吹拂著，穿越過年輕時常常打田邊家一路散步過來會經過的河岸，走到兩國的橋畔。經過那些昔日頗負盛名，如今只徒留看板的舊船屋人家，就到了採砂場。從神田川流過來的深沉河水映入岸本眼裏。在神田、隅田川交會處的河岸，有許多鳥兒群聚在那兒。忽然岸本想起之前在採砂場碰上的那件事。就是年輕孕婦投水自盡之後，浮屍漂流到這一帶的事件。岸本看著先前檢察官驗屍後遺留在現場的那些浸濕的沙粒，那些沙粒再再地暗示著岸本那場投水自盡的悲劇。一股難以言喻的恐懼襲上心頭。

他匆匆地過了橋回家。下午四點，女孩們在小巷裏踢毽子的吵鬧聲，迴盪在門前飾有松枝的門戶間，像是在歡送一個禮拜的結束。住在根岸的嫂嫂剛好到岸本家造訪，正在等著岸本的歸來。

「阿捨，你回來了啊！」嫂嫂直接喚著岸本的名字。這嫂嫂是岸本長兄的妻子，對節子來說，乃是學生時代經常照顧自己的伯母。「嚴格來說這也稱不上什麼拜年，只不過你哥哥人在台灣，所以我就想代替他來你這兒拜訪一趟。」嫂嫂接著說。

節子換上新年時節的服飾招待伯母。只有岸本一個人注意到，節子的肌膚已沒來由地變得粗糙了。他不安地急欲從這位觀察力敏銳，而且已育有三名子女的嫂嫂面前支開節子。

「節子，妳不用陪在這兒，去泡個茶來吧！」岸本爲了庇護節子而特意這麼說。只是隔著火爐與岸本對座的嫂嫂還是不時的將視線放在亭亭玉立的節子身上。因丈夫工作在外，嫂嫂和岸本已故的母親，以及當時正值青年的岸本曾生活過一段日子，而嫂嫂對於那段艱苦的歲月一直難以忘懷，就算到了現在，她還是改不了用她慣用教訓年輕人的口吻對節子講話。嫂嫂還提到了輝子在國外組織幸福家庭的事。

「不管輝子現在過得多麼如意，她不能把你這叔叔的恩惠給忘了啊！畢竟受了你那麼多的照顧。」嫂嫂自己的女兒愛子嫁了個好老公，也生了孩子，感覺上嫂嫂像是拿自己的女兒和輝子比較的口吻才這麼說道。然後她轉向節子說：「節子啊！妳有這麼好的叔叔眞是福氣啊！」

岸本聽到這話，不禁冷汗直流。

21

嫂嫂起身回根岸前聊了許多事情。像是自己一個女人家，長年來守著這丈夫不在的家園，好不容易一切總算有了代價，如今終於熬出頭之類的甘苦談，又提到人還在台灣的大哥民助，還有她最引以爲豪的女兒愛子。此外她也提到岸本那個寄養在常陸的小女兒的情形。岸本的外甥女愛子嫁的是常陸海岸一帶的人，因爲這層關係的緣故，岸本把小女兒君子託給那一帶漁村的奶娘照顧。

「阿捨啊！你總不能一直這樣打光棍下去吧！人家問起我你爲什麼不娶太太的事我都很難回答啊！」嫂嫂在回去前留下了這一番話。

每次只要有女性親友到家中作客後，再和節子照面就會教岸本格外難受。那畢竟不是普通男女的見面，而是叔父和姪女的關係。岸本可以看出節子臉上呈現出沉重的陰影。這沉重的陰影，比起他哥哥曾罵他「你眞的是個怪人」更尖銳地刺向他心胸。節子和個性開朗的姊姊輝子不同，她平常就很文靜，而今，她那帶著憂鬱的沉默似乎像是在向叔父抗議著她的恐懼與悲傷，甚至也像是訴說著她對叔父的怨恨。

「叔叔，我該怎麼辦呢？」岸本從節子臉上的沉重陰影裏聽到這個質問。他知道自己首先要承受的是節子的韃伐，並且從她那麼痛苦的身影中受到譴責。

岸本正待在二樓自己房裏時，突然聽到一陣小孩吵架的聲音，於是便急急忙忙跑下樓。下樓一看，只見兩個孩子正互相爭吵，完全聽不進在一旁勸架的節子所說的話。哥哥動手打了弟弟，而弟弟也不甘示弱地打了回去。

「你們在做什麼，在吵什麼——混蛋！」岸本一發聲，泉太和小繁一下子同時哭了起來。

「因為小繁把哥哥的風箏給弄破了，所以兩個人才吵起來。」節子一面制住小繁一面說明。

「小泉打我……」只見小繁邊哭邊向父親告狀。

而哥哥泉太好似有苦難言，甚是不甘地緊咬著唇準備接著給弟弟一記拳頭。

「住手，不要再鬧了！」岸本見狀大聲叱喝。

「好了，不要再吵了！哥哥也是，不要再吵了！」節子趕緊忙接著勸說。

「哎呀！小少爺們在吵些什麼啊？」婆婆趕忙跑來時，兩個孩子還在抽抽咽咽地哭著。

岸本思緒翻騰地返回房間。倚在玻璃窗眺望日落時分的景色。往返採砂場時被引發的心緒，如今又開始纏繞岸本的心頭。他甚至害怕地將節子和河畔悲劇的主角聯想在一塊兒。一股無人知曉的寒意顫慄傳透了他全身。

22

岸本大約有一個禮拜不曾好眠了。他獨自擔憂著。通常午飯時他都不和家人一起用餐，而是自己一個人用膳。雖然如此，大多時候節子都會隨侍在側。節子很少會將照顧叔叔的差事交給婆婆，她大都自己料理。然而就算有時她爲了避開叔父的眼神而微低著頭，將手插入腰帶間，但她正坐盤起的膝蓋頭始終朝著岸本。擔心遲早東窗事發而永無止盡的不安，支配著他們倆。岸本常常在用膳時，和節子相對坐著卻沉默不發一語。

「叔叔，有稀客來拜訪您！」節子樓下在喊著人在書房的岸本。每回有客人造訪，岸本心裏都會感覺侷促不安。他每次最先想到的都是想將節子藏起來。

約莫是華燈初上的時刻。岸本走下樓去一看，原來是已十年音訊全無的鈴木兄，他是岸本家鄉大姊的丈夫，他正以一種羞於見人的落魄姿態，站在微微昏暗的庭前。

岸本立刻察覺到這位稀客選擇在這黃昏時刻來訪的意義。那歷經風霜的形貌，手裏的布包，以及一頂過時的帽子，比起十年前他所見到的鈴木兄，如今顯然是奔波流轉。這人就是已故外甥太一的父親。

拋家棄子離家出走的鈴木兄，好像深怕岸本不諒解似地十分客氣地進了客廳。

「我聽台灣的大哥說了一些有關您的事。」岸本話一出口，心裏便感到有些惶恐地走過來迎接鈴木兄。鈴木有些害怕自己的內弟不知會說出什麼話來。

「小泉快出來，來向鈴木伯父問好。」岸本把在一旁的孩子喚來。

「這就是小泉啊！」看著孩子說話的訪客，終於展露出昔日鈴木家一家之主的笑容。

「伯父，歡迎！」節子也前來打招呼。

「節子啊！真是女大十八變呀！跟小時候的樣子幾乎完全不一樣了！」被鈴木這麼一說，節子又羞紅了臉。

「我們家園子已經去世了。」岸本說道，「跟你很親的三個小孩也走了。之前有一陣子是都靠輝子幫忙料理家務，如今她也嫁人。所以現在就靠節子幫我照顧小孩。」

「園子過世的事我在台灣也聽說了。民助幫了我許多忙……你的事，我也常從民助那兒聽說……我年紀大了，身子也不行了，其實這回是想和你好好談談，才從台灣那兒回來的……」

23

「節子，鈴木好像只穿著薄袍子，你去把我的棉衣拿出來給他。對了！順便把我的披風也一起拿出來吧！」

岸本這麼吩咐著節子，並請她爲這闊別十年的旅人準備晚餐。對於最後大老遠趕來敘舊相談的鈴木，岸本打算先讓他好好休息，至於要談什麼事都等之後再說。岸本暗忖還是先讓他在自己這兒住上一陣，看看他的情況再作打算。這十年的歲月不僅改變了岸本的人生，也改變了太一父親離家後那傳統保守的鈴木家。首先是自己的外甥兼好友的太一過世，接著太一的妻子也走了。只剩下一個養子及他的妻子，試圖將快要倒的鈴木家重新振興起來。還有岸本的姊姊，這十年來一直在等著音訊全無的丈夫。太一的妹妹也留在那兒。岸本便是把自己的三兒子寄養在這個姊姊家裏。

岸本一面爲節子的事情暗自傷神，一面聽著鈴木所訴說的事。岸本看著眼前這位曾教台灣炙熱日照曝曬過的流浪者，不禁回想起昔日仍是大藏省官員時，氣派風采的他。頭戴著岸本少年時期流行的海獺帽，儼然紳士模樣的鈴木。岸本九歲初到東京時，便是投靠到他家。當時在他的薰陶下，岸本閱讀了許多漢文典籍。岸本在他和姊姊身邊雖然只待了將近一年時間，但是在這期間所受到的疼愛深刻地印在他幼小的心房。然而在過了這麼久之後，眼前這人起了許多的變化，其中惹人非議的事也不少。但是即便如此，岸本卻不似其他人那樣看待他，因爲岸本曾在年少時領受到他的溫暖——就像是一丁點兒細微燈火般的溫暖在他心中燃燒。

岸本讓這旅人在自己這兒待上將近一星期，然後他決心設法拯救太一這位落魄的父親。

「節子，叔叔要帶鈴木兄回老鄉去跟大家行個禮打個招呼！」

岸本吩咐完這番話後，又囑咐節子要她在自己外出這段時間另找大夫看看。節子同意了叔叔的意見，其實她自己也曾表示過想要請醫師診察看看。岸本希望這一切都只是她的錯覺。岸本對這沒把握的事仍抱著一絲希望，著手打點出門的準備，同時也拜託節子這兩、三天幫忙看家。

24

事實上，岸本的心情急遽地轉爲陰鬱。在他從家鄉姊姊那兒回來的途中，他或許還對自己向節子交代的事情抱有一絲希望，對於醫師所說的話還期待會有萬分之一的可能性，但是回來一探究竟後，卻教他格外失望。

「節子，妳不用那麼擔心，叔叔會替妳想法子看看怎麼辦是好。」岸本這麼說著，又再向節子說萬一必要的話，將孩子當作是妾所生的孩子來申報也行。

「妾所生的孩子嗎？」節子的臉微微醺紅。

爲了安慰這不幸的姪女，岸本甚至表示已想好將來戶籍的事，但是那戶口名簿上母親欄該寫誰呢？岸本想到這兒就發現其實要這樣做是不可能的。接下來的幾個月，他該如何來保護節子？又該如何才能把她放置到安全的地方？他發覺對節子而言，這些煩惱的事猶如致命傷一般。

岸本出城去替節子買了些可以給女人活血暖身的藥回來。

「妳可要更注意自己的身體才行。」他這麼說著，把藥袋給了節子。

夜幕低垂，岸本獨自步上書房，一個人面對著書桌呆望著。心中浮現河中漂流的年輕女屍，感到不可思議的恐懼。

「節子這種個性說不定會去尋死。」沒有比這種想法更教岸本心情沉重的了。失去妻子園子後，他曾想過從此以後再也不要同樣的結婚生活了，甚至如果可能的話，他希望可以完全重新開始。抱定獨身這件事在他想法裏，便是他對異性的一種復仇。而今他居然爲了平日他嫌煩的女人——而且是自己年幼的姪女——而落入這種黑暗深淵，他覺得自己的命運也實在是意外地惱人。

一種連想都沒想過的悲傷如閃電般從岸本的腦裏一閃而過。他想藉著結束自己的生命來爲自己犯下的過錯謝罪，甚至考慮把身後事委託節子的父母。不單單是因爲近親結婚本身是違法的事情，他覺得自己的所作所爲如果已構成違法，他寧可挺身接受處罰。還有一個原因是，岸本對於這種「世間的罪人，寧可以冷澈的心境，心甘情願地去接受嚴苛的法律制裁，也不要接受社會無情的嘲笑」的傷感想法感同身受。房裏那一盞藍色燈罩的煤油燈依然無力地燃著，煤油將要燃盡的燈光告知了夜的深沉。岸本在靠牆處鋪上自己的床褥，獨自在那上頭坐著。他不禁重新思考，想著睡了一覺醒來後，又會是未知的一天。交纏著雙臂想累了的岸本，昏沉地墜入夢鄉。

25

「爸爸。」

小繁跑到岸本枕畔用他那稚氣的童音叫父親起來。岸本搞不清楚自己究竟睡了多久。孩子和婆婆一起上樓來時，自己雖然已醒了，可是卻覺得很疲倦，彷彿怎麼睡也睡不飽似的。聽到孩子的呼叫聲，才努力想起床。

「小繁，爸爸一個人起不來，你幫爸爸一個忙，把爸爸的頭抬起來吧！」一聽岸本這麼說，小繁興高采烈地把雙手伸到岸本的頭底下。

「小少爺！趕快幫爸爸起身，小少爺比較有力氣！」就連一旁的婆婆都忙著幫腔。被這麼一說，小繁便好似要扶起一棵倒下的樹幹般，使勁兒地從後頭把父親的身子撐起。

「嘿咻！」小繁一面用力使勁一面吆喝著。岸本藉助這年幼小孩的力量終於起身了。

「先生，已經十一點了。」婆婆望著看來昏昏沉沉的岸本這麼說道。

「啊！謝啦！小繁，多虧你我才爬得起來。」岸本一面著麼說，一面像是被惡夢侵襲過一般張望四周。

太陽一如昨日般閃耀。這城裏的喧嘩一如昨日透過書房的紙拉門傳來。睜開雙眼，一如昨日般的心境還是持續困擾著岸本，比昨日美好的一天並沒有到來。在啜了熱茶清醒之後，他又坐到書桌前。

最近才剛開始執筆的草稿攤在書桌上，那稿子也可算得上是岸本自己的自傳吧！記錄著他由年少到青年時期的歲月。而這種心情支配著他紛亂的一顆心，他在桌前靜坐，試著讀自己所寫的自傳，他沒有把它留予世人的打算。他盡可能耐著性子讀著，然後在稍嫌不完備的結尾處做些修改。這草稿裏描述的是往日十八、九歲的他。

就如同四處遨遊的鳥兒每到暑假便會紛紛回到樹上棲息一般，那些在校園度過的時日一股腦兒湧上捨吉的心頭，他心想著要如何來過這個夏天呢？他想著在自己正準備要回去的家，有爲自己操心、收容自己的恩人一家——田邊家主人以及他的妻子、奶奶。還有在田邊家附近租屋的哥哥民助。其實早在他們這些長輩還把他當小孩看的時候，在岸本心底那年輕生命的幼苗早已如新生春筍般萌生。嚴酷地再三責備自己的殘酷——決定保持沉默的苦悶——發了瘋似的行爲——這些就連對同學他都難開口說的內心交戰，那些長輩們根本毫不知情。還有與繁子和玉子那些出自基督學校的婦人曾經有過男女交往的情事，以及和那些婦人之間發生的事最後都有如空氣般消失等，那些長輩也不知道。對於沒見過世面的捨吉而言，這一切都令他驚心動魄，他自覺自己好像剛出生到這世上一樣，想想現在自己所做的事，才發覺曾幾何時自己早已自顧自地步向長輩們所不知的路程。想到此，他心裏感到莫名的不安……

岸本再接著往下讀。

……明治二十年代初期，東京市内還沒有電車時，從學校到田邊家大約兩里路，走這些路對一個學生而言並不算什麼。捨吉常常沿著那山丘綿延的地勢，迂迴在有諸多古刹與墓地的三光町附近的山澗間，又或是從高輪的道路直走到聖坡，然後朝著尚遠距離位於城裏鬧區的田邊家前進。那一天，他打算在伊皿子的坡道等共乘馬車，於是在吃過午飯後便直接離開宿舍。午後將盡的道路在日曬之下更加炎熱。但由於已經開始放暑假，所以他興奮莫名的踏上歸程。彷彿在遙遠的前方，有人正等著自己。因為這種翹望讓他此刻感到無比歡喜。他不光是從急速飆長的身高、迅速發達的手腳，感受到自己的急遽成長，同時他也從恩人家或者周圍年齡相仿朋友們的成長裏察覺。他非常驚訝那一直被視為小女孩的孩子們，也逐漸長成大姊姊的模樣了。像是大傳馬町大勝的女兒、河岸木桶店的女兒便是這樣。大勝是捨吉的恩人田邊以及哥哥民助的老闆。木桶店的人和田邊家常有往來。捨吉可以想像得到，原本青澀地綁著辮子到老師那兒學跳舞的木桶店老板的掌上明珠，曾幾何時已梳著島田頭，額頭形狀變得很有女人味了。還有在大傳馬町邊的商家長大的大勝老板的女兒，那雪白秀氣的手。

讀著讀著，年輕時的自己就出現在眼前，那個不知爲何只要一有什麼牽動心情的事，馬上就會臉紅心跳、生澀純潔的自己；即將踏上人生路途，認爲未知名的一切都在前方等著的自己。岸本好像又看到自己年輕時的樣模浮現在眼前。

26

「啊！已經沒辦法再寫下去了。只能寫到這兒了。」岸本自言自語的說。不用等別人來責備自己，我會自己先譴責自己；不需等世人來埋葬我，我會自己埋葬自己。約在二十年前，岸本曾經到過國府津附近的海岸，相模海灘深色的海浪拍近岸邊，有幾次幾乎要打到他的雙腳。那時他仍然十分年輕，在難以平息的內心交戰中他展開了近一年的流浪生活，最後他的旅程是在那海岸終結的。當時他一整天沒吃沒喝，連一分旅費都沒有，身上穿的是簑衣，腳綁著綁腿，穿著草鞋，還理了個平頭，樣子十分怪異。當時的心情體驗現在又回到岸本心中。只不過現在映入眼簾的，是四座並排的墳墓，它們取代了那暗潮。以前他所看到的是那黃昏時分撲岸而來的波濤，而現在他眼裏只有虛幻的墓碑，即便如此那虛幻的寒冷仍遠勝於眞實。這三年來他所注視的這四個墓地總會在暗夜時分出現眼前，岸本園子的墓，富子、菊子、幹子的墳，他不只能清楚讀出那碑上的墓銘，還依稀可聽到妻子園子的哭聲。究竟是自己腦袋混亂的錯覺，還是側聽節子那兒傳來的聲音，又或是其他的什麼聲音，他實在無法分辨。在墜入那虛幻的墳墓之前，他曾想過要如何把自己可恥的行徑在親友面前隱藏起來，或許是逃到一個沒有人認識的小島，或是到訪客稀少的寺院去避避。但是在選擇退路上，他背負著太多的包袱了。他太累了，也自覺太羞恥了。他只有不得已地一步步迎向那四座虛幻的墳墓。

27

空虛地過了一天。夕陽灑滿二樓，牆壁、拉門、窗戶都閃著深層的色澤。岸本的心著實暗沉，若依他平日的習慣來講，一旦決定了便會去做。他的耳裏早已聽不見泉太、小繁兩兄弟的鬧聲。他只等著自己在心中下個決定。

當毫不知情的節子上二樓來時，太陽已下山了。她把人家送來的信遞給叔叔。取過那封信岸本才知道，原來元園町又叫了一部車連同書信一起送過來。

倒不是他想去見見老朋友，而只是一種機械式的反應。讀完這封信他立刻下樓準備出門。

光線昏暗的大門外，一輛敞篷人力拉車在等著他。交代節子看家後他便匆匆出了門。雖然他並沒打算去向老友辭行，但實際上事情會演變成如何誰也不知道。他懷著一顆忐忑的心搭上了車。

在車內不時可聽見車夫的腳步聲和他搖動的鈴聲，以及車子通過橋面時輪子發出的特別聲響。瀰漫都會氣息的街燈光影，時而映在車棚的玻璃窗上。聽到幾次過橋的聲音，教他深刻地感覺到此刻要去的，是平日鮮少會去的城市。

元園町正和一位客人在岸本未曾去過的店裏等著他。只見那兒燈火通明酒香四溢，而且早已備妥滿桌佳餚爲了迎接他。元園町正和那位客人飲著酒談著天。

「岸本兄今天可得要大喝一場。」元園町挑起眉毛這麼說。岸本才剛接過元園町遞來的酒杯，那位平日常來的客人又送上一杯。

「岸本你今天可要不醉不歸。」那客人也跟著這麼說，又向岸本遞上了一杯。

「喂！快告訴岸本我們有多想他。」元園町朝著那客人說道。

「來！再乾一杯。」那客人催促著岸本。

耳裏友人的笑語、映入眼簾的繁華燈影，與他心中的悲痛交織著。他想起方才在車上顫抖的自己。他甚至覺得他與節子之間，除非其中一方死去，否則絕對無法解決眼前這困境。

元園町盡興地醉了，沒一會兒好像又想起了什麼似的看著那位客人說：「你和岸本都去一趟歐洲吧……我覺得那樣比較好。」

那位客人好像把這番酒後語，當成下酒菜似的又飲了一杯。

「岸本，」元園町趁著酒意又向岸本勸說道：「你也去一趟歐洲吧……一定要去看一看……如果你狠下心出國的話，不論什麼忙我都願意幫……真的有必要到歐洲去一趟……」

岸本靜靜聽著友人的勸說。從這一番充滿情義的談話裏，他開始思索該如何走下去。

28

夜深了，四周都靜了下來，陪酒的人也都回去了。但是元園町仍和那客人喝著酒，他倆的酒興如此高昂。那夜，岸本也難得地醉了，夜越深他腦子越是清醒。

「朋友已把好消息帶來，我沒法再承受更多的幻滅了。」他這麼告訴自己。

他們叫的車子到了，在深夜的都市空氣裏岸本朝著家的方向啓程回家。在稱得上是東京繁華街道的大馬路上已聽不到行人的腳步聲。

「到海外去！」岸本在那回程的車上清楚地聽到這聲音，就好像深沉的「夜」在他耳畔輕聲道出一條活路似的。至少他在友人三杯下肚時所說的話中找到了頭緒，光是這一點，對他而言就足夠珍貴了。無論如何他要救救自己，同時也要解救節子、泉太和小繁。但是正當這個想法充滿他的胸懷，而且他確信自己一定能做到時，他的心卻受到了極大的打擊。

就這樣搖搖晃晃地乘了好一會兒的車之後，終於回到了他已住得相當習慣的城鎮。就連這個平日直到夜晚人潮頗多的地方，到了深夜也只依稀聽見雞鳴聲。家裏的人好像都睡了，他這麼想著，敲了敲門。

「是叔叔嗎？」聽到節子的應門聲，不久便聽到節子由門內將門栓卸下的聲音。岸本的酒意仍未醒。

「叔叔，很少見您喝得這麼醉……」節子驚訝地看著他說。

岸本直到走進自己房內都還無法抑制湧上心中的感動。這時恰巧節子爲喝醉的叔叔準備了冷水送來。岸本無法不將自己的心情與還不知情的姪女分享。

「可憐的女孩啊！」他不經意脫口而出這句話，然後緊緊抱住像受傷鳥兒般的節子。

「叔叔有好消息，明天告訴妳。」她聽到岸本這一番話突然百感交集，好一會兒時間她把臉貼著牆壁站立著。醉了酒的岸本耳裏聽見了她沒來由地在黑暗中哭泣的聲音。

29

天明了，書房內平常沒注意到的骯髒，冷酷地映入岸本眼簾。他在這個自己長時間工作的二樓書房內走著。看著那兒所有的東西無一不陳舊，而長久以來矢志的學術也荒廢了，打開書架，所有的書籍都埋在累積了半年的灰塵之下。他站到牆邊那兒，感覺到那兒留下的疲儘冷顫以及恐懼，就有如從那兒滲出血一般。

出國遠行——不知怎麼地，岸本覺得越來越能清楚的看到那條將自己從深沉谷底救出的筆直小路，他想要用力抓住這個機會。他想起從前有個和尚不可思議的人生。那名叫做文覺上人的和尚，原本打算殺了情人的丈夫卻錯手殺了情人，卻仍苟延殘喘的活著。岸本決定要從這件事學著讓自己更堅強。對沒踏出過國門一步的岸本而言，遠行的旅程絕非容易之事。要顛覆這七年來根深柢固的生活也並非容易之事。要考慮將節子和孩子移居到安全的地方，然後先想好不在家時可能的種種，而獨自離家也非容易的事。一這麼想，岸本的前額滲出斗大的汗水。

但是不可思議的是岸本的腰痛好了！這個他經常感嘆好像即將腐敗了的身體，這個只怕一不小心會變宿疾、常常感覺疼痛的身體，這個即便是之前靠划船或給針灸醫師看都沒好的身體，這個時常在牆壁旁躺臥上大半天，對於疲勞和倦怠無可奈何的身體，此刻卻開始聽使喚了！他暢快地流出汗水來，也忘卻了腰部的宿疾。拋下一切到海外去吧！到陌生的國度去，走入全然陌生的人群裏，在那兒掩藏羞恥的自己。抱著這種心情自發地去接受苦難，希望藉此也能拯救節子。

懷著這種心情，他寫了封信給元園町的友人。岸本不只是想捨棄身上所有一切，也希望把自己多年來辛勤工作所得來的一切當成是旅行的費用。這個旅行的決定最教節子震驚。

「那些酒話竟然被岸本你當眞，這眞教我爲難啊！」

30

他從一起喝了一晚酒的客人那兒聽到了元園町的看法。就連面對這位友人岸本都無法說明自己爲何要那麼認眞地接受他的意見，他無法表明自己的立場。

儘管如此，元園町還是寫了封信表示將不吝幫忙。這封信不但鼓勵了岸本，知道有人贊同自己出遊教他更加振奮。從那之後岸本幾乎每天都在爲打點旅行的事做準備。又是梅花季了，旅行的方針也大致抵定。長久以來，未曾出門訪視友人，只一個勁地自我封閉的岸本，這回去了神田，也去了牛込、京橋和本鄉。他希望能在節子的身子尚未引人側目之前，把一切準備就緒。

「去一次歐洲看看是不錯，可也沒必要急成那樣吧！慢慢來就好了不是嗎？」住在番町的朋友來家裏拜訪時說了這番話。這位友人在岸本看來雖有些年輕，可是已有多次出國經驗。

「要是不當機立斷出國，再拖拖拉拉下去我就要老了。」即便岸本這樣含糊其詞，朋友卻仍親切地教他許多事。就連對這樣好的朋友他都不得不隱瞞，他眞爲那個見不得光的自己感到羞恥。

岸本尚未對哥哥義雄開口。不只是代為照顧孩子的事，還有該如何安置節子的問題，除了依靠這位有如父親的哥哥之外別無他法。然而他太瞭解哥哥性格了，這件事該怎麼向他開口才好呢！義雄出生自岸本家，而後繼承母親那邊的家族。民助和義雄系出同一祖先，而該祖先是同姓岸本兩個大家族的家長。身為地方鄉紳的義雄，平日便比別人更重視家譽。義雄給家中女子寫的信裏面，最常告誡她們的也就是婦女的節操。哥哥這樣的性格以至於光是接到他近日要來東京一趟的信，就教岸本心慌。

「妳父親好像近日會來一趟。」他向節子這麼說，她只是微低著頭沒說一句話，但是她冷靜的樣子，倒教岸本寬心了些。

為了旅行的準備而每日忙碌的岸本，成天掛心著哥哥不知哪天會抵達。終於義雄從名古屋來了。

31

「啊！好久沒來了！我剛從車站那兒過來，都還沒到旅館去呢。這次因為有事在身大概沒有辦法久留。啊！還是來聊一聊吧！孩子們都好嗎！」義雄邊脫外套邊說。他不只是來探視久未見面的弟弟，也順便來見自己的女兒，他朝著過來接過他外套、帽子的節子說：「節子，妳還是這麼勤勞啊！」

一聽到這話，岸本自覺對於這毫不知情的哥哥無言以對。岸本引領這位許久沒來東京的哥哥在側廳裏四處走走。

「請我喝杯茶吧！」熟知廚房位置的哥哥，搶在自己之前走上二樓客廳。和哥哥面對面，岸本對於自己所想的事一件也說不出口，除了關於出國的話題外什麼都沒說，只委託哥哥照顧自己的小孩。「這傢伙有意思！」義雄以他慣用的精神奕奕的語氣說道：「我們家這下也要好好發展了！我打算近期內把家鄉的人找來東京，如果你肯替我找房子的話，孩子的事就包在我身上。」

義雄說話一直都是那麼簡潔明白。

他們聊到了相隔十年才回國的鈴木，以及人在台灣的大哥，然後義雄好像有事待辦起身準備告辭。即便這位哥哥的得意年頭還沒來臨，但仍不減其雄心銳志。他不但一口答應要照顧自己的小孩，還極力贊同自己出國的決定。

哥哥離去後，他把節子叫了過來，將哥哥所說的話轉述給她聽，希望讓不安的她稍稍放心。

「但是我無法開口託付妳的事，就算我再怎麼厚臉皮都說不出口——我眞的說不出口。」岸本嘆口氣說道。

「如果妳母親從家鄉來的話，想必會更吃驚吧！」他又接著這麼說。

岸本眼中浮現義雄那爲自己弟弟要出國而喜悅的神情。岸本把自己所犯不道德的事先放一邊，僅委託他幫忙看顧孩子們，這等於是無心的欺騙。岸本不得不覺得自己這次的出國，是一件欺瞞兄長、朋友，甚而欺騙世人的可悲虛僞行爲。再者，身爲一介書生的他，出國這等事情，越是被誇大渲染越是徒增他的虛僞，也越加使他痛苦。如果可以的話他眞想瞞著大家，只與自己平日相熟的人辭別。不過，藉著這些他所背負的苦、所受的難，或多或少可以彌補一下自己的不道德吧。雖然如此，他還是無法將節子的事託付給哥哥義雄，想到這兒，岸本覺得自己羞愧到把臉埋在地裏都還不夠。

32

預告著春天的來臨，易融的雪掩蓋住這個城市。岸本對於這趟旅行並無多想，可是實際著手準備，才發現光是要弄清楚旅途中需要的東西便要花上不少日子。

眼裏看不見的小生命在這段期間已開始萌芽。節子的苦惱就是如何把那微隆的肚子包裹起來，她那羞愧的樣子訴說了心中排山倒海而來的恐懼。那氣勢有如從地面伸出、不見天日不罷休的春筍。每次看到這種情形，岸本便不得不巴望他所預定的行李袋及衣服快些做好。

某日岸本應訊到警局去做身分調查回來，這是要拿到出國旅行證照的必要手續之一。節子站在廚房邊的小客廳旁，很擔心地向叔叔說她身體的變化已明顯到口味的改變。

「婆婆對我說：『節子妳最近怎麼都想吃些怪東西呢？』——可是我很想吃醃梅，忍不住地想吃。」節子紅著臉這麼說。她還說，被婆婆近距離注視是最教她害怕的了。

對兩個孩子岸本什麼都沒說。曾有幾度想說出口，但是一想到孩子們會心慌不安便又躊躇了。

「小泉，來！」突然岸本在晚飯餐桌旁叫喚泉太。

「小繁，爸爸叫你過來。」泉太把弟弟也給叫了過來，兩個孩子都到了父親身旁。自從決定要出國後訪客便多了，和家人一起吃飯的時候也變少了。

「爸爸想要拜託你們一件事好嗎？爸爸最近要出國，你們兩個可以乖乖待在家嗎？」節子在餐桌旁，婆婆人在廚房聽著，岸本這麼向小孩說道。

「我會好好看家的。」弟弟搶先一步回答。

「小繁！」泉太斥責了一聲，好像在說自己應要比弟弟早一步答覆爸爸的話。

「你們兩個都要仔細聽好，爸爸要去的是法國。」

「爸爸，法國遠嗎？」弟弟小繁問道。

「那兒……很遠啊！」哥哥用小學生的威嚴對弟弟說。

岸本看著兩個小孩子的稚嫩臉龐心想，即使是回答法國很遠的哥哥，恐怕也無法想像法國有多遠。

33

出乎意料地，小繁和泉太郎異常的平靜。他們倆什麼都不知道，只知道父親要到遠方去，要去像是鄉下鈴木伯父的家，或是妹妹君子被寄養的長陸海岸之類的地方。看到他們單純的模樣，岸本心想自己是否能不傷他們的心的放下他們撒手而去呢？

他站在餐桌旁叫喚婆婆。

「這段時間妳幫了我許多忙，我不久後要出國去，不久節子的母親就會從鄉下過來幫忙，在那之前妳繼續替我工作吧！」

「什麼？您要出國？」婆婆說，「不過那也好。」

岸本對著孩子和婆婆說道：「我打九歲起到東京求學，自那之後便一直和雙親分開，待在別人的身邊學習，即使如此我也一直好好地過到現在。想到這兒，我想小泉、小繁應該能替我看家了吧……怎麼樣？小泉有辦法看家嗎？」

「可以啊！」小泉隨口答道。

「雖然爸爸不在，可是有節子陪你們，而且沒多久伯母和奶奶也會來。」

「節子會在嗎？」小繁望向節子詢問著。

「在啊！」節子握住孩子的手堅定地說。

岸本出國的事不知何時已經傳開，成爲大家談論的話題。岸本從中野的友人那兒收到了一封信。他依稀記得朋友在信裏提到：沒有想到你會這麼快下決定云云。而另一方面從年輕朋友那兒收到的信裏則是說道：「你要照顧兩個失去母親的孩子，竟然還打算遠赴他鄉，乍聽這消息我眞不敢相信，你瘋了嗎？這一切都是眞的嗎？」大概就是寫這些內容。這些蜚短流長無一不刺激著節子幼小的心靈。從叔父身邊的信件，到漸增的訪客人數，似乎都預告著她即將急轉直下的命運。她走向岸本身邊怯怯地說：「叔叔應該很高興吧！」

這聽來像是替叔叔出國感到高興的隻字片語，反而更教岸本感到無以名狀的自責。好像只有他自己一人享福，丟下不幸的姪女獨自逃往國外一般。

「妳倒是幫叔叔看看我是快樂還不快樂？」岸本雖想這麼說，卻沒開口，只是默默地從節子身邊離去。

34

節子那雙眸子裏，變得不再懼怕叔叔，它們不只訴說著對叔叔的強烈恨意，有時眼裏是笑意，臉上卻同時舞動著一抹暗影。

「眞的很奇怪耶！」

「懷孕的感覺好奇怪喔！」

節子簡短的一句話，試圖告訴叔父在她體內燃起的劇烈變化。但是當岸本面對這不幸的姪女時，他卻覺得不管是微笑或是憎恨，在在都帶著責備。她的微笑和憎恨就等於是在譴責岸本。

暖暖的雨灑過。那雨水打濕一切的聲音，讓岸本覺得似乎是在提醒他，離開這居住了七年的房子的時候近了，他得快些把這家收拾好，還得把節子藏在新家。除了忙著這些無止境的瑣事之外，另一方面岸本還想去向平日交情不錯的友人辭行。如果時間允許的話他也想寫寫信。岸本匆匆驅車前往一個劇場，他在百忙中撥出空來，心想即便只是短短時光也無妨，只求能在這劇場小屋裏度過。在舞台上表演的是兩三個岸本在某齣不知名的現代劇試演時看過的演員。舞台上一齣和前後劇情無關的獨立戲碼開始上演了。岸本眼前的男演員，像人形娃娃般把臉塗得雪白，穿著女生夢寐以求的長袖襬衣裳，嬌媚地微傾著脖子，楚楚可憐地念著台詞，好像是扮演小孩子的角色，跟愛搗蛋的小繁和泉太有點相似又有點不相似。但這在岸本心裏起了莫名的漣漪，滿腦子盡是即將被撇下留在國內的孩子們。熱淚盈眶的他，已無法再繼續觀賞舞台上的演出，甚至再也無法忍受繼續坐在那兒。他避開人群獨自走到長廊下，那兒有幾扇微暗的窗，他走向其中一扇，放聲哭了起來。

35

岸本盡可能地加速旅行的準備工作。居家四周狹小巷道裏的小草終於露出了新芽。好不容易可以準備搬家了。節子只要一有空閒便緊貼著暖爐，好像窩在鳥巢裏的鳥兒一般，成天窩在廚房邊的小客廳裏。岸本明白節子爲腹中一個月一個月成長的小生命而痛苦，然而他越是焦心，那無法等待的無形小生命，便越是故意大剌剌地宣示他的力量，好似無法再等上一日一刻。對於即使剝奪了母親的生命也執意要生存的小生命，任誰都是無能爲力。

節子的煩惱長久以來一直壓迫著岸本，令他感到窒息，如今在她腹中成長的生命力也開始折騰他，這種心情教他對節子更是疼惜。節子在她充滿女人味的豐滿胸部上的肩膀披上披風，彷彿像是在告訴叔叔那難以壓制的滿漲勢力；而分擔她的恐懼、痛苦的就只有叔父一人。

「不好意思打擾了。」每每聽到大門那兒傳來女性親戚的聲音，岸本最先感到的便是擔心。

根岸的姪女——也就是民助的大女兒愛子，在他們即將搬家一片混亂之際來訪。愛子就是節子和輝子口中所喊的「根岸姊姊」。愛子這次爲岸本帶來一個餞別的消息，就是她和台灣的父親商量過後，決定要把叔叔的小女兒君子當成自己的妹妹照顧。

「您幫了爸爸那麼多忙，而且叔叔出國之後，寄送君子的生活費也很麻煩吧！」岸本心懷感激地接受了愛子一番話。

「叔叔您的頭髮……」愛子十分吃驚地望著岸本說：「您的頭髮白了耶！好像這一兩年間才變白的。」

「眞的嗎？我的白髮那麼多嗎？」岸本掩飾著笑了。

只要在「根岸姊姊」面前，節子就會變得莊重。不僅節子，連輝子也是一個模樣。在岸本家的近親裏，愛子和節子姊妹間，有一種女性間特有的神經質。不但如此，現在的節子因怕被人看見，所以就窩在紙拉門後的火爐邊避著愛子。

「可以替我送一個到君子那兒嗎？」說著說著，岸本從衣櫥底層取出長女遺留下來的紀念品拿到愛子面前。罪惡深重的叔叔對於願意照顧自己女兒的姪女還是有所顧忌。

36

要離開這久居城鎭的日子終於來臨了。家中側廳的擺飾從小泉、小繁的母親還在世時就不曾移動過，現在取下了壁上那只舊鐘，從牆腳搬走了茶櫃，景物爲之一變了。

除了可以放進行李的書，岸本把平日架上所有的藏書都給賣了。除了以後到國外可以拿來當居家服穿的各季服飾以外，從和園子結婚便一直保留至今的舊禮服以及平日穿的所有的衣服都賣掉了。

「節子，這妳留著。」岸本把節子叫了過來，並拉出衣櫃的抽屜拿出園子的遺物。一件平日被珍藏著的禮服和腰帶。這腰帶不只是他和園子的結婚紀念，在愛子和輝子結婚時也都派上了用場。岸本把妻子的最後一點遺物毫不吝惜地全給了節子。

「小泉和小繁以後就拜託妳了。」他添上這句話。門裏的牆邊尚有兩株胡枝子，每年只要一到花季，岸本都會把它移植到花盆，再拿到二樓窗邊當擺飾。這兩株胡枝子的葉片有尖有圓，而且花色和花形都各不相同，一到了開花時節可眞是美不勝收。在這小鎭裏裝點岸本書房的便是這兩株胡枝子。節子原本就喜好植物，在岸本不知情的情況下，她重新整理好胡枝子的根部帶到新家去，當作是這一年半來和叔叔共同生活的紀念。不久那期盼已久的早晨終於到來了。

「小泉、小繁快過來換衣服。」節子嚷著。

「要到新家去了喔！」婆婆挨到孩子身邊這麼說。

針灸醫生的女兒也特意跑來看他們兄弟換裝。泉太和小繁兩個人對於即將搬到陌生的城鎭感到十分興奮，穿著新買的拖鞋開心的在榻榻米上打轉。

岸本走上二樓四處看看。本想長住下去而重新漆上的黃色牆壁就立在那兒。空曠的書房就在眼前。站到窗畔，鎭上經歷幾回暖雨潤澤的連綿屋簷映入他的眼簾。竟然能夠在成爲那些好事者討論的話題前搬走，實在令岸本難以相信。

恩人家弘上次來拜訪時說過的話，突然浮上岸本心頭。

「菅說得好不是嗎？『岸本常會有驚人之舉，這是他以前就有的習慣。』」

這是弘在岸本不在的時候在這房裏和菅聊天時說的。像是跟這個城鎮告別似的，岸本輕輕掩上二樓的窗子。他已先行把家中女人和孩子送到遠在高輪那兒找到的房子。

37

新的棲身處正等著岸本的到來。隨著節子和婆婆早一步到達的兩個孩子，對於突然搬來這樹木眾多、看似郊外的新開發地感到十分新鮮，他們在被竹籬笆圍牆圍著的平房四周閒晃著。

「小泉，小繁，要小心哦！不要動手去摘園子裏的葉子喔！」岸本先這樣告誡他們。兩個小兄弟互相叫喚的聲音傳遍整個新家，但岸本的心思早已轉到別處了。

行李還沒有送到，而節子正和婆婆忙著搬家日要忙的事。

「終於啊！終於到啦！」岸本鬆了一口氣似地說，然後環視這初步打掃過後的新家。跟以前那房子比起來，這兒的房間多了許多。岸本在節子的陪同下，走到灑滿寂靜日光的北向房間巡視。

「等奶奶來了可以請她住這間房。這兒看來似乎是個做針線活的好地方。」岸本對節子這麼說。剛好房間前頭有塊小空地，從那兒可以直接通往廚房側門。「叔叔，我發現一個適合種植胡枝子的好地方了。」節子指著那塊空地的一隅對岸本這麼說道。

接著岸本去巡視那間南向的房間，節子也隨後跟上。不見平日舉止及身影裏難掩的苦悶，她露出難得一見的奕奕神采，只見她一面輕吐著氣息，一面指著茶花的嫩芽叫叔叔看。滿園繁生新芽的滿天星和那已然枯椏的銀杏樹，教節子十分喜歡。

「親戚中沒有人住像這樣的房子。」節子半自言自語地說，用那清純的雙眼眺望四周。

沒多久節子便到婆婆那兒去，她的一番話教岸本感到一股不可思議的寂寥感。住在像這樣的房子裏是多麼教人稱羨啊！親戚們光從外表看應該是這麼想的吧！節子走後他獨語著。行李送達之後的混亂一直持續到傍晚。吃完晚飯後岸本淨想著以前那雜亂的城鎮；比鄰七年多的那些愛說閒話的人們，再也不會打他門前經過。夜裏也不會再聽到腳步聲或車輛聲。

「爸爸，我聽到火車的聲音。」自小在鬧街長大的孩子豎起耳朵聽。從品川上空傳來的火車聲更彰顯出這一帶的寧靜。岸本在剛搬進來的新家躺下身來，接連嘆了幾個恐會教家人笑話的嘆息。

38

岸本已是半個旅人。他盡可能的避人耳目，就連送別會，能夠婉拒的也都謝絕了。一直到準備就緒前，他都沒有把自己旅行的消息發出，他不搭從橫濱發的船，而刻意選擇較遠的神戶港，其實是因爲他想一個人悄然揮別祖國離去。

岸本這突然的主意反而招致大家的好奇。他越是想低調的行動，他的外遊卻越是遭人議論。而現在這種表面的風光卻更教他不安。就連一些用不著招呼的人，也都追問爲什麼要從兩國搬到靠近荏原郡芝區那樣偏遠的地方。對於這種質問他又不得不答。雖然問的人並不是很認眞在問，但他也只好回答說因爲高輪這個地方充滿了他的年少記憶。在山陵上的舊校舍，他跟足立、菅等朋友一起度過了四年的時光。在學校附近住著一戶大地主，那戶人家的主人是這個村子的村長，從那一帶還留有武藏野昔日風貌時，便有許多教人感念的事蹟。而這個奇特的大家族，也經營了私立女校、幼稚園、與極富特色的小學。那所小學的氣氛就像個大家庭，是一個非常適合讓自己小孩就讀的環境，所以他選擇把自己的住所遷到那個小學附近。

岸本每日都步下那熟悉的高台外出去辦事。而他也很自然的去同住鬧街的故舊辭行。有時他甚至會回到兩國，走到可以看見隅田川的河岸邊，跟一位雜誌記者去散步。

「你遠行的決定，應該也鼓動了其他人。」聽了記者朋友的這番話，岸本悶不作聲。只是望著地面靜靜的走著。

「你的孩子怎麼辦呢？」那記者又問。

「孩子嗎？外出這段時間我打算託給兄長親人照顧，而我的姊姊也會從家鄉那兒過來幫忙。」

「你姊姊已經來了嗎？」

「還沒，她下個月才能過來。」

「你不是這個月要去神戶嗎？你姊姊都還沒過來……」

那記者這番為自己擔心的話震撼了岸本全身。他實在沒臉面對嫂嫂，即節子的母親。

39

攤開一只耐得住長途旅程的行李袋，岸本把書籍、衣物打包好，也備妥了一些常用的藥品，這時他才深刻感受到自己即將前往一個遙遠的國度。

「小泉跟小繁今後沒有人支持好可憐啊！」根岸的姪子也到高輪探訪他。他向岸本說：「你們可能會這麼想吧！叔叔是打從還在上小學那時，便借住在鈴木家一年，然後又在田邊家過了好長一段寄宿生活。但叔叔並不會特別覺得怎樣，只要把每個照顧過自己的人當成是父母般看待就好。」

「兩個孩子都還小，但是如果要出外的話，現在也許是最佳時機。」

愛子這麼說著，話中卻也透露著岸本已經給義雄哥哥家添了太多麻煩的意思。岸本無法告訴愛子爲何他沒回根岸去詳談一番，便把兩個孩子託給義雄哥哥。

「君子的事就萬事拜託了。」岸本把小女兒託付給根岸的姪女。

岸本在高輪約莫住了十天左右。和節子及孩子們一起生活的日子，就只剩一天了。懷著踏上旅程前的混亂心情，讓岸本決定在晚飯前的空檔，一個人到戶外散心去。他朝著附近小山丘那兒走去，走向畢業已久的學校。二十二年的歲月，不啻改變一個畢了業的學生，同時也改變了學校。只有沿著緩和的地勢，從山丘上延伸到學校正門的那條弧線的路徑沒有改變。住在學校旁的那個管理員的家沒有窗子。岸本走進學校大門，爬上那條路。總是和足立以及菅聽著學校裏小教堂響著的鐘聲，一起前往熟悉的禮堂，但原址已不復存在，取而代之的是另一棟新的建築物。走進那棟新建築物裏，他發現了舊日記憶的百日紅樹。岸本剛開始接觸外國書籍，開始瞭解外國文學宗教，對外國事物開始懷抱想像都是在這個小山丘上。他在新禮堂周邊走了一會兒。踩著這一片熟悉的土地，他來此並不單單只是爲了告別，他打算在遙遠異鄉的住處完成自己尚未完成的自傳，所以才到這兒把一切看個仔細，來喚起他青澀年代的記憶。黃昏時分，打山澗間傳來的寺宇鐘聲也是他昔日的記憶之一。這鐘聲提醒岸本要快些回家去，節子已在準備晚飯等他。

40

晚飯時間，和家人一起用了餞別的一餐。在飯廳一隅供著的是從舊家搬來的佛壇，因爲叔叔臨行在即，節子在那兒點上了燈。看著那燈光，兩個孩子還不懂那是什麼意思。飯後岸本把兩個孩子帶到佛壇前。

「孩子的媽，再見。」岸本說給孩子們看。就像是來向死去的親人辭行般。

「這就是媽媽？」小泉和一旁的小繁互望，開玩笑的問道。

「是呀，這就是你們的媽媽。」聽岸本這麼說，兩個孩子故意裝作聽不懂的樣子，噗嗤地笑出來。

岸本趕忙前往那間朝南邊的房間，作出發前的準備。該寫的信很多。房裏滿是要裝進行李的東西。各方送來的餞別禮物被當作是帶到那兒的伴手禮，他盡可能的把它們塞到行李箱中。

「明天會是個晴天嗎？」他一邊說著走向窗邊。打開氣窗，透過灰暗的樹木間隙，他看見了夜空的景致。遠方的星星在閃耀著，混合著暖意與寒氣的空氣也流洩進來。

「節子，春天要來了吧！」岸本轉頭對著正忙著幫忙打點行李無暇分心的節子這麼說。

在電燈的光影下，節子正將白襯衫等等分門別類收拾好，然後走向叔叔剛才站的窗邊。

「今天，黃鶯在院子裏啼了好一陣子呢！」她這麼說。從那就算入夜卻依然人潮眾多的鬧街搬到這兒來後，才發現淺草那兒被視為剛入夜的時間，在高台卻已靜得像深夜。屋外寂靜一片，從舊家帶來的老壁鐘指針移動的聲響顯得格外醒目。

「這一帶眞的很靜耶！靜得像在山裏似的。」岸本一面向節子說著，一面在這猶如郊外的靜夜裏，加快腳步打包行囊。對岸本而言，光是想到以後的日子必須要穿他平日很少穿的洋服就覺得心煩。他想像著在熱帶地方航海的樣子，對於那些準備工作感到很厭膩。

夜漸漸深了。兩個孩子當中的哥哥早已睡著了。弟弟則是很晚了卻還睜著雙眼巴著婆婆說他那些童言童語。好不容易他也安靜入睡了。

時鐘敲響十二點、一點，但是房裏卻還沒完全整理就緒。

「妳們先去睡吧！」岸本對節子與婆婆說。

「婆婆，妳明天得早起，不用擔心我的事，別客氣先去睡吧！」

「這樣啊！」婆婆聽從了這建議。「要到遠方去的人光打包行囊就夠麻煩的了——先生，那我先去休息了。」

「節子，妳也去睡吧！」岸本這麼一說，節子眼裏便泛起了淚光。節子眼中流露著的女了嫵媚的表情，她在想像叔父的傷悲，面對著這些早已看慣、寫著岸本英文名字的行李箱，她想像著叔父決定出國的決心。「叔叔，晚安。」說完，她激烈地啜泣起來，伴隨而至的是叔父臨別的一吻。

41

翌日清晨，岸本帶著所有行李搬往新橋車站附近的旅店。他到那兒等著平日相熟的朋友。接連不斷的訪客，鎮日不絕。中野的友人也來了，他替岸本帶來了他想要的茶葉和山茶花種子。岸本把這東洋植物的種子當成是到異鄉的紀念，放進行李裏。「這個要等它長大生根可不容易啊！」中野的友人這麼說，用他高分貝的聲音開口大笑，岸本心想何年何月方可再聽到這笑聲啊！那天，他請大家喝了酒。

他感慨萬千的準備踏上旅途。一夜難眠，原想在天亮前打個小盹，但黎明的來臨告知岸本他即將離開東京。那個清早，他帶在身上的物品，不論是旅人用的帽子或新的西服都跟他心底流竄的悲傷不搭調。他想起以前他的一個親戚被關在鍛治橋未決監獄時的情形。那個親戚戴手銬綁著腰繩，從法院大庭通過時，在他頭頂的編織斗笠的陰影下，他沉默地向自己打招呼。當時犯人的樣子，就和岸本自己鞭責自己的心境是相通的，看不見的編織斗笠、手銬、腰繩困著他。他不知自己能不能活著回來。抱著被放流孤島的心情，岸本朝著新橋車站走去。

微寒的細雨紛飛，岸本爬上舊車站的石階，來送行的人早已聚集在那兒。

「恭禧！」一位書店老板到他身邊打招呼。

「今天眞是可喜可賀啊！」在大川端那兒，時常唱上方歌曲給他聽的老歌女也到他身邊這麼說著。這人帶著年紀比自己輕的丈夫一塊兒來問候他。

「眞教人頭疼！」看到來送行的人們，岸本心裏想著。一些他連想都沒想過的人都聽聞到他要出國的消息，依序朝他這邊湧來。

岸本看到婆婆從高輪那兒把孩子們帶來了！婆婆肅著臉，穿上較好的和服外套，帶著泉太和小繁來送行。

「節子說她今天要留在家裏看家。」婆婆對岸本說道。

「小泉、小繁你們來啦！」岸本輪流抱兩個孩子，泉太張大雙眼望著聚在爸爸身邊的人們，不久便含淚低下頭。這時似乎只有老大依稀知道父親即將遠行。

42

田邊家的弘從中洲趕來，愛子夫婦從根岸趕來，他們都到車站替岸本送行。弘那胖嘟嘟的福態體型讓辭行的岸本覺得好像看見了自己已往生的恩人。「叔叔，今天眞恭禧了！」愛子的丈夫手拿著帽子這樣寒暄的說著。在岸本的眼裏看來，這個人也好，弘也好，雖然年齡不同，可是都已到了工作旺盛的壯年。接著岸本在聚集到車站的人潮裏發現了一位白髮蒼蒼的老人。那老人是園子的父親，他聽說岸本要出國特別從函館前來送行的。看來像是園子姊妹的人攙扶著他，想到他們都來爲自己餞別，他不覺低下了頭。其他像代代木、加賀町、元園町以及平日工作上有交情的人也都來了。岸本到他們所聚集的地方去和大夥辭行。

「下一個輪到你出國了吧！」一位站在代代木友人前頭的人這麼說。

「用不著大夥都出去吧！」代代木笑著，用他那快活興奮的眼神望著來送行的人們。

發車時間近了，函館的老人走到岸本身邊。

「我在此先告辭了，那麼大家保重。」在取票口旁的老人凝視著岸本這麼說道。他沒和大夥一樣手持車票，這充分說明了老人的與眾不同。

五、六個朋友和岸本一起上了列車。岸本把頭伸出車窗，不只是平常相熟的朋友，就連只讀過他一本著作、素昧平生的年輕人也齊聚在那兒。此外，還有一位美術學校的教授穿越眾多人群也來送行。

「聽說你要去法國——我連你啓程的日期都不知道，直到今天早上看到報紙才急忙趕來。」

「嗯，要去你熟悉的國度。」岸本在車窗畔與這位自少年時代便認識的畫家交換了許多臨別之言。

「岸本先生，露個臉吧！現在要拍照！」報社記者群裏響起了這聲音。岸本不得已將頭伸出車窗外。

「麻煩將頭再探出來些，不然照片會拍得不好看。」

岸本把自己羞恥的臉曝露於相機的閃光燈之下。

「小泉、小繁再見囉！」岸本注視著婆婆帶著的兩個孩子，就在此時火車開動了。岸本靜靜地向站在走廊的人們微微低頭致意。

「這場送別眞是聲勢浩大啊！這一生大概不會再有機會遇到這麼多人來送行了吧！只有去歐洲或是葬禮，才有這樣的排場吧！」

同乘的加賀町站在車窗旁，用高級官員的口吻看著岸本說。其實對岸本而言，這完完全全等於是生前的葬禮。

43

岸本終於留下幼子離開東京。元園町、加賀町、森川町，以及其他的友人一起送他到品川，而代代木離情依依地說至少要一起搭車到鎌倉。岸本的一個朋友在鎌倉那兒等他。車子過了鶴見，窗外細雨斷斷續續的下著。在那一站也有許多他想要去道別的人，但無法如願。時而映在車窗，時而消失的站務員、上下車的乘客、無精打采的站在車站走廊的人，都不曾因爲被雨淋濕而消失。

在鎌倉等著岸本的是，在信濃山上認識的友人志賀，岸本曾在那裏住了七年。此人之妻和他的伯母都是園子的朋友。這個交情特別的友人在他前往神戶途中，留住了岸本，不只爲了和代代木等人聊上一陣，也爲了表示臨別的心意，他特地從鎌倉領著他們到箱根的塔澤。這趟旅程十分愉快，到塔澤去看看山腰的積雪以及早川的聲響，讓岸本想起以前與青木、菅、足利一起遊玩的年少時日，這些難忘的印象，無法向任何人訴說，只與岸本心底那些無言的場景交雜在一起。

和代代木、志賀在溫泉旅館的二樓廂房相互飲酒道別時，岸本仍是什麼都說不出口。到箱根山腳下來的路上所聽到的雨聲，以及從山澗裏流下的早川水勢聲，在岸本聽來二者之間是那樣的神似，聽著這樣的聲音，岸本只簡短的說：「我這趟旅行啊！就當作是嘆一口氣，去去就回來。」

「也是啦！離開所有一切，難免感嘆，這經驗我也有過。」代代木閃耀著雙眼這麼說著。

「因爲夫人過世，你才會萌生去法國的念頭是吧！」志賀以一種體貼的語氣向岸本說。

「總之一、兩年時間也好，能在旅程中慢慢閱讀書籍，光這樣就夠教人羨慕了。加賀町他們好像也都受到你要去法國的刺激。」代代木又說，然後以「暫別了」的心情爲岸本斟了酒。

岸本打從是日清晨受到大家熱烈送別、從東京出發以來，一直持續著冷汗浹背的心情。從打算要開始這趟不得已的旅程，到眞正起身出發、把所有能拋下的全都捨棄，他把自己譬喻成離開「火焰之家」那位值得憐憫的出家人。這趟出國，對年齡相仿的友人造成或多或少的刺激，對他而言也是痛苦的。他對於自己的立場沒法作任何說明，他想要用以往去仙台、小諸的那種心情到巴黎去。

應岸本的要求，愛好美酒及旅行的代代木試吟了一首歌。從那不知何時才能再相見的友人口裏，岸本聽著他喜歡的曲子，更加深了他遠行的心情。

44

岸本在兩個朋友的陪伴下，出發前往塔澤是隔天下午的事。岸本到了國府津便和代代木以及志賀道別。沒多久，好朋友的臉龐便從車窗上消失。出發當天的《東京新聞》上刊登了許多關於自己從新橋出發時的報導。岸本一邊想著那些報導，悄然的獨自西行。

岸本必須到神戶等待開往馬賽的船期，從這點來看的話，岸本實在沒必要那麼急著離開東京。只是他實在沒臉面對節子的母親，才趕忙在嫂嫂來東京之前出發到神戶。就算要他人到了神戶之後寫封道歉信給家鄉的嫂嫂，就算要他負擔嫂嫂來東京的所有花費，他也在所不惜。

到達神戶後約莫過了四、五天，他收到節子的信。那是封回覆岸本的信件，信上不只寫孩子們一切安好以及家裏的情況，更寫了她內心深處的想法。

在神戶港通往諏訪山的坡道上，他偶然發現一家舒適的旅館，他在那旅館的二樓廂房讀著這封信。節子訴說她因身子而變化的奇妙心境。節子在過去四、五個月間，時而恐懼時而帶著強烈怨懟，有時面對著親密的叔父內心產生動搖不安。岸本覺得這樣的節子當中還有另一個節子存在。岸本不得不感受到，自從自己踏上旅程後，某種強烈的變化正在這不幸的姪女心中展開。

岸本再仔細重複看那一封信。藉著這封信，節子要把岸本對自己的抱歉、他對自己一切歉意的心情全部打消。

如今想想，爲什麼自己會變成這樣呢？想到這兒，自己也覺得甚爲驚恐。我果眞是無法抵擋誘惑的，不過，如今我已明白在這個世界上人情之外仍有人情。爲何叔叔在信裏只用『你們』這種含糊字眼稱呼我呢？『你們』包含的對象不是很多嗎？叔叔從新橋出發的那個早晨，我在高輪家中的院子裏，聽著品川一帶響起的汽笛聲，一直到聽不見爲止，我一直呆站在那兒。叔叔留下的書箱，叔叔留下的書桌，無一不教我想起您，我現在正在那放置著書箱、桌子的房裏走著。自從聽到叔叔要出國的決定後，我便有許多話想對您說，只是一直說不出口。

45

看了節子的信之後，岸本發現曾經和她一起分擔煩惱、一起體驗恐懼日子時的心情，未曾離開。

「啊！太殘酷了！太殘酷了！」岸本環視著四周景物這麼呢喃著。這才驚覺親戚、朋友和兩個孩子都已不在身邊，而今只剩自己一人在這神戶的旅館裏。好不容易才避開一切逃到這個港口，想起一路上的風霜不禁深深嘆息。

不管節子是多麼努力地想打消一切，可是岸本造成她那一生難以抹滅的污點，好像也會終生留在岸本自己身上似的，深沉的後悔難以從岸本心中消除。一直以來他總是爲了節子的事操心，盡可能地疼惜她，甚至連自己不在的這期間要如何安置節子都考慮到了。這一切的一切都是爲了想把她從幻滅中解救出來。可是頑固的他並沒有對節子信中的內容做任何答覆。

四月份節子來信說母親上東京來了。岸本一面心驚一面讀著那一封信。他從信裏得知她的母親、祖母以及年幼的弟弟都已平安抵達高輪。節子的弟弟恰好跟岸本第二個孩子同齡。

節子信裏還提到她自己一人到品川車站那兒，去接從老家來找她的家人。母親老了！面對老邁的祖母與母親，她感到自己非振作不可。此外信裏還說到，過去一直纏著自己不曾離去的暗影如今已揮去，現在自己要爲這一家老小更加努力才行。

這封節子的來信裏寫了許多撥動岸本心弦的細微瑣事，節子那女人的特質也在信中表露無遺。岸本在心裏試想那已非昔日少女之身的節子和上東京來的母親在一起的情形，岸本可以清楚想見節子在這種情況下內心的動盪，以及不管發生什麼事都不失冷靜的態度。當嫂嫂人到了高輪的房子後，當嫂嫂一旦讀出他爲何丟下孩子跟節子獨自出國的含意時……想到這兒他不禁羞愧萬分。

來到神戶有一件必須做的事，就是提筆寫那封難以開口的信給人在名古屋的義雄。他實在想就這麼把信擱著獨自乘船出航，也有好幾次他攤開紙想把節子的事託付哥哥，但是終不成書只有嘆息。

從克科船公司東京分公司那兒寄來一封通知，是有關岸本預定前往法國的船票、床號的事。從旅館二樓廂房來到走廊放眼一望，從這地勢較高的坡地可以眺望到神戶港部分的景致，而那片即將要啓航的汪洋碧海就展現在眼前。

46

「有一位名古屋來的岸本先生到訪。」旅館一名女侍跑來傳達。那時岸本剛好因爲有些感冒徵兆，而把原本要在離開神戶前再多寫一些的自傳稿擱著。一聽到哥哥來訪，他趕忙在睡衣外罩上小外套，並把鋪好的床推向角落。正好因爲感冒，讓他那瞬時蒼白的臉色隱藏起來。義雄是趕在岸本出發前特意來見他的。

「自己的弟弟要出國了，我想只寫信道別就太無情了，剛好我有事要到神戶，就順道來了。」

在聽到此番話前，岸本一直安不下心來。

「啊！搬家的事終於告一段落了。要搬的行李實在很多，我聽你的忠告把大部分的行李都放在家鄉，只把必需品裝箱打包送到新家。我也是從名古屋出發，先前已把家鄉的事都處理好了。『捨吉竟能下定決心丟下孩子到國外去』，鄉下沒見識的人都這樣說，但在我看來，人如果連這點勇氣都沒有的話就慘了！」

義雄用他一如往常的抖擻聲調這麼說。岸本慢慢低下頭去，一面看著自己的手掌一面聽哥哥說話。

「我們舉家要遷往東京，村裏的人替我們辦了送別會，節子和嘉代（節子的母親）盡說些洩氣話，但是這可不行啊！兄弟互相扶持本來就是我們岸本家故有的家風，不只是捨吉你，我們家也要好好發展才行。我就是說這番話來鼓勵嘉代的。你就等著從法國回來，看我闖出一番天地吧！」

聽義雄激昂地說著這一番話，身為弟弟的岸本實在找不到適當的時機開口提節子的事。義雄好像只是來見弟弟一面求個安心似的，沒一會兒便說還有其他要事無法久坐。岸本腦裏閃過一個聲音，告訴自己萬萬不可錯過這個機會，於是他一把抓住義雄正欲起身離去的衣袖，卻又什麼都說不出口。

結果就這樣什麼都沒說地和哥哥分了手。想到自己沒有向嫂嫂開口道歉在先，現在又沒向哥哥認錯，他不禁為自己的罪孽深重嘆息。

47

岸本在神戶的旅館裏等船開等了兩星期。這兩個星期的時間是他盼望已久的。如今他與被安置在隱蔽郊區的節子之間的距離，已是相隔東京與神戶之間了。但就算他離開了節子，卻離不開那不斷追趕著他的無形恐懼。他擔心著不知道今天還是明天東京那兒是否會傳來什麼消息，這些擔憂日日夜夜在他心底反覆。但也多虧了這兩個星期的空檔，他除了把之前在東京沒能寫的信完成之外，也把之前趕忙打點的行前準備再確認妥當。此外在這一段時間裏，他也和有事要去大阪的元園町在神戶碰了一次面，還讀了從留在東京的孩子們寄來的信。

爸爸，謝謝你幫我們買的雞蛋玩具。我每天都有乖乖去上學念書。爸爸你到了法國之後也要寫信給我喔——泉太

上次岸本託朋友志賀帶一個箱根手工玩具回去，這是孩子們寫來的答謝信。這封信看似大人從旁協助才完成的，雖然孩子氣，但卻是泉太第一次寫給自己的信，他像是在寫學校作文似的把整個紙面寫得滿滿的。只是節子鼓勵孩子們寫這封信的用心不得不教岸本惋惜。

大海已在呼喚岸本。出發前節子捎來的信裏寫著簡短告別的話語，她說她會從遠方目送叔叔上船。岸本此刻滿心想像的盡是他即將前往的異國。他想起自己剛到神戶的隔天，在海邊散步時碰巧目睹即將前往南美的移民人群。在數百個未來移民裏，有依習俗穿麻鞋的，也有手提著鍋子的，還有些工人階級的年輕少婦混在其中。此刻他強烈地意識到自己至今未曾特別注意過的膚色和髮色。

隨著出發的日子逼近，一群報社記者不知何時追蹤到他住的旅館來。

「真想不到您躲在這地方。」其中一個記者在岸本面前，和其他同業相視而笑地說。

岸本想都沒想到就在這令人逃離不了的混亂情況下，人在台灣的哥哥竟會來看他。

「啊！我來得正是時候，是船公司的人告訴我你住在這兒的。」民助說。

原來大哥正從台灣回到東京，岸本事前並不知情。兩個數年不曾聚首的兄弟竟如此巧合地重逢。

相較起鈴木哥，民助哥身上多了一分熱帶地方的日曬味道。大哥的身子骨仍十分硬朗，或許是時常勞動身體的緣故，幾乎看不出他已年近六十。他看來年輕而堅韌。在苦了這麼多年終於熬出頭的民助面前，岸本謹守他做弟弟的禮節，只是他依稀感覺到內心的落寞。

48

爲了送岸本登船，番町從東京、赤城從堺市的住所，不約而同地趕到旅館看他。終於出發的日子來了。隔了二十年不曾見面的兩名婦人，也從御影那兒來看他。她們其中一人是和先生一塊兒來的。岸本年輕時曾在東京麴町那一帶的學校教過一個名叫勝子的學生，在他的自傳裏有一段寫到「自己像是走完一段遙遠而寂寞的路程」，那段就是在記錄他和勝子相逢之前年輕歲月的內心交戰。這天來訪的兩名婦人就是和勝子同期受教於岸本的。勝子的年紀跟當時還年輕的岸本相仿，出了學校嫁作人婦之後不到一年便過世了。

「老師我以爲你會變很多呢！」這麼說著，那學生也已是年過四十的婦人了。

懷著意外重逢的心情，岸本和哥哥一起招呼這些訪客，另一方面也爲出發作準備。他有時獨自一人離開廂房到外邊，上二樓去眺望港灣的天空。即將告別的神戶小鎮裏，櫻花開放的春天已到來。

預定的法國汽船在下午入港，熟悉出國事物的番町，甚至還幫他出城去換了些法國貨幣、銅幣讓岸本當旅費。替岸本寫介紹信給法國朋友，以及教他處理到巴黎後的住宿問題的等都是這位朋友。番町望向準備中的岸本，以鼓舞的語氣向尚未習慣旅行的他說道：「岸本是個很有辦法的人。」

「我這樣也算是很有辦法的人嗎？」岸本被這一誇有些高興了起來。

「你算好的了，我們出國那時，連行李都是別人替我打包的。」

「那是因爲我只有一個人，而且我也只是把一些日用品備齊而已。」

岸本這麼說著，民助走到岸本身邊幫忙這位即將遠行的弟弟穿上他還沒穿慣的洋服。

「哥，我有東西要給你！」岸本一邊說著，一面拿出一包東西遞到哥哥面前。「這裏面有一件媽媽織的外衣，我本想到了國外拿來當家居服穿，所以特別從東京帶過來，但是行李眞的已經裝不下了，就放你那兒吧！」

「你這傢伙倒是給了我好東西啊！」民助很高興的說道，「我那兒早已沒有媽的東西了。」

「我也只剩這一件外衣了。這件衣服已經跟了我許久，我保存了十幾年，雖然每年都會拿出來穿，但還是保存得不錯，跟當初剛買時一樣。絲棉混紡，是我最喜歡的一件衣服了，雖然可惜但也沒辦法。哥，就交給你了。」

「那我就收下來穿了。」

兄弟倆這麼聊著，岸本把母親親手織的衣服當成了紀念品留給了哥哥，完全一副旅人的姿態。

49

因犯下不可告人之罪，而須承受苦難的時候來了，該是踏上長途旅行的時候了，雖然可能就此與神戶永別。接近晚餐時間，岸本和打算送自己上船的朋友及民助哥一起離開住宿的地方，從御影來的兩位婦人也跟岸本同行。

眼前的漫長坡道下就是城鎮，下了坡道這一行人開始尋找用餐的地方。走到某家餐廳前，兩位婦人向岸本告別。在友人的帶領下，岸本在這家餐廳的包廂內與眾人斟酒道別。不論是面對將弟弟的旅行當成榮耀而舉杯勸酒的民助哥，特地從大阪過來的赤城，初次見面的御影，或是番町這樣的朋友，岸本都帶著迥異的羞愧心情向大家敬酒。

離開餐廳時天已經暗下來了。一想到要搭上語言完全不同的法國船，岸本就感到不安，像是覆蓋整個城鎮的黑夜向他步步逼近似的。

「語言不通這點，不正也是旅行的樂趣之一嗎？」

受到番町這番話的鼓舞，岸本和大家一起往碼頭走去。他想著在離開神戶前一定要給名古屋的義雄哥寫封信，在旅館二樓的房間裏不知提過多少次筆，卻無論如何都寫不出來。他不知道該用怎樣的話來表達自己的心情，無以言喻，沒辦法他只好決定上船後再寫，所以到頭來還是沒留下這封信就踏上舢舨了。

前往飄浮在漆黑海上的法國船途中，除了朋友和哥哥等人之外，還有兩三個年輕人來送岸本。岸本住了兩個多禮拜的旅館，老闆娘也帶著女服務生來送行，順便看看外國船的模樣。這個老闆娘特地和老闆兩人將紅白色的線纏在線捲上，附上縫針做爲餞別的禮物，她說那可以用來縫補旅行衣物。老闆娘是位細心的關西夫人。岸本原打算藏身於這艘法國船上，偷偷向祖國告別。讓大家如此愼重地送別有些違背了他的打算。看著那些與他惺惺相惜的人們，聚集在點著耀眼燈光的二等艙餐廳裏，岸本的心裏充滿了對未來前途的不安。

爲了目送返回舢舨的人們，岸本穿過構造複雜的船體走到甲板上。朋友們順著船上的梯子，一個個沿著原來的路回到舢舨，不久之後，在漆黑的海浪聲中聽到一行人呼喚岸本的聲音，舢舨已經離船。岸本像發了瘋似地奔跑穿梭在閃耀燈影下的甲板上，只爲了聽聽那些聲音。

岸本坐的船在晚間十一點左右出港。等他再度回到甲板上時，天空和海洋都被深沉的黑暗所覆蓋。他低著頭默默地佇立在甲板欄杆旁，就連港口的燈火也逐漸遠去了。

50

第三天，岸本到達上海。原本打算在船上寫信給義雄哥，但在前往上海的航海途中還是寫不出來。

嘆了一口氣，岸本登上船尾的甲板，接著再爬上船梯到雙層甲板的上面看看。當時船客還很少，在這麼高的甲板上只有一個長鬍子的法國人孤獨寂寞地眺望著海洋。岸本靠近船尾的欄杆，從這兒仰望祖國方向的天空。這艘隸屬於法國梅莎珠麗．瑪莉琪姆公司的汽船於四月十三日晚間離開神戶港，在四月十五日夜晚抵達上海，再以同樣的速度，乘風破浪繼續從上海駛向香港。岸本看著遠方破碎的白色浪花，這個景致感覺像是在祖國分別的人們和他自己之間的隔閡，也讓他感覺這些人一天天與他漸行漸遠。原本連動都懶得動的自己，竟然能從東京淺草那住了七年的二樓住宅牆壁移動到海上。對此，他也感到很不可思議。他將自己譬喻成慌忙潛入森林深處的負傷野獸。

面對強勁的海風，岸本離開高處的甲板，沿著梯子下到宛如長廊的下層甲板去。這裏也只看得到一、兩個法國船客。帶著明亮黃綠色的海洋，將岸本的心牽引到遠去的祖國春光之中。他想起在上海參觀的李鴻章祖廟，廟中開著的桃花展現出當地的濃郁春色，岸本也想讓平日愛花的姪女看看那中國風的豔花。想起在來上海的途中，自己是如何苦惱著該怎麼寫那封要給節子父親（義雄哥）的信；想起他在神戶旅館時，義雄哥交給他的信中，寫著哥哥自己也因他的旅行而動搖一事；他也想起信中寫著，假如待在俄國領地的輝子丈夫聽到的話一定會受到刺激。一想到哥哥寫這封信給自己的心情，岸本對於節子的痛苦實在難以啓齒。

船持續朝香港前進，從煙囪冒出的大量炭煙順著海風吹來，低空略過海洋上方。岸本算了算從香港到家鄉的海上行程日數，想到嫂嫂和節子已經同住十八、九天了。不管他願不願意，他已經不得不在前往香港的途中，開始寫那封難以提筆的信了。失去這個機會，下一個停泊港就非得等到法國領土的西貢了。

51

岸本回到船室，從旅行包中拿出信紙。由於這艘法國船從上海到香港這一路上上船的客人很少，所以一整間六個床位的房間都讓岸本一個人住了。他慶幸自己擁有廣大的寧靜空間，開始寫信給留在國內的義雄哥。反射在圓窗上的波光讓這間房間顯得更加安靜，他只顧著寫信，連被海浪搖晃著的事都拋在腦後。信中寫道：

這信是我在離開上海前往香港途中的法國船上寫的。在離開神戶時想要寫卻寫不出來，無可奈何地打算從上海寄出卻還是辦不到。我從新橋出發和離開神戶時都受到意外的送別，自己卻還是悄悄地告別離去。雖然我沒有告訴任何人爲何要留下沒有母親的孩子踏上旅途，但對大哥卻不得不吐露實情。許多友人都離開世間、外甥和妻子也過世的時候，我這種人竟然還苟延殘喘的活著，到今天還讓大哥嘆氣，我對自己這種愚昧的個性感到悲哀。

身爲弟弟，在大哥面前實在說不出這件事，但事情已經到無法默不作聲的地步了。大哥託付給我照顧的節子現在已經有孕在身，這都是我的不道德所導致的。我舊居的周遭環境大哥是知道的，基於種種的交際關係，我自然常出入酒宴之中，卻未曾因此犯錯。這樣的自己不得不寫這封羞愧的信。現在回想起來，收容大哥的女兒，想爲她盡點心力一事本身就是個錯誤，實際上我犯下了無法跟親戚友人商量的大罪，毀了純潔處女的一生，也爲此經歷了過去從未經歷過的深刻苦惱。

節子沒有罪，希望你能原諒她，希望你能救她。搬家、拜託姊姊上京、將她安置在較安全的地方等全部都是爲了她著想。我不敢想像收到這封信時大哥的吃驚和悲痛。我沒有臉見大哥。我已無話可說。只是爲了節子，我必須留下這封失禮的信，前往遙遠的異鄉，想要爲自己激盪的命運痛哭。義雄大哥，捨吉叩首。

52

經過三十七天的船旅，岸本到達法國的馬賽港。

我一想到，你會在那擁有美麗梧桐大道的馬賽港收到這張明信片，就覺得欣悅不已。

岸本到達馬賽港後，收到了如此內容的明信片。船上的事務長呼喚岸本的名字將這張明信片交給他。在爲數眾多的法國船客之中，沒幾個人能在這個港口收到引頸企盼的明信片或書信。這是岸本離開神戶時，前來港口送船的那位番町友人寄來的，他將這張明信片從東京經由西伯利亞寄出。

初次踏上歐洲土地的岸本，在上陸隔天就登上懸崖間的道路，前往位於馬賽港的聖母院。這行程中有一位同行者相伴，他是從可倫坡（印度．錫蘭）到塞德港（埃及）之間一路同船的日本綢緞商人，中途曾一度分手，但又在馬賽港和岸本相遇。這個綢緞商人要去倫敦，很熟悉國外旅行，岸本也因此得到了一位好嚮導。沿著高聳的懸崖走到陽光普照的道路盡頭，就是古老的石造教堂，從懸崖可俯瞰一望無際的歐式港區全景。

海洋在遠處閃爍著藍光，這海是地中海。從塞德港到馬賽港途中的某天，曾讓岸本遭遇大浪的地中海。眼前帶黃色的白色崖土和清新綠草，讓海的顏色看起來更加蔚藍。岸本從高處俯瞰停泊在碼頭附近自己乘坐的雙煙囪汽船，深切感受到長途旅行的滋味。

站在寺院入口的一位年輕修女走近岸本，似乎是看到他這個遠從東方來的旅人，想要求點捐獻而遞出一個像鐵鉢的容器，這位修女是法國人。有一個乞丐坐在石階上，這個乞丐也是法國人。岸本和綢緞商人一起爬上寺院入口的石階，入口的角落，有一個賣白色和淡紫色木製念珠的老婆婆，那些念珠要是讓祖國的女孩們看到的話，她們會雀躍不已。這個老婆婆也是法國人。岸本站在本殿的天花板下欣賞四周，昏暗的石壁上掛著看似凝聚了航海者的祈願而捐贈的船畫。在寺院警衛的帶領下，他們進入更深的內部參觀。透過彩繪玻璃射入的靜謐日光，照耀著羅馬舊教風格的金色聖母瑪麗亞像和放在一旁生鏽的古舊風琴。這個警衛也是法國人。岸本已經身處於完全陌生的人群中。

即使在心情慌忙的旅途中，岸本仍舊沒有一天不掛念從香港寄到祖國的那封信。當天晚上，他和綢緞商人一同坐夜班火車出發前往巴黎。

53

等岸本到達遙遠的巴黎時，已是下船登上陸地後第四天的早晨了。在他前往巴黎的途中，曾和同行商人一起在里昂停留一天。Gare・de・Lyon（里昂車站）是他剛抵達的巴黎車站的名稱。他在那個擁有高大時鐘台的車站與要去倫敦的綢緞商人告別，和行李一起坐上一輛攬客的馬車。就連馬伕戴的那頂晴雨兼備的高帽子，對他而言都是很稀奇的東西，他左顧右盼，生平第一次渡過塞納河。五月下旬尚無喧囂聲的早晨，他經過鋪滿了柔軟嫩葉的梧桐街道，那是他在馬賽及里昂也曾見過的，馬伕揮舞馬鞭的聲音和踩在石路上的馬蹄聲在他聽來都相當悅耳。

位於巴黎天文台附近林蔭大道一角的出租公寓正等著岸本。往來這一帶的，有看來像是早晨散步的人們、工人、提著牛奶罈的女孩、出門買菜的主婦等等。公寓的女服務生和櫃枱的婦人過來幫他提行李，但語言完全不通。他在這棟約七層的建築物門口，遇到一位上了年紀、看似健壯、只穿著女性紅黑色睡衣就出來迎接的婦人，這個人是出租公寓的老闆娘。岸本也完全聽不懂這個婦人在說什麼。

習於待客之道的婦人帶了一個日本人來見岸本，他是住在這間公寓的留學生，岸本曾經從友人番町那聽過他的名字。岸本只看了一眼就知道他是長年旅居國外的人。這位岸本來巴黎後第一次見面的留學生，告訴他公寓老闆娘想說的事，接著帶他到房間去。

留學生向岸本說明了用餐時間等注意事項後說道：

「那位太太要我跟你說——『穿著睡衣眞是不好意思，等換過衣服後會再來打聲招呼。』因爲你今天太早到了。」

婦人聽著這句話來回看著留學生和岸本的臉。

「瞭解了嗎?」那位婦人好像這麼說，向岸本做出兩手張開的手勢。

直到房間裏剩下他一個人時，岸本感覺到彷彿長途的船旅仍在進行著。對不習慣旅行的他來說，能混在一堆外國人中持續航海旅行已經相當了不起了。熱帶的陽光和炎熱超乎他的想像，那些色彩也宛如夢境一般。有時甚至正如自己所取的「海上沙漠」一詞所形容的一般，在廣闊無垠的大海上，不要說陸地，就連一艘船、一隻鳥，或其他任何東西都看不見，在那兒，他嘗盡了陽光、寂寞，和不滅的滋味。在穿過印度洋時，每個船客都跑到甲板上來睡覺，但他卻搬了張藤椅到欄杆旁，眺望著粼粼的青色波光，度過好幾個難以成眠的夜晚。船停靠在位於紅海入口的法屬裘普堤港口補充煤炭，在蘇伊士瞭望的亞洲和非洲荒原、離開塞德港後第一次看到的地中海浪、義大利南端——一一細數回想之下，從遠地飄流而來的各地印象不斷地浮現在他的腦海中。

54

岸本想藉由學習新語言來忘記心中的哀傷。同宿的留學生介紹他一位住在天文台附近的語言老師，她是個上了年紀的婦人，以教導聚集在巴黎的外國人法文為生，用英文講解這點對岸本來說剛好。總之，到語言老師那兒上課成了他的例行公事之一。

在等待祖國的消息時，義雄哥的回信經由西伯利亞送到岸本手上。岸本不由自主地顫抖起來。哥哥是從東京的空宅那兒寫信寄出的，內容寫著，讀過他從香港寄來的信後，只能用茫然若失來形容。煩惱了十天左右，他為了做些適當的處置而從名古屋來到東京。他表示話先說在前頭，發生的事已經無法挽回，叫岸本趕快把這件事給忘了。

哥哥的信中寫道：

這件事無法對任何人啓齒，所以我已下定決心連媽媽和妻子都不開口。嘉代（嫂）那邊，就跟她說有個叫吉田某某的人，拋棄了那個人之後失去蹤影。其實嘉代現在也懷孕了。不只如此，輝子說打算在最近回國，她想在祖國生產。若是跟輝子回國的事撞上的話，事情就有點麻煩了。可是這世上的事總能想出辦法來解決的。大家都很平安，泉太和小繁也很健康。你不需掛念祖國的事，專心致力於自己想做的事就好。

岸本默默地嘆了口氣，將法文課本夾在腋下離開公寓。穿過排列著水果等物品的店面，橫越林蔭大道的鐵軌，沿著婦產科醫院的古老石牆，在天文台前轉往語言老師家的方向。上完法文課後，他看著在天文台前行道樹蔭下玩耍的少年，想起了自己留在國內的孩子。順著來時的路走回公寓，一路上想著自己都四十了，眞是老來求學啊！

岸本好幾次拿出哥哥寫的信反覆讀著。對於哥哥——「你趕快把這件事給忘了吧！」的心情，他由衷地感謝。不管是從東京到神戶、到上海、到香港——甚至追到遙遠巴黎而來、那無以名狀的恐懼，在此時多少得到了一些解脫。取而代之的是空虛感，哥哥幫忙掩飾自己犯下的不可告人之罪，那股感覺在內心製造出那無可言喻的陰霾，更勝於自己獨自一人時的擔心害怕。哥哥的信中只說「那個人」，連節子的名字都避免了。他能想像節子碰巧遇上自己的母親和姊姊同時懷孕的樣子。

55

沒多久就收到了節子的來信，通知他說她到一個叫做郡部的鄉下小鎮去了。

「到頭來節子也離開了啊……」

岸本喃喃自語地。他由餐廳隔壁那原本住著的房間搬過來。環視新房間的內部，這兒有兩個窗戶，一邊的窗戶旁長著茂盛的梧桐綠葉，這梧桐的綠葉比岸本剛到巴黎時所看到的還要濃郁，不像花也不像果實，宛如栗子皮的東西，像綠色絨毯般垂掛在葉蔭下。另一邊的窗戶正好對著建築物的轉角，可眺望道路交錯的城鎮。經歷了東京淺草住慣的二樓房間裏，看著外面圍籬人家或白色屏風的窗戶生活之後，現在映入眼簾的，是街道聳立兩側的行道樹；看似古老寺院的婦產科醫院門前飄揚的法國三色旗、與這間醫院面對面的六層建築、街道轉角的咖啡廳門簾等等。一個法國婦女抬著像柴薪的法國麵包經過窗下，取代了從前每天背著大型包袱經過窗前，那個愛七嘴八舌的商店老闆娘；高大的建築物上傳出的鋼琴練習聲，取代了從前隔壁書齋傳來的常磐津或長歌的三味線琴音。他心中所想的就是這些。

在那個窗戶旁，岸本反覆讀著節子寄來的信。信上寫著她在母親上京之後，把婆婆給辭掉了。這是父親從名古屋到東京來時發生的事。這時母親很囉嗦，所以自己還是決定暫時離開家裏。因爲父親認識的某醫院護士長的幫忙，自己來到了這個鄉下小鎮。這名護士長現在是女醫生，而且人非常親切。搬到這個鄉下後，她每天都來安慰自己。節子還寫到自己是在某產婆家的二樓，避人耳目地寫這封信。叔父的事她就連那位親切的女醫生也沒有說。原本想帶些叔父放在高輪家中的著作來排遣寂寞，但又怕被別人看到只好作罷。住在這個家的母女都是產婆。這地方從東京坐一段火車就能到。耳邊傳來青蛙的聲音，果然是鄉下。離分娩還要一段時間，希望在那之前至少能再寫一封信，但還無法確定日期。最後還補充說明姊姊（輝子）最近可能也會因生產的關係從先生工作的地方回國。

56

宛如森林一般茂盛的七葉樹和梧桐行道樹從岸本的眼前伸展開來。在附近的天文台時鐘前，或是在排列著十八世紀王妃石像的盧森堡公園內，都可以看見這些愉悅的樹蔭。比他早離開祖國、遊歷過北歐諸國的東京友人在他的房間逗留了將近九天，那段期間，兩人曾一起到巴黎劇場的走廊散步，也去看了萬神殿內的傑內芙耶芙壁畫。他還去但菲爾．羅歇羅廣場晃晃，那兒擺著爲了紀念普法戰爭而建的巨大石獅像。他沒有錯過任何旅人散步會去的場所。

不過法國之旅對岸本而言，等於是一種新生活的嘗試。他投身到嶄新、迥異的世界中，爲此他不得不矯正滲透在全身的家鄉習慣。像他這種跪坐成癖的人，要他從早到晚坐在椅子上生活是件相當困難的事。他沒有一天得到眞正的休息，好像整天都站著一樣，眞希望能在日本的榻榻米上隨意伸展肢體。這種想法讓他想像個小孩一樣盡情哭泣。他不只在長途船旅中受到日曬、悶熱、海風吹拂，還設法讓剛從東京淺草的小房子出來的自己置身於國外生活之中。只要一想到自己實際上是被某種無形的不可抗力因素趕出祖國，他就開始懷疑自己這趟旅行的將來。

節子寄來的信，讓岸本內心無法不責備出國旅行的自己。正好公寓的前面就是婦產科醫院；這棟擁有四十多年歷史的建築物，不時都有小孩在每個窗戶前誕生，這看在岸本眼裏成了某種暗示。從他房間的窗戶可以看到的那道石牆，佇立在他每天去學法文時要通過的道路旁。這些窗戶是整個城市最晚熄燈的，甚至可以說每天晚上它都最晚熄燈的。

「走進陌生的人群中吧！」

岸本喃喃自語，打從他想到要出國旅行開始，就已經想要把那個羞恥的自己隱藏在陌生的人群中。

57

爲了搭乘塞納河的蒸汽船，岸本前往夏特雷石橋畔。他不管到哪裏都一定帶著旅行指南自己一人行動。這次他要去拜訪在巴黎第一個認識的法國人家。

岸本不但是個旅人，也是個異鄉人。在東京街道上散步時，總是帶著輕鬆的心情，下意識地覺得自己就像被吸引到島國方向的海魚只要能在鹹水中游泳就好了。那時偶爾看到從外國來不同髮色的旅人就會心想：「那是外國人。」而現在自身所處的境地恰好相反。不管他願不願意，他都會意識到自己髮色的差異、膚色的差異、臉型輪廓的差異、瞳色的差異。和他擦身而過的人每次都會盯著他的臉瞧。處於這種不斷被觀察的地位，教他外出時無時無刻不緊繃著心情，甚至讓他懷疑這麼辛苦到底有什麼意義。從公寓到夏特雷橋畔的這段距離，他的腦袋大都一片空白。

沿著石頭築起的高大堤防，走到等待河道蒸汽船的地方，河水順著已變成水中沙洲的西堤島分流而來，進入他的視線。岸本打算去拜訪的法國人是巴黎國立圖書館的書記，他收到那人母親用英文寫的邀請函，裏面寫著從羅浮宮搭蒸汽船到比昂庫耳，他們家就在碼頭不遠，花不到五分鐘。蒸汽船也有很多種類，要小心！要搭往比昂庫耳的船等等。這位親切的長輩連一些小細節都寫得清清楚楚。岸本從夏特雷坐上蒸汽船，又在羅浮宮轉乘，浪費不少時間，他還搞不清楚路況。這是他第一次造訪法國人的家庭。總覺得和自己格格不入的陌生人的生活就在眼前，而他能夠通行無阻。而且一想到今後他旅行的小徑將會受到邂逅人們的影響而左右分歧，胸中就迴盪著一股奇妙的心情。

58

「外國人先生，這裏就是比昂庫耳喔！」

一起搭乘蒸汽船的法國人指著碼頭向岸本示意道。從碼頭到岸本要去的人家花不了什麼時間。塞納河旁，隔著白楊木夾道的河岸道路，有棟家宅式的建築物就是圖書館書記的居所。岸本推開門扉穿過栽植草木的花叢，突然一隻飼犬飛奔過來，帶著銳利的目光接近岸本，展現出準備吠叫的氣勢。

「你就是岸本先生嗎？」

入口的石階處有一個老夫人走出來用英文詢問，岸本只看了一眼便知道她是寫那封信的母親。

「帽子和手杖請放在這邊，然後請跟我一起到房裏去吧！」

老夫人說著引導岸本入內。

「小犬還待在圖書館，不過馬上就回來了，我先帶你去見小犬的內人。」

對於還不熟悉這塊土地的岸本而言，在法國人家中遇到操英語的老夫人，可以說是非常高興。

介紹岸本來這個家的是老夫人的姪女，一位名叫瑪蒂瑪裘的婦人，她雖是道地的法國人卻遠赴心儀的日本，現在住在東京。岸本經由友人番町的介紹，在離開東京前曾和她見過面。那時瑪蒂瑪裘的日文已經說得相當好了，甚至還看得懂《紫式部日記》，可稱得上是熱愛日本的親日派婦人，就是她幫忙引薦岸本的。老夫人帶岸本到客廳，室內裝潢的各種家具到繪畫雕刻之類的物品，都與老夫人的品味相稱。老夫人從靠近窗戶的桌子中拿出姪女寄來的信給岸本看，她露出擔心的表情問道：「我的姪女還平安吧？稍微有點日本女性的氣質了嗎？」老夫人又聊了一些瑪蒂瑪裘的話題，說她是自己兄弟的獨生女，從小就很喜歡讀書，住在巴黎的時候跟著日本留學生學習古典文學等等。

岸本從包袱中取出當作旅行象徵的家鄉土產來，老夫人一臉稀奇的看著包袱的圖案說：「在您的國家都用這樣的東西嗎？樣子很有趣呢！不過能見到從日本來的訪客，還能聊聊姪女的近況，我就很欣慰了。每個人都說姪女會到日本去是我不好，是我的疏忽……可憐的女孩……」婦人的眼神裏流露出對捨棄法國離去的姪女的關懷。不久，老夫人望著掛在客廳牆上的日本古畫，對岸本說：

「日本對我而言，是個夢幻的國度呢！」

59

和老夫人聊了一會兒，岸本發現，這個房間連長窗簾都是用日本進口的古老金色刺繡布料所做成的。老夫人瘦弱的身體上穿著法國風格的典雅黑色衣裳，爲了尋找能給岸本欣賞的東西，有時在房間內穿梭，有時走到房子內部。這個房間內的所有東西無不訴說著對遙遠異國的憧憬。岸本想著，這樣的老夫人會有一位像瑪蒂瑪裘那樣嚮往異國的姪女也沒什麼稀奇的。

「這是小犬的妻子。」

老夫人向岸本介紹換好衣服出來打招呼的媳婦。

等待先生歸來的這段時間，三人的話題一直繞著在東京的瑪蒂瑪裘身上打轉。媳婦說瑪蒂瑪裘也很喜歡畫畫，還帶岸本去看她尚住在法國時畫的油畫，又拿出她留下的照片等東西。

「瑪蒂瑪裘住在法國的時候還曾請人幫她梳日本的髮髻，她就是這麼迷戀日本。」

媳婦的話中參雜著法語，老夫人用英文幫她補充說明。老夫人告訴岸本自己以前曾住過倫敦，所以自己是家裏英文說得最好的。媳婦不太會說英文，但剛好兒子會說一點。整個家族原本住在巴黎的市中心，後來搬到比昂庫耳這兒來。就連這棟屋子不便宜這種事，她都不見外的告訴了我。

「小犬應該快回來了。」受到老夫人和媳婦的邀請，岸本跟著她們從入口的走廊下了石階，走到庭院門外看看。清澈的塞納河水從行道樹綿延不絕的低矮岸邊流過。飄散著郊外清新空氣的對岸斜坡上，四處可見別墅風格建築的紅磚屋頂。

在媳婦的帶領下，岸本也繞到內庭，邊散步邊看些果樹、蔬菜。「今年種了很多青蔥喔！」媳婦向岸本這麼說，她似乎想再多聊些什麼，卻又講不出英文來。在陽光普照的梨樹下，岸本遇見正跟兩個小孩玩耍的保母。

「這位是日本來的客人。」

聽媳婦這麼一說，兩個小孩羞怯地靠近岸本，一個個伸出小手來。岸本和這些孩子們握了手，想跟他們說話但法語還不夠流暢。

「我在日本也有孩子。」

岸本的英文，媳婦也聽不太懂。

這位親切的媳婦除了帶岸本去看圍繞這個家的庭園田圃之外，還帶他去看由門口通往屋內的走廊、走廊兩側掛著的各種肖像、二樓的先生書房、小孩房間、最後連寢室都看了。這時先生剛好回來了。

60

這家的先生岸本早在圖書館就已經混熟了。先生回來時晚餐也已準備好，岸本被帶領到可看見庭院繁茂樹木的餐廳。

「夏天的時候，我們常在這個窗戶外的庭院用餐。」

岸本和先生、媳婦等四人圍繞著餐桌，邊聽著老夫人說話邊用餐。

「沒什麼好東西招待眞是抱歉，我們一直都是吃這些。」

媳婦請岸本用餐。

「有像岸本先生一樣特地到法國來的客人……」老夫人交互看著自己兒子和岸本的臉，「也有像姪女一樣從法國到日本去的人呢！」

這時岸本說自己帶來了家鄉的茶葉和山茶花樹的種子，表示想委託專家種植，當做旅行的紀念。

「岸本先生說他帶了什麼來？」老夫人問先生，接著面向岸本：「我的耳朵不好，有時話聽不太清楚。」

「種子！」先生刻意大聲說著，笑了起來。

吃完飯後岸本拿出帶來的包袱，裏面有銀杏、山茶花、藤花、肉桂、沈丁花的種子。

老夫人告訴岸本，住在東京的姪女也介紹了法蘭西大學的教授給岸本認識，待會兒兒子夫妻倆會帶路，剛好教授家中在舉辦茶會，可以趁這個機會去跟那和善的家庭親近親近。

「我先說明，教授在當地也是很有名的學者。」

老夫人站在走廊下提醒岸本。

怕錯過晚上最後一班蒸汽船，岸本和夫妻倆一同趕到河岸。媳婦提著要給教授夫人當禮物的庭院薔薇，告訴岸本自己還年輕的時候常常到教授家去。過了不久，三人總算是趕上了船。夫妻倆在陌生的法國乘客中幫忙占位子，還親切的和岸本聊天。和他們坐在一起，岸本覺得很有面子。

「塞納河的河水一直都是這麼平靜嗎？」

「幾乎都是這樣，我每天早晨都搭這艘船到圖書館去，夏季早晨的河水很美，但夜晚的也不差。」

當岸本和書記眺望著漆黑平靜的河邊景色聊天時，書記的妻子就將仕女皮包擱在膝蓋上靜靜聆聽著兩人說話的內容。

這個書記也有出書。將出國時住在中野的朋友們送的植物種子，岸本分了一大半給這家人，他打算將剩下的一半種子分給教授聽說他住在植物園旁。他想像著待會兒和書記夫妻一起去見的這位教授的人品，也想像著今晚茶會上聚集的是些怎麼樣的人。

19

岸本離開位於基·德拉伯司路的教授家所舉辦的茶會，回到公寓時已經很晚了。第一次見到法國人的家庭、和不認識的人邂逅，他覺得今天過得相當充實。晚歸的人站在巖疊式拱門前，敲著門環叫門，這個時間連門房都已進入夢鄉了。

爬上漆黑的樓梯打開公寓大門時，大家都已經沉睡了。回到自己走廊盡頭的房間後，岸本沒有立刻就寢。凝視著照亮房間的古老煤油燈，耳際仍殘留著住在伯司的教授那乾脆爽朗的聲音：「您何時到達巴黎的？爲什麼不早一點來拜訪呢？」在堆放著大量印度研究相關書籍的書房中，教授引導他來到一位似乎還在讀大學的青年面前說：「也跟小犬見個面。」當時教授的聲音還在耳邊繚繞。接著教授將他贈送的那些用來當做是旅行象徵的銀杏等種子拿到另一個房間去，和來參加茶會的其他教授夫人們一起觀賞這些東洋植物的種子。「哎呀！種下去太可惜了，眞想一直這樣欣賞！」那些充滿女人味的聲音也在耳邊久久不去。他沒想到來到異鄉還能夠和那些知識階層的人們相談甚歡。比昂庫耳的夫婦連蒸汽船和電車的車票錢都不讓他出，這樣的用心也令岸本意外。敏感優雅的比昂庫耳老夫人讓他對初次見到的法國傳統女性留下相當好的印象。頭髮斑白但眼神卻閃耀著年輕光彩的教授、樸實有男子氣概的書記。即使他爬上靠牆的床打算就寢，腦海中仍浮現出那些人給他的良好第一印象，這種溫暖的人情味令他永難忘懷。

可是到了早晨，岸本的心中充滿著身爲旅人的空虛感；他發著呆想著那些人所說過的話；那些初次見面的人雖然留給他好印象，可是外國人不管到哪兒還是外國人。這種只能接觸到事物表面的空虛感和良好的第一印象同時浮上心頭。

岸本不斷想起從住在法國時就託人梳日本髮髻的瑪蒂瑪袞，他試著去想像對異國抱持著強烈的憧憬，甚至捨棄法國的瑪蒂瑪袞究竟能深入日本人心靈幾分？他比較著穿著日本和服坐在榻榻米上的瑪蒂瑪袞，和穿著洋服坐在椅子上、浪跡異國的自己。

「結果，或許我們只是朝著藝術之路前進，只是藉由藝術來接觸這個國家的人心也說不定。」

這個想法刺激了岸本的心，讓他更加投入於語言的學習。

62

旅行第五個月，岸本從祖國捎來的信息知道自己又當了爸爸。加上已過世的三個女兒，他已不再只是七個孩子的父親了。除了他和園子之間對外公開的孩子之外，還有一個沒見過的孩子不知道在哪兒生活。他將自己那宛如被烙上烙印的額頭靠在玻璃窗上，對自己說著這些不爲人知的事。

義雄哥寄來的信中說，「那個人」（指節子）因爲產後乳腫要動手術，叫他寄錢來。之後過了一個半月，節子寫信來告訴他詳情。她在信中寫著，自己因爲承受不了生產導致骨折，不過生了個男孩子。還有許多瑣碎的事。

別人說我承受不了生產，是因爲我不注意健康把身體搞壞了。而我只被允許看新生嬰兒一眼，嬰兒馬上就被住在鄉下沒有子嗣的人家領養走了。那個親切的女醫生笑著告訴我：「妳的小孩長得很像妳父親喔！」住在這裏的和尚替孩子命名爲親夫——其實這個名字本來是那個和尚打算替自己孩子取的，不過讓給我們了。領養孩子的人家表示，無論如何都想知道這個孩子母親的姓，要不然是住在東京哪兒也好，希望至少能告訴他們在哪個方向，不過女醫生替我們拒絕了他們，沒有說出去。另外，我想父親應該已經告訴你了，因爲我的乳房腫痛，別人說不能置之不理，所以爲了動手術，暫時要到女醫生那兒一段日子。

信中還寫到她的身體狀況很差，打算在產婆家二樓再住一段時間，但其實她想早點離開這裏。她還說自己眞的很害怕住在那個二樓，不管什麼事都談到錢、錢，簡直就像地獄一樣。還有因爲生產，自己的頭髮嚴重脫落、剪得又短又醜，丟臉到下次不敢讓叔父看的地步。

讀了節子這封信，岸本心底深深嘆了一口氣。他覺得自己脫下了不少重擔，但已經犯下的人生污點並不會因此而消失。越想彌補，他的內心就越爲罪惡感所侵蝕。他從不甚寬裕的旅費中撥出錢來，連節子坐月子的費用都一手包辦。要從國外寄生活費回家，還必須負擔義雄哥要求的節子手術的費用，這樣一來旅行也變得更吃緊了。但即使如此，他還是想繼續撐到撐不下去爲止。

63

岸本這次出國打算不再見兄長夫妻兩人；不管是他將節子藏在東京高輪的住宅、沒等嫂嫂上京就踏上旅程時，或是他留下一封信給義雄哥離開香港時，他都是抱持這種打算的。節子沒有忘記要寫信給旅行中的叔父，她從郡部的鄉下回到高輪時也寄了一封內容詳細的信來，不過等這封信送到岸本手中的時候，已是接近聖誕節的年尾了。第一次在異鄉過年、符合羅馬天主教國家的嘉年華會、食肉的星期二❺、密・卡雷姆節❻等，都加深了他的旅情。他在房間裏迎接從德國慕尼黑來的慶應留學生，歡送要前往瑞士的人。不管是和這些人一起造訪盧森堡的美術館，或是上卡佛音樂廳去時，他的心總像個飄泊者。

記得曾有人說過：「人能習慣各種所處的境遇，這是自然給我們的恩惠。」也有人說：「沒有比習慣更可怕的事。」岸本確實嘗到了這兩句話中所包含的兩種大相逕庭的個性及眞實感。反正他也不得不去習慣。看到高大的建築物已沒什麼感覺，能夠若無其事地在街上行走，也能一整天坐在完全沒有日本榻榻米的房間中生活，甚至開始忘記自己的髮色差異、膚色差異。不可思議的是，當他對外界事物毫不在意的同時，外界的事物也毫不在意他的存在了。他在這間公寓找到了身爲異邦旅人的自我定位，那跟自己房間窗下往來的人們生活是完全沒有關連的，就好像被關在監獄中的囚犯和自由世界無緣一般。

岸本聽到街坊傳來的可怕聲響。因一切刺激而起的激烈感覺在逐漸沉寂下去的同時，這樣的聲響就會清楚地在他耳邊響起。幾頭馬戴著宛如劍一般銳利、緊繃且堅固的馬具，閃爍著青銅金屬的光芒，拉著大型貨車行走的聲音，或是往蒙特羅巴士通過的聲音，或是往來於林蔭大道的電車聲，以及其他石板街道響起的聲音。這些聲音在高大的建築物間迴盪著，震動著岸本房間玻璃窗地傳來。聽到這些聲音，祖國似乎變得很遙遠，他差不多快過膩國外的生活了。

他在心中更加期待苦難的到來。無論如何他都必須忍受無聊的煎熬，而且內心非得繼續漂流不可。

64

復活節快到了。回到東京住宅的節子每隔一段時間就寄信來，寫些泉太和小繁的事，或是敘述自己的境遇。岸本能夠想像她從鄉下回到品川車站，和來迎接的嫂嫂見面時的情景。

❺法國依照天主教的習俗，在復活節前四十天開始封齋。封齋的前一天是星期二，大家需將家中的肉食吃完，所以稱為食肉的星期二。

❻mi carême，封齋期過到一半時的那一天，會再次舉行嘉年華。

也能夠想像她再度回到住著同樣生了男孩的她的母親和姊姊輝子的高輪家中時的情景。也能夠想像她回到了高輪家中，面對同樣生了兒子的母親與輝子姊姊的情景。也能夠想像當她在信上寫道：「與姊姊那個受到許多親友祝福的孩子比起來，我那個沒人理的孩子其實才是世上最幸福的傢伙。」時，那種身為女人的自負。也能夠遙想她說：「發生那件事後，父親宛如變了個人似地對我很溫柔，還會將叔父寄給他的信悄悄放在我的桌子上，但跟母親之間的氣氛就不太好。」時的心情。「我真的做了很可悲的事。」這種憐憫和自責的心情無時無刻盤踞在岸本的心中。

為了慰藉自己身處異鄉的旅人心情，岸本走到自己房間的衣櫃前。與其說是衣櫃，還不如說是設有鏡子的彈簧門置物櫃。他從抽屜取出家鄉親戚及友人的照片，其中也有義雄哥哥一家人的照片。這是最近從東京寄來的，背景是高輪住宅的庭院一角，祖母坐在南向走廊的座墊上，站在庭院最前面的是抱著嬰兒的輝子；兩個少年站在庭石上，一個是義雄哥哥的小孩，一個是小繁；弟弟身旁可以看到很有兄長架勢的泉太。還有義雄哥哥、嫂嫂，嫂嫂懷中在這個家出生的嬰兒。看著照片中的哥哥夫婦，岸本無法平心靜氣。站在最後面的是變了樣的節子，在她身上已經看不到過去那富含少女氣息的豐滿胸部。她特有的濃密鬢毛反而讓她的臉頰看來更加消瘦。

「是我讓一個人變成這樣的嗎？」

一想到這兒，岸本不禁恐懼起來，將照片藏到抽屜底層。

65

岸本在自己的房間被賣羊奶的笛聲吵醒。從早晨的玻璃窗外不斷傳來的笛聲，讓人不禁感嘆像巴黎這種大都會的空氣中，還有這樣宛如牧歌般的旋律迴盪著。岸本懷著旅情，坐在面向窗戶的桌子前，側耳傾聽這纖細清澄的聲音。桌上擺著小餐盤，用完餐時，女服務生輕輕地敲了房門。經由西伯利亞的郵件總是在早晨送來，這時岸本會一口氣收到一堆報紙、雜誌和信件。期盼已久的家鄉信件中，也混著節子的信。

「喔喔，小泉寄信來了呀！」

岸本說著，展開小孩寫的書信；信是用在國外很難看得到的大字寫的。接著讀節子的信。面對不管說什麼都保持沉默、不直接回應的叔父，她仍很有耐心地持續寄信來。內容寫著閱讀叔父登在報紙上的旅聞是自己內心最大的慰藉。又說已到了當初和叔父分別的季節，自己的心情彷彿又回到了當初送走叔父時一樣。她說她佇立在高輪住宅的庭院裏，不斷想起當時的種種，直到品川方向傳來的火車聲爲止。

岸本曾將前人的旅詩，抄寫在寄給家鄉報紙刊登的信件角落，以寄託自己的旅情。節子也引用那首古詩，在信中寫著同一人詠唱的詩句來傾吐自己的憂愁。

月兒已不復見，
春天也不是以前的春天了，
只求能讓我回到從前吧！

她在信中寫說，不知道叔父看到剛才寄出的家族照片會做何感想。她覺得自己在那張照片中拍得簡直跟幽靈一樣，讓叔父看到那樣的照片眞是丟臉。跟母親提這件事卻被罵了。她還提到之前在淺草家裏幫傭的婆婆。婆婆現在仍常常來看她，自己就拿家裏的雜誌借給婆婆來取悅她。她寫說：「因爲婆婆很恐怖嘛！」

自從踏上旅途以來，岸本就不停接到節子這類內容的信。他在離開東京前往神戶時，就已經感受到她心中所產生的意想不到的變化。他是爲了遠離一切才出國的，但他越想疏遠節子，那不幸姪女的心卻越追著他而來。他打算對節子的信永遠保持沉默。每當他讀節子的信時，他的心都在淌血。嘆了口氣，岸本在桌前坐下。他從書架上拿出淡黃封皮的書，讓自己集中注意力，用這種方法心無旁騖的進入新語言世界。只要拿著平日藉由英譯已很熟悉的原文書，都會叫他興奮不已。雖然他已經擁有很多想讀的書了，但以他目前半調子的語學能力，這些書大部分都還只是書架上的裝飾品。他很不耐煩地想著，要到什麼時候他才能瞭解這個國家的語言中所擁有的那充滿陰影的感情呢？

66

在旅途的天空底下，岸本已經邂逅了許多不同年齡、不同志向的同胞。他特地選擇法國船渡海而來，離開神戶後馬上就想進入外國人群中，剛來到巴黎時也盡量遠離僑居的同胞。特地來到國外，跟一群日本同志聚在一起沒什麼意思。但岸本這種想法經過誤傳，在一部分的僑胞中引起了反感。「岸本似乎不想和日本人來往」這種懷疑他誠意的批評甚至傳入他的耳裏。可是誤會也漸漸地被解開了，許多蒙帕納斯附近的藝術家開始往來他的公寓，不少同胞路過他的公寓順便也會來坐坐。

岸本走到房間窗前，從他的房裏可以看到京都大學教授所住的公寓窗戶。京都大學教授和東北大學副教授等——這些在旅途中遇到的親切人們，每到用餐時間就會到他公寓的餐廳來。不只如此，他也常常前往從自己房間就看得見的旅館，隨心所欲地用日文與他們聊到深夜，這些事情都宛如昨天才發生的一般，讓人印象深刻。教授曾與他相約如果有機會，希望能再次在比利時的布魯塞爾或倫敦附近碰面；而副教授踏上睽違一年的柏林土地，回國的路上還寄了明信片來。岸本孤獨地從窗戶眺望著這些人離去後的林蔭街道，他想起在故鄉不曾提起的話題，卻出現在異鄉旅舍中的教授們和自己之間。旅行的不方便、對母語的懷念，以及難以置信的無聊，將這些在異國相遇的同胞心靈緊緊繫在一起。和那些一起在盧森堡公園散步、在咖啡廳聊天的教授們相比，他發現自己的心靈眞的相當封閉。

每天在林蔭大道閒晃的奇怪婦人透過玻璃窗映入他的眼簾。聚集在公寓餐廳的人們謠傳她可能是個白癡，不知不覺就替她冠上「卡洛琳夫人」的綽號。「卡洛琳夫人」頂著別有紅玫瑰的帽子，戴著白手套，從早到晚都在這一帶走動。當岸本從窗下看到這位看來宛如在等人的婦人身影時，更加深了他的旅遊情懷。

「我是因爲姪女才會這麼苦惱悲哀。」

他引用某個法國詩人寫的一節詩句，來比喻自己的江湖之身，剛好這時有個叫做岡的畫家來訪。

67

岡環視岸本的房間，彷彿終於來到岸本家，了了他一樁心願似的。貼著壁紙的牆上掛著古色古香的大型銅版畫，題名爲〈蘇格拉底之死〉，是表現那位大哲學家臨死的畫作。和賽納河岸的古董店所擺著的東西沒什麼差別，是相當普遍的法國風格銅版畫。岸本睡了將近一年的寢床就靠在掛著這張畫的牆壁旁。

「掛在這個房間的畫和岸本先生好像有什麼關係……」

岡帶著畫家的口吻，盯著那幅令人聯想起洛可可建築流行時代的古畫。

「那是這裏的老闆娘很得意地幫我掛的。」岸本回答。

「掛著這種畫，岸本先生你不會介意嗎？」

「過一段時間後就漸漸就不會放在心上了，那對我來說有跟沒有一樣，旅行是身不由己的啊！」

岸本一直過著比國內時還要簡單的生活。剛到巴黎時，看到外國風格的旅館和出租公寓的無趣時，他整個人呆掉了，還常常嘆氣沒有人幫自己收拾桌子。不過漸漸地他開始什麼事都自己來，衣服自己疊，鬍子也自己剃，就連一週一次的按摩也放棄了，生活好像回到了很久以前的學生時代。每當他看到同年紀的人就會產生這樣的感慨。他拿出從家鄉寄來的茶款待比自己年輕的岡。

「我就好像是被流放到極樂世界一樣。」

岸本說著離開了椅子；他所謂的極樂世界是指學藝並重的國家。

「被流放到極樂世界嗎？」

岡也笑了。

岸本去拿放在洗手台旁窗戶下的酒精燈和茶壺。這是之前岡從某個畫室裏翻出來拿給岸本的東西，是來這兒留學的畫家留下來的紀念品。

「岡，日本的雜誌和報紙送來了喔！我的孩子還寄了家書給我。」

「岸本先生有幾個小孩呢？」

「四個。」

岸本吞吞吐吐地回答，岡則毫不在意地繼續問。

「全都住在東京嗎？」

「不，只有兩個住在東京。第三個到故鄉的姊姊那去了，最小的女兒則寄養在常陸海岸的人家。現在還活著的只有這幾個，我的小孩已經死掉三個了。」

「你眞是個好爸爸。」

對岸本來說，光是盯著燃燒的酒精燈火和岡用母語交談就是件快樂的事。在他出租的公寓裏住著在凡爾賽出生的軍人兒子，現在是就讀索邦大學哲學系的學生；另外還有一名德國來的青年。在公寓的餐廳中到底還是享受不到和同胞說話時的隨意感。岡展開岸本遞上的雜誌和報紙，貪婪地讀著。

68

岡比岸本早半年來到巴黎。岸本是在數次旅途中因緣際會的和這位畫家相識。有一次是打算去看貝魯蘭的藏畫而乘坐馬車；一次是拜訪瑪德蓮教堂附近展出新畫的美術商店；兩人一起在劇院街舉辦的忘年會中燒傷。不過岸本開始對岡突然熟稔起來，是在岡邀請他到喜歡的日本餐廳把酒言歡、暢談旅情的時候。從那天晚上起，岸本知道了埋藏在岡心中的祕密——這個男人的熱情、誠意，未能打動意中人的母親和哥哥的心。除了深情相許的眞心之外，這個世界上還有什麼能讓人幸福的？岡幾乎忘記時間的流逝，埋頭述說著內心的哀愁。這個男人留下一封激動的書信給情人的母親，斷絕和情人哥哥多年來的交情而離開家鄉，他心中的憤怒和憎恨使他聽不進任何安慰的話語。茶壺的水開了，岸本將街上買的法國茶杯放在茶盤上，注入散發香氣的日本綠茶端給岡喝。

只要看著岡，岸本就會想起一個年輕的留學生。岸本無法忘記他即使滯留在巴黎，也不忘收集黃皮手套的嗜好，眞是名副其實的收藏家。這位有著紳士風采的青年留學生在前往瑞士之前，留下了一段過往。留學生說他在家鄉有一位交往密切的女性，那位可說是溫室之花的女性現在已經是別人的妻子了。聽他的口氣，這個自費洋行的留學生離開日本的動機之一，似乎和那位年輕的夫人脫不了干係，她的懷孕也讓留學生煩惱不已。留學生滯留在巴黎的那段時間常常搬出這個話題，岡也曾聽他說過。

「有女性問題的人都會到西方來——」

岡非得談到這個結論才肯罷休，他的個性就像山裏的農夫一樣率直。

岡把喝完的茶杯放在暖爐上說：

「昨晚有兩、三個乞丐模特兒跑到我的畫室來，隨便亂翻東西，還叫我請他們喝酒……眞討厭的模特兒……不過給他們酒喝，他們就會唱歌給你聽，聽了之後突然覺得他們很可憐……」

岡在旅居的藝術家中似乎十分辛酸的，而且自從來到法國後，長期的內心交戰甚至讓他連畫筆都不想動。一看到岡的臉，岸本覺得國外的生活更加無聊了。

69

「我曾經跟你說過，我很羨慕那些可以窩在家鄉暖爐邊的人吧？算一算，復活節也要到了。」

岸本對岡說完，兩人便一起離開公寓。羅馬天主教的節慶開始了。在街上走著的妓女們從頭到腳一身黑，像是要上教堂做彌撒的裝扮。來到天文台前廣場附近的街坊一角，路上的行道樹搖身一變，由早已披上青翠嫩葉的七葉樹，取代了剛萌生黃綠新芽的梧桐樹。

「七葉樹的花已經開了呢！」

岡指著七葉樹茂密繁生的枝椏給岸本看，從嫩葉中探出頭來的花朵看來彷彿是一根根白色蠟燭。

「那就是七葉樹的花嗎？」岸本說。

「如何?很漂亮吧!」

「京都大學的教授從史特拉斯堡寄來的明信片上寫著:『常聽別人讚美七葉樹開的花,我還在想到底是什麼樣子,結果也沒什麼大不了的嘛!』教授的批評是有點過分了。」

雖然稱不上什麼遊子風情,但流落異鄉的岸本卻被這看似孤寂的花兒給吸引住了。

「去年的今天,我還在船上呢!」

岸本這麼跟岡說,兩人的腳步從比利耶舞廳前轉向一家小咖啡廳。小盧森堡的林蔭道前有一家落落大方的店,兩人常去那兒光顧,這就是岡口中的「西蒙之家」。

吧台前有一個工人打扮的法國人站著喝葡萄酒,櫃台的老闆娘以親切的招呼和握手迎接岡。

店裏面有一間擺著桌子的包廂,岡和岸本進去正要坐下的時候,一個十六七歲的少女從二樓扶著牆壁走下來。配合復活節,一身黑色的法國民族衣裳很適合這個瘦小纖細的少女。少女來到岡的身邊,微笑著伸出她那處女般的白晰手臂,接著也來到岸本身邊要求握手,這個少女就是西蒙。

岸本認識的美術家們常聚集在這個少女的家,尤其岡更是動不動就從畫室到這兒來,跟這裏的老闆、老闆娘,以及集父母寵愛於一身的西蒙見面,包廂的桌子上擺著他點的白蘭地酒杯,他會在這桌上寫些風景明信片或信寄回故鄉。替親熱的男女,或是在等人的客人所準備的角落一室，總是被不知如何排解悲傷的畫家當成旅行的隱居處，他待在那兒，試圖從異鄉少女的身上找尋那分手的意中人影子。

70

這家小咖啡廳位於恩典谷陸軍醫院出來到聖・米歇爾林蔭大道的轉角，從岸本坐著的包廂窗外，可以聽到人們往來窄巷步道的腳步聲。

展現法國婦女刻苦耐勞精神的老闆娘絕不會讓女兒閒著，不管什麼時候來都可以看到少女幫忙的身影。不過老闆娘一直都在留意著店內的一舉一動，連客人點的東西都很少讓女兒去送。店裏忙得抽不出空來侍候客人時，老闆娘的妹妹便會到包廂來服務，再不然老闆娘會親自送咖啡等東西進來。有時在包廂的一角會開始家庭聚餐，西蒙也會過來加入。宛如一幅正經溫馨的家庭構圖，一點也不像是在做生意。懷著旅情坐在包廂中，岸本向岡打聽少女的事。

「老闆娘非常寶貝她的女兒喔！有一次我邀西蒙去看戲劇，西蒙就去問她媽媽，結果老闆娘一副『哪可能讓妳去』的表情。」

「她現在正是花樣年華呢！」岸本也說。

「等她長大之後可能就不會那麼受歡迎了。現在她還只是個孩子，這點也正是她惹人憐愛的地方。」

血氣方剛的岡所說的話，岸本竟也深表贊同。

兩人聊到跟模特兒同居的藝術家們。出來旅行的同胞中有不少人和法國女人同居，這些女人不是只有模特兒，有些藝術家是和女裁縫在畫室裏一起過著快活日子。

「這裏還眞熱鬧！」

外面有個畫家打聲招呼走進來。

「我想只要來『西蒙之家』就可以找到岡，所以過來看看——果然在這裏。」那個畫家笑著說。

「我們剛才也正好談到你呢！」岡也很快活地回嘴。

接著又有兩三個畫家進來，每一個岸本都很熟，從襟飾的結法就看得出來他們充滿畫家的年輕活力。大家全都聚在一起時，比岸本年輕的岡在這群僑居的藝家中，反而看起來比較年長。

「岡——怎麼樣？」

第一個進來的畫家好像要安慰鼓勵岡似地問候著，包廂內漸漸充滿了熱鬧的笑聲。那個畫家也看看岸本。

「岸本來到巴黎竟然還沒碰過外國女人——眞說不過去耶！」

這種讓人無法生氣的口氣把大家逗笑了。

「他可不想變老啊！」

聽到岡這麼說，大家又笑得東倒西歪。

71

「岸本不知爲了什麼常常嘆氣。」

畫家中有人說了這句話，因爲他的口吻實在是太奇怪了，大家又笑了起來。

「我老早就爲岸本準備好開香檳了，但不知道何時才能喝到呢！」

坐在岸本前面的畫家用親密的口氣笑著說；這個畫家看起來似乎特別老，但一問之下卻年輕得令人意外。就算像這樣一群青年藝術同好在咖啡廳齊聚一堂，也幾乎不談跟藝術有關的內容，性質流派各異的同好彼此都避免碰觸專業的話題。愛聊天的岡常常跟岸本兩人針對繪畫或雕刻交換意見，但在大家面前也是絕口不提。過不久有個畫家叫了服務生過來。服務生腋下夾著白色抹布，拿來撲克牌和髒髒的墊牌布巾，將撲克牌攤成扇形，還拿來記錄各人得分的石盤和粉筆。日光射進昏暗的房間裏，映照著這個只聚集著日本人的小世界。那裏的空氣中充斥著爽朗的笑聲、靜靜飄散的法國菸草霧氣，以及專心打牌的聲音。不論是窗外往來於石步道的人群，或是站在這家咖啡廳前喝咖啡的、鄰家女僕；在櫃台前聊天的工人，還是店員打扮的法國人，都和包廂間裏面形成的小世界完全沒有關係。不管日本同伴說些什麼，既沒人批評也沒人理解。岸本也加入打牌的行列，望著一組畫著女王和士兵的牌看；這段時間他發現爲旅行無聊所苦的不是只有他一個人。在國外待太久，有許多人都是一副玩膩撲克牌的表情。

不久岸本離開咖啡廳，他過回想著自己來到遙遠巴黎後經歷的旅人生活，走回出租公寓。有同伴的時候，他也好幾次見識巴黎人笑稱「巴黎什麼都有」的大都會享樂世界。有時他爲了排遣異鄉的寂寞而到附近的比利耶舞台，或是帶著同胞遠至蒙馬特高地參觀。有時巴黎劇場散場時，他會同看完戲離開的人群聚集在閣樓上欣賞西班牙舞蹈，心情就像在東京隅田川旁的廂房靜靜欣賞三味線時一樣。但是讓他捨棄一切、遠離朋友親戚孩子的理由，卻是一天也沒離開過他的腦中。

72

巴黎最快樂的時期到了。街樹中率先替這座古都注入青翠新生氣的雖是七葉樹，但緊接著萌芽的梧桐也迅速伸展枝葉，一天比一天濃綠茂盛，很快地整個城市就成了一片綠油油的世界。透過人家的牆垣望去，白紫交錯盛開的丁香花也開始迎接花期，這個美好的季節讓岸本的心靈重生過來。

感受到重生的喜悅，岸本卻依然抱著莫名焦躁的心情過日子。自從踏上旅途以來他從沒有奢望過什麼，只祈禱心靈能夠獲得平靜，但這最重要的願望卻無法實現。他說不出為何自己的心情無法像當時搬離東京淺草書房時一樣，無法以那樣的心情在客鄉巴黎生活上二、三年。岸本不耐地離開公寓。婦產科醫院前的梧桐樹影落在林蔭大道的人行道上，耀眼的豔陽下，老師帶著一群小學生隊伍經過，好像是要去遠足；這些法國少年們與他擦身而過時都好奇的看著他。目送這群天眞的孩子離去，岸本的心飄到遠在家鄉的泉太和小繁身上，想想從今年開始小繁也要跟著哥哥去上學了。

走到天文台前，這邊也有小男孩、小女孩在寂靜的樹梢下玩耍。高大的七葉樹枝椏上開滿著白色的花朵，宛如是肉眼看不到的「春」之舞蹈延伸出的燭台一般。

岸本又重新憶起去年剛到馬賽港口、第一次踏上歐洲土地時的情景，腦海中描繪出自己宛如步履蹣跚的旅人一般。對不知道什麼是休息的他來說，不管是棲身於巴黎公寓的屋頂下，還是穿著鞋子走在石造的人行道上，其實沒什麼兩樣。每到坐立不安的日子，他就會毫無目的地到公園閒晃，或是逛逛街、看看展示櫥窗、到沒什麼興趣的咖啡廳坐坐，除此之外就沒有其他消磨時間的辦法。這種情形有時一過就是好幾天。飄泊異鄉的一年歲月對他而言，根本就是徬徨的無限連續，他難以置信自己當時竟以徬徨為生。

等徘徊於城市樹叢間的岸本再度回到公寓時，他已經讓無意義的散步給累壞了。回到自己的房間一個人望著窗外發呆，遠方的天空中飄浮著宛如白棉的雲朵，那是過去曾在信濃山頂上看到的。他望著受到春風吹拂不斷改變形狀的雲；現在他的身邊沒有一個親密的朋友，從日本帶來的工作仍是隻字未動，即使如此他還是沒有忘記要寄小孩的生活費回東京的老家。一想到自己患了思鄉病就覺得很懊惱；即使將額頭貼在房間地板上哭泣，也不足以形容他在旅途中嘗到的苦痛。

73

經過蒙帕納斯墓園，岸本去拜訪岡的畫室。

從青黑色的門內傳出開鎖的聲音，岡探出頭來。岡的畫室位於幾乎可以聽到黃鶯鳴聲的巴黎郊區。每次造訪岡就會讓岸本聯想到旅行的不方便和悠哉。同一條住宅街上還有另一個藝術家的畫室，那位比岡還要年長的藝術家已被年輕人戲稱「老大」。

「岸本先生，要生火嗎？」岡帶著款待客人的神情，去找放在畫室角落尚在製作中的畫框。

「算了啦！沒有生火的必要。」岸本說。

「可是，沒生火總覺得很冷清——」

岡在岸本面前毫不猶豫地將畫框的白木條折斷，當作引柴丟到鐵製的暖爐裏，放著畫架、桌子、床等東西的高天花板房間中，迴盪著柴火燃燒的聲音。岸本拉了張椅子過來。

「我今天很想見你，就來露個臉了。」

「你來得正好，我正想去拜訪你呢！」岡回答。

感情豐富的岡苦於內心長期的交戰，而無法隨心所欲創作，露出抑鬱的表情，從暖爐旁望向放在房間角落的白色大畫布問道：

「岸本先生，我最近開始念佛經了——我的心情已經調適到這個程度了喔！」

岡說出這番模稜兩可的話來，接著更繼續說下去：

「自從來到巴黎之後，我所擁有的舊東西全部都破滅了，破滅得一乾二淨，但我還沒找到未來新的道路。我只能等待，在我的心中還沒出現一個確實的形體前，我想我只能耐心地等待。旅行讓我成爲佛教的信徒，我打算天天念佛過日子。我寫信給在日本的爸爸了——我爸爸眞的很擔心我——我寫著：『爸爸，我最近抱著沉靜的心開始念佛了，所以請您不要擔心，等我回來。』」

74

岡這番任命運擺布的話雖然事關他的藝術生涯，但聽在岸本的耳裏卻像是這畫家對他那熱情、激烈，並且失去的戀情所做的告白。和意中人分別的時候向對方確認「我可以安心的去了嗎？」時，得到對方「可以啊！」一句堅定的回應岡；從此之後再也無法見她一面的岡；寫信痛罵女方母親是惡魔、殘踏兩人互許眞心的岡；來到巴黎還常常夢見自己打算殺了女方哥哥而驚醒，並爲此流了一身冷汗的岡；岸本從這樣的岡口中卻聽到「旅行讓我成爲佛教信徒」的話語。

這時，畫室外傳來輕輕的敲門聲，一個連帽子都沒戴、打扮貧窮的法國女孩探出上半身，一看見畫室內的情形馬上就轉身打算離去，卻被岡叫住了。岡拿出房間角落的空瓶拜託那個女孩去買啤酒。

「是模特兒嗎？」岸本問。

「嗯，她們有時候會來問我有沒有事情讓她們做。」

畫室牆上掛著一幅岡在布列塔尼海岸畫的風景畫，沒有裱框，不管什麼時候來這幅畫都掛在那裏沒動過。岸本站在這幅畫前和岡一同欣賞聊天的當兒，女孩從鎮上提著瓶子回來了。

「這個女孩姊妹倆都是模特兒，她是妹妹，我有時會拜託她幫忙買酒，不過平常來玩時可是吵得不可開支呢！」岡對岸本說。

女孩聽到兩人用她聽不懂的日語說她壞話，笑著出去了。岡把桌子搬到暖爐旁，將啤酒放在桌上，談起日本的父母。

「一說到親人我就覺得自己幸福得不得了。父母兩人都很關心我、倚賴我。最近還收到媽媽寄來的信寫著『爸爸年紀也大了，現在只有你能倚賴，所以希望你能夠快點回來。』如果沒有父母在的話，我才不想回國。聽到日本的消息是一件很痛苦的事，我甚至希望能在巴黎待久一點。發生那件事時，父母不知有多關心我。我在父母家裏收到愛人最後一封信，而且那封信還是愛人的母親或姊姊叫她寫來的。那是封分手的信。『有封信寄來。』爸爸一臉擔憂的表情將那封信交給我，我拿到二樓去看，可能是因爲我一直沒有從二樓下來吧！爸爸和媽媽擔心極了，溫了一壺酒叫我下樓。聞到酒的香氣，我再也忍不住，一個人啜泣起來。爸爸靜靜地看著我痛哭一場，到最後我還以爲他要說什麼，沒想到他竟然說『你也沒什麼女人運嘛！』……」

岡重複著父親說過的話，自嘲地笑了起來。

75

岸本離開畫室後，想起岡說到，如果沒有父母就不想回國，又拿他和自己比較，然後回到天文台前。

「大家在這趟旅程都吃了不少苦。」

不知不覺嘴上掛著這句話，岸本從帕斯德大道走向蒙帕納斯車站，出了高架橋下的艾德格・于尼林蔭道，來到設置肉類蔬果市場的街道時，岸本沒有朝墓園的方向走去，而是穿過蒙帕納斯大道。尼埃將軍的銅像立在樹蔭下，這附近一帶是岸本早晚的散步路線。位於城市中心的廣場，一邊可看到盧森堡公園的入口，一邊可以看到宛如圓形路燈的天文台石塔。來到這裏，離公寓就很近了。

「東京的朋友現在怎麼樣了呢——」

他走過乾枯的梧桐綠葉下，心中思忖著。

對岸本而言有一件事觸動了他的旅情。那不是別的，就是阿貝拉和艾蘿伊絲的事蹟。英學（指學習英文的學問）出身的他對那位學問淵博的修士並不是很清楚，不過他在很早以前就對阿貝拉這個名字有種親切感。阿貝拉和艾蘿伊絲的愛。岸本的心中想像著那股奔放的熱情。阿貝拉為了博學的修女而拋開男性尊嚴、捨棄修士職務，年輕時岸本不知將這名字掛在嘴上多少次。

當岸本從同宿的索邦大學學生口中聽到，他所念的古老大學正是過去阿貝拉執教鞭的歷史現場時，簡直像是遇到久違的老友一般。想起這件往事，他回到自己的房間。行李裏從家鄉帶來的書中，有本讓人回想起從前的英國詩集，他再次翻開歌頌阿貝拉和艾蘿伊絲事蹟的那節譯詩。

Where's Heloise, the learned nun,
For whose sake Abeillard, I ween,
Lost manhood and put priesthood on?
(From Love he won such dule and teen!)
And where, I pray you, is the Queen
Who willed that Buridan should steer
Sewed in a sack's mouth down the Seine?
But where are the snows of yester-year?
(The Ballard of Dead Ladies.--Translation from Francois Villon, by Rossetti.)

二十年前住在東京下谷池塘旁的公寓時，岸本和朋友都很喜歡這首詩。市川、菅、福富、足立，朋友們都還很年輕，當時敏感的市川宛如歌頌自己的青春似地吟誦「去年的雪花哪兒去」的聲音，仍殘留在岸本耳際。

入夜後，細雨打在客舍窗外的梧桐葉上。充斥著雨聲的寧靜，岸本再次想像那兩人的事蹟，藉以撫慰獨居的無聊。

76

叔父真的那麼想聽到家鄉的語言嗎？節子看了岸本刊在報紙上的旅遊記事後，興起了寫這封信給岸本的念頭。她寫說，這麼頻繁地寄信，您一定覺得很煩吧？不過請您當作是聽到家鄉的語言來讀它。節子雖然在信中詳細地描寫泉太和小繁成長的經過，但總覺得光是單純的報告仍無法滿足。她在信中寫著自己讓叔父掛心的身子已經漸漸恢復到一般了，不了解實情的人一眼絕看不出異狀，請叔父安心。不過知道的人當然還是看得出來。她說她的兩手仍長著像癬一般的東西，連到廚房幫忙都不能。甚至頭髮也還是掉個不停。每次讀了節子這樣的信岸本都會忍不住嘆氣，加深自己不能回國的懊惱。

岸本在旅空下歡送不少同胞，也迎接了不少的同胞。隨著好季節的到來，四處漫遊的人們消息漸漸多了起來。有一位在京都大學專攻考古學的學士結束了義大利的旅行，在岸本的公寓把旅行見聞當做土產送給他。專攻美術史的慶應留學生從德國寄信來，表示自己正為了準備去義大利做心理調適。美術學校的副教授也離開塞納河岸的房間打算在近期歸國，還有兩個畫家剛從西伯利亞來到巴黎。

「我在莫斯科聽說岸本先生到巴黎來了。」

一位熟客來到岸本的公寓這麼說，這個客人打算在巴黎待一、兩個月。

等岡從畫室到這兒來會合後，一夥人毫不拘束地聊起旅行見聞來。對岸本而言，在異鄉的客舍迎接像這樣不論何時都充滿朝氣的客人，是件少有的事。藏青色外套的輕便裝扮讓他看起來更年輕。

「聽說岸本先生來巴黎不曾吃喝嫖賭，這樣子不會寂寞嗎？」

客人笑著說。

「這並不表示岸本先生不喜歡玩喔！」岡回了客人的話。「別人去的地方他都會去，提議一群人聊天玩通宵的也都是岸本先生。岸本先生甚至還有『好色地藏』的綽號呢！他對牽紅線尤其樂在其中！可是本人卻只看著就滿足了。」

「不過，誰說出來旅行就一定要特別興奮？抱著和待在祖國相同的心情過日子也不錯啊！」岸本說。

77

就如同一切爭奇鬥豔的各種燦爛青春總要流逝一般，連眼前這位朝氣十足的年輕客人，似乎也無法抵抗時間的力量，就在前一刻還著迷於各種旅聞，但這一刻已飄然離去。這個人和岡離開之後，岸本心中還一直留著五味雜陳的感受。

「老實說，我用岸本先生的詩集犯下不少罪呢！仔細想想我也真是太輕佻了，拿你的詩當誘餌，不知欺騙了多少女性！」

客人留下的這句話，即使在他離開之後，仍迴盪在房間裏。那位客人背了好幾首岸本年輕時所寫的詩，這個人說要大家想像，有個青年充滿詩意的神情浮現在岸本眼前，躺在草原上任由輕風吹撫，吟誦岸本舊詩的青年，想像有個年輕的女學生常爲了摘花來到草原。他說隨風傳來的吟詩聲輕易就抓住了少女的心，說這個少女越是不知人間險惡的溫室花朵，岸本的詩集就越有用。岸本很清楚客人有著一副清澈動人的嗓音，這段不能說天眞，卻又幼稚得令人噴飯的告白讓岸本嚇一跳。他覺得眼前這個人和自己的性情南轅北轍。

「不過從前的幻想已漸漸消失，我也老了呢！有時候常會想，人類不談戀愛是很孤獨的。我常告訴自己『我還能戀愛！』來安慰自己。」

客人還留下了這句話。

「我也能！」

岡站在客人面前大聲地宣稱，岸本看到當時兩人眼中閃耀的光芒。

客人拿來取悅女性的岸本詩集，對岸本來說，卻是他在遠離女性煩惱時完成的年輕心情紀念。當時他二十五歲，在仙台的旅舍寫下了這本書。待在仙台的那一年是他永難忘懷的快樂時光，之後也常常憶起那個時代。而當時之所以快樂是因爲能夠完全遠離女性、保持心情寧靜的關係。其實岸本從青年時期一路行來，就一直努力不爲女性問題煩惱。

78

再三說要出發卻總是沒有出發的美術學校副教授，終於要從巴黎北站踏上歸途了。當天岸本也帶著鄭重的送行心情到車站去。這一天幾乎所有滯留巴黎的藝術家都到齊了，大家送行的副教授是歸去的人，送行的則是留下的人，這更加深了送行者的飄泊感觸。就好像一艘船來接人去到人群聚集的遠方島國，但只有一個人能上船一般。副教授在年輕人中算是很有人緣的，只要藝術家在日本餐館的老闆娘家中舉辦酒會，想藉由無拘無束的玩樂忘記旅途的憂愁時，副教授不論何時一定會和年輕人一起高歌。為了替老練的前輩送別，而露一手〈鎗鏽歌〉❼的畫家，和擅長唱〈勸進帳〉❽的畫家從但菲爾．羅歇羅而來；每次都以首三味線的〈越後獅子〉教人驚豔的畫家從蒙帕納斯趕來；會〈追分〉、〈端歌〉、〈浪花節〉、〈阿呆陀羅經〉等拿手好戲的雕刻家和畫家各自從四面八方前來送別。岡也將希望寄託在副教授回國後的關說上，抱著一顆不放棄的心來送行。如果不是這種情形的話，岸本也碰不著一些平常很少見面的藝術家。他見到了跟法國女性結婚、在巴黎住了六、七年的雕刻家，也見到了從美國渡海而來、住在畫室裏的瘦小日本女畫家。

替副教授送行完後，岸本搭地下鐵到瓦凡車站。他深刻地感受到有家歸不得的心情，這種心情隨著目送別人回國更加強烈。岸本從瓦凡車站走回公寓時剛好遇上天主教在舉行彌撒，他在聖母院分院前和好幾個做完彌撒回來的女孩擦身而過。幾個母親帶著身穿清純白衣、改頭換面的女孩們在街上走著。他煩惱著身在異國這個天涯中，孤獨的自己未來將會如何。

「我想，過去引導我的力量今後還是會繼續引導自己——沒什麼好擔心的。」

岸本回到公寓後仍想起自己曾寫給東京友人的這句話。可能的話他希望能在國外找個適當的職業，可能的話他希望能將留在家鄉的孩子們全部接來異國長住，這時就需要花點時間找個更好的老師來教法文。學習語言與在國外提筆完成離開日本時接來的工作是兩回事，再加上待在這個連往來書信都要花上好幾天的遙遠天空下，也很難和家鄉取得聯繫，他越想越覺得前途多舛。

「命運會將我引導到何方呢？」

這樣的疑問令岸本焦躁不安，他跪在房間的地板上，俯首落下熱淚。

❼十九世紀前葉的流行歌謠曲名。
❽歌舞伎的其中一段的歌曲。

79

在陌生的人群中生活了一年，岸本認識了比昂庫耳的書記和伯司的教授、住在拉培河岸的詩人、住在瑪達姆城市的女雕刻家、住在貝秋斯河岸的日本美術收藏家等一家人。但是越跟這塊土地上的人交流，一種身爲外來人的那種焦躁感就越深植岸本的心。

進入六月，岸本收到比昂庫耳書記的母親寄來的信。信從那位老夫人長時間臥病在床的地方開始寫起。

你可能以爲我們早已忘記你了吧？不是這樣的，之所以疏於問候都是因爲我這一身的病。下個星期六的晚上你願意和我們共進晚餐嗎？大家都很想見你。我想你應該會說一些法語了吧？我家媳婦還是不會講英文，兒子又常常不在家，所以有一段時間沒有邀請你過來坐。東京的姪女也常常寫信來，問我們有沒有和你見面。

老夫人的這封信是用英文寫的，那位書記的母親還曾一度傳出病危的消息，有時岸本造訪比昂庫耳時也因老夫人的病情而無法見到面。

「來到法國初時認識的老夫人是最關心自己的人。」

岸本深深地感受到這一點。

足球比賽的日子結束後，岸本又收到從比昂庫耳寄來的信。這次寫信的不是母親，而是書記，說是有兩三個親戚朋友要舉辦茶會，希望岸本也能參加。

當初沒有旅行指南就無法下塞納河，相比之下，現在岸本對比昂庫耳的熟悉，已經是從水路或陸路都能通達了。他滿懷跟友好的法國人家見面的期待，從塞納河岸坐電車出發。推開書記家的鐵門時，之前那隻飼犬又撲向岸本，不過已經沒有當時那副蓄勢待發的姿態了。

老夫人在種植花草的庭院和靠近大門正面的寬廣石階附近擺了幾張椅子，等待客人光臨，旁邊還擺了一張躺椅，陽光從樹叢間灑落，在庭院四處映照出斑爛的樹影。岸本和老夫人、媳婦以及受招待的仕女們一起享受茶點，岸本還認識俄國音樂家與他的法國妻子。

「我還以爲自己再也見不到岸本先生了呢！眞是做夢也沒想到自己還能恢復健康。」

老夫人跟岸本說。

能再見到老夫人奄奄一息的從病榻上起身，穿著一樣的黑色古典法國衣裳，拖著年老的身軀在庭院靜靜地散步，對岸本來說也很不可思議。他從對方的動作及言語中看出老夫人在交待財產分配的遺言後卻恢復健康，一副閒得發慌的樣子。不只如此，聊了一段時間後，他發現這個家庭發生了一件嚴重的問題。

80

大家聊起老夫人那捨棄法國遠赴日本的姪女。這茶會聚集的似乎都是一些親戚。手中拿著紅茶杯的人們坐在椅子上隨性地聊著天，這時岸本從老夫人口中聽說瑪蒂瑪裘在東京結婚的消息。

老夫人憂心忡忡的對媳婦說：

「去把那封信拿來。」

媳婦走上正面的石階，將日本寄來的信拿了過來。

「媽媽，對象叫做瀧！」媳婦看著瑪蒂瑪裘的信說。

「岸本先生知道一位叫做瀧的藝術家嗎？」老夫人問。

「我知道兩位姓瀧的藝術家，不過不熟。」

岸本的回答似乎讓老夫人更加不安。

「連岸本先生都說不太清楚。」

老夫人和媳婦對看一眼，似乎十分煩惱姪女即將結婚的藝術家究竟是何許人也。在法國最擔心瑪蒂瑪裘的看來就屬這位老夫人了。這時岸本突然想起老夫人曾對他說過的話——「每個人都責備我姪女到日本去都是我的錯、是我的疏失。」一個不懂世事的外國女性，眞的能在異鄉找到適合的另一半嗎？從老夫人臉上可以清楚地看出她的疑慮。

「那位瀧先生似乎也來巴黎遊學過的樣子，信上是這樣寫的。」

在媳婦讀著瑪蒂瑪袠的信時，岸本聽到那位熟稔的東京好友番町的名字，知道瑪蒂瑪袠是經由友人番町的介紹才認識那位藝術家的。

「在日本結婚，典禮該怎麼舉行呢？宗教該怎麼辦呢？——瑪蒂瑪袠一個人一定很煩惱吧！」

媳婦一說，老夫人也跟著喃喃自語。

「眞可憐的女孩！」

「總之，日本也有很多年輕藝術家到巴黎來，我幫忙打聽看看這位瀧先生的事好了！瑪蒂瑪袠也是很精明的人，不會做什麼傻事啦！」

岸本安慰老夫人和媳婦。

過了不久一位日本律師跟著先生進來，老夫人也向這個律師問了瀧的事。這個律師回答說沒聽過這個名字，那口氣彷彿是說日本律師怎麼可能會靈通日本藝術界消息。老夫人聽了之後，在岸本和兒子面前，用平常不曾出現的嚴肅口吻說著：「兩位都說不知道。」

兒子對遠在東洋的瑪蒂瑪袠也露出一副擔心的表情，在母親面前沉默不語。

81

岸本爲了瑪蒂瑪袞把自己介紹給這戶法國人家——這個爲了仰慕日本天空而離去的可憐人兒——盡力去調查叫做藝術家瀧的事，以便讓與姪女相隔兩地的老夫人一家人安心。告別比昂庫耳人家，沿著河岸的白楊林道前往蒸汽船碼頭時，他問自己，爲何比昂庫耳的人們這麼擔心瑪蒂瑪袞的婚事呢？

「因爲對象是日本人吧——」

不管怎麼思考都會回到這個答案。坐上船後，岸本仍想著瑪蒂瑪袞對異國的興趣，已經深厚到要和日本人結婚的地步了。

過了幾天，岸本打聽到瑪蒂瑪袞對象的好名聲。滯留法國的藝術家中，有個最近才從日本繞過蘇伊士運河過來的畫家牧野跟瀧很熟。牧野和岡很有交情，也認識東京的番町友人。在這座送走「老大」，送走美術學校的副教授，還送走其他年輕美術家——其中光岸本認識的就有三個人——的「巴黎村」中，加入了牧野、繞過西伯利亞而來的小竹，以及其他兩三個新面孔。

「能成爲瀧的妻子實在太幸福了！」

得到牧野有力的證明，岸本立刻寫信到比昂庫耳報告這個好消息。信上寫著從牧野那裏聽來的，有關瀧的好出身及可靠的人品，最後還附加幾句瑪蒂瑪袞的選擇沒錯，沒什麼好擔心的。

岸本收到書記母親從避暑地賽伯．多羅涅海岸❾寄來的回信，老婦人開頭寫著感謝岸本的幫忙，說收到信的兒子現在雖然在巴黎，但爲了讓自己也讀讀這封信就從當地轉寄了過來，所以由她來回信，眞的非常感激岸本。假如自己的哥哥——姪女父親今天還活著的話，他會怎麼看待這場婚姻呢？光想就覺得膽戰心驚。不過從你的話語中看來這似乎是段良緣，而且姪女也沒有寫信來和我們商量，我們就私下祈禱這件喜事能夠順利進行吧！老夫人還附帶說明，賽伯地方廣大而美好，來這裏避暑的幾個家庭都像朋友一樣，看著在沙灘上玩耍的孩子們也覺得很快樂。雖然是多雨的季節，所幸連著幾天都是陽光普照的好天氣。你的好友敬上。

82

岸本窺探到意想不到的內心世界，又寫了一次信給住在比昂庫耳的書記。信中寫著如果這麼擔心瑪蒂瑪袞的婚事，自己那住在東京的友人番町應該幫得上忙，請他告訴瑪蒂瑪袞萬

❾ Sables-d'Olonne位於法國西岸的海港。

事皆可找他商量。

這封信轉交到老夫人的手上，繞了一圈從賽伯海岸寄了回信過來。回信中寫道：

姪女的事讓你費心了，眞是抱歉。說來眞不好意思，姪女很任性，只做自己喜歡的事。她生來體弱多病，甚至連她的父母親也以爲她活不下去。恐怕她父母放任她隨興而爲，也是因爲她長時間身體孱弱的關係吧！她出生在非常富裕的家庭，不知人間疾苦，因此完全不聽他人的忠告，以爲所有事都能靠一己之力完成，不過如果眞做得到就好了。這位叫瀧的先生在巴黎遊學時似乎並不認識姪女，姪女來信中提到對方是個很拘謹的人，但對瀧先生擅長的藝術形式卻隻字未提。如果你還打算寫信通知小犬什麼消息的話，小犬仍然在圖書館上班，我也打算聽你的建議寫信叫姪女去和你的番町友人商量，不過我怕你的友人反對，或是姪女不肯去商量。她爲了自己的享樂拋下臥病在床、奄奄一息的母親到日本去，雖然我們寫電報催促她回國，但等她回到巴黎來探病時已經來不及了。光想到她的任性就覺得很頭痛，我們無法了解她在想些什麼。

看著老夫人這封信，岸本總覺得自己好像也一起被罵了。以爲所有事情都能如願以償的不只是瑪蒂瑪裘，他自己也是一樣。可是他在心裏爲瑪蒂瑪裘辯解：老夫人不是說「因爲日本對我而言，是個夢幻的國度」嗎？說起來瑪蒂瑪裘不就是將姑媽的夢想身體力行的人嗎？這個人到日本去、要和日本人結婚時，爲什麼不能多體諒她一點呢？丟下奄奄一息的母親離開法國的確是瑪蒂瑪裘的不是，但如果不是某種程度的執著，又怎能夠隻身飛向東洋的天空呢！

83

老夫人的信相當嚴厲，不過在這塊陌生的土地上，願意告訴岸本眞心話的人實在很少。他深切感受到自己身爲異鄉人的旅行，跟這塊土地上人們的生活是多麼無緣。他發現實際上包圍在他和其他各國來巴黎的旅人身邊的，是那些專做旅人生意的商人們間營造出的空氣，以殷勤掩飾冷漠的空氣，以及習慣後就不覺其臭的商業氣息。每當他以觀察法國家庭的眼光來凝視自己的公寓時，都忍不住嘆息。

岸本住的出租公寓搬來一位京都大學的副教授，叫做高瀨，他剛從德國來，房間和岸本的房間只隔著一道牆而已。到那間有扇窗的房間一看，高大的梧桐枝幹比岸本房間看到的還要更接近窗邊，濃郁的綠葉訴說著七月的到來。

「可以看到千村住的旅館呢！」

岸本回想似地說道。從翠綠的樹叢間眺望對面的旅館，介紹高瀨給岸本的千村教授在同所大學授課，對岸本而言，有好一段時間，千村也是這棟公寓餐廳一同用餐的飯友。

「千村竟然能夠忍受那樣的旅館。」岸本說。「千村對我說：『我眞羨慕你的房間，從我這邊的窗戶看過去，你房間的窗戶一整天都曬得到太陽呢！』這座城市到處都是高層建築，所以他的房間曬不到太陽。住旅館看起來似乎很棒，但其實千村是很可憐的。」

說著說著，岸本的心頭浮上自己到對面旅館徹夜暢談旅途心得的情形，還有千村在吃飯時間到公寓來聊天時的情景。

「千村在的時候常常談到思鄉病，他還曾對說我：『你到西方去的話，一定會得思鄉病！』」

岸本再度提起前往德國的千村時，高瀨好像也想起什麼。

「只要是來到西方的人，沒有不患思鄉病的啦！」

高瀨的嘆息在岸本耳中聽來，不只是旅行者逞強的話語，更是懷念的同胞心聲。

84

高瀨和千村教授一樣都是靠經濟出頭的少壯學者。高瀨在德國歷經過大風大浪才到巴黎，因此比岸本在巴黎邂逅的千村更習慣旅行。高瀨帶了各式各樣德國旅行見聞到巴黎來，也提到許多同胞患了嚴重思鄉病的故事。有留學生從窗戶跳樓自殺，也有人陷入極度的歇斯底里狀態。那個人受到親切又好事的同伴煽動，相約去見一位賣身給旅客來糊口的德國女人，結果他一看到那個賤女人突然就哭了起來。聽到高瀨說的故事，岸本笑不出來。

「眞是可憐。」岸本說，「我常想，我們現在在巴黎的處境，就如同住在東京神田附近的中國留學生一樣，也難怪他們會患思鄉病。現在想想，我當初眞不該對中國留學生那樣冷漠才是。」

「在神田的時候是不會這麼想的吧！這可是要來歐洲後才能體會的。」高瀨也同意。

「那些人在中國也是相當優秀的青年吧！一想到他們被當成旅人看待，花大筆的錢，結果卻落得悲慘的下場，就覺得很値得同情。再沒有比花大錢卻落得悲慘下場更令人厭惡的事了。我離開日本的時候還有人這樣對我說：『到歐洲一看，搞不懂自己到底是出頭了還是落魄了。』」

岸本不由自主地將自己比喻爲中國留學生，想藉此發洩離開日本時無法想像的痛苦經驗和平時的忍耐、憤慨。每次想到住在帕斯德一帶畫室中的岡、牧野、小竹等人，與妓女或貧戶房東這些人在同一個屋簷下做畫，岸本就不禁憐憫起他們的遭遇。在標榜自由、平等、博愛的這個國家有著極大的貧富差距，他甚至懷疑這裏可能沒有像自己國家那樣中等小康的生活存在。

自從遇到高瀨這個從早到晚互述旅情的聊天對象後，岸本知道不是只有自己才會產生那種無以名狀的心情。每次要到屋外散步時，他常邀高瀨到附近自己中意的場所。天文台後面的寂靜林蔭道，盧森堡美術館後面的玫瑰園，或是戈布蘭市場旁的貧民窟。從客舍窗戶眺望詩歌與科學兼備的巴黎，想著在漫長的研究生涯中稍事休息的高瀨，岸本總會拿來和自己的境遇比較。

85

「你的旅程和別人不同吧？你不是隱瞞了隔壁高瀨一些事嗎？你可以像現在這樣高枕無憂嗎？」

這樣的聲音出現考驗著岸本。岸本的房間位於城市的一角，向著婦產科醫院林蔭道的方向，剛好同樣位置隔壁就是高瀨的房間。還有一間房是面對前往蒙特羅的巴士通過的窄巷，那兒則是一位身爲法院專屬律師的少壯法國人租來過夜的，他每天早出晚歸。白天時這間公寓幾乎等於沒人住，房客只有高瀨、岸本和一個年輕的德國人，屋內顯得異常沉寂。在自己房間可以聽到隔壁高瀨跺步的鞋聲。將科學研究當做一生事業的高瀨也以描繪室內油畫來自娛，來到巴黎後他似乎開始嘗試這類的餘興。透過牆壁傳來的鞋聲，甚至比面對面時更能感受到隔壁學者的倦意。

岸本站到置物櫃門上的鏡子前，他那自從踏上旅途後更顯滄桑的白髮映入眼簾，他凝視鏡中的自己好一會兒，鏡中照出來的是一個想要自欺欺人的人。

「Dead secret.」

突然從口中吐出這句禁忌的話來。爲了隱瞞見不得人的事實而埋葬自己行蹤的岸本，試圖盡量熱中於其他事情來避免接觸灰暗的祕密。遠離國土一年，他從姪女那兒收到的信寫著，「自己的身子已經漸漸恢復，不了解實情的人都看不出異狀，請安心。」只要哥哥不說、節子不說、自己也不說的話，似乎就可以瞞天過海了。哥哥不可能會說的，以哥哥的個性，他只要答應別人就會守口如瓶，他比別人加倍重視面子，再加上這件事關係到女兒的將來。節子不可能會說的，她可是個連幫傭婆婆都害怕得只想取悅對方的女孩。既然如此只要自己保持沉默——保持沉默、保持沉默——岸本這麼想，打算將一切交付於「時間」的力量。他本來就是爲了懲罰自己才踏上旅途的，他出國時就祈禱自己能承受預料中的折磨，可以的話更希望能藉此贖罪。

「我已經這麼痛苦了，難道還不夠嗎？」

他不停地反覆問自己這句話。

86

岸本難得夢到了節子。輾轉反側的岸本翻開厚重的棉被，在牆邊的床坐起身來環視周圍時，仍難掩驚醒的恐懼。

雖是盛夏的暑熱夜晚，卻迴盪著一股寒氣。岸本在睡衣外披上一件日本帶來的棉襖下床看看。走近窗戶拉開窗簾，夜晚蒼白寧靜的夢幻光線映入眼簾，街道上沒有一點噪音，只有拉著貨車通過的馬鈴聲，以及巡邏警察的腳步聲徘徊在陰暗的梧桐樹間。欲明還暗的短暫夜空，相互輝映著比祖國漫長許多的黃昏，這激起異國客舍中旅人的思鄉之情。隔壁的高瀨和法國律師似乎睡得正熟，岸本點了一支吸慣的法國濃菸，回想剛才難得夢到節子的夢。節子在意自己產後乳腫而動過手術的乳房模樣，在岸本面前若隱若現，就好像一種充滿恐怖的幻覺，讓平時不放在心上的話語此時此刻卻有深切的感受。

「叔父裝做若無其事的樣子從法國回來嘛！」

這是節子在東京淺草家所說的話。岸本準備行李時她走到身邊所說的話突然湧上心頭，岸本獨自一人想起這句話，打了個寒顫。

岸本任由窗戶開著，又回到床上，等待再次入睡的他張開眼睛時已經很晚了。那天早晨，可怕的夢魘在他下床坐到桌前時仍揮之不去。

「節子爲什麼要那麼做呢？爲什麼要一直寄那種信來呢？」

岸本猶如姪女就在身邊似地自言自語，嘆了一口氣。岸本盡量不談到「那件事」，就連想起都極力避免。對於岸本而言，不停收到節子的信是件很痛苦的事。他曾經從住在這棟公寓的慶應留學生那兒聽過一句德國話，當對方說明這句話在英文的意思爲 incest，是思想偏激的人常會出現的一種病，光聽到這句話就夠教他膽顫心驚的了。他還聽說那留學生跟某個年輕夫人過從甚密，當留學生聽到這位年輕夫人在丈夫旅行途中懷孕時，自責不已。何況那個留學生是爲了彰顯自己的美貌和才氣才提起這段往事，更令他感到內心強烈的痛楚。他甚至感慨，不道德對某些人而言爲何是值得偷偷自豪的事，對自己而言卻是苦惱的根源呢？這一年，他藉著踏上旅程來矇蔽自己的心眼。

87

身處在異鄉客舍，他對家鄉寄來的一張明信片都異常珍惜，還時常拿出舊信來看，但只有姪女寄來的信，岸本全都燒毀撕掉，不讓它們再出現自己眼前。他常常私下祈禱，希望節子能忘了自己，能多想想她自己的將來。爲此，他盡量避免寫信給節子，給節子的回信也都寄到義雄哥那兒。可是，每當他以爲對方差不多忘了自己的時候，就會又收到她寄來的信，岸本的煩惱也因此而增加。岸本對節子從他在神戶開始就不斷寄信十分納悶。自從她寫信表示自己漸漸從那個陰影——從那個無時無刻糾纏不清的陰影——中走出來後，她感覺就好像變了個人。即使受到那麼大的創傷，她還是不知道什麼叫悔恨。讓岸本來說的話，像節子這般生來有著一顆現代少女心靈的女人，怎麼會對年齡迥異、鬢髮斑白的他展開心胸呢？每想到這兒的時候，岸本就會試著想像節子已是一個男孩的母親了，也想像分分合合的男女關係到底有多麼根深柢固。如果不這樣想像的話，岸本總對她寄來的信有一種無法釋懷的疑慮。

「有小孩的人都是這樣的嗎——」

曾幾何時岸本連自己不願想起的事都想起來了，一個人呆呆地坐在房間裏。他懷疑節子想藉著消除不道德的觀念來維護自己的母性。每次想著遠方的節子時，他不光只是感覺罪孽深重，也嘗到無以言喻的恐懼感。

房門外傳來敲門聲，岸本離開椅子去應門。

88

敲門的是岡。岡每次一聽說有新開幕的博覽會，或是一聽說瑪德蓮教堂旁的美術店有新畫就來邀他去。看到這個畫家，岸本重新打起精神。岡不會一直沉溺於不想回國的痛楚中，不論何時都給岸本帶來一種血氣方剛的年輕氣息。

「岡，你聽過阿貝拉的故事嗎？」岸本問。

從待在歷史悠久的巴黎——不知道這個宛如倉庫般的古都會跑出什麼東西——開始，阿貝拉和艾蘿伊絲的事蹟自年輕時代起就強烈吸引著自己的事；來到巴黎，發現阿貝拉過去是索邦大學老師的事；從那個有名的中世少年的時代，到今天索邦大學的學問歷程；在巴黎的貝爾·拉榭思墓園發現那一對情人墳墓時的驚喜之情，岸本將源源本本訴說給岡聽。

「最近有位姓柳的博士吃飯時間會來這間公寓，他住在千村住的旅館，是京都的大學老師。我和這位柳博士以及隔壁的高瀨三人曾經去拜訪貝爾·拉榭思。那兒眞是個好墓園，盡頭有個『死的紀念碑』大理石雕刻，而且地靠丘陵，視野很好，建有禮拜堂的山丘上還可以看到巴黎呢！我們找了很久，才走到一個古老祠堂前，那就是阿貝拉和艾羅伊絲的墓。祠堂裏放著兩人的肖像，旁邊寫著一排字，好像是『這兩人成就了永生無悔的愛情精神』，就像鴛鴦塚之類的。不過，雖然長滿青苔的墓碑上刻有兩人的姓名，讓人感到很有鴛鴦塚的情調，但令人吃驚的是，男女肖像竟然光明正大的並排在枕邊！高瀨笑著說：『眞不愧是戀愛的國度』呢！」

岸本這段很有旅行氣氛的話，把岡逗笑了。岸本接著又繼續說下去。

「不過，那古老莊嚴的祠堂眞的是只有在信奉羅馬天主教的國家才看得到呢！有許多人去憑弔，圍繞著祠堂的鐵欄杆旁還寫滿了一對對男男女女的名字。這種習慣不論是西洋或日本都一樣呢！大家都想仿效那兩人的命運——」

說到這裏，岡打斷岸本的話。

「岸本先生，你覺得怎麼樣呢？到你這個年紀還會對戀愛抱著憧憬嗎？」

「這個嘛，我覺得上了年紀之後，比年輕時更能進入複雜的戀愛境地。不過，我再也嘗不到戀愛的滋味了。」

岸本年輕時只要說到這番話馬上就會臉紅。不過現在就算有像過去一樣賺人熱淚的故事，他一點也不會感到害羞了。

89

「岸本先生，我來是有件事想拜託你。」岡開口了。「其實我從早上開始就沒有吃過飯。」

岸本目瞪口呆地看著岡，雖說在國外互相扶持，發生這種事也沒什麼好稀奇的，但岡那率直的口吻卻令岸本嚇了一跳。因爲他清楚這個愛聊天的畫家是個把「民生」放兩旁，「戀愛」擺中間的人。

「岡，你有錢時手頭闊綽，沒錢時還眞是兩手空空呢！」岸本親密地笑著說：「我來想點辦法好了，乾脆你先到『西蒙之家』吃個午飯等我，我馬上就到。」

岸本的旅費也是多多少少、沒有固定。他跟高瀨不同，除了受到故鄉狀況的影響在長時間下有所變化之外，他無法完成打算在巴黎做的工作也有關係。「出國遇到困難時還眞是麻煩呀！」岸本自言自語著，晚岡一步出門去了。

到了「西蒙之家」一看，老闆和員工一起聚集在房間角落的餐桌，和其他餐飲業一樣，這麼晚才用餐。西蒙變得更加亭亭玉立了，她坐在母親的身旁，鼓著腮幫子大口大口地吃著法國麵包，並有趣地望著在這房子裏用餐的人們，而岡也開始吃起了簡單的午餐。於是，岸本準備了一些東西帶過去。

跟牧野、小竹兩人在咖啡廳相聚後，岡的精神更加振作了。三個畫家中，小竹是最年長的，接著是岡，最小的是牧野。牧野、小竹是岸本曾在家鄉地方聽說過的人物。岸本以爲牧野會是一個很激動的人，見面之後，意外地發現到牧野是個溫柔、心思周密、敏銳的藝術家。充滿光澤的臉頰與紅色的頭髮非常協調，使牧野看起來更加朝氣蓬勃。至於小竹，岸本原本認爲他似乎是一個很難親近的人，但在一同旅遊時，他瞭解到小竹是個很親切隨和的藝術家。他有著令人喜歡的沉穩個性。岸本和小竹兩個人來到巴黎也不過個把月，旅行的外出西裝都還沒被黑煤弄髒。

「眞不愧是牧野。我原以爲你會很虛弱，沒想到你這麼有精神，眞是佩服佩服。」岡說。牧野開玩笑似地回答說：「我跟岡可不一樣呢！」岸本接著說：「我們在一起時，看起來還是我最老吧！」牧野再度半開玩笑地說：「岸本先生已算是老人囉！」小竹接著說：「不過，在家鄉時，根本沒有機會像這樣大夥兒聚在一起。不管怎麼說，還是旅行最有趣。而且也見到了岡所欣賞的小姐。」「總而言之，旅行總會讓人反省一下自我。」岡的回答變得有點認眞。岸本與這些人一起度過了一段短暫的歡樂時光。他很羨慕牧野和小竹，無論看到什麼或聽到什麼，都好像很有趣似地不會在心裏留下疙瘩。

90

岸本內心非常掛念留在家鄉的孩子們，爲了養育遠方的泉太和小繁，他在房間裏趕著想把工作完成。進入七月下旬，外頭時常下起雷雨，有時即使是白天室內也突然間就暗了下來，還需要點燈。岸本趕的稿子是以前在東京淺草的書房裏所寫的，一些或許可稱得上是自傳的稿子，他打算繼續將它完成。在房裏的書桌前，岸本心裏不斷浮現當初寫稿時的感覺、尚未決定旅行之前暴風雨朝自己逼近時的心境，以及在淺草二樓感到可能是最後一次執筆時的心情。岸本眞的覺得非常不可思議自己能像這樣，在巴黎的出租公寓裏再度提筆寫作。

岸本重新開始執筆的當時，正巧新聞發布奧地利對塞爾維亞宣戰的消息。總覺得街道一天比一天不平靜，一種詭異、令人感到壓迫般的恐怖沉默氣氛開始瀰漫於整個街道。餐廳裏已看不見年輕德國客人的蹤影，岸本每天所看到的只有從婦產科醫院旁旅館過來的柳博士，以及隔壁的高瀨這兩個人而已。漸漸地，每次在餐廳碰面時，岸本和高瀨都會奇妙地面面相覷。

暗示著重大決裂事件即將到來的不安氣氛中，岸本加快腳步趕工寫作。聽說有位出生於諾曼第的法國作家，曾於普法戰爭最激烈時，在被敵軍包圍的巴黎城中開始執筆撰寫《聖安德旺尼的誘惑》。那名法國作家是在五十歲時，才有了創作的念頭。岸本把那些事想像成旅程的一部分，又想像那位他在家鄉時經常與朋友談起的作家，四十幾年前在巴黎寫作時的情形，岸本想以此來安慰、激勵自己。有時候他會放下筆，走到房間的窗邊觀看、感受那有如暴風雨前寧靜的景象；也會走到餐廳那兒去看看，極度儉約、捨不得點燈的旅館老闆娘，總是垂頭喪氣地站在微暗的餐廳角落，想著不安的前程。

「岸本先生，請您看看那是什麼預兆。」老闆娘站在餐廳窗戶的旁邊，指著因黃昏時的空氣而被染成紫紅色的婦產科醫院，向岸本問道。老闆娘從利摩日鄉下來的姪女有著一頭紅色捲髮，她也從窗邊眺望血色般的晚霞。

「或許免不了一場戰爭吧！」老闆娘以法國人慣有的姿勢聳著肩說道。

奧地利對塞爾維亞宣戰起第六天，岸本終於完成了一部分的工作，把它郵寄回家鄉。總覺得平日人群熙來攘往的林蔭大道變得異常寂靜，連外出的人都非常稀少。

16

平靜的巴黎舞台，局勢產生了非常急遽的變化。就在謠傳動員令隨時會在今、明發布時，岸本和高瀨一行人前往北站送一群將赴比利時的人，也順道到東站去看了一下。透過車站內的告示板，得知法德國境的交通已經中斷，鐵路和電線都不通了。打算離開巴黎的德國人或奧地利人成群聚在車站，他們都著行裝，直接跨到柵欄內的碎石上，等待火車出發。岸本還目睹一個工人打扮的男人突然昏倒在自己眼前。抱著行李的旅客、捨不得離別的人們、眼睛哭腫的婦人等等，似乎可以從這些情景看出時局告急。岸本和高瀨一起急忙地趕回旅館，感到情勢已非比尋常。岸本立刻回到房裏，寫信給家鄉的義雄哥，告知局勢緊迫，今後的事將難以預測，並且委託他照顧孩子等。岸本也急忙地寫信給東京的兩、三位朋友，但他知道從故鄉經由西伯利亞來的郵件已經中斷了。

傍晚時分走到街道上去，他站在似乎預料到大戰而形色悲壯的人群當中。到處都張貼著印有三色旗的動員令、總理的諭示、貨物輸出的禁令等等，整個城鎮到處是看了公告便噤住口返回家中的人們。人們緊張的步調撼動著岸本的心。因擔心丈夫、兄弟或情人而愁容滿面的女人，氣喘吁吁地往來其間。

岸本處在這種緊張的氣氛中僅僅一週，周圍急遽的變化有如戲劇場景因轉換舞台而完全改變，法國著名的和平主義者社會黨首領，在戰爭開始時便死去一事，使這戲劇般的情景更加可怕。岸本回到房裏獨自想了許多事。他想到自己這次的旅程、遠離家鄉來到這兒，卻沒料到會遇到動亂。晚上十一點左右下起雨來，從窗戶望過去，行道樹林盡是一片漆黑。

92

所有的壯丁陸續地邁向國境，兩天來都可看見出征士兵經過林蔭大道的情景。德國偵察兵侵入東法邊境的消息傳來。旅館老闆娘和姪女也走到餐廳窗邊，目送一隊步兵通過街道。當岸本正要走近同一個窗戶時，老闆娘回頭說道：

「岸本先生，難道非得打仗不可嗎？我家的那個年輕德國客人，一副老早就知道要戰爭的樣子，一收到父母的來信就趕緊離開巴黎了。那個男人果然是德國密探吧！」她用食指摸著鼻子，好像很後悔讓那位客人留宿。

老闆娘接著又說：「你看，每天都有個奇怪的女人在街上徘徊，大家都叫她『卡洛琳夫人』。我總覺得那女人的樣子很怪。她是喬裝的吧！假裝白痴的女人。臉上塗著厚厚的一層白粉，現在仔細一想，那是男人的臉啊！」這個疑心病重的法國女人，把住在自己旅館的客人，甚至徘徊街上的白痴婦人都當成是德國密探。

岸本目送士兵們經過窗外後，看著老闆娘的姪女，這才注意到從利摩日鄉下來的女孩臉頰通紅，哭腫了雙眼。老闆娘告訴岸本說，女孩的哥哥和未婚夫都一起出征去了。岸本回到自己的房間。窗外，被徵召的市民們排成列，每個人都頭戴鴨舌帽，手上提著小行李，唱著法國國歌。窗外不斷地傳來站在樹蔭下女人和小孩的離別哭喊聲，所有的公車也被徵召成軍事用車。往蒙特羅的車聲也消失了。十八歲到四十七歲的男子全都參加了這次戰役，那些人就像是被浪潮沖走般全都被帶走了。

想離開巴黎的外國僑民老早就離去了，除了德籍或奧籍以外的外國人則允許居留。即使如此，岸本的心中仍是不停地考慮是否要去從軍。他想說反正也無法回國，不如就自願前往戰地去。但後來想想，到前線去也只是受身體上的折磨，反而無法和人好好通信，於是岸本在重新思考過後，才控制住自己。戒嚴令已經發布，巴黎城門緊閉，旅行已是全然不可能了。老實說，他已是受困之身了。

93

岸本終於打算離開待了一年多的巴黎。從發布動員令至今三個多禮拜，他一直無法靜下心來工作。昨天比利時那慕爾要塞情況危急、今天德軍的先鋒已逼近國境里耳，岸本早晚都處於等候這些戰況消息的氣氛裏，唯一能做的只有和市民一同分擔憂愁，看著平安無事的僑居同胞互相談論前景。隔壁的高瀨和柳博士打算結伴一起去英國倫敦躲避戰亂，他們也勸岸本一同前往，可是他卻寧願選擇前往法國鄉下，所以就在北站跟高瀨分手。在敵軍的飛行船襲擊巴黎的第一個夜晚，無法入眠的畫家小竹也加入他們。八月中旬時，他們已越過英吉利海峽而去了。

在岸本所知道的法國人當中，比昂庫耳書記在凡爾賽兵營，拉維詩人加入汽車隊，伯司教授惦記著兩位前往戰地的孩子近況。比昂庫耳在東京的瀧夫人（老婦人的姪女）也來信表示想和丈夫一起到法國遊覽的意願，但因此次戰役，怎麼也無法成行。住在岸本隔壁房的上訴院律師，不知何時失去了蹤影。連「西蒙之家」咖啡店店主、旅館老闆等人都出發到戰地去了。

傳來俄軍進入東德戰況的那天，岸本正在房間裏收拾行李打發時間。旅館中發生了搬遷的騷動。老闆娘和她的姪女比岸本早一天出發前往利摩日。因爲勉強還能繼續一些旅程，岸本也受旅館住客之邀，一起前往老闆娘的故鄉。岸本想順便藉著此次機會去看看法國的鄉下。自戰爭開打以來，旅行變得很不方便，每個旅客不能攜帶超過三十公斤的隨身行李。岸本早就預料到利摩日的寒冷，所以他把能帶的衣服都盡可能的塞入皮箱，而書本等就只好全部捨棄。在聽不到蟬鳴聲的巴黎街道中，總覺得秋天的氣息已經蔓延開來，就連原本留在房間牆上的蒼蠅都飛進行李箱裏。

寂寥的黃昏來臨，岸本獨自留在房裏，想到一年多來的長途旅行生活，以及音訊中斷的故鄉，希望起碼能在離開巴黎前，寫一封簡短的信寄給家鄉的報社，但他坐在行李箱旁一看，不知怎的精神異常亢奮，因而停下要寄給空無一人東京老家的信。窗外的天空出現了金星。偶爾站在窗邊想看看那一點星光，卻聽到眾人唱著法國國歌，街道上響起了震耳欲聾的聲音。平常到了晚上九點，街道早就冷冷清清，燈火數也減少，只剩飢腸轆轆的狗叫聲傳入岸本的耳裏。留在這個都市的人們會變成怎樣呢？婦女們會受到什麼樣的遭遇呢？曾聽聞普法戰爭時，困在巴黎的人們藏身在有如陰暗地窖的地下室，連老鼠都殺來吃，一想到那樣的日子可能會再度來臨，他就覺得很可怕。岸本想著隔天一早即將出發，遲遲無法入睡。

94

岸本從奧塞❿的河邊車站搭火車出發。這趟鄉下之旅，除了牧野之外，還有其他三名旅居巴黎的畫家同行。戰爭正巧給了岸本一個機會，暫時逃離巴黎這個喧嚷的大城市，逃離那電車、汽車、運貨馬車輾軋過石板街道所發出的可怕聲響，逃離那層層相疊、過於擁擠的石造建築物，逃離那使人軟弱、令人喘不過氣的人潮。

雖然這次的旅程只有五個人，不過火車內的氣氛仍很愉快。去年五月，岸本從馬賽到里昂，再從里昂到巴黎，幾乎都是乘坐深夜火車，這還是他第一次看見映照在車窗上的景物。他很難得地看到了法國中部平坦的耕地、牧場，還有森林等等。愈接近上維埃納省，即使看不到故鄉甲州和信州的高山峻嶺，卻能夠呼吸到巴黎一年多所不曾呼吸到的鄉下新鮮空氣。在中途的車站也看到了滿載傷兵的列車。從戰地送回來的傷兵身上，可看出比利時的戰況相當激烈。

大約花了七個小時，岸本和同伴才到達利摩日的車站。此時正好鎮民聚集在車站附近，替出征的軍人送行。他們似乎出生以來第一次看到日本人，男男女女全都跑來窺看岸本等人。

早一天到達這個鄉鎮的巴黎旅館老闆娘，派她的姪女來車站接岸本一行人。老闆娘在她大姊的家裏等候，由於房間還沒有準備好，岸本等人決定先在車站前的旅社過夜。傍晚時，老闆娘的侄子來傳話，請岸本等人到老闆娘那兒去吃晚餐，於是五個人就往小鎮盡頭的屋子走去。當地的孩子們對於鮮少出現的日本人感到很好奇，於是就一前一後、成群結隊地跟隨著他們。和岸本一起從巴黎來的藝術家當中，有位非常習慣旅行的人。當地的小孩吵吵鬧鬧地跟在後頭，有時會從後面跑到前面看看他們的臉，於是那位畫家就故意對著小孩們，張大著眼睛邊開玩笑地說：「請看吧！」對當地人而言，岸本等人的到來是很稀奇的。岸本和從巴黎來的老闆娘、老闆娘的姪女在一間具有鄉村風味的屋子會面，在那屋子門口的庭院裏有葡萄棚架，裏頭有著菜園。

「最年長的是岸本先生，這位是牧野先生，也是從巴黎來的藝術家。」老闆娘這麼說著，將岸本一行人介紹給她口中的大姊；大姊身穿著一襲法式的黑衣，身高不是很高，以沉

❿奧塞車站（Gare d'Orsay）建於一九〇〇年，為現在奧塞美術館的前身。

穩的語氣一一接待遠來之客。

當岸本等人前往位在葡萄棚附近、開著窗的餐廳愉悅地享用晚餐時，當地的孩子還是糾纏地尾隨其後，從石牆外窺伺餐廳裏面的情形。在這種情形之下，岸本仍然悠閒地回到火車站前的旅社度過一夜。隔日清晨，岸本一邊從旅社的窗戶眺望聖艾提安教堂的高塔，一邊聆聽劃破朝霧的聲聲雞啼。他深深地吸了口新鮮空氣，享受置身於寧靜鄉村的好時光。

95

很快地，岸本離開故鄉已經十五個月了。對他而言，這是段很長的日子，好像已經過了三、四年似地，他覺得好像已經離鄉背井很久了。在這段時間，見不到平日親近的人，也聽不到往昔懷念的話語聲，他就像跋山涉水卻找不到歇腳處的旅人一般。他懷抱著許多希望，來到這個法國的村莊，最大的心願便是想讓自己的靈魂平靜下來。現在看來，這個心願似乎即將實現了。從巴黎同來的藝術家其中一人，曾如此詢問岸本：「這樣的鄉村你也喜愛嗎？這裏既沒有不列塔尼海岸的景致，也見不到發展中鄉村的風光。如此令人大失所望的乏味之地，你也喜愛嗎？」即便是如此，當他登上聖艾提安教堂所在地的高崗，背對著古寺，從視野極佳的樂園石牆，眺望利摩日城郊農耕及畜牧風光時，不由得深深回想起到歐洲這一路的旅行。映入眼簾的，是橫貫城鎮的維恩河、緊鄰著國道架設的石橋，以及由騾子拖行、穿越河岸林間的運貨馬車。他站在石牆上，雖然不能看見自己借宿的農家，但可以望見對岸農耕區傾斜排列的紅瓦屋屋頂。

岸本與牧野投宿的地方，是在法國上維埃納省的利摩日鎮的巴比倫大道上。他來到一個婦女吹著喇叭叫賣報紙的鄉下城鎮。岸本住在借宿旅社的二樓，到了第三天稍爲安定下來時，收到了岡從巴黎寄來的信，得知目前形勢的惡劣。岡倉促地寫下：「千萬別回來巴黎！」看來留在巴黎的三位藝術家想要逃往英國，已經是不可能的了。

96

岡同時也寫了一封信署名給岸本及牧野兩人。

終於到了必須退出巴黎的地步，法國政府已經遷移他處，大使館也在昨夜開始燒毀信件。昨天下午，德軍在巴黎投下了六顆炸彈，一個炸毀里昂車站，一個炸毀了東站，另一個炸毀了聖馬當的商店。看來，巴黎早晚會被敵軍包圍。敵方的騎兵已經來到城外八十公里處。昨天我們相聚討論的結果，決定今天若不能順利逃往英國，便會出發前往里昂。總之，今天之內要離開巴黎。你們的行李跟我們的東西也只能丟棄在這了。唉！巴黎！巴黎！我們親愛的巴黎！最終逃不了遭到德軍蹂躪的命運。看著小西蒙流著淚，卻不得不離開巴黎，眞令我感到慚愧！對我而言，這裏只是一個旅途的驛站。但對他們而言，卻是他們的葬身之地，眞是無限感慨！

一同從巴黎過來的藝術家同伴一見到這封信，便馬上往里昂出發。只有牧野與岸本繼續留在利摩日。大約過了三天，巴黎方面傳來最後的消息。岸本由此消息得知巴黎天文台以及蒙帕納斯附近二十一位從事繪畫、雕刻、科學工作的同胞，都已各自逃命去了。十一人逃往英國，一人逃往美國，兩人逃往尼斯，一人逃往里昂。巴黎各種謠言四起，據傳隔日凌晨三點開往迪耶普港的列車是最後一班車。也有傳言說，再晚一步離開的話，就會遭到圍城了。因此，在這種情勢下，許多志在逃往倫敦的人們，不是經由勒哈佛就是經由不列塔尼的聖摩亞前往避難。夜晚的市街一片黯淡，白朗尼森林裏聚集了牛豬羊群，準備充作圍城時的糧食。藝術家們早已逃離，只剩下岡和一位雕刻家，最後才離開。滯留的同胞大部分都已經逃離了。

往里昂去的藝術家們，也來信告知岸本火車上混亂不安的情形，他們接連換乘了好幾班列車，連車長都不知要開往何處，曾在六個不同的車站等上三或六個小時，甚至有一次還等了四十個小時，終於從利摩日到達了里昂。老闆娘的姪女及其夫婿，也從巴黎逃到岸本的借宿處避難。據他們所言，當初岸本只花了七個小時就到達的利摩日，他們卻花了三十個小時。不僅是巴黎，連北部邊境附近逃難的人群也爭先恐後地擠上貨運列車逃命。

「我們還算好，留在德國的朋友想必很苦惱吧！」每當岸本見到鄰房的牧野時，便與他討論最新情勢。原本待在柏林，從法德邊境交通中斷以後，就失去消息的千村教授以及慕尼黑的慶應留學生們，都已逃抵倫敦。岸本到歐洲之後所結識的許多同胞，都因爲戰亂而分散於各個地方了。

前途已是不可預料。但是，岸本及牧野在借宿處人們的盛情照顧之下，比起來還算處在一個較安全的位置。老闆娘不知從何處爲岸本借來一張桌子，還請她先生擺在二樓房間的窗邊。往窗外望去，越過葡萄藤蔓便可看見巴比倫大道。丘陵狀的牧場緊鄰著大道，有時窗戶玻璃上還映照出爬上紅色懸崖邊牛隻的臉龐。

97

風捲殘雲過後的寂寥也出現在這樣的鄉下小鎭。青壯年的男子們，離開農田或牧場，馬匹被強制徵收之後，馬房變得空空如也。陶器工廠關閉，多數的商家也已歇業。連中學和商業學校的校地都成了戰地傷患的收容所。岸本舉目所見無一不是戰時鄉村的景象。菜田裏耕作的老人，露出思念前線兒子的神情。婦女們在麥田裏揮汗努力地收割麥子。

聖艾提安教堂高高地聳立在維恩河畔，通往那兒的道路轉角，有一間雕刻著十字架的小教堂。堂中供奉聖母瑪利亞之像，像前供奉著鮮花。一個駝背的老太太縮著身體窩在堂前，販賣細長形的蠟燭。鎮日燃燒的燭火，映出石階上黑衣女子的身影，這名年輕女子，正在爲戰場上的人們祈福。

未能如願從軍的岸本，從來到利摩日市郊之後，便想提筆將巴黎見聞到的開戰情景，留法同胞的行蹤和與牧野一同逃離巴黎的旅程，寫成圍城日記寄給故鄉的人們，好讓他們不再擔心。有時他會擱下筆來，在住處的四周閒逛。樹上掛滿熟透了的桃、李、蘋果的田圃、紅玫瑰及白色夾竹桃競相釋放芬芳的石牆外圍、養著一大群羊隻的牧場，都留下了他的腳步。不論走到哪裏，他總是懷抱著旅人的心情。有時候他也會帶著老闆娘的外甥愛德華同行。

「請別稱呼他『先生』，他還只是個小孩子而已，叫他的小名愛德華就好了！」雖然老闆娘當著剛滿十六歲愛德華這麼吩咐，岸本及牧野還是一如往常地稱呼他「先生」，整天與這熟悉地頭的少年爲伍。牧野選擇了附近的一個牧場開始做畫。每當岸本前去探視時，總是可以見到愛德華站在牧野的身後，比較著眼前風景與畫布上的畫作。從丘狀牧場的林木叢間眺望到的利摩日城鎮，以及古教堂的高塔，盡收入牧野的畫作之中。牛隻群集的牧場草地上，可以見到白色的雞結隊而來。當岸本來到草地上，踏著青草漫步之時，不由得想起了待在巴黎時，與高瀨一同躲在警察局旁四、五個小時，好不容易才逃離的混亂情景。就在維恩河畔，他找到了來到法國之後，第一次眞正能喘息的地方。

98

在閒靜的鄉村度過了將近兩個月的優閒日子後，不知為何，岸本的心裏不斷湧起到歐洲之後的點滴回憶，以及離開家鄉的情景。岸本心想，假設這世上有所謂的「人生審判」，當自己站在被告的位置上時，要用什麼心態當做盾牌來防衛呢？是否能將自己的內心世界毫不保留地表白出來呢？當面臨一生最大的危機，不得不犧牲一切來求得生存時，該如何清清楚楚、有條不紊地做到合乎世上一般道德的要求而互不矛盾呢？像是遭受到永無止盡的惡夢襲擊而來的恐懼——無法克制地對親朋好友湧起的猜疑心——與看不見的迫害激戰著的靈魂——在如惡夢般襲來的浪濤之中——只想逃到無人認識之地的無名悲哀——這是多可怕的遭遇啊！心神交戰後的驚慌失措是人生多大的失敗啊！這深刻的感慨隨時間的到來越來越清晰，且揮之不去。但是這一時激烈的精神動搖，卻逐漸地離他而去。此時岸本的心裏，只有對姪女的不幸所感到的愧疚。他仔細地回想自己的所做所為，想盡辦法掩飾自己的罪行而苟延殘喘，無論背負多大的苦難，也無法彌補他對姪女所造成的傷害，也無法抹去留在他生命中的污點。岸本越自責越是傷心。

懷抱著這種心情，岸本走向農家內側的菜田。走過羊腸小徑，兩旁種植了大量的果樹，岸本往園中走去。過去他曾與牧野一同來到此地休憩，摘下枝上的新鮮桃子品嘗，沐浴在泥土香中閒步。

菜田的一頭連接市郊小道，另一頭則通往鄰家內院。鄰家的屋頂是由鄉下風味的紅瓦片所鋪成。岸本一邊在鄰家內院聆聽小道上行人走動的木靴聲，聽著從菜園傳來的耕作鍬聲，一邊走在桃梨果林間，品嘗新熟果實的香味，彷彿想將成熟樹木的生命，一口氣吸納入自己的身軀。

上維埃納省的秋天喚起了岸本嶄新的心靈，就連長年來早已消失無蹤的生活樂趣也回復了過來。即使罪惡感仍然蟄伏在心靈深處，他卻已能夠用非常柔和的心情來面對了。

99

信件花費了四十天終於接連送抵，待在利摩日的岸本總算得知戰爭發生後便音訊全無的祖國消息。歐洲的戰亂讓留在東京的家人十分震驚，節子也因憂心而捎來信件。岸本打算要寄風景明信片給節子和孩子們當紀念，即使只是短短的幾句話，但對踏上旅途的岸本而言，這已是十分難得的事。他挑了一張聖艾提安教堂遠景的明信片送給節子，另外選了一張明信片送給泉太，上面畫著羊群聚集的牧場。第一張明信片是從維恩河前拍攝的風景，照片中不論是樹木、道路還是橋梁，都是岸本熟悉之物。遠方古老石塔聳立的教堂乃是岸本時常前往望彌撒之處；另一張則是以森林為背景的牧場，林中深處立著一間農舍。淺淺的河谷中，羊群正在吃著草，羊兒們有著柔和的雙耳，以及修長的細足——看到這樣稀奇的法國鄉村風景，留在故鄉孩子們應該會很開心吧。從岸本的住處出發，沿著圖魯茲大道（法國國道）前進一會兒，便可見到照片中的牧場就在前方。

岸本離開住處去寄明信片。原本一看到日本人就好奇地跟隨其後的鄰近小孩，經過這兩個月後，有許多都已成了他的朋友。他來到市郊某處，聚集在那兒跳繩的女孩們呼喚岸本加入她們的遊戲。來到那夫橋畔，有個男孩來到他的身邊，要求與他握手。

「先生！」岸本這麼一喊，男孩便飛快地跑到他身邊。這名男孩乃是橋畔一間小咖啡店的獨生子，每當岸本外出經過時，便那家店落腳歇息。

那夫橋下維恩河涓涓流過，岸本下到水邊，打算稍事歇息。看著岸邊婦女洗衣的景象，感到這兒眞是個充滿鄉土味的地方，一點也不像都會市郊。石頭打在搗衣板上的聲響，劃破寂靜的水面。岸本暫時將戰爭拋諸腦後，專注地聽著搗衣板發出的聲響。此時，一名未曾謀面的少年，來到身旁向他搭訕。

「外國人先生！你可不可以告訴我一點有關日本的事情呢？」那名少年看起來應該是小學高年級，或是簡易商業學校低年級學生。

「法國跟日本哪邊比較美麗呢？日本應該比法國美麗許多吧！」少年這麼問岸本，令他傷透了腦筋。

「那不是能互相比較的東西。」岸本這麼說。「你們的國家有美麗之處，也有不美麗之處，日本也是如此。」岸本接著回答。

「日本的海是啥顏色的呢？應該是黃色的吧？」少年又問。

「爲什麼你這麼認爲呢？當然是藍色的啊！透明的水藍色。那是非常美麗的大海喔！」迎向這看似伶俐的少年目光，岸本這麼回答。

少年想像著從未見過的東洋世界，重複地說道：「原來是透明的水藍色啊！」

100

有天，岸本又來到同一條橋邊。泛黃的懸鈴木一如往常地落下葉來。這裏是連接國道之處，站在橋邊的石牆上，可以看見維恩河兩岸美景。國道兩旁樹叢間，可以眺見聖艾提安教堂的高塔。每當岸本停下工作想歇息時，他便會來到橋邊的小咖啡店，在店裏品嘗溫熱濃郁的咖啡，看著街角的石造水栓，看著提著水瓶的婦人，看著附近穿著土里土氣的老太太坐在地上編東西，享受一個人優閒的時刻。白斑剝落的懸鈴木樹幹底下，一群小孩正在收集落葉。其中有兩、三個熟識的小女孩曾經拿著收集到的落葉來到岸本的位置讓他觀賞。自從岸本在附近糕餅店送給她們一袋零食之後，她們每次見到岸本就會跑到他旁邊。

「大家好乖！可不可以將葉子送給叔叔當做是利摩日的紀念品呢？」岸本一這麼說，小女孩們便高興地跑到路樹下，撿了好幾枚落葉來到岸本身邊。其中甚至有大小如八個手掌大的落葉。

「這麼大很麻煩呢！幫我撿些最小片的好嗎？」岸本這麼說。孩子們又馬上跑去撿落葉。即使岸本不斷喊著：「夠了！夠了！已經太多了！」孩子們仍然恍若未聞，繼續撿來許多利摩日的紀念品，堆放在岸本桌前。其中有一名小女孩被是同伴吆喝來的，和岸本並不熟。

「再靠近日本人一點啊！」旁邊的小女孩們拉著她的手，這個有點神經質的小女孩被拉到岸本的面前，卻忽然甩開同伴的手退後了一步。

「眞可怕！」小女孩毛骨悚然地看著岸本喊出聲來。

「來！叔叔不是什麼可怕的人！我在家鄉有個跟妳們差不多年紀的孩子呢！」接著岸本希望三個小女孩能唱歌給他聽。從老闆娘及愛德華那兒，岸本聽說當地有杜瓦方言的歌曲。岸本這個要求讓原本喜歡唱歌的女孩很高興。離開泉太及小繁來到這遙遠的天空，聽著孩子們天眞無邪地唱著法國鄉村民謠，使得岸本熱淚盈眶。

101

岸本在秋天的氣氛中折返回巴比倫大道，恰好遇見寫生歸來的牧野。愛德華幫牧野背著油畫工具箱從國道回來。

「今天又完成了一幅好畫呢！」愛德華一見到岸本便一邊說一邊將畫作拿給岸本欣賞。見到正在入口庭園葡萄架附近走動的老闆娘時，他也是如此。

「牧野先生做畫眞是孜孜不倦呢！這麼一來就留下許多利摩日的紀念品了！」庭中的老闆娘這麼說。老闆娘的大姊也從廚房的窗戶探出頭來，像個老太太般地聽大家交談。姪女也在大姊背後觀看著。

岸本與牧野一同爬上一樓入口的石階，扶著鄉下老舊樓梯的欄杆往二樓走去。利摩日的秋天對牧野而言收穫良多，這時節二樓房間的整面牆上接連掛滿了已完成但尚未晾乾的畫。每當岸本來到牧野的房間，迎面襲來的便是油畫器具乾掉以後的強烈氣味。雖然牧野在旅行中的辛苦與岡沒啥兩樣，但是當岡絞盡腦汁無法下筆時，牧野已經手持畫筆解開謎團。岸本旅行以來所結交的畫家當中，岡及牧野兩人擁有截然不同的氣質。牧野常與岸本討論留在東京的中野或者是往倫敦避難的高瀨、岡、小竹等朋友的消息，兩人也常討論藝術直到深夜。來到鄉下之後，牧野是岸本唯一親近的話搭子，同時也是給予岸本慰藉及刺激的人。

結束勞累的野外寫生，牧野脫下了靴子。岸本見狀，便回到了自己的房間。歸途中維恩河的涓涓流水聲至今仍然縈繞在耳際。比起在巴黎時那狹小痛苦的住處，現在這個農家二樓的房間反而讓他更加深刻的體驗歐洲之旅的心境。站在住處熟悉的燈火前，他終於感到自己像是找到自我的旅人。雖然這房間沒有任何裝飾，但走向唯一的窗戶，可以看見被早晚露水沾濕的葡萄葉。屋角放著床，床頭掛著黑木十字架，一如所有信奉羅馬天主教的國家，暖爐前的牆壁掛著聖母懷抱年幼基督的畫像。他移轉自己的心境，想起過去七年毫無活力的生活，想起東京淺草的書齋，回到當時面對著冰冷牆壁一動也不動，連跟家人交談甚至是下樓都感到厭惡的生活；回到那除了光、熱，以及無夢的沉睡外，便毫無期望的猜疑深處；回到那深夜獨自一人坐在床上感受痛苦時，有時陷入麻痺失神狀態卻更多思考如何活下去窮途末路的自己。回到那好比「生命之冰」的無邊無際的寂寞世界；回到那極度的疲勞；回到那目眩的人間煉獄；回到自己與不幸的姪女，一同墮落爲禽獸的那條道路。

不可思議的幻覺產生了。那幻覺，透過法國農家的房間牆壁，暗示著岸本內心夢境的存在，殘留在岸本記憶中那些曾經親身體驗的痛苦、厭惡、恐怖、艱難的折磨以及顫慄，好像全部燃燒起來，就如一道火燄似的，映射在眼前的牆上。

102 教堂的鐘聲響起，那代表諸聖瞻禮節⓫的到來，穿過市郊林區的天空，穿過冒著輕煙的

⓫ Toussaint，諸聖瞻禮節的第二天爲逝者節，是法國人掃墓憑弔逝者的日子。

紅瓦屋頂，也穿過落滿黃葉的農田。巴比倫大道的農家也準備了一盆菊花。老闆娘及愛德華正打算前往鄰近的村落的墓地祭弔。

在祭日的數天前，岸本得知比昂庫耳的老夫人過世的消息。在凡爾賽兵營擔任自行車隊隊副的書記官家裏寄來了通知函，透過巴黎的住處，現在終於輾轉來到岸本的手中。信中寫道，老夫人的遺骸將會葬在巴黎的貝爾・拉榭思墓園，還列出了以書記官兒子爲首，一連串的喪家族譜。例如：亡者的姪子、亡者的義兄弟等。老夫人在戰爭中因病去世，更加增添哀戚。也正是因爲這個原因，在利摩日住處所聽到的教堂鐘聲使得岸本別有感傷。

岸本回想來到法國時，第一個接待自己的，便是那名老夫人；來到異鄉人生地不熟，最照顧自己的，也是那名老夫人。在岸本的印象中，那名法國婦人似乎無法忘記過去王朝時代的一切，在失去生命的重心之後，轉而對東洋各國懷著夢幻的憧憬。到底老夫人是否如岸本想像，他也無法肯定，只覺得夫人很風趣，有與生俱來的女性品德。她的死去令人惋惜。岸本想起那位老夫人在自己初來乍到、完全不懂法文無法排解異鄉人的寂寞時，總會捎信來鼓勵他。信中內容大致是：「你得快點學好法文哦！因爲如果能看得懂這些書的話，或許可以排遣一些無聊。如果這幾行字能安慰你的話就太好了。」等等之類的。還記得收到那位老夫人最後的消息，是一封她從賽伯寄出的信，結尾寫著：「由衷地希望這種令人悲傷的戰爭能夠早日結束。」陌生國度的人去世給岸本的震撼，令他感到非常沮喪，獨自步行前往古老的聖艾提安教堂。

103

教堂正爲逝者舉行大型彌撒。教堂位於維恩河邊的高崗上，是岸本喜歡的歌德式建築，教堂內部的構造，感覺很熟悉就像是走進樹枝交錯而成的森林一般。他常會去那兒坐坐。那天岸本不僅是去追悼去世老夫人的一生，也是爲了暫時將自己的靈魂寄託在那寧靜的教堂之中，如同長途跋涉的旅人在綠蔭底下歇息。

岸本在大理石水盤中洗手後，在胸口劃了十字架。來參加儀式的婦人一列列地從岸本身旁經過。因爲是開戰後第一次的逝者節，連負傷的法國士兵也前來悼念戰友。天主教的教堂無論何種樣式一定有條「十字架之路」——右邊的迴廊畫滿了宗教故事，再走進去有幾張空的椅子。岸本選了高石柱旁的位子，和不認識的人一同坐著。古老生鏽的教堂中傳出了少年與大人的歌聲，混和大型管風琴的琴聲，聽起來格外莊嚴肅穆。畫著聖人像的彩繪玻璃，就像是陰暗森林的葉縫中洩出的陽光，由石柱望去，可清楚看見透著明亮的深藍、紫色、紅色、綠色。

從祭壇飄來的沒藥和乳香的味道，不知何時擄獲了岸本的靈魂。置身於天主教的教堂中，他想像一個極端的近代人的一生，在看盡人世間的醜惡之後，不僅走向了修道院，甚至同修行者成爲一個背負十字架的人。他想像那個著名法國詩人⓬，與謠傳有同性戀關係的友人發生鬥爭，最後甚至入獄爲囚，從頹廢的深淵中，開啓了明亮的智慧之眼。

104

合唱的歌聲停止，僅剩下大風琴的琴聲從挑高的石材建築中流洩出來。不久穿著白色聖袍的年老教士站在高起的講壇上，俯視著下面的眾多信徒。因爲儀式適逢戰時，憑弔死者的講道持續了許久。岸本的心正朝著激動講道的修士那兒飄去，飄向皇冠形狀的古老講壇，也飄向講壇對面的耶穌像。但在不知不覺中，他逐漸忘記了這些事情；他忘了自己和兩、三位身穿紅色聖袍、胸前掛著金色十字架項鍊的老修士以及十幾個穿著黑色聖袍的中年修士，一同並列站在講壇前；也忘了帶著白色頭冠的修女帶著像是女學生一同夾雜在聽眾裏；也忘了坐在一旁的歡場女子們，也忘記祭壇上點著三根明亮的長蠟燭。他只是沉默不語的坐在石柱旁，就像是短暫與「永遠」打了照面旅人一般，懷著此種心情返回家中。

秋天西下的太陽，透過高崗上教堂的窗戶照射在石柱上。所有窗戶上的彩繪玻璃閃閃發光。以花環圍著的十字架，別出心裁的設計成菱形或是圓形的窗戶尖端，或是以綠色和紅色爲主調的聖者立像，全映在落日的餘暉之下。在這歌德式的古老建築物內部，中間放置的金色天主教裝飾品變得不怎麼醒目。所有石頭的重量、線條全匯集在天花板之下，形成了一種巨大的協調。時間在冗長的儀式中過去了。映在窗戶上的夕陽也消失了，好比在幽暗森林中消失的光亮一般，轉眼間只剩下教堂燈火、入口處偶爾響起的厚重門聲，和太陽西下的黑暗。

岸本離開這間教堂到那夫石橋邊時，天空還有點亮，維恩河兩岸旁的建築全倒映在水上。他覺得和牧野兩人一同旅居在利摩日鄉下的時日所剩不多了，或許不會再有機會能到法國的鄉下、再度坐在這個自己喜歡的教堂中了。在回到巴比倫大道旅館的路上，他將市郊的其他教堂和聖艾提安教堂做比較，想像在沉寂的天主教氣氛中，人們如何努力維持著古老的聖艾提安教堂。

105

從葡萄成熟到釀酒的時節，岸本都待在利摩日。馬恩河戰役的結果敵軍撤退，巴黎的危機也解除了。當初來這城鎮避難的人大多也已經回家了。不管是留在鄉下或是去巴黎，戰爭時的不方便對岸本或牧野而言並沒有什麼兩樣。旅館的老闆娘也帶著她的姪女回到巴黎。同

⑫這裏的法國詩人應該是指頹廢派的創始人保羅．維爾藍（Paul Verlaine），他因爲愛上詩人韓波，拋棄了髮妻，後因故向韓波開槍，坐了十八個月的牢。

時，牧野也準備離開這個城鎮。

岸本同牧野說：「我先出發了。來到這裏，我想順便繞到波爾多去看看。你們在巴黎等我吧！」

這些時日每日清晨都會結霜。暖爐裏燃燒著柴火。他想帶著在鄉下受到刺激的心靈再一次回到巴黎。接下來的行程，是前往岸本嚮往的法國南部。他朝著波爾多的方向出發。雖然已經不像戰時那樣混亂，但是在剪票口依然站著警備的士兵，要出示有警察背書的戰時通行證才行。

和前來利摩日車站送行的牧野及愛德華分手之後，岸本又開始一個人的旅程。不久，他坐的列車駛出了利摩日鎮。雖說兩個月半的時間並不長，但岸本在那兒度過相當輕鬆愉快的時光。回想起到歐洲來之後，眞正的感嘆也是在那裏。岸本告別了常去的牧場，告別了暗紅色屋頂或建築物櫛比鱗次的城鎮，還有支配著利摩日的聖艾提安教堂的高塔。從車窗看去，已看不見維恩河，秋雨也停歇了。

和素昧平生的法國人一同促膝坐在三等車廂中，岸本並不感到恐懼，他感覺自己已習慣於旅行，他倚近車窗，看著在秋色中不斷向後消逝的法國中部鄉村。看著雨後的枯黃樹林，數著沿山坡生長的白樺樹、喬木、栗子樹等景物；他看到鐵路旁石牆上的黃色灌木葉如同野生芒草般地飄落，便想起在國內東北的火車之旅。窗外擦身而過的是好幾台載著乾草的軍用貨車，還有裝著給前線士兵當飲料的葡萄酒酒桶的貨運列車。

從上維埃納省越過鄰省的多荷東涅，通過科基悠那個鄉下地方的小車站，往南行的旅客在貝利秋換車。在波歐菲附近上車之後，車窗外的風景變得不同了，不僅可以看到許多住家，還有綠油油的菜園，連乘客的風俗也不一樣了。光聽那些人說話的口音與腔調，岸本知道他來到了法國的西南方。經過吉宏德省，也渡過加倫河。平常的話，大概只要六、七個小時的車程，這次竟然花了十一個小時。他透過車窗看到外頭黑夜中的無數燈火，那裏是波爾多，是法國政府連同日本大使館臨時政府所在。

岸本自言自語的說，就算只是這樣，他也心滿意足了。岸本喜歡想像法國南方的景象，光是腦子裏轉動這些想像就覺得很有趣——即使等著他的波爾多已下了兩天的雨。在波爾多聖約翰車站前的旅館，他突然起了個念頭想要寫封信回日本去。他有點無聊的望著車窗外，波爾多附近的原野，一望無際的葡萄園映入眼簾。他在旅館房間內的暖爐前數度攤開信紙，在房間裏踱步，總之就是爲了寫不出東西而苦惱。房間牆上掛著一小幅海景的複製畫，望著那幅圖，想起了從前跨海來旅行的心情。

淋著深秋的雨，岸本走到鎮上，想去大使館探探巴黎的狀況，也爲了去看看聖安德列教堂，抑或參觀波爾多的美術館。有時朝向新戰場前進的士兵堵塞了道路；穿著已變灰迷彩裝的士兵，胸前戴著黃色或白色的菊花，連槍口端也綁著；激動的婦女也加入了送丈夫、兄弟或情人的行列中，其中也有擁抱著士兵苦苦勸說的人。

加倫河在這個城鎮中流動著。對岸本而言，最能讓他想起那條淵緣很深的隅田川，不是里昂的索恩河，也不是清澈的塞納河，更不是流經利摩日的維恩河，而是因下雨變得渾濁的加倫河。在那兒不只有令岸本佇足停留的河岸景致，更看得到有時出現在雨後、對岸工廠紅色屋頂上所照映著的陽光。穿過分散的雲朵，似乎可以看見在日本也能窺見的藍色天空。岸本深刻地感受到家鄉離他很遙遠。

106

不知何時再看到巴黎，所以他期待再回去看看；想著這個新語言的世界終於在眼前展開了，岸本從波爾多坐夜行列車出發。岸本心想，這次再回巴黎，不知道那裏吹的是什麼樣的冷風，也不知道可以看見幾個同鄉的人。窗外一片漆黑，在車裏雖然有些睡意，卻怎麼也睡不著。就在列車上同包廂的所有人感覺疲累時，天亮了。

到了白天，疲憊的岸本想多多少少得睡一下，就打了個盹。小睡片刻之後，一睜開眼，已經來到巴黎附近了。神清氣爽的早上，他看著四周的景物逐漸清醒了過來。漸漸地要從巴黎的近郊往城塞接近了。映在車窗上的建築物，樣式已變得不一樣。眼前所見，從利摩日那具有當地特色的建築物，變成堅固細緻的都市風格；有兩、三樓高的，甚至還有五、六層高的。從高處可以看見城牆般高聳的建築和建築之間，堆著高高的瓦礫殘骸。

早上八點，岸本到達奧塞的河畔車站，岸本帶著行李坐在馬車上，左看看右看看。看過了波爾多的公園古池邊，訴說深秋已來臨而變黃的柳葉，以及生長在南國的木蘭樹生氣勃勃的深綠色；現在眼前這城市全是冬天的景色，樹木都枯萎了，踩著寒冷街道的馬兒蹄聲都可聽見。他回到了比想像中更加寂寥的巴黎。

到達婦產科醫院的前面，岸本想先去拜訪一下公寓管理婦人。住在階梯入口附近的管理婦人一看到他就大喊出聲。

「岸本先生！」

管理婦人這麼喊著，飛奔至岸本的面前。從她的臉龐清清楚楚讀出一直待在巴黎圍城裏人們的心情。

看到一切如常的下榻住所，岸本非常開心。先一步從利摩日出發的旅館老闆娘，和老闆娘的姪女都來迎接他。岸本向走廊的盡頭走去，看看自己的房間。他不在的這兩個月，留下的行李、書籍都蒙上了厚厚的灰塵。

老闆娘的姪女來房間看他，笑著說：「哇，好恐怖的灰塵！我和嬸嬸昨天已經打掃了一整天了耶！」

餐廳把岸本不在的這段期間裏家鄉寄來的許多包裹、報紙、雜誌等的給送來了。當中有些他本來以爲可能寄丟的東西，還是花了好長時間才寄到。岸本由房間的窗戶望去，看見陰暗巴黎的冬天早已來到林蔭道，往來的人煙稀少。看著對面醫院的大門、咖啡店，還有柳博士以及千村教授暫住的旅館窗戶，不知怎麼搞的，眼眶濕了。

107

隔壁靜悄悄的。曾租用隔壁房的法國人，也就是那位上訴院律師，自從被徵召到戰場後便毫無音訊了。老闆娘跟岸本說：「眞可憐，那個律師說不定戰死在戰場上了。」隔壁那個諾曼第出生的法國人所留下的藏書、雜誌就這樣原封不動的擺著。岸本看著那空洞洞的房間，感受到的恐怖以及寒冷更勝於悽慘的戰爭新聞，這種寒冷竟然和自己的房間只有一牆之隔。岸本外出前往平日常去的店買香菸，剛好聽到老闆重傷失去一條腿，現在待在戰場的醫院裏的消息。

下午牧野來拜訪他。從牧野的話中得知，從利摩日分別、前往里昂的藝術家同伴都已經回到巴黎，而且有一、兩位畫家其實一直留在巴黎。

「牧野，你到城裏去看過了沒？沒想到巴黎竟然會變得這麼冷清。」

「從里昂回來的同伴們回來時似乎更冷清呢！」

岸本和牧野邊說著話，離開了住的地方到聖米榭大道去，他們想去看看「西蒙之家」的人們。那裏的老闆前往比利時的戰場後就下落不明了。

經歷非常恐怖的時期後，寂靜籠罩著整個城鎮。岸本和牧野一起經過聖米榭大道走向塞納河去。許多外國人都離開了，市民也去避難了，只留下老人及婦幼走在平日人來人往的林蔭道。牧野邊走邊訴說留在巴黎那些畫家的事給岸本聽。敵軍曾一度包圍這個城市，所有火車都爲了避難者而全部開放通行。對於乞討麵包的人，全都免費發送。多數的居民沒有交通工具，只好走路去避難。這些人連夜晚上也還走在街道上，一直到天亮。

走到夏特雷的大馬路，看到了一些像是巴黎當地的人。兩人過了橋走到聖路易島，從那邊可以看見聖母院後門石牆下有幾個黑人在釣魚。塞納河的河水也寂寞地流著。

「冰冷的石頭建築物，配上黑色的冬木——確實很有巴黎冬天的味道。」牧野以他畫家的觀察語氣說道。岸本和這人一同在枯萎的林蔭間如影子般移動。聽著自己踏在石造人行道的腳步聲，感到現在自己已是留在巴黎僅存日本人中的一個。

108

「快點從英國回來吧！來品味這個沉痛的巴黎！」岸本寫了一封信給高瀨，開頭是這麼寫的。之前在倫敦的高瀨曾捎信來問侯岸本，這是岸本寫給高瀨的回信。

無視於四周的寂靜，岸本再一次盯視自己房間的桌子。倖免於戰火中未化爲灰燼的巷弄依然存在於窗外，不論是從窗外看到的城市或是房間內不變的擺設，看來都像是再一次的迎接自己。又聽到練習鋼琴的聲音了。從樓上傳來熱中彈奏的指尖微弱的旋律，還有小姑娘在來回走動的腳步聲。

爲了要忘記悲痛而開始學習新語言的念頭一股腦兒地萌生起來。把一直想讀卻沒讀的書拿出來看，發現自己竟不知不覺的能夠瞭解書中意思，他就像青年時代一樣高興。在他面前展開的是拉丁民族學術與藝術的世界，那內容有如在大倉庫中的收藏。可以說那兒有詩的精神，這兒有歷史的精神。不帶偏見的岸本，應接不暇的眺望這個新天地，就像他沒忘記旅行的不方便。

想繼續在異鄉生活的想法有了改變，岸本擔心著遠方的親人。兩年的歲月令遠方親人的境遇改變了。姪女愛子隨著丈夫去了樺太。根岸的嫂嫂也去了台灣和民助哥哥一起生活。恩人家的弘結婚的事，和鈴木兄在故鄉病死的事，都是岸本在旅行期間得知的。

是節子讓岸本知道東京住宅的詳情，讓他知道那離自己越來越遠的家鄉消息。從她寄來的信中，岸本可猜想託在義雄哥哥家中兩個孩子的成長情況、「你們的身體是鐵做的嗎？」嫂嫂向健康的孩子們所說的話，還有手裏拿著黏蟲竿子、專心的捕捉蜻蜓的泉太和小繁。——這些畫面都因爲節子寄來的信，宛如親耳聽見、親眼看到一般。

「如果節子不在信裏寫那些事就好了。」岸本自言自語地說著。岸本沒有忘記，節子曾告訴岸本，從淺草舊居移植到新家的胡枝子花已經盛開了，事實上她是假借這件事，提醒岸本那個未曾見過面的孩子的生日。

109

「如今我終於瞭解，爲什麼我一直寫信給叔叔，而叔叔卻從未回信給我的原因了。」節子以充滿力量的語調寫了這封信來。漫長的冬天接近了。寒意來襲，連盧森堡公園噴水池的水都凍結了。房裡的暖爐燃燒著柴火。岸本走到暖爐旁反覆讀著節子的來信。她在信上寫道：「叔叔是打算把我忘了吧！如果是這樣的話，那好，叔叔眞是如此打算，那我就不再寫信給您了。那些我寫的信難道還不足以打動叔叔嗎？每次想到叔叔和自己的小孩，夜裏的淚水都沾濕了枕頭。叔叔竟然一直保持沉默，難道不覺得這樣的我很可憐嗎？」

無以形容的心情在岸本胸中盤旋，引發了極度失望的心情，就如他平時帶著輕視態度對待女性一般。岸本覺得即使自己憐惜姪女、擔心姪女，也絕不是她所想像的那樣。每次想起節子，就一定會想到義雄哥說的那句話——「你趁早點將此事忘了吧」，也會想起義雄哥哥說此話的心情。岸本彷彿聽見在自己堅固緊閉的心門外，姪女最後一次發出聲音呼喊自己。那聲音聽起來就像是費盡全力，耐心和力氣都已用盡，使出最後一股力量來敲那扇門一般。

暖爐裏燃燒著赤紅的火焰。在儉約的巴黎家庭中，每戶人家冬季都會用烏龜形狀的小炭團混合石炭一起焚燒。岸本嘆息著將姪女寫的信，以及她用不熟悉的羅馬字所寫、要岸本回信給她的信封都丟入了暖爐中。看著看著，信紙燃燒了起來，節子所寫的字已消失蹤跡。岸本像喪失心智一般站在暖爐前，盯著化爲灰燼的紙片。

110

從那之後就沒有節子的消息了。陰暗的日光在日照很短的季節裏，午後三點半左右天就黑了，大半天都被夜晚占據的巴黎冬天又來到這扇窗外。終於，岸本迎接著戰時寂寞的聖誕節，這是離開孩子們後，在異鄉旅舍度過的第二個年頭。

這是隔年二月中旬時發生的事，就在長得像黃色含羞草的花或是小水仙般的娜西斯花，給予等待春天的心靈些許安慰的時分，出乎意料地，一度失去音訊的節子寄來了一封信。信中寫道她本已打算不再寫信，但一看到叔叔寄給自己的旅行紀念風景明信片，就不由得打破了禁令。總之信上就是寫一些瑣碎事；像是自己已很虛弱，她想著淺草時代的自己到哪裏去了；還有整手長滿像水泡疹的東西還沒痊癒，現在很苦惱。除了這些，她還用至今未曾有過的語氣，寫著對母親的不愉快想法。開始讀信，岸本就不得不皺起眉頭。因爲透過節子聽見有關嫂嫂的事，他總會想起「應該只有哥哥知道自己的祕密吧」。此時岸本想著：爲何義雄哥哥連嫂嫂都隱瞞？爲何節子沒想過要對母親坦白這件羞恥的事並表示道歉呢？

節子還在信裏寫道，母親在年幼的弟弟面前都不叫她「姊姊」，而叫她「婆婆」，因繁瑣而不能幫廚房事務的她，被這麼諷刺時都會感到很難過。還不只如此，她連母親所說的話也寫下來了。她母親用這樣的語調說：「叫婆婆好像太可憐了——啊！對了！就叫嬸嬸好了。——這個人不是姊姊，是岸本嬸嬸哦！」

「岸本嬸嬸。」

這不是諷刺是什麼？岸本反覆看著那些話。他甚至沒法好好讀節子的來信，節子未曾有過的語調狠狠地敲打著岸本。她的語調是幾近病態的悲傷語氣，且已接近發瘋的樣子。岸本前所未有地深刻感到「自己就是姪女痛苦的根源」。

III

岸本撕裂燒毀節子的信之後，心中還殘留著難以啓齒的恐怖和悲哀。以前岸本在信濃的山上當農村老師的時候，有一次，曾因爲想去位在城堡遺跡的學校，而經過一個山谷。他在有淺溪流過的神社後門處，發現了一隻小鳥。他並不是眞的要捕捉那靜止不飛的鳥兒，只是想試著捉捉看，因而在溪谷間追來追去，不知何時手中的傘卻打到鳥兒的翅膀。到底是什麼在追著自己，我病了嗎？不管是什麼原因，當他發現自己傷了鳥兒時爲時已晚，滿身是血的鳥兒看著自己的眼睛眞可怕。虐殺了一個小生命，他的心中一直很不安。之後走了半個城鎮，直到要踏出鐵路平交道時，他才發現手中的傘柄折彎了。那隻鳥兒的眼睛，就好像節子的眼睛一般，帶著可憐的眼神，那眼神就有如一把銳利的刀，狠狠地刺穿岸本的胸口。

岸本感嘆為何曾經犯下一次的罪一直不懷好意地糾纏著自己。他心中浮現法國詩人的詩集裏的一句：

"Que m'imprte que tu sois sage,（不管你是聰明，是美麗，是悲傷，）

Sois belle! et Sais triste ……"⑬（對我都不重要。）

具有判斷力的叔父，竟然把親姪女帶到了純白處女所不知的世界，他的心是那麼的醜陋。在這一小節悲痛的詩中，可以看到相似的東西。把自己的心胸比喻為北極太陽的歌，岸本住在東京淺草時愛唱的歌，都是這位法國詩人的作品。岸本認為像這樣頹廢的人，必會抱著極度的寂寞活在這個世上。就算不能從那名法國詩人所歌頌的火紅凍著的太陽，想像北極的盡頭，卻能夠想見眼前出現在昏暗巴黎天空裏的景象。

出了城鎮，岸本為了節子苦惱的手去找藥。他打算如果有人要回日本，就託人把藥和要送給小孩的法國式黑色封皮記事本帶回去。就算岸本這麼有心，但只要一想到那不幸的姪女節子仍生活在這個世界上，就覺得束手無策。這惱人的事掩蓋了他在利摩日找回的旅情。

由於濃霧的關係，城鎮的天空持續灰暗。岸本有時會望著城裏靠近屋頂的天空中一抹淡黃色的光暈，或者有時也會望著難得放晴的明亮天空中桃色的雲朵，但他依然過著封閉自我的日子。在戰時寂寞的冬天，萬物全都凍結了。在寒雨來襲的夜晚，岸本甚至會想要大聲喊叫遠方朋友的名字。東京加賀町友人寄來的明信片開頭寫著：「寂寞懷君。」他想著這句話，走到窗邊眺望遠方。

街道上正好有一組六匹馬拉著的砲車馬隊經過。每隔一台砲車，就有一輛八匹馬拉著、載著彈藥的砲車尾隨在後。站在路上觀看的市民沒有人發出狂熱的叫聲，大家只是肅靜地目送著馬匹上的壯丁。戰時的空氣已變得相當沉重。岸本就像被冷水潑到一樣的從自己的房內望著這幅城鎮景象，這景象比起前幾個月還更令岸本心痛。他從利摩日回來之後，漸漸沉浸於這股空氣中。激烈興奮和動搖的時期已過，取而代之的是忍耐與抑制。

岸本環視自己的房間，無聊的感覺比戰爭前更濃。

「啊，又開始了！」雖然他這麼想，但不想外出的心情更令人厭惡。經常漫無目的在城

❸法國詩人波特萊爾的詩作〈悲傷的情詩〉第一、二句。

鎮裏走來走去，或是去不想去的咖啡店坐坐，不想在外走動的心情不斷升起。從窗戶射進來的灰色光線，使黑暗的房間看起來更像是牢房。周圍被冰冷的石頭包圍也是原因之一。從房內的寢具到洗臉的用具，甚至於便器也是原因之一。完全遠離親戚、朋友、小孩也是原因之一。很少有人來拜訪，就算有，也只是聊聊祖國的食物或女人的話題，能撫慰無聊的僅此而已，沒有刺激到令人難以置信的地步也是原因之一。馳騁在無法實現的空想之中也是原因之一。不但如此，岸本不得不接受自己的撻伐。蒙蔽心靈離開故國的自己，會陷入這種無形的牢籠也是非常理所當然的——孤獨、禁慾。

113

在這個寂寥的冬眠中，岸本的心經常回到父親那兒去。他常常會對少年時代就離別的父親感到強烈的愛戀。在異鄉的旅社裏，整個心中塞滿對於未來前途的想法時，他也曾撲倒在房裏角落的床上，埋首於蕾絲床墊中。他也曾走到那幅名爲〈蘇格拉底之死〉古老銅版畫的牆壁旁，把自己帶到已過世父親的面前，喊著父親，祈禱著靈魂，帶著少年時的自己與父親離別時的心。

岸本的父親出生於家鄉山間擁有三百年古老歷史的人家。越過一個峽谷後，連接深谷的鄰村還有一戶人家同姓岸本。那戶人家和岸本的父親家很相似，歷代以來擔任過地方官、村長、司令部、批發商等職務。岸本的母親是從那兒嫁過來的。義雄哥哥小時候就被帶到那兒繼承母親的娘家。義雄哥哥的養父算是節子的祖父，岸本母親的哥哥。岸本大約是九歲的時候，離開父母膝下，辭別家鄉，去東京就學。十三歲在東京聽到父親的死訊。他不僅在父親身旁生活的日子不僅很短，接受母親慈愛的日子也不長。他和母親一起在東京密切生活，大約是艱難的青年時代，但也只持續了兩年。去仙台的時候他聽到母親的死訊。

岸本對於父親只有小時候的記憶。如今已四十四歲的自己在旅行中，心情再度回到父親身上，眞是不可思議。纏繞他半生的憂鬱——就好像所言所行所思都是因此而起，那種莫名、沒有原因的憂鬱，早在青年時代就發生在岸本身上，能聽自己說這些事情的人只有父親。如同岸本煩惱了半輩子一樣，他父親也度過了惱人的一生。假如父親還留在世上，知道自己的孩子出發去遠方旅行的動機，不知道會說些什麼……但是岸本最後把臉貼在地上訴說著苦痛的對象，還是父親。

114

父親母親
常思念起
稚子之聲

岸本想起這首俳句。這短短的詩句裏，隱藏的前人漂泊思想也深深感染著他。若沒有這趟焦急地等待春天來、煩惱自身前途的異鄉之旅，也不會喚起對父親如此這般的愛。兒時的記憶領他回到了故鄉的山村；寬廣的玄關、鄉下風味的爐邊、民助哥哥舒服的房子、村裏的先生們經常去那兒聊天。還有這個房間、那個房間，母親和嫂嫂在光線充足的房間裏做針線活。位於高聳山腰的房間裏，從那兒的紙門外可以觀望遠山、寬闊的山谷、如彩霞般廣大的平野。隔著庭院的柵欄，在石牆的下方可看見嬸嬸的木板屋頂、裏面的房間和上層樓的房間。另一邊，是有深深屋簷的父親書房，面對種植著古老枝幹的松樹、牡丹等的安靜庭院，那是岸本出生的家。

岸本還清楚記得父親的桌上擺著父親喜歡的書籍、珠算道具等等。他還記得在那間書房裏，他曾在經常肩膀痠痛、披著紅色毛毯的父親背後走來走去，背誦父親叫他背的、既無趣又不好玩的歷代年號，「享保、元祿……」就好像是誦經般，一邊搥著父親的肩膀，一邊念著。他也記得曾被迫坐在熬夜寫東西的父親身旁，面對房裏許多攤開的白紙，揉著惺松的眼睛，還有那蠟燭的火焰。

父親很嚴格，孩童時代的岸本幾乎沒有坐在父親膝上的記憶。父親對於家人是絕對的權威者，對於小孩則是熱心的教育家。岸本在讀學校書籍之前，就已經開始學習父親自己所教的《三字經》；上了村裏的學校之後，就開始從父親那兒學到《大學》或是《論語》的朗讀。之後他抱著後藤點⓮的栗色封面書，戰戰兢兢的來到父親面前。父親總是說一些人倫五常的道理，小時候的他心裏充滿對父親甚是尊敬、畏懼之情。特別是父親癲癇舊疾發病時眞是非常可怕。岸本是么子，或許是年齡還小不常遇上這種事，但他還是常常被民助哥哥用折斷的弓鞭打。老實說，對於少年的岸本而言，父親是個恐怖、頑固，而且極度拘謹的人。

115

少年的記憶又將他帶往東京銀座的小巷裏。土造的房子、玄關和面對街道的窗子鑲著鐵窗。日光透過小紙拉門射到窗戶前的桌子、書櫃。那裏是少年岸本上東京後，在叔叔夫婦和婆婆監督下，所寄住的田邊家。

從父親那兒收到五、六本短冊當餞別禮物，父親說把那當做到東京後的座右銘。那一絲不苟的文字，至今還浮現在眼前。他將座右銘放在書櫃抽屜，有時會將只有幾頁的短冊拿出來看。「行必篤敬……」每次看到父親的手跡時，就感覺好像聽到了故鄉嚴父的教訓。岸本沒把握的寫信回故鄉，而父親也經常回信給他。他來到東京後父親仍是不曾間斷地給他建言。他寫給父親的信就好像是學校作文，當田邊的叔叔說要看信時，岸本總覺得很不好意

⓮日本儒者後藤芝山在四書五經加上日文注音，以利閱讀，這在江戶時期時非常風行，稱之爲後藤點。

思。父親曾經從故鄉來到田邊家，這對岸本來說是難以忘懷的記憶。父親在田邊家二樓解開旅行毯子、行李，暫時逗留了一陣。故鄉時父親還梳著古代式髮束，用紫繩綁著垂掛在後方，他還說這次旅行是第一次散著頭髮。「那個是……這個是……」父親習慣像這樣自言自語陷入沉思中。有一次父親從旅行包裹拿出放在桐木盒的鏡子時，岸本問父親：「爸爸，男人需要照鏡子嗎？」父親笑著對他說，鏡子對男人很重要，特別是旅行時，得用它來端正自己的儀容。

父親相當特立獨行，到哪兒都會留下有趣的故事，但是在身爲小孩子的岸本眼裏看來，與其說是有趣倒不如說是可憐，與其說是異常倒不如說是唐突。父親來東京那次最令他印象深刻。父親說要去拜訪岸本在學校的朋友。朋友的家在三十間堀，朋友的母親是寡婦，獨自養大孩子。他帶著父親到朋友的家，但非常擔心父親的舉止。到達友人家時，對方也很開心，離去前父親向朋友母親借來的一個盆子，把拜訪的禮物，也就是大橘子放在盆子裏。岸本本以爲那是父親要給朋友母親的，卻不是這樣，父親突然將橘子拿到神壇上供奉。父親那樣的行爲在年少岸本的眼裏只是覺得怪異，他沒有想過這可能是父親美麗的精神或是正直的精神，他那時什麼都沒想，只希望趕快將父親帶離學校朋友家回到田邊家。那時他心裏雖然還是很高興見到許久不見的父親，但他卻更希望父親留在鄉下的山村裏。他希望父親盡早離開東京回到整年燃燒的暖爐邊，和老祖母、母親、兄嫂，還有上了年紀的僕人待在一起。之後回想起來，這是他到東京後唯一一次父子相逢，在那之後就不曾見到父親了。

116

岸本瞭解父親是在父親過世之後。漸漸步入青年期的他驟然感受到自己的成長，那時候，他因故鄉某位老祖母過世而回去過鄉下一次。民助哥那時人已待在東京，他代替哥哥憑弔老祖母，回到故鄉的母親及嫂嫂那兒。那次他不僅看到了很久不見、自己出生的家，還跟在母親的後面到後庭院，看看父親遺留下來的書籍。從正房的側面通往倉庫的小徑兩旁是菜田和桑田，老祖母隱居的二樓房間，倉庫前種植的幾株柿樹，一切都和小時候沒什麼兩樣。母親站在黑暗鐵絲網禁閉的倉庫石階上，用手裏的大鑰匙開鎖，終於他被帶上二樓。那裏還留有老祖母嫁過來時的長形衣箱。這裏有母親的長形衣箱。扣掉這些古老家具後，倉庫二樓剩下的全是父親遺留下來的大量書籍。靠著牆壁堆起來的古老書箱裏主要是國學的書籍。看到這些，他深刻地感受到父親有多麼傾心於古典派的學說。他剛開始學習英學時，父親曾寄了封信來表示擔心，此刻他也瞭解到父親當時的心境。

從那時開始他變得更瞭解父親了。和父親有關的事情，不管多麼瑣碎他都想留在心中。有時他會向親戚或認識父親的人詢問父親的事。向民助哥、義雄哥、田邊的叔叔、田邊的婆婆詢問，然後依據這些人殘存的記憶，拼湊出父親的一生。很意外地，他對於父親的瞭解，竟然遠勝於由這些人口中所拼湊出的父親。就像在憂鬱的世界裏，從他自己心中冒出、延伸出來的生命之芽，改變了所有事物的色彩；每當他將自己帶往那憂鬱世界時就會特別感受到。他的年紀越大越害怕自己的個性會像父親。從仙台旅行回來時，他二十六歲。那年夏天他在故鄉的鈴木姊姊家中度過，從那個姊姊的口中偶然聽到父親曾說過的話。「『捨吉是我的孩子，一個愛好學問的孩子，眞希望他能繼承我。』父親常這樣說喔！」姊姊帶著家鄉的口音，將這些事情說給他聽。那時候鈴木哥哥也還住在故鄉的家中，對生活十分滿意。對姊姊而言，那也是一段快樂的時光。姊姊面對很久沒有聚在一起的弟弟，笑著對丈夫說：「你看捨吉坐的樣子，他連手勢都和父親很像。」那個時候他在自己的身上發現了父親的手。在他殘存的童年記憶裏，父親是穿著襪子、比他高大很多的人。

117

跟岸本一樣，父親的憂鬱症果然是從年輕時就開始的。因爲這憂鬱，使得岸本反覆著其他同輩所不知道的心靈交戰，不過他沒有到發狂的地步。而父親的憂鬱，是眞正的憂鬱症。

父親終其一生都被這樣的宿疾折磨著，但岸本卻能想像父親健壯時候的種種。證據是據說父親是平田篤胤⑮的門徒，在維新之際把自己的家放在一旁爲國事奔走；此外他也擔任過飛驒國⑯水無神社的神官；晚年回到故鄉，更是教育弟子終其一生。現在人在台灣跟民助哥一起生活的嫂嫂，對父親的日常生活十分清楚。在東京的根岸家，她曾經將這些事情說給岸本聽。嫂嫂說：「父親癲癇沒有發作的時候，是個很溫柔的人喔！連用針刺一下孩子都不會哦！」

透過嫂嫂，岸本知道了父親最後在禁閉室裏度過的日子。父親將幻覺視爲眞實，而爲了看不見的敵人苦惱著。「敵人攻過來了！敵人攻過來了！」父親常常這麼說著。最後因爲這恐怖的幻覺，將岸本家祖先建立寺院裏的紙拉門，放一把火給燒了。這是父親第一次被關進如同監牢的房間。連平日溫文儒雅的民助哥也只好不得已的站在父親面前，向他行個禮，然後連同村民一起將父親的手往後綁起來。爲父親而建的禁閉室是在後方的木屋，沿著祖母養老的房間和倉庫之間那口井水旁的石階往下走，就是父親的禁閉室。前面有古老的池塘，另一邊連接著米倉，而後面則是一片緊鄰著岸本家的茂盛竹林。父親在那裏度過了最後的黑暗日子。據說不只是母親絲毫不敢懈怠的在鄰室看顧著父親，連平常稱父親爲大師的村人們都日夜輪班的看守父親。

⓯江户後期學者。一七七六—一八四三年。主張尊王復古的主張，倡說古道學。在幕末時期形成國學主流「平田神道」。日本國學四大人物之一。

⓰日本舊國名之一。位於岐阜縣北部。

鈴木姊姊訴說著父親在禁閉室裏的生活細節，傳達出對父親的情感。那是姊姊離家出走和丈夫分居、來到位於東京淺草岸本家時告訴弟弟的話。父親曾在禁閉室中說想寫些東西，於是要了筆墨在紙上寫了個大大的「熊」字拿給別人看，然後自嘲般的笑著，還以為他最後會倒在地上打滾，才發現他竟然已潸然落淚。

蟋蟀啼，霜夜冷，披上衣，獨自睡去。

據說父親常常低吟這首古和歌，彷彿被自己的歌聲所感動，緊抓著幽暗禁閉室的鐵窗痛哭著。

慨世憂國的志士竟被當成狂人，豈不悲傷。

這是父親最後在小木屋所留下的絕筆。父親最後因爲腳氣病引發心臟衰竭而過世。

118

在鈴木姊姊到東京、園子還健在時，岸本曾爲了修建父親的墳墓回去鄉下一次。那次他順便去拜訪了故鄉鈴木家裏的姊姊，然後沿著木曾川走了大約十里路。雖說是故鄉，但是岸本走過這條溪谷間的次數卻是屈指可數。每次經過，這條舊鐵路的痕跡都有些改變。來到母親出生的村落，雖然已經看不到古老寬敞的宅第，但那兒還留有義雄哥哥的住宅，節子母親及祖母兩人與孩子相依爲命的在那裏生活著。深谷的地勢到了這一帶已是盡頭，通過山林間的坡道林地，就是岸本家的村落了。遙遠的祖先建的寺院裏，放置著岸本家那塊長滿青苔的墓碑，訴說著過往。岸本穿過修建在斜坡上的墓地，走到可以望見村落的杉木林間。兩座墳墓映入了眼簾，雙親正在那兒長眠著。

村子裏還住有許多曾經受過父親教誨的人。平日和岸本家頗有交情，在隔壁經營酒店的老闆也是其中之一。岸本受他的邀約，一起走上視野良好的二樓，從更高的石牆上方看去，昔日屋舍的痕跡盡收眼底。村子裏的那一場大火，將岸本家化作桑田，主屋、倉庫都消失了蹤跡。陣雨來襲的天空下，桑田裏柿子樹的枝椏留下的變色葉子，訴說著故鄉的秋天。岸本和鄰居主人一起指著桑田，回憶著從前這裏是父親的書房、那裏有父親最愛的古松等。自從舉家遷移東京之後，以前房子的舊址已屬於鄰居矢張家所有，所以岸本在取得酒店老闆的許可後，一個人在桑田裏繞著。從前在柿子花開，到青色果實掉落的時光，在倉庫前面嬉戲的景象又出現在他眼前。還有爲了看父親留下的藏書，和母親一起站在金屬網前的石階上，這些事情也還殘留在他的心中。祖母過世前養老的房間位在二樓，從那兒到裏面只有那一帶還殘存著火災後的痕跡，岸本還能看見那間小木屋，去了台灣的嫂嫂所說的就是那一間。前面有高聳石牆、古池，後面有一大片深邃的竹林。他能夠想像父親在那兒度過最後孤獨的黑暗日子。

119

所有父親的這些記憶都緊緊纏繞著旅途中的岸本。很早便與父親分開的他，不像其他少年能充分享受父親的慈愛。長大後，也不曉得所謂父子的激烈衝突是怎麼一回事。他常常想著，自己所學，所做，所想，和父親有什麼樣的交集呢？如果父親還活著的話，現在會變得怎樣？早在他依從自己的想法，修讀父親所厭惡的外國語言開始，他就已經和父親的心背道而馳了。

但不可思議的，岸本竟在這異鄉的旅館裏，和父親的心如此貼近。父親的聲音又在他耳邊響起。宛如銅盤高掛卻沒有光輝的太陽越過黑暗寒空的日子裏，在凍結的石造建築物中，岸本想著旅途的下一步。

「捨吉，捨吉。」他彷彿再次聽到了童年時父親的聲音。

不只如此，他還來到了父親生前極力排斥、視爲邪端異教的國家，但卻反而讓岸本更加凝視父親。在家鄉時岸本曾替父親惋惜，父親平日派的人並未滿足於契沖⑰、眞淵⑱等先驅者所走過的道路，而僅是不斷地突破到神道。到了現在，他開始覺得，對於抱持著古典精神從一而終的父親等人而言，當時參加愛國運動，以及將自己的學問身體力行的態度是很重要的。這趟旅程的前一年，他將父親所遺留下來的詩歌編纂成冊做爲紀念，雖然僅存不多，仍將它印刷成冊分送給認識父親的人。在遺稿中有父親在飛驒國裏吟詠的旅歌。他想起那時父親在水無神社擔任神官，終日閉門不出的時候，必定是他一生中最寂寞、最懷念的日子吧！他又開始思考父親患上精神病的原因。他不往父親年輕時的浪漫事蹟去想，而是單純的從不注意衛生的層面上去思考。就算父親的病是外來病毒入侵所引起，自己對父親的心也不會因此而改變。恐怖、頑固、拘謹的父親，果然還是和自己一樣是個軟弱的人，這點比以前更清楚地看在岸本眼裏。

岸本把旅程中的自己帶到父親面前。懷著無限羞恥出發的那個暗夜，站在法國船隻的甲板上做最後道別的他，其實是打算將已遠離的神戶港看個清楚。他的旅程已經到了不得不訂定未來方向的地步了。

⓱契沖，一六四〇—一七〇一年，與芭蕉同一時代。國學者。
⓲賀茂眞淵，一六九六—一七六九。江戶中期國學者。

120

「先生，午餐準備好了。」

穿著法國樣式圍裙的女傭打開了房間門，通知岸本用餐的時間到了。住宿地方老闆娘的姪女回利摩日去了，所以雇了一位鄉下出身的女傭。

穿過昏暗的走廊，岸本朝著餐廳的方向走去。將近兩年的旅途中，他在餐廳裏看到自己成了老顧客。

「啊！各位請就座、請就座。」身材臃腫的老闆娘一邊切著法國麵包一邊說。「都是一些家鄉菜，不曉得從諾曼第來的客人合不合胃口？如何呢？」

爲了前往附近的恩典谷陸軍醫院探望受傷的丈夫而從諾曼第來的女客人，以及爲了教導某家庭的小孩而前來的中年女老師，這些人都湊在岸本的餐廳裏。羅馬天主教的卡雷姆節已經開始了。按照每年的慣例，老闆娘都會拿著豬肉灌的香腸之類的東西來慶祝「食肉的星期二」。長達四十天的宗教季節來臨，使得岸本想起了自己在法國的漫長日子。

「岸本先生，有沒有收到故鄉的來信呢？孩子有什麼改變嗎？想必他們一定在等著你這父親回去吧！」老闆娘一邊入座一邊說著，然後將大盤子依順序傳給客人，盤子裏盛滿了齋戒日吃的菜。老闆娘稱讚諾曼第來的女客人在巴黎買的帽子，誇獎著家庭老師新訂製衣服的品味，「很不錯耶！」「眞是難得一見呢！」極盡能事的誇讚著。只有從利摩日鄉下來的人，他們的菜和客套話才會堆得如山一般高。岸本厭倦這些人的應酬話，獨自邊吃著飯想著這趟旅程得花了不少錢。從餐廳回房間時，岸本深刻地感受到異鄉人的心境，覺得自己沒有應該長期駐留的地方，也沒有能夠繼續走下去的方向。擔心自己的比昂庫耳老婦人充滿了溫情，像她這樣的人都已經過世，這更突顯了岸本旅程的拘束。好不容易才熟稔的法國人，國難當前，不得不放棄所有的興趣、學問、藝術，所有的一切都化下了休止符，在他的周圍，只有戰爭而已。

抱著化作異鄉泥土的決心離開自己國家的岸本，感到他的決心無法實現。在家鄉有等待自己歸去、無依無靠的孩子們。他宛如對嚴寒命運低頭的人。他感嘆著，寧可將被賦予的生命退還，也不願意站在這樣人生的歧路上。他把自己帶到亡父的面前，祈禱著「請將這個生命帶走」。

121

旅人啊！停下腳步。你爲什麼這麼的著急呢？你要去哪裏？你的眼神爲什麼散發著光芒呢？你爲什麼不斷地在找尋呢？你爲什麼這樣忙忙碌碌的走著呢？

旅人啊！你是爲了瞧一瞧這個國家而從星光閃耀的東方遙遙而來的嗎？這個國家有的東

西無法滿足你的心嗎？

旅人啊！傍晚來臨了！你為什麼含著淚水呢？你那穿不慣的靴子很沉重嗎？這個傍晚很沉重嗎？還是明天的傍晚比較辛苦呢？

旅人啊！你為什麼像小鳥一樣的顫抖著？就算你的生命是漫長恐怖的連續，為何不多一點天眞的心情呢？

旅人啊！停下腳步。這個國家的羅馬天主教季節來臨了。你也來吧！在紀念主受難的傍晚休息，這邊起碼有可以給你吃的麵包、可以給你喝的水啊！

面對著是書桌也是寢桌的房間桌子，岸本拿出自己寫的東西。掛在窗邊牆上的法國月曆，訴說著三月份的到來。在這窗邊他反覆看著自己寫下的旅途心情。

環視著房間，他還無法從長時間的冬眠狀態下徹底脫離。城市的天空也很灰暗，但是在正月、二月更灰暗日子。他感覺到令人害怕的低氣壓，持續了十五天低氣壓，穿過了自己的內心。透過冰冷的玻璃窗望去，雖然城鎮天空很灰暗，但卻已不知不覺暗藏春天的紅色；遠處建築物的屋頂和煙囪看起來朦朦朧朧；這個彷彿戰時冬天般寒冷凍結的窗口，也開始感受到溫暖春天的腳步接近了。

很久沒有聽到的軍隊信號笛傳入耳中。由吹奏喇叭的士兵帶領下，法國的步兵隊伍從戈布蘭市場的方向行進而來，他們打算在城市的另一端稍作休息。從窗口望過去，冬天枯萎的梧桐樹下一帶，被堆放在一起的槍枝及從肩上卸下來的行囊所覆蓋。還有下馬來休息的將軍們。視線所及，不論是包住士兵等人軍帽的藍色布條，或是防寒用的衣服都很髒，可以想像得到他們經過的風雪勞苦。

「沒有人不想繼續活下去——」他自言自語著。

城鎮的婦女都出來慰勞士兵們。咖啡店老闆娘提供大量葡萄酒，點心舖的老闆娘提供大量的麵包和點心。岸本再也無法繼續待在房裏，他想迅速戴上帽子、走下樓梯、混在這群人當中。為了丈夫、兄弟、表兄弟而擔心，留守在家中的婦女、小孩以及老人分散在士兵間，來來往往的走著。岸本從自己的衣袋中取出菸草袋，分給身邊的五、六個士兵抽。

122

岸本想去旅行的心情一天比一天更強烈。一有閒暇，岸本就會離開居所，去索邦大學的禮堂聽戰時舉辦的管絃樂合奏，或是到被譽為擁有巴黎最好的宗教音樂的索邦舊禮拜堂坐坐。從聖傑爾曼漫長的林蔭道走到塞納河岸，再走到可以看見對岸羅浮宮和杜樂麗公園的河岸，流水看似朦朧，直立在岸邊的七葉樹也發了芽。這樣的日子，他內心會特別充滿等待春天的心情。

現在花了近兩年才學好的新語言要繼續進展。他如旅人般的環顧了四周，發現爲了要迎接新時代的來臨，已有人在努力準備了。在他的眼中，怎麼看這都是新芽，沒有間斷、不敢懈怠的準備著的新芽，可以說是已萌芽相當久的新芽，但是，歐洲戰爭那股滲入每個人骨髓的冷意，似乎更加刺激了發芽的力量。類似的東西存在於他的四周，像那新芽一樣，曾經一度頹廢的東西都再生了。

這樣的觀望更加深了岸本的旅情。在他的周圍，連死去的聖女珍德都再度在法國人的心中復活。他看過許多對他而言像是邪廟一般的天主教堂，像是利摩日的聖艾提安教堂，然後用看過聖艾提安教堂的眼睛，來看巴黎的聖方濟・沙勿略教堂，接著心思再轉到以「十字架之路」爲志的新人。連在羅馬天主教的空氣中都能找得到像這樣再生的新芽。

這個新芽對岸本輕聲的說：

「你現在已經可以開始準備了吧！從沉澱過後的生活底端起身，將自己轉變爲一個嶄新的人如何啊？就算你倦怠、疲憊——如果可以的話，就把這些當成是埋藏在心底的苦惱吧！」

123

這個午後，岸本又想走上街道混入往來人群中了。他正要離開住處時，正好遇到從帕斯德附近畫室前來拜訪的牧野。

岡和小竹已經先後從英國返回巴黎了。牧野帶來消息說，岡的意中人在家鄉已嫁做他人婦。戰爭前，當美術學校的助教離開巴黎，或是其他時候，岡都把一絲希望寄託在那些歸國人士的身上。岡的意中人也離他而去了。岸本心中暗忖著，和牧野互看了一眼。

「岡和小竹現在聚在我的畫室裏。」牧野說，「我們現在正煩惱著該如何安慰他，希望你也能來一趟……」

「我現在正要出門，沒辦法呀！」岸本這麼說，但是心裏仍惦記著岡的事情，所以和牧野一起離開住處。

兩人一起走在保羅・羅耶爾的林蔭道上。由於法國政府已從波爾多移回來，稍稍增加了些歲末聖誕節來臨之際的熱鬧氣氛，但是還是很空虛。戰爭滲透到每一個人的生活中所造成的景象，特別是穿著黑色喪服、披垂著黑色長紗的婦女增加了，兩人走在街上所看見的每個人的姿態，都能解讀出這樣的訊息。還有臉上沾滿髒污的孩子，乘駕著裝滿石炭的馬車的男子，牽著小孩的手、腋下夾著小椅子往公園去的保母，戴著鴨舌帽的年輕勞動者，牽著小狗的婆婆，帽子上裝飾有紅花和櫻桃的婦人，穿著高跟鞋的特種營業婦人，人人在尋找一天糧食的臉。

走到天文台前廣場時，兩人遇到了一群十七、八歲的青年，他們全都是學生，穿著普通制服，繫著皮帶，配戴著腕章，綁著腿，肩上扛著槍排成一列，爲了接受軍事訓練正要前往盧森堡公園。其中幾個看起來很年輕、很聰明的樣子。

「現在，連他們這樣的年輕人也要去打仗了。我們在他們這個年紀，都還穿著短褲上學去呢！」

兩個人一邊說著，一邊目送著這些共赴國難的法國青年。

和去年相比，今年樹木發芽較晚。梧桐樹還維持著冬天枯萎的狀態。他們從蒙帕納斯的林蔭道走到聖母院前附近，已經可以看到這一帶的七葉樹在發新芽了。

「現在可以看到七葉樹的新芽了。」牧野一邊走一邊說。

「你爲了那間畫室也花了很大的工夫吧！不知道爲什麼，總覺得今年的冬天特別長。」岸本邊走邊回答著。他心中交雜想著等會兒要碰面的岡，以及自己這趟旅程。

124

「我眞佩服你們！常常這樣互相幫助。」岸本走到帕斯德路上時，看著牧野這麼說。

「我那兒的模特兒也這麼說。他說日本人雖然都很貧窮，但是卻會互相幫助，其他國家的人絕不會這樣。」牧野回答道，然後邀請岸本朝著畫室前進。從蒙帕納斯車站的後側走到旁邊林蔭道上，對於岸本而言這是一條早已走慣的路。只要接近圍繞巴黎的城牆，就覺得好像來到遠離城市的偏僻地區，卻不會感到拘束。這條路上還有一間青菜店，每次岸本被邀來牧野這兒吃日本菜時，總會去那家店買蔥。走到這裏就離畫室很近了。

岡和小竹坐在放了啤酒的桌子旁等待牧野回來。

「啊！辛苦了。」小竹往牧野的方向看去。

「牧野，既然岸本也來了，就大家一起喝一杯吧！」岡說著，將喝完的杯子放下。

「好。」

牧野身兼主人和傭人的角色，在畫室的一隅乒乒乓乓地準備一些東西招待大家。看到這樣的景象，岸本的心中浮現了「巴黎之村」的感覺。他和岡對坐著。岡的話很少，習慣性緊繃的肩膀和充滿熱心的額頭不發一語，替小竹和岸本倒啤酒，彷彿要替人餞行般的舉杯。

「跟瞭解世故的人聚在一起，就會是這個樣子吧！但我卻覺得有點可惜。」岡說著。

「你的情況和我的情況是不能相比的——第一、從你的角度來看，我當時的年紀要比你現在小很多，處境也不同。唯有彼此瞭解這一點很像。我當時和死亡搏鬥著，但旁人卻沒法兒幫上忙。是我自己先離開的。——更何況對方其實早有婚約了。」

岸本在大家的面前說出了平常幾乎絕口不提的事。

125

岸本一直忘不了來法國旅行的時候，在神戶旅館與那兩位突然造訪的婦人見面的事。經過了二十年的歲月，那兩位婦人當初雖是年過四十的女人，岸本心中對她們的印象，停留在當初那個年紀。他在岡和小竹面前，不假思索的說出在神戶邂逅的婦人們的同學——勝子的事情。

青木、市川、菅、足立，就在和這些朋友激盪出青春火花的那個年紀，岸本遇見了勝子。對於正值青年時期的他而言，處處都是驚奇。不可思議地，在這世上被稱做是盲目的一切，都令他大開眼界。他發現了勝子，也瞭解到一些以前看不見、隱藏在事物背後的東西。不僅進入他身邊年長的朋友，或是前輩的心中，他還想像著那些遺留下充滿熱情、偉大詩歌作品的古人生涯，還把對於那種無論是誰都要體驗過一次的女性熱情，跟那些人的生涯聯想在一起。年輕的生命就從那兒展開了。

但是，在他眼前所呈現的年輕生命，並不全是那樣樂觀、快樂的，倒不如說那是充滿著悲慘的畫面。他眼睜睜地看著被迫掙扎放開他的手、後來聽從父親嫁給別人的勝子。簡單地說，那都是因為他太窮的緣故。他無法忘懷當時曾經被暗示：「雖然你的年齡和她相仿，但如果你能生在比現在更富有一點的家庭，應該就可以把她留住。」他所能夠給予的，只有一片眞心。「我愛妳。就算我的身體已死，唯一留下的只有對妳的愛慕。」岸本這麼說著，勝子卻被她父親的手拉著離去了。

這不只是他親身經歷過的，身旁的朋友也嘗過這種滋味。像市川那麼好的青年，由於無法給予情人的姊姊或親戚經濟上的安全感，戀情因此無疾而終。不過出生在日本橋傳馬町柴魚批發商的岡見卻成功了。這個事實在他年輕的心中留下了難以磨滅的印象。事實上，就是那個時候，令他領悟到愛情的無法捉摸。

岸本面前響起了小竹和牧野愉快的笑聲。這兩位畫家把妻子留在家鄉來到巴黎，想藉著沒有隔閡的笑聲來排遣、安慰岡的心。看著岡交叉著雙臂沉思，想著「我必須承認，該是埋葬一切的時候了」的樣子，岸本突然有種感覺，雖還不至於說看到了年輕時候的自己活生生出現在眼前，但眼前的岡卻和年輕的自己非常相似。——因爲勝子還在世時的岸本和現在的岡，年齡僅是兄弟之差罷了。

126

只要一想起年輕時候的往事，岸本的心頭就一定會浮現「青木」這個名字。由於岸本常常在話中提到他，所以久而久之，岡和牧野對這個名字也很熟悉。在岡的面前，岸本想起了這位才二十七歲便令人惋惜地結束了一生的好友所說過的話。

「青木君好像是這樣說的。他說：『存在於這個世界上的東西，沒有一樣不會逝去。但我想至少在逝去的過程中，留下眞誠。』我想把這句話送給岡君你。」

岸本看著岡這麼說道。他們在那間畫室裏聊到太陽西下。那一年的正月，他只和幾位要好的夥伴聚在巴黎，桌上擺著葡萄酒，模特兒唱著歌，大家像孩子般度過快樂一晚，那晚留下來的痕跡，只有至今仍掛在牧野畫室裏，自牆壁延伸到另一道牆壁的老舊壁紙。終於，岸本起身要告辭了。牧野推說要上街買點東西，一邊擔心著岡，一邊跟著岸本走出屋外。

牧野一走出街上便說：「這一次，岡好像相當灰心。」

「這個嘛！除了讓他狠狠哭一場外，別無他法。」岸本一同走在日落的街道，一邊說：

「不過，岡一定會從中領悟到些什麼吧。」

「他說要我把妹妹暫時借給他，我會考慮，不過像我這樣，知道太多藝術家同志的內幕消息反而不好。我不想讓自己的妹妹受到同樣的苦。」

他們邊交談邊走到人潮往來頻繁的帕斯德大道，岸本向牧野道別。

這是三月的黃昏，路旁成排的七葉樹枝枒，好像一口氣全都伸展出來了。離七點的晚餐還有一段時間。岸本在漂浮著溫暖氣氛的街道上，邊走回住的地方，邊想著在牧野畫室裏牽引出來的心情，年輕時與朋友之間的往事，以及伴隨而來浮上心頭有關勝子的往事等。

「看她經常想起盛岡的往事，果然具有女性好的一面。」

沿著回家的路上，岸本不經意地說著。盛岡是勝子出生的故鄉，還有傳馬町或是西京等等名詞，都是以前經常與市川、菅他們在一起時，共同使用的暗號。

岸本能夠體會岡的灰心喪氣，因爲那感覺正與岸本當初聽到勝子要結婚時的心情相同。當時還年輕的他，那的確是一個相當大的打擊。當時就連在街上看見不認識的新婚夫妻，他那年輕的心也會感到心痛。但是，當他聽到勝子死亡消息的時候，他所受到的打擊更大。結婚後大約過了一年，因爲懷孕害喜和其他不甚清楚的原因，她在正値花開一般的年紀離開了人世。當時聽到這個消息的他，總覺得到處都是黃濁濁的，就好像路上的泥土在他眼前一般。從那之後，他持續了一段昏天暗地的日子，許多困難也接二連三地向他襲捲而來。他到現在都還能夠清楚地記得自己到底花了多長的歲月，從那段沮喪的日子恢復到正常生活。

仙台之旅使得他那殘破的心靈得到救贖。到了那座古老幽靜的東北城市後，他感覺自己一輩子最清爽的早晨才剛開始。但是，他已不再是以前那個岸本了。之後，他之所以想脫離煩雜的男女關係，想避開對他有好感的女性，就這樣一個人生活下去——這全都是因爲，在一生中最能夠感受、最能夠持有柔軟的心的年紀時，他經歷了愛情的苦澀，那苦澀在他的心裏深深扎根。

127

「青木君去世到現在已經有幾年啦？」

回到可以看到四十幾個窗內燈火的婦產科醫院前，岸本走到房間裏放著煤油燈的暖爐前，緬懷著跟以前好友分開之後所發生過的事。回想起那時和青木、足立、菅、市川以及岡見兄弟們一起邁向未來的心情。

晚飯過後，旅館的女傭走過來，急急忙忙地把房間的窗戶全關起來。

「窗戶透出燈光的話就會引來警察，很麻煩呢！」這位女傭的語氣好像戰爭時期所使用的，說完便走出去了。

岸本把罩著黃色燈罩、帶有古意的煤油檯燈移到書桌上，對著檯燈透出來的燈火，他的思緒飛回到不想娶妻的婚前日子，想起聽從前輩建議跟自己訂婚的園子，曾到同個學校畢業的勝子那兒學習手藝，還有第一次和園子共同擁有小小的家庭，當時那段快樂的新婚生活。

「爸爸，請你相信我……請相信我……」

那句園子的話，那句結婚十二年後，在丈夫的臂彎中埋首哭泣時園子的話語，是妻子所說過的話中，讓岸本最懷念也最難忘的。因爲他對愛從不隨便，所以嘗到了人生的苦澀。他一直試圖取回失去的東西，卻沒想到反而連眼前擁有的也失去了。園子生產時因爲大量出血，連和孩子或其他人道別的時間都沒有，就離開了人世。那時，他只能茫然地凝視女性這種生物，什麼也不能做。如果那時候的他能夠相信這世上有愛，就不會覺得被孩子綁住是不自由的了！或許他就能坦然接受親朋好友的建議續絃了吧！不相信別人的心——就是他墮落的深淵所在，也是不斷失望的結果，那深淵也爲他帶來了孤獨與寂寞。事實上，他對於女性的想法也是從那兒開始扭曲的。

旅行之中，他接到許多封姪女的來信。不管節子在信中怎麼對他敞開心胸，他還是無法相信。

128

背對掛著訴說著〈蘇格拉底之死〉的古銅版畫的牆壁，岸本靠近床邊坐下，繼續回想自己的前半生。

即使是擁有滿腔熱情的人，要找到眞正能投注這份熱情的對象，也眞不容易。

這句有感而發的語句，是岸本在住宿地方等待春天的旅行中，寫在信箋的開頭要寄給家鄉的新聞報紙。不過才晚上九點，窗外已是一片靜悄悄，也鮮少聽到人的腳步聲。在這種戰時氣氛裏，岸本反覆看著自己方才寫下的語句。他想著自己矛盾的前半生，雖然與生俱來的早熟性格，讓他在八歲時就已完全體驗到激烈的初戀，但另一方面也讓他後來變得不相信異性。

以前，京都大學的高瀨還住在隔壁的時候，岸本曾經和柳博士等人結伴一起去探訪貝爾·拉榭茲墓地的阿貝拉和艾蘿伊絲陵墓，那景象至今仍歷歷在目。那位中世紀著名的僧侶，不僅和既是弟子也是情人的修女交織了永恆不變的愛情，就連死後兩人也共枕在一塊兒，一起在老舊烏黑的殿堂裏長眠。那兒就像是這個深沉恍惚世界的象徵，那是一種難以想像的男女互相信任的姿態。「眞不愧是愛的王國。」高瀨這麼說著笑了起來，但岸本卻怎麼也笑不出來。假設阿貝拉和艾蘿伊絲的事蹟只是一個傳說。岸本想起，由四根柱子支撐，從四個拱門任一角度皆可看得見的天主教風格殿堂中，如圓寂的兩人寧靜長眠的姿態。也回想起，那些長得很像秋海棠的花草，在那座古老教堂鐵柵欄圍繞下，如記號般地雜亂開了一地。他在四周走來走去繞了幾圈，以不忍離去的心情從頭到腳，又從腳到頭地朝那對躺在那裏的男女看了又看。那簡直就是童話嘛！他看著在他眼前的那對戀人這麼說著。但是沒有童話的生活是極度寂寞的。他想著自身的情形；再也遇不到可以寄託熱情的對象，只得化身爲旅人繼續人生的旅程。每每想到這兒，寂寞總是襲上心頭。

那一天，岸本很晚才就寢。躺上枕頭前，他在床上坐著，想起年輕時的朋友以及年輕時的往事。他想著自己的生涯，若從那位早逝的青木君死後算起，他竟然苟活了將近二十年之久。他與生俱來的坦率之心在當時還存在著，但等他回過神來，才發現自己早就遺失了那顆心。

「原來如此。最重要的是先找回那份率眞的心。」他恍然大悟的說著。旅行當中，他的心再也沒有比那一晚更靠近他年輕時的情懷。

129

岸本那頑固的心好不容易才靈光乍現。如果決定不回日本，把自己混入完全不認識的人群中的話，在目前面臨戰爭之際，呈現在他眼前的將會是什麼樣的道路啊！十八歲至四十八、九歲的法國人全都動員起來共赴國難，像是比昂庫耳書記官一般致力於學術的人，也要到自行車隊繼續奮鬥，還有像詩人拉貝耶一樣努力駕駛運輸用車的人。照理說他也是可以加入義勇兵、混入完全不認識的行列中，但是岸本不忍心讓留在日本的孩子們更加操心。想到這裏，他終於決定回日本。

他接到從義雄哥哥的來信，要他盡可能快點回日本。岸本寫了一封信告訴義雄哥哥要回國的決定。信中寫道：「總之，十月即將來臨，請等我到那個時候，在那之前，我想做好回國的準備，因爲我不敢奢望還有第二次的機會再來這裏，所以，盡可能地，我想賦予這次旅行珍貴的意義。」

「岸本，我現在正經由瑞士回日本。」

這是千村教授寄來的風景明信片，裏頭雖只有短短一句話，卻蘊含著無限相思。岸本把明信片拿在手裏，在異地旅行的天空中，似乎聽見了好友千村那熟悉的聲音。那是千村坐著郵輪從倫敦踏上回東方歸途時寄出的明信片。而想繞道經美國回日本的高瀨，也即將要出發了吧！

岸本走近窗邊，眺望著之前千村所投宿的旅館。窗外的梧桐樹仍然是冬天枯萎的狀態。透過那稀疏的枝枒與枝枒之間的空隙，可以清楚地看見千村所住的那間老舊房間的窗戶，還有坐落在房間下方咖啡店裏的招牌布簾，以及千村外出用餐時，常常經過的那條街道。那些人離去之後，歐洲的戰火仍持續蔓延著。獨自一人在巴黎的三月，所有眼前所見和耳裏聽到的，都讓岸本心中留下了永難忘懷的旅行感覺。他站在窗邊，想像千村航海的情形，就好像在目送著從遠方歸國的旅人身影。他的心飛到了自己從神戶乘坐而來的法國船上，從那甲板上眺望的地中海、紅海、阿拉伯海，還有令人害怕它永遠都是夏天的印度洋，以及可倫坡、新加坡，和其他東方沿岸的港口。他想像千村在比較來時和回程時的船旅生活，想像千村見識過歐洲的視野，再一次回頭看向殖民地；就算隱約的不安和驚奇不再，但回程的海上生活，仍有更多充實的感覺在運作。他想著千村再次見到母國的日子；對於兩年前捨棄一切、急著奔向遙遠海上的自己，終究也和千村一樣將再見到母國，他感到很不可思議。

130

溫暖的雨一點一點地下了起來。岸本並不焦急地期盼這場雨的到來。在五個月前——那個寒冬籠罩的旅途中——岸本似乎一直在等待著這場雨。利摩日之旅以來，他的身邊到底有些什麼呢？法國境內靠近山地的地方，戰爭用的壕溝被積雪深深掩埋，爲了拯救在戰爭前線凍傷的士兵，法國市民持續辛苦地大量募集毛巾。他耳裏所聽到的，全都是關於戰爭的悲慘。開戰以來，不但有五、六十萬的法國人全都戰死沙場，在戰爭結束時能夠毫髮無傷的回到巴黎的人也沒幾個。他在街上碰見被留在國內的小孩也好，婦女也好，甚至是老人，全都殷切地期盼春天的來臨。寒冷的痛苦——在這難以避免的戰爭苦痛中，在這痛苦的世界裏，所有人都把希望寄託於草木，把植物的回春甦醒當做是自己的重生。

岸本幾乎每天都會走到掛在房間牆上的法國月曆前，感覺日子好像變得越來越長了，天空也澄清了起來，已經到了沒有暖爐也能過日子的季節。每下一場雨，他就覺得春天似乎又更靠近了一些。終於七葉樹也發出了新芽。他非常期待在花草樹木甦醒中，等待開滿嫩葉的世界來臨。七葉樹的小花有如直立的白色蠟燭，在青綠的嫩葉中綻放著。不論從冰冷的窗子，或是石壁，都一再地透露出春天的火焰已不遠了。

甚至連德國的飛行船也順著黃昏徐徐吹拂的南風來到這兒。這並不是某位法國記者的說詞，但當「空中海盜」在巴黎市中心與市郊第一次投下炸彈的夜晚，岸本根本不知道有騷動的安然熟睡著，但第二天晚上，一陣尖銳刺耳的聲音讓他從床上驚醒。喇叭聲響徹雲霄的巡邏車在深夜的街上來回巡視著，他知道一定又是敵軍的飛行船靠近了。他焦急的跑出房間，看到旅館老闆娘躲在廚房邊發抖邊禱告著。而屋外，城市的人群聚集著，抬頭仰望黑暗天空中如閃電般的探照燈光。身在這樣的巴黎，他從不感到害怕，而現在逐漸習慣戰爭的氣氛。「飛行船取代了燕子飛來。」岸本這麼說，換來了旅館人們的苦笑。除此之外，他也收到從日本發來有關巴黎目前狀況的電報，感覺到遠在日本的親戚和朋友都在為他擔心。

岸本在旅途中的窗邊，想著在日本等著他歸去的泉太和小繁，還有義雄哥哥將他的歸國之日告訴孩子們時的情形。要再度面對不幸節子的日子就要到來了。這麼想著想著，他不自覺地深深嘆了口氣。

從眼前的戰爭，岸本漸漸能夠瞭解活在當中居民的心理，他不難想像在《安娜・卡列妮娜》這本書的結尾裏寫到的，那位積極前進戰場、拯救自己的法國青年維龍斯基的存在。他也聽說了伯司教授的兒子，將這次戰爭視做遊戲，被親朋好友送到車站時還以為那是在開玩笑。想到他的心情，岸本實實在在地感到悲痛。死亡所帶來的復活力量——那不僅是岸本身旁人們的願望，也是他本身熱切的期望。大家都在等待那遲來的春天。

第二卷

新生

I

在異鄉的旅途度過將近三年的歲月，岸本常把自己的境遇譬喻爲是從遙遠的島嶼流放而來的人。他一直試圖用自己的力量解開自己身上的手銬、繩索，並把自己從那孤寂的自責日子當中抽離出來。

回國的日子漸漸迫近，那一天其實早在聖誕節前夕就應該到來的，卻又往後延長了半年。在旅途中所遇到的第三次聖誕節及翌年的春節，岸本都是在巴黎的投宿處度過的。如果從那艘法國汽船抵達馬賽港口，自己雙腳第一次踏上法國的土地那一刻算起，到現在已經整整四年了。他當時離開日本時，幾乎是毫不眷戀地前往自己完全不熟悉的國家、混入完全不認識的人群中，試圖藉此忘記心中的悲痛。他當時對於是否能活著回來等事情完全無法思考，只想到也許這是最後一次看見神戶港了。抱持著那樣的想法離開日本，現在要再度踏上故國的土地，他實在覺得沒臉。但在開戰之後，他沒辦法旅行只好滯留法國，這讓許多人擔心，而他自己本身也很擔心留在國內的孩子們。抑制和忍耐的苦行（？）勉勉強強持續了三年，多少減輕了他在旅途中的心靈負擔。他把自己當做等待出獄的罪犯，期待再度和自己孩子相見。差不多該著手準備長途旅行了。在旅行袋裏裝著從日本帶來的衣服，當中，有一套短披風與和服常被拿出來當做家居服穿。裡面還有一件襯衣，那是幾乎已經不知道去世幾年的妻子園子的遺物。那件襯衣藏青色的內裏已經完全磨破了。在巴黎時，東京的友人元園町特地寄過來的薄棉袍充分發揮了功用，在漫長的冬夜裏，岸本常在已穿好的衣服外再加上那件寬鬆的日式服裝，感受著愉快的心情，坐在書桌前。到現在，這件結實棉袍的下襬棉絮已經露出來了。從秋末到春初，往年所穿的西裝已舊到無法再帶回日本了。他想把那件舊西裝，連同那件紅色和服脫下扔掉。旅途到了尾聲，租賃房間的骯髒老舊也映入眼簾。他想與這間長期住慣的房間做最後的道別，不管是那曾被他想像成無形牢籠的房間石牆，還是每當他苦惱著旅行前途而向外眺望時，給予他被擁抱感覺的玻璃窗。

「你被赦免歸國了。」岸本對於自己的回國下了這個註解。

2

對於在爲回國做準備的岸本而言，總覺得日本離他非常遙遠。他連將近三年不見的孩子成長到什麼地步都無法想像。他眼中孩子的身影，還停留在當時新橋舊車站分別時的樣子，不論何時都還是孩童的模樣。歐洲的戰爭仍持續蔓延，旅館和同區管理員的先生們從上戰場後，只有偶爾得到休假許可，才能從戰地回來露露臉而已。而留在家中孩子成長速度相當驚人。孩子們常在上下樓梯的地方玩耍。岸本往往會走到他們身邊詢問每個人的年齡。穿著黑色上衣、半短褲，露出一節小腿的典型法國孩童的風格，和日本比較起來，有著有點像卻又完全搭不著邊的差異。岸本望進在他身邊孩子的藍色眼眸，想像著在日本等待他歸來的泉太與小繁長大的模樣。當他回國見到孩子時，泉太已經十二歲，而小繁剛要滿八歲。

岸本心中浮現出受託付照顧孩子的節子以及泉太、小繁的成長情形。旅館的老闆娘有一位姪女眞是可憐，她和一位前途有爲的法國人訂了婚，對方卻戰死，因此，她打算回利摩日故鄉。她正好和節子同年，有一頭令人噁心的紅色短髮，是位身材非常結實的女孩，她剛從利摩日到巴黎幫忙她姑媽的時候，完完全全是個鄉下土包子，但當她再度要回故鄉時，全身的巴黎風格幾乎教人認不出來。就連長期操勞的手也給人一種正值少女花開的感覺。她的身高比那位老闆娘高。岸本經常透過她們兩人想像姪女的成長情形。一直以爲還是小女孩的節子，現在已經二十四歲了。

節子的信在岸本還未退宿前寄達了。她以恭敬的筆調寫著，祈求叔父能夠平安回國；留在家裏的兩個孩子都非常健康，盼望著叔父的歸來。但是，在不久的將來，當叔父回國看見這間宅邸時不知道會有什麼想法？她的這封信顯露出她的憂慮。「我無法成爲一位稱職的守護者，眞是對不起。」信中還寫了這麼一句話。

她的信已經有好久不曾出現這種敏感、悲痛語調了。特別是近日的來信，是岸本旅途中所收到最容易讀懂、筆調最沒有任何疙瘩的信。

「節子若是能這樣活下去就好了。」

岸本不經意的說。同時，對於不論是年齡或是心理都還沒定、整天無所事事的節子，岸本總覺得有一種沉默的力量向他的胸口襲來。

3

對於在日本上演的節子相親記，岸本並非完全不知情。東京的義雄哥早在事情還未定案前，就寫過信來巴黎告知了。岸本在讀那封信時，感受到義雄的焦慮心情，他希望節子的終身大事趕快決定，也知道男方是個月入六、七十日圓的上班族，同時還是德川家康時代某個知名學者的後代。義雄哥又寫信來希望婚事能夠成功。之後，義雄哥不再捎來音信，而節子在自己偶爾寄來的信當中，也完全沒有提到婚事，由此看來，這件事恐怕是沒有下文了吧！

每當想起這消息，不管他願不願意，岸本就是會觸碰到隱藏在心中那些難以否定的祕密——節子在別人不知情的情況下產下孩子，她的乳房開過刀，雖然就不知情的人看來她的身體並沒有什麼不對勁。在過去這近三年的歲月裏，他一直試圖別過臉去，掩蓋自己的心靈之眼，並想盡辦法藉由旅行來分散並忘記那些令人恐懼害怕的事，如今即將歸國的他必須去面對這一切。他試著站在義雄哥的立場思考。他對嫂嫂連一句「麻煩妳照顧」的話都沒說，就把小孩留下，逃離家裏，如今他必須面對她。還有毫不知情，和大嫂一起離開住慣的故鄉去東京的祖母。他必須再度回到這群人中面對節子。

岸本嘆了一口氣，他認爲這次回國並不是那麼單純。但是，他想抱著等待黎明的心情，面對國內那些人。他想，至少要和大嫂全盤托出一切，並且爲這段期間的事向她道歉。而爲了不幸的節子，他也想盡自己所能在婚事上不辭辛勞地幫助她。這趟回程之旅，精神上需要很大的勇氣。

4

戰爭的影響力連岸本所投宿的旅館都受到波及，因此，住在那兒的陸軍醫院眼科醫生以及家教老師等客人都相繼離去，最後只剩下岸本一人。旅館的餐廳也非常冷清。因受不了物價上漲而發起牢騷的老闆娘，最後不得不把店收起來，還說在戰爭結束之前想把店遷移到鄉間營業，所以岸本趁著這個機會離開這間住慣了的旅社，搬到出發到各方面都很方便的地點。

此外，岸本遲遲無法決定離開巴黎的日子。因爲他遠在巴黎，等待從日本的來信需要一段相當的時日，而且由於是戰爭時期要旅行並不容易，因此他不得不試著打聽旅途中的細節，藉著打聽來的消息，訂定回國之旅的計畫。是要選擇海路——經由喜望峰❶走印度洋、停靠東洋的各個海港再繞回日本？還是要選擇走陸路——必須冒著些許的危險，面對沿途嚴格的檢查，還要有旅遊記事本可能會被沒收的心理準備，從英國越過北海，繞到平時一直想看看的北歐，再穿越西伯利亞回日本？輝子（節子的姊姊）夫婦也住在那兒，她說過會在遙遠的俄羅斯邊境等待著叔父歸來。不論選哪一條路，這時期並不是那麼容易就可以回國的。而岸本就連從兩者中要選擇哪一條路回去都猶豫不決。

岸本在巴黎認識的美術家好友之中，小竹已經回國了，而岡要到里昂一陣子。以前住在附近的畫室、和岸本約定要一起回日本的牧野，時常前來岸本投宿的地方商量回國的事，並順便讓岸本看看自己的樣子。

「在日本，不知道有什麼事在等著我們。」每次見到牧野，岸本都會忍不住這樣說。

「我想在日本的家人也非常困擾吧！這是回去首要擔心的事。」

岸本在牧野面前說出日本家中的謠傳，那是他平常幾乎不曾提及的。經歷過一段辛苦旅程的牧野聽了之後，點了點頭。

「再也不想過這種旅行生活了，對吧！」

岸本回想起這將近三年的苦日子，深刻感受到其中的辛酸，對著牧野嘆了口氣。

那是他最後一次在旅館房間看到牧野。岸本想著，搬到新旅館後，就要開始整理行李了。終於，事先委託的人力馬車來到街上的行道樹下。要把已經打包好的行李拿出去之前，

---

❶即好望角。

岸本走近午睡很難入夢的床側，又走近冰冷牆上掛著，名爲〈蘇格拉底之死〉的銅版畫底下，也走近置物櫃門上貼著的大鏡子前看看。離開這間房間時，他的頭髮已白到連自己都嚇了一跳。

5

岸本終於不再是整天待在巴黎的居留者，而是踏上歸途的旅人。他搬到索邦大學附近的旅館之後仍每天外出辦事。爲了要辦理之後到倫敦的手續，他跑了巴黎警察局，還去了外交部和英國領事館。爲了尋找送給親友的紀念品，他來回於聖傑爾曼的林蔭道。剛好適逢塞萬提斯的三百週年慶典，書店的店門口擺飾著新發表的作品等東西，以紀念那位寫《唐・吉軻德》的西班牙熱門作家。那擺飾新書的櫥窗對於岸本這樣寄情於藝術的男人來說，格外加深他的旅情，特別是那段在已漸變黃的七葉樹蔭間來回的時光。爲了道別，他挨家挨戶的拜訪和他友好的法國家庭。每一扇門背後都是一顆對戰爭充滿恐懼的心。他去拜訪比昂庫耳書記的家。那裏已經看不到老夫人的身影，妻子留守在家，兩個孩子和家僕爲伴寂寞地過日子。他也拜訪了伯司教授的家。教授夫婦的一個年輕兒子在戰地負了傷，因此他們出門探視去了，僕人非常擔心的在家守候著。

終於，隨著傍晚的來臨，在法國的旅程將近尾聲。岸本一個人關在旅館三樓的房間裏，邊聽著歷史悠久的索邦教堂迴響在石板街道建築物之間的鐘聲，寫信回東京的家裏。

岸本老早前就決定，這次的旅行要結束時有件事一定要做，那就是離開巴黎之前，要把自己的鬍子剃乾淨。說來還眞是不可思議，而且的確很奇怪，但對於把心蒙敝、離開家園的岸本來說，他一點也不覺得不可思議和奇怪。他想把自己目前的心情，眞實地表現出來。

岸本坐在床上一會兒，試圖阻止自己的行爲。但是，該是實現之前想法的時候。他開始著手剃除鬍子。房間裏靠近牆壁的地方有一座石造的洗臉台，上頭有一面鏡子。他站在鏡子前，手上拿著剃刀，毫不留戀地操刀，讓那蓄了好幾年的鬍子，從他扭曲的臉上滑落。他用不甚銳利的刮鬍刀用力的刮著，那力道足以讓嘴唇周圍腫起來。

他的樣子從原本日本教書先生的模樣，變回以前學生時代的面貌。最後，他凝視鏡子裏自己刮乾淨的臉，之前被鬍子掩蓋的鼻下周圍青髭髭的，有的地方還滲出血來。

岸本的臉簡直變了另一個人。他心情極好地來回撫摸嘴巴的周圍。他想，頂著這張臉，應該就可以再次回國和節子的父母見面。

6

「唉呀！您整個人變得乾淨俐落多了耶！」

第一位看見岸本少了鬍子後的新面貌，是隔天早上來房間打掃的服務生。他用法語對岸本說，那句話在日語說來大約是這種意思。

每一個在路上碰見的人，見著岸本的樣子，都笑了出來。在巴黎旅居的狹小圈裏，那些苦於無聊國外生活的人們，就好像村子裏發生大事一般特別感興趣。他們比較喜歡以前臉上有鬍子的岸本，替他那突如其來的古怪行爲感到惋惜。每當有餞別的骨牌會，或在咖啡館舉辦小型集會的時候，岸本都會在那兒聽著別人對他新面孔的批評。「以前臉上有鬍子的時候，有幾分懷舊的味道，而鬍子刮除之後，總覺得給人一種淒涼的感覺。」有人這麼笑著說，也有人這麼說：「唉呀！怎麼回事？眞嚇了我一跳。雖然這麼說有點失禮，我還想岸本先生是不是瘋了呢！」還有人說：「眞是可惜，我覺得你還是有鬍子比較好看。回日本之前一定要給我再留回來。」

「岸本先生，你的鬍子全沒了耶！這有沒有什麼特別的含意呢？」住在同一間旅館，剛從短期旅遊回來的留學生這麼問岸本。這位留學生是從慶應大學畢業的，對岸本來說，對方雖比他年輕很多，但是他卻常常受到對方的幫助。

「岸本先生，你以前是不是當過和尙，還是……」那位留學生又再度揚起他那充滿男子氣概的眉毛，眼神炯炯地看向岸本問道，「你把鬍子剃掉應該和這有著相同的含意吧！」

眞是一針見血。岸本不知道該怎麼回答，他說不出——「如果不是照鏡子的話，我根本就不知道自己的頭髮已經變白了。而當我看見自己發白的鬍子時，雖然擔心卻又無可奈何。

後來我想再回復到以前學生時代的樣子吧！於是，在你不在的期間把鬍子剃掉了。」

茂盛的嫩葉不知何時已綻放，就像古老黑暗的石造城鎮裏注入青綠色的生氣一般。岸本獨自一人走出旅館，從大學建築物旁的林蔭道步行到奧斯特利茲橋畔。這是個微陰的天氣。雖然無法看見四月光明日子的到來，但他想，這是最後一次這麼近地欣賞塞納河了吧！岸本第一次到巴黎是在四年前的四月，因此在即將離開巴黎的現在，對於那時嫩葉的記憶又再次浮上心頭。他想著，現在看著石橋下方清澈塞納河河水成漩渦狀流逝，但這雙眼睛最遲再過兩個月或兩個半月應該就可以再見到那古老熟悉的隅田川了吧！岸本這麼想時，竟然有種是眞似幻的感覺。

7

塞納河的河岸中，岸本最喜歡從奧斯特利茲橋畔一直到可以看見聖母院古老教堂的小島附近一帶，在過去三年中，他常常來這兒流連排遣旅行的憂愁。那段日子他眷戀著家鄉的一切，幾乎到了沒有家鄉就活不下去的地步。那段日子常因旅費不足而一兩天不吃東西，那是段內心非常難過的時期，幾乎封閉了自己旅行的心。自己在完成了能力所及的旅程之後，最想吶喊的，並不是小時候便死去的父親名字，也不是結了十二年連理的亡妻之名，而是在純潔天眞、感受力最強的少年時期認識的初戀情人的名字。每逢難受的時候，他常來看的就是這條河。塞納河依舊在高大的石牆下方無聲的流著。他看著右手邊的河，沿著河岸走在新綠的林蔭道上朝旅館的方向回去。

岸本覺得法國之旅開始之後發生過的事一直襲上心頭。他想起在旅程一開始的時候，把從日本帶來的種子分給法國人栽種的情形，也想起那些種子中不僅有友人中野所贈送的茶葉種子，還有住在築地的朋友替他收集的銀杏、山茶、沉丁花和其他七種東洋植物的種子。他回想起那被當作禮物的種子，出乎意料地受到法國人的珍視。伯司老教授把手中的種子分成兩邊，那裏種三粒，這裏種四粒，另外還聽說某位日本美術收藏家的庭院種有銀杏。他想起那些種子一部分被送進植物園，那裏的負責人還送來一封感謝函。而開戰後，岸本前往住在植物園附近的教授家中拜訪時，把這件事告訴了教授，教授以法國人特有的習慣聳聳肩說：「這次的戰爭把一切都弄得亂七八糟的。」

特地從遠地帶來的種子現在不知道怎麼樣了？想到這個，要回日本的事也一起在岸本的心中徘徊。像他這種從東洋盡頭來的人，不管走到哪裏，都是個外國人。他終究是不可能融入這片土地的群眾生活中。他只好讓自己專注於藝術這條路。因此，他認爲最好的方法是實際接觸這裏的生活，這是他剛踏上法國之旅時所興起的念頭。但是到了法國之後，他寧可每天和書本乾瞪眼，不和當地的婦女交流，也不走進人群中。雖然有位旅人告訴他：「要融入新環境，先從女人下手是最自然不過的。」但因爲他實在太過自責，再加上姪女的事讓他受傷太深了。

8

但是讓岸本再度興起結婚念頭的也是這趟異國之旅。沿塞納河岸回旅館去的路上，岸本邊走邊比較著三年前踏上這個旅程時，和現在要離開這個異國時，這一往一返心情上的顯著差異。原本他之所以單身，是因爲對女性深深的厭惡。像他這種既討厭女人，又不能沒有女人的人到底是怎麼一回事？他在旅行中堅守著孤獨，使自己的形骸受苦，令他瞭解到自身的矛盾。看看自己的四周，有妻子的人都期待和妻子相逢，沒有妻子的人都期待著趕快討個老婆，每個人都想脫離這無聊的異地生活，回到祖國的懷抱。「回國之後，想怎麼玩就怎麼玩。」有些憂愁旅人爲了排遣鬱悶這麼說著。在這遙遠的異國天空下家鄉的語言、家鄉的血、在家鄉的家人——這些就算他心中再怎麼渴求也得不到的東西，他深刻地體會到它們的難能可貴。如果之後能順利回國的話，他決定找個合適的人選，再次重組家庭。對於因他而誤了一生的節子，也要勸她再找一個新的對象。從抱持單身的念頭到現在想要再婚——抱著這種心情，就能夠心無罣礙地再次面對節子了。

離開巴黎之前，有一位美術家也贊成他再婚。那個美術家是個熱心的人，他想起在家鄉有合適的人選，於是積極的想介紹給岸本，希望他能夠列入考慮。

「在日本，到底會有什麼樣的事情等著我呢？」他邊走邊想著，心中突然浮現一種前途難料的感覺。他走回那條商家林立的聖米榭爾林蔭道，看到一家櫥窗擺滿文具的商店，他在店裏為孩子們挑選充滿法國風格的黑色筆記本和彩色鉛筆。把東西放進背包，心想，泉太和小繁收到這份來自巴黎的小禮物，應該會很高興吧！提著這些東西回到旅館時，剛好遇到一位上了年紀的法國婦女來訪。她頭帶黑帽、身著黑衣，手上還戴著黑色手套——全身黑色打扮，就連臉上都覆著一層黑色的面紗。這位穿著戰時喪服來訪的婦人，是之前岸本長期居住過那間旅館的老闆娘。

那位老闆娘來向岸本道謝，感謝他在巴黎滯留期間，不論在生意上或日常生活中都很照顧她。老闆娘順便帶來一個法國風的娃娃，要送給岸本的小女兒。

「這個娃娃的頭巾跟衣服都是我自己縫的，我連鞋子都幫她穿上了。請你替我把這個娃娃送給你的小女兒。娃娃身上穿的是一般法國女孩的服裝，等你回去拆開給她看她就知道了。」說完這些話後，老闆娘接著又說道：

「如果戰爭結束後有別的日本人想來法國，可以介紹他住我那兒。我那裏還會繼續經營下去。」

岸本也跟她道謝，並和這位以後再也不可能見面的老闆娘道別。

9

離開巴黎當天，岸本一大早便走出旅館，到他常去的那家咖啡店享用他最後的早餐——麵包和咖啡。

離出發還有一點時間，岸本憶起以前曾想過，有個地方在離開這個都市之前一定要去最後一次，那就是他最愛的玫瑰園。那座玫瑰園在盧森堡公園內的美術館後方。引頸期盼的這一天終於到來，但他沒有去玫瑰園，反而朝他長期投宿的旅館所在的街道走去。他從山丘地勢綿延的索邦地區走到萬神廟，那座古老建築旁有一個盧梭銅像，他便在這座銅像附近漫步。接著他又踏上往聖傑克街方向的狹長石板路。在恩典谷陸軍醫院前，他穿過與凌亂的雜貨店平行的岔路，走到城鎮的角落那棟他以前所住過的旅館。現在那家店的老闆娘已經舉家遷移他處，高高的窗戶全都緊閉著。他再度看了一眼那房間的窗戶；三年當中，他在那間擺著書桌的房間裏學習新的語言，生活猶如是在監獄裏念書的人一般。由於是一大清早，岸本可以看見平日這個時間經過這裏的人；提著牛奶瓶的小姑娘、進城買報紙的女傭等人，往來於巨大的梧桐樹林蔭道之間。岸本走到天文台前的廣場，並到「西蒙之家」話別。聽說女孩的父親被敵軍抓去當俘虜，至今仍行蹤不明。岸本不想再來一趟像這樣的旅行，雖然他想來，但心中卻湧現一種再也不可能見到這個大都市的不捨之情。他漫步走回位於聖米榭爾林蔭大道的旅館。

約定和岸本一起離開巴黎的不只牧野一人，還有另外兩位同樣是日本人的朋友。那些人和岸本一樣都住在同一家旅館。終於到了該出發的時候了。岸本和朋友一起把行李搬到路旁的汽車上，並急忙指引司機開到聖拉撒爾車站。他望著車窗，看著城鎮在他眼前一幕幕的消逝。

有不少人到車站爲牧野和岸本送行。那些曾經一起幻想巴黎被敵軍包圍、在決定回國之日幫他們舉辦牌會，以及平常做希臘菜給他吃的同伴們都前來替他們送行。混雜在要往英國的士兵和旅客等來來往往的人群中，岸本看著已經把行李整理好的牧野說道：「到頭來，還是無法和岡君見面就要出發了。」

「岡也不知道何時才回來。」岸本和牧野二人討論著身在里昂的岡。

「牧野君，我還是很猶豫耶！可能的話，我想和你一起坐船回去，但我又很想繞到俄國去看看。」

「岸本！你還在想這件事啊！」

在即將出發離開巴黎之際，看著岸本猶豫不決的表情，牧野以很有精神的聲音笑著說道。總而言之，岸本決定和牧野共同前往英國，接下來的行程，他決定先到了倫敦之後再說。因爲不管怎麼說，這可是一趟戰時之旅。

像在坐救生船似的，岸本和另外三位朋友一起改坐火車。不久他由行駛中的車內向外眺望，遠方的聖心堂高塔映照在陽光之下，就好像連座落在這片陸地上的古老教堂也在替他們送行似的。這是他見到巴黎的最後一幕。

10

岸本一行人前往塞納河口附近的勒哈佛，從巴黎坐火車到位於法國下塞納省的港口需要花上一天的時間。他們將從那裏離開法國的土地。他和牧野等同伴三人一起坐夜間汽船橫越英吉利海峽。

這是一段連旅行都不方便的時期。首先，要通過以比利時臨時政府所在地而聞名的勒哈佛港口的海關就是第一道難關。除了海關不隨便放行之外，即使通過了坐上船後，從港口穿越海峽的這一段時間又是另一個難關的開始。在這艘趁著令人毛骨悚然的夜色行進的船上，岸本處在不知何時會受到敵軍來襲的焦慮中而難以入眠，數天前傳來有汽船被德國潛水艇擊沉的謠言更加深了他的不安。到達南安普頓時，雖不似離開法國時那樣戒備森嚴，但那兒的海關也不是那麼輕易就允許旅客的通行。同行的牧野用鉛筆畫了海關人員的素描給岸本看，並以此當作證明自己身分的證據。

總而言之，岸本順利地進入了倫敦市。在那裏他和其他同行的夥伴道別，展開了和牧野兩人的旅程。在他們拜訪一家日本郵輪公司分社的這天，岸本打消了繞道西伯利亞回國的念頭，他選擇和牧野結伴經由非洲坐船回國。

從巴黎到倫敦，岸本只不過是跨出了一小步罷了。即使只有一小步，卻也更靠近祖國一點了。在倫敦，岸本一直期待著九日的出航之日。在等待的這段期間，他接到了從巴黎傳來的消息，知道住在蒙特倫西路的朋友妻子爲了替他送行特地到車站的事。但她來到車站找他的時候，他可能已經從巴黎出發了。他想起在巴黎所認識的朋友，包括這位非常照顧他的朋友，自慶應畢業的留學生，以及其他到車站替他送行的朋友等等。剛好適逢倫敦慶祝莎士比亞三百週年的慶典，自己在紀念那位名氣響亮的英國詩人這一年，偶然來到這裏旅行，岸本感到非常的巧合。

現在，他又再次聽見那聲音了。三年前，大海在如行屍走肉的岸本耳邊指引出一條明路，如今又再一次地頻頻呼喚他回國。他心裏想著，從今天開始，將在海上度過一段漫長的時日，他也想到，離開倫敦時雖然是需要穿著外套的五月上旬天氣，但是得預先考慮到回國後所需要的行裝。他腦中看似只關心這些小事，其實眞正思念的是遠方祖國的天空。

II

郵輪公司的船停靠在泰晤士河岸附近的提爾貝利碼頭，等著牧野和岸本上船。大量的英國出口貨物大致上已裝貨完畢，岸本等人的行李也早就被運上船了。船員們全集合在帆柱下方周圍，岸本看著男男女女的乘客由開到船體旁邊的小汽船上一個接著一個走過甲板。那天是個偶爾會下起寒冷細雨的日子。牧野和岸本穿上被雨和海風弄濕的外套，轉乘上大型汽船。由於是戰爭期間，同船的乘客很少有和他們一樣是日本人。乘客當中有一對夫婦，是岸本在巴黎時認識的，他們全家人和岸本差不多時間從巴黎出發要回自己的祖國。從開戰以來，他們也感覺自己受困於牢籠中，和岸本擁有相同的回憶。

「帶著孩子一同旅行眞是辛苦啊！」岸本對牧野說起那對夫婦的事。比起只有兩個人的旅途，岸本覺得有年幼的旅伴加入，反而給自己一種好像已出發到遠方的感覺。

終於，岸本站在駛出泰晤士河岸的船上甲板，以踏上歸途的旅人身分找到了自我。大海再也不是在巴黎的旅館房間裏，那時只靠著回憶和想像來描繪、遙不可及的東西，而是實際呈現在他眼前。黑紅色的帆，朝他這邊飛來的一大群海鷗，以及隨著海上風浪搖盪而浮沉的帆柱煙囪。懷念的祖國也不再是遠在天邊的夢中國度，而是一天比一天更加接近的眞實陸地。站在船尾甲板的欄杆旁朝大煙囪的方向望去，它正以驚人的氣勢不斷噴出濃濃的黑煙，看起來就像黑色怪鳥一隻隻的張開翅膀從那兒起飛似的。那飛向天際的黑煙，讓岸本更深切地感受到自己的歸心似箭。這艘船最終的目的地是神戶。想到這裏，他的心就像受到強烈的刺激，想起在故鄉好像有各種的事情在等著他。再次看到祖國這件事對他來說，其實是一則以喜一則以憂。

混濁的海面下起了五月雨。岸本和走到他身旁的牧野兩個人肩並肩地站在甲板上眺望著一望無際的大海。

12

岸本所搭乘的船，以一晝夜行駛三百五十六浬的飛快速度，通過了多佛海峽。在航行的第五天，英吉利海峽沿岸閃閃發光的崖壁已遠遠地被拋在腦後。不論朝向哪個方向都看不見陸地的蹤影，船朝著深藍的海中央駛去。

「搭上這艘船，就等於已經有一半回到日本了喔！」有時候，牧野會像是想起什麼似的這樣對岸本說。這艘船，並不算是定期的客船，應該是在戰爭時，兼具貨物船形式的船隻。從被分到三個甲板的乘客總數看來，載客量像現在那麼少是少有的情況。牧野是岸本在後方甲板上每天唯一見到的日本人，其他清一色都是英國人。他們要到殖民地去旅行，男男女女加起來總共七個人而已。對於航海而言，人數太少是很寂寞的。岸本常獨自一人站在寬廣的甲板上，只有這種時候，所有的回憶就會回到岸本心中。像悲傷暴風雨般難以言喻的記憶，還有乘坐那艘法國汽船，在港與港之間的海面上急速往來的記憶，或是打算寫信給義雄哥，委託他照顧節子，卻不論是在神戶或在上海時都遲遲下不了筆，直到往香港的途中，他才漸漸定下心來提筆等的記憶。那些在心中深刻經歷過的記憶，簡直就像昨天才發生一般浮上岸本的心頭。在他眼前是鋪的像長廊般的地板，地板上有著被漆成白色的通風口和柱子，還有捲錨索用的鐵製工具。他的視線和甲板上的欄杆交叉著，往上或往下都可以看見遠方的水平線。當太陽升上來時，海面上閃耀著一片無法形容的藍色光芒。這一切的景象都似曾相識。岸本經常走過堆滿粗繩索和船具的地方前往船尾眺望海洋。他從裝有測量水深機器的船尾欄杆邊，看著投向風平浪靜海面的那條細長繩索不停地轉著圈圈，當時踏上往法國的旅程時，從船的後方望著祖國逐漸遠去的天空的那段海上記憶又不禁浮上心頭。他回顧那無形卻以強大力量運作著的過往足跡，當時的他認為憑著自己貧乏的智慧和力量，根本對它無可奈何，那時的他從未想過自己能夠再一次的站在這個甲板上。岸本感到非常不可思議。

之後，船逐漸遠離了葡萄牙南端的海面。和去的時候經由蘇伊士運河不一樣，回程的船要繞過遙遠的南非盡頭，穿越赤道兩次。依目前的海上位置，離喜望峰仍有五千四百浬的距離。

13

經過五十五天漫長的船旅生活，從四月離開巴黎，五月自倫敦出發，岸本終於在七月初回到了神戶港。

「快要到神戶港的前一晚，大家一起不要睡。」有人提出這樣的建議。岸本和懷著期待的心情，眺望遠方零星燈火的乘客們一起在和田岬的燈塔附近度過一晚，隔天早上通過檢疫檢查後，大夥兒就移動到舢板船上準備上岸。之前，大型汽船開到新加坡後就忽然陸陸續續地增加了許多乘客，因此那天早上一起上岸的日本同胞，無論男女都相當的多。

岸本和牧野兩人暫時在海關旁邊消磨時間。他們兩人就像是從懷念已久的海上重新找回自己的旅人。來接船第人知道船進港後，統統集中在碼頭。岸本看著這些人，並試著混入他們當中。他有一股衝動，不認識的人也好，他想向他們行一鞠躬，並告訴他們，他是從遙遠國度回來的人。

「牧野君，我們不要坐車，從這兒走到旅館好嗎？我想再到處多看一會兒——想赤著腳到各處走走。」岸本這麼說的時候，好久不見的祖國陽光已強烈地照射到海關的附近。岸本無法隱藏溢滿胸懷的喜悅，因此根本顧不得會不會造成同伴的困擾就說了剛才的話。

他邀牧野前往以前住過的那家旅館，路上他遇見了舊識，原來是旅館的老闆前來迎接。到了旅館後，岸本遇到了三年不見的友人；是他離開日本時，和東京的友人番町一起結伴到港口替他送別的旅館老闆娘。

岸本感到全身極度疲勞，他最想先把身上穿的衣服換掉。但沒多久，報社記者一行人來訪，使得牧野和他無法立刻休息。當他坐的船在上海港口停泊時，他就已經被當地的報社記者發現，並要求他說說旅行中所發生的事。那時他心中浮現的第一個念頭就是「該不會在祖國第一個來迎接自己的會是這樣一群記者吧！」今天來拜訪的記者說，想趕在今天的晚報裏盡可能大幅刊登他的旅遊經歷，因此一直試圖引他開口。在這群記者當中，有人在去程和回程時都曾來訪問。

「唉呀！你的鬍子剃掉了耶！」也有始終記得他臉的人這麼說。

14

在旅館二樓的廂房裏，終於只剩下岸本和牧野兩個人了。岸本好不容易才能躺在懷念已久的榻榻米上休息。

「我覺得自己好像快要感冒了，卻又覺得還不到要拿襪子出來穿的地步。」岸本對著牧野這樣說著，並替雙腳穿上襪子；在外旅行的三年當中，除了晚上睡覺之外，這雙腳不曾暴露過。由於這間旅館習慣穿浴衣配上襪子，因此，他們兩人互相伸出穿上襪子的腳看看彼此的樣子。在乾淨的榻榻米上面，要躺、要站、要坐，都隨你自由。岸本享受著在榻榻米上的快樂，感覺即使在榻榻米上頭滾來滾去或是走來走去還是不夠，他試著躺下，把整個背完全貼在榻榻米上，心中突然湧起抵達日本下船時的心情。他覺得有一半的自己仍停留在海面上。剛下船時他想著，自己一下船遇到的第一位日本人，不管認不認識，岸本都想咬他一口，他覺得那樣的他就像眞正的他。

至少，他那從遙遠地方朝向這港口歸來的思鄉之情，和長期在海上飄泊的心情，是非常相似的。他在船上時甚至想過，他要俯伏在懷念的祖國國土陸地上和它接吻。

「終於，終於。」他和被曬得像黑炭般的牧野相互凝視，並說著。

差不多到了晚報出刊的時候，牧野和岸本平安無事回到日本的消息，刊登在旅館老闆娘拿給他們看的晚報上。沒想到不久前在二樓和記者們談話的內容已經變成紙上的鉛字了。那是一篇有著有趣標題、匆忙寫成的文章。岸本讀起這篇有關他自己的新聞，腦中浮現的第一個想法是，當義雄哥看到這篇報導的時候，他的表情會有多無奈。報紙上也刊登了他和牧野兩個人並肩的相片。原來那時在海關後面的空地，被某位攝影師用快速攝影拍到的，他們兩個當時心想船到底要不要在這個港口停泊。照片裏，把在倫敦買的灰色綁腿布當成襪子穿在鞋子裏，頭戴著麥稈做成的草帽的是牧野，而站在他旁邊的就是岸本。由於強烈的日光反射，使得岸本在照片裏的模樣看起來異常年輕。他對於自己這張旅人姿態的照片很不能接受。

「在巴黎的那三年我天天都睡午覺，所謂的旅行經歷，光是午睡就占了一大半的時間。」岸本這麼說著。他想起那時在旅途中，焦躁的心情讓他無法心平氣和的工作，他只能偶爾投稿回日本。還有離開日本時和別人有過的許多約定，到現在卻一個都沒有兌現過。

「但是報紙上寫得比較好，不是嗎？」牧野走近岸本身旁這麼說著，有點事不關己似的，反覆讀著那篇報導。

岸本心裏想著，在京阪地方的人們應該已經知道他回國的消息。他也想像著在東京——上自義雄哥下至嫂嫂、節子以及泉太和小繁等這些等待他歸來的人們，聽到他回國消息時的樣子。於是，他捎了一封信回東京，內容寫著自己已順利回到神戶，回家時要順道去拜訪大阪和京都的朋友。但他故意不寫回到東京的確切日期。

15

岸本全身感受到的是天大的喜悅和強烈的疲勞。他無法用言語形容他到底有多高興，以及究竟疲累到什麼程度。那感覺即使經過一天的休息或是一夜的睡眠也無法恢復，他還想貪圖更大的快樂、想體驗更強烈的疲憊。他看著同伴牧野，很驚訝這位早上還在說暈船的畫家，竟然不像他累成這副德行。

雖然如此喜悅，但差不多該是離開神戶往東京出發的時刻了。岸本的腳步沉重了起來。到大阪前，他會和牧野結伴同行。牧野和他的身上仍是旅行時的裝束，他們再度穿上在神戶換下的那套旅衣，坐上車後，也幾乎沒休息的一直站在玻璃窗邊。眺望窗外，有普照大地溫潤明亮的陽光，有令人眼睛一亮的綠油油稻田，還有用苫草蓋成的屋頂。岸本在心裏比較起這景象，與在法國中部鄉下所見識過的特殊乾燥空氣、牛羊成群的牧場，以及透過綠葉的縫隙間可看見的紅色瓦片屋頂農家。

事實上到了大阪，岸本和牧野有戶人家必須拜訪。那裏住著那位巴黎藝術家介紹給岸本的再婚對象，另一方面也是因爲那位小姐的哥哥和巴黎那位藝術家是至交的緣故。正好在這種昏昏欲睡的晚間經過這裏，頭腦反而特別清醒。岸本雖然累了，卻更覺得思緒澄明。他思考了一下自己的再婚，就像僧侶從極度厭惡現實生活的孤獨修行，返回到現實世界娶妻還俗。他想著，以再度等待黎明的心情回到日本，自己也快要四十五歲了，如果他的妻子——園子還在世的話，二十二歲就嫁過來的她現在也將近三十九歲了。到了這把年紀，第二次結婚啊！他並不想娶一個年紀那麼輕的老婆，但也不想和年屆四十的婦女結婚。至少他希望年齡是在三十歲左右。就著這個條件，據那位巴黎藝術家的說法，婚事有可能會成功。

但是，岸本此次要去拜訪這個未知的家庭，和一般不用準備什麼就出發的拜訪不一樣；因爲如果見了面之後，發現個性不適合，就必須拒絕對方，但這麼一來，對那位小姐又是一種侮辱。岸本考慮到這一點，因此十分猶豫。後來想想，他才剛從旅行歸來，希望能有一段充裕的時間休息，另一方面，他也希望是在自然的情況下認識那位小姐，所以他把自己的想法告訴了牧野。最後當然是取消了這次的拜訪。在大阪的旅館裏，岸本一整天都在和其他客人閒聊中度過。之後，他也和牧野一起到夏天熱鬧的街上走走。踩著明亮燈火的影子來回逛著時，岸本的思緒不知怎的又飛到巴黎的林蔭大道，和回程時看到的非洲殖民地港口。

16

牧野想從大阪直接回東京，岸本想去京都拜訪在巴黎成爲好朋友的千村和高瀨，之後再回東京。他們在道頓堀的旅館分道揚鑣。牧野一直想盡早回到東京，但岸本卻盡可能的拖延回東京的時間，即使一天也好。越靠近東京一步，岸本的腳步就越停滯不前。

「岸本，你不和我一起回東京嗎？」

分別之際，牧野這麼問。岸本沒有多做回答，只和他約定下次見面的時間，就把手放開了。爲何他的雙腳無法向那久違了的東京前進呢？爲何那時他拒絕了所有要來迎接他的人的好意，想要獨自一人寂寞的回東京呢？這苦澀的心情，就連跟他一起度過七十多天海上生活的牧野也開不了口。

往京都出發的路上，岸本身邊早已沒有可以和他一起比較那令人懷念旅情的伴侶了。但是岸本仍然當作牧野還在他身邊一樣，假裝他們兩個一起從火車上的窗戶眺望那應該是淀川流域的地帶。隨著火車開上一連好幾個有坡度的地勢，遠處的山巒也漸漸露出臉來。他就讓窗戶這樣開著，飢渴的想把他眺望著的山城丹波地區連綿的山頭拉近自己的身側。這一趟從大阪到京都的旅程中，他的視線不曾離開過窗子一步。

在巴黎和岸本熟識的畫家，也就是在大阪碰過頭的舊識，已經比岸本早一步抵達京都的旅館。旅館裏的河灘、乘涼的椅子、涼床，以及岸邊含苞待放的紅石榴花，還有四條石橋下方奔流而來的鴨川河水——來到這裏，給人一種「歐洲哪可能有戰爭」的寧靜。

岸本的心好像有一半還在長途旅行似的不知道要休息。在京都這兒住著那時在巴黎旅館裏一起共用飯桌的千村教授。千村教授回國後，已從副教授升爲教授了。還有在法國之旅特別友好的高瀨。除了期待和這些人見面之外，旅館裏還有一位畫家聊著還在里昂的岡和巴黎的「西蒙之家」等事情。在鴨川的這一天對岸本來說，不論是看的東西或是聽到的事情都讓他應接不暇。就這樣，抵達京都的第二天，他覺得身體非常疲累。他可以預先想像回到東京後的他會有多忙，因此他決定在旅館二樓的廂房睡個至少半天。和他同房的畫家把旅行用的畫具等東西拿出來攤在榻榻米上。

「你是說巴黎的夥伴嗎？我到目前爲止誰都沒遇到。現在也很少有碰頭的機會。回國後，大家對以前的事都漸漸變得不在乎了，這可不行！……一點樂趣都沒有。」他一邊這麼說，一邊專心地做畫中。岸本躺在這畫家的旁邊，想著偶爾會從樓下上來詢問的旅館女僕所說的蹩腳東京話，他打算讓自己勞累的身體休息休息。在異鄉三年已坐慣椅子的他光是試著在榻榻米上坐直身體就感到疲累，而且腳和膝蓋都非常的痛。他試著盤起腿或是躺下身來，但這些都無法讓他的身體得到眞正的休息。

岸本在那天傍晚下定決心從西京（京都）出發。朝著東京方向邁開腳步的雙腳，就像被鎖鍊緊緊纏住似的，拖著沉重的步伐。

17

岸本搭上從京都出發的夜間火車，在第二天中午看到了品川車站。他想看看在自己出國旅遊期間興建完成的東京車站，又擔心也許會在那裏遇到前來接他的人，如果坐到品川下車的話，那裏又離家裏太近，可是他的行李當初是約好在品川領取，所以他決定不坐到東京車站而在品川車站下車。

由於那次捎信回家時，他故意不告知家裏哪一天會回到東京，因此，他們當然不知道岸本已悄然一人回到東京了。果然，車站裏連前來迎接他的孩子身影都看不到。他到車站出口附近周圍繞了一下。穿著鞋子踏著堅硬的土地，等著領行李。站在乘車、下車旅客稀少的這棟建築物前，此刻他終於意識到自己已從遙遠的旅行回來了。一人孤單的回到東京，他覺得以此當做是那段長期旅行的句點，是再適合也不過的了。

這時候的他甚至把那些令他深感痛苦的疲倦忘得一乾二淨。之前叫的人力車來了，行李全部被堆到另一台車上。不久，他所乘坐的人力車便從品川開往高輪新開通的道路上，一會兒往左，一會兒往右，駛上長長的坡道。跟巴黎陰陰沉沉的天空所灑下來的陽光不同，祖國光輝耀眼的七月陽光暖洋洋地流洩在坡道上，強烈的日光也射進了掛著遮簾的車內，那日光強烈到好像要穿透坐在車內、看著窗外陽光的岸本腦袋似的。只要車子每往前走一步，就越靠近的家，還有在家裏等待岸本的人們身影，混雜著刺眼的陽光，屢次引起岸本胸口的騷動。他感覺自己似乎戰勝了面對義雄哥的難過之情，還有見到嫂嫂的痛苦之情，唯獨無法忍受和節子見面。是因爲自己的不道德也好，罪過也好，他不知道她已經變得怎麼樣了？光想像就覺得令人難以忍受。

喘著氣把車拉上坡道的車伕，一出高輪的平地精神就來了。車上坐著想盡可能晚一點到達目的地的乘客，車子迅速地移動著。在某條岔路轉個彎，角落有一家香菸店。忽然，岸本看到一位在那邊玩耍的小男孩背影，心想，那不是他的第二個孩子嗎？

「你是小繁嗎？」岸本忍不住從車上開口問道。

已經大到岸本完全認不出來的小繁被這麼一問，好想在想什麼似的，對掛有遮簾的車子看也不看，就丟下「爸爸還沒回來喔！」這一句話，揚起不知爲了什麼而高興的聲音跑回家。那裏已近到可以看見家裏熟悉的格子門了。

18

岸本忍住心中難耐的情緒，從停在家門前的車上下車時，首先看到屋外牆壁上裂掉的痕跡，以及已經腐朽的短竹籬牆。聽見行李的卸下聲，最先跑到格子門口的是嫂嫂。嫂嫂從門內將格子門整個打開。

「哎呀！你回來啦！」義雄哥站在玄關口說道。接著義雄哥的小孩以及小繁也跑出來聚集在那兒。岸本仍是一身旅行裝束站在家門口的庭院，和大家做了回國後第一次面對面接觸。他也看見了站在祖母身後的節子。他感覺到自己臉上的表情瞬間轉爲苦澀。

終於，他被家人迎到屋內，並一一和每個人打招呼。岸本走到義雄哥和嫂嫂的面前低頭行禮，祖母也以平靜的語調說「阿捨，回來了啊！你呀！總算平安無事的回來了」岸本起身上前打了招呼。接著，他也對節子打了招呼。只不過，他走到她面前什麼都沒說，只行了個禮。

「咦！一郎和次郎怎麼不過來向叔父行禮？別光是站在那邊。」嫂嫂這麼一說，哥哥的兩個孩子和小繁一齊走到岸本跟前並排著。他們露出等著大人結束寒暄的表情。「啊！這位是次郎啊！」岸本看著這位初次見面、有著紅撲撲臉頰的小男孩。

「他是你不在的期間生的。」嫂嫂補充說道。

這三年從未謀面的期間，小繁長高的速度讓岸本嚇了一跳。小繁對於在大家面前和父親重逢感到有點不好意思，像少年似的將膝蓋緊緊的並著。

「捨吉，來喝杯茶吧！」岸本走到從裏面房間喊他的義雄哥面前，這是岸本回家後第一次和哥哥面對面。比起他要出國時，從名古屋來到他投宿的神戶旅館道別的哥哥，岸本總覺得哥哥明顯老了許多。

「有些人說你差不多就快要回來了，就來家裏拜訪。我嘛！也帶著孩子去東京車站接你，但你卻始終沒有出現……也有人說，只知道你回到大阪那邊，但之後卻不知蹤影。昨天和前天，我又去了兩次東京車站看能不能等到你。」

「眞是對不起，我本來就打算謝絕你們來接我，所以故意不通知你們回來的日期。我今天剛從品川回來的。」

「捨吉竟然在品川下車。」哥哥用全家人都聽得到的聲音笑著說。

岸本總覺得家裏被一種極度壓抑的氣氛支配著。連孩子們的表情都很客氣生疏。而小繁爲了通知泉太父親已經回家的消息，跑到學校去了。

19

「我回來了。」

泉太的聲音在玄關響起。這位比小繁年長的孩子，身上仍穿著學校的短和服褲裙，半不可置信地走到父親身旁行禮。

「噢！小泉也長那麼大啦！」岸本在義雄哥前這麼說著。聽到三年未見的父親說長大了，泉太似乎感到非常高興。

「小泉還有課，對吧！」義雄哥看向泉太問道。

「是小繁來接我的。老師知道原委後說我先回家沒關係。」泉太對義雄哥說明。

「學校老師還眞通人情，今天讓你先回來。」嫂嫂走過來附加道。

「你不知道他們有多盼望你回來，每天都一直喊著爸爸東、爸爸西的。」祖母在隔壁的房間說著。

「眞的謝謝你們長久以來的照顧。謝謝。」岸本邊說，再一次在嫂嫂面前用手撐著身體跪下來行禮。看著這一幕，義雄輕輕地點了點頭。

「好了、好了，小孩子行完禮就先到那邊去。」被義雄伯父這麼一說，泉太轉移陣地到祖母她們所在的房間。

岸本想先把要給哥哥和孩子們的禮物拿出來。當他跨過難以越過的高門檻來到孩子身邊時，突然察覺到這間房子與其說是他的，倒不如說已經變成哥哥的家了。因此，以目前的情況看來，並不允許他和久別重逢的孩子親暱交談。

「來，我要拿禮物出來嘍！一郎和次郎都有份！」岸本這麼說著，嫂嫂也對次郎說：

「眞好，叔叔要送給你禮物耶！」

「禮物，禮物！」孩子們揚起高興的聲音，在房間裏得意洋洋地跑來跑去。

「眞是的，次郎，都叫你不要這麼吵了。明明年紀最小卻最會吵鬧。」次郎即使被嫂嫂這麼說，也完全當耳邊風一樣聽不進去。

岸本從旅行袋裏取出筆記本、彩色鉛筆，以及故事書等，放到哥哥的大兒子和自己孩子的面前。

「總之，三份都是相同的。」岸本看向嫂嫂他們說道。

「那我呢？」次郎發出可憐兮兮的聲音問道。

「啊！次郎也要啊！」

岸本把在巴黎要來的動物畫本分給次郎。次郎感到不公平似的看著，並比較著哥哥們的禮物和自己的禮物，後來終於轉換心情，把附有鳥獸圖案的畫本一一的展示給媽媽、奶奶和節子看。

當義雄哥用故鄉的方言說：「在哪裏？我也要看。」次郎立刻把畫本拿到父親的跟前。一郎聞了一下收到的禮物，笑著說：「我總覺得這本書有外國人的味道。」

「小孩子沒拿到吃的東西，是不會有收到禮物的感覺的。」義雄哥對岸本說。

「說得也是，我在大阪買了些糕餅，也一起分給他們吧！」

岸本時而起身時而坐下，午後的陽光從客廳窗子直射祖母等人所在房間的紙拉門。節子在那間房間的角落，像小孩似的和泉太、小繁一起看著從法國帶回來的故事書。

20

即將成爲根岸的姪女（岸本大哥的女兒）先生的人，一接到義雄發的電報就立刻來拜訪岸本。岸本見到了這位和他有姻親關係、自從在新橋車站分別後就再也沒見過面的外甥。

「捨吉叔叔平安無事回來啦！」

在這位打著招呼的親戚面前，義雄對於弟弟出國旅行的動機等，完全隻字不提。除此之外，義雄明明可以直接叫岸本「弟弟」，他卻故意稱呼他「岸本捨吉」，並一直把垂頭喪氣從品川回來的弟弟當作正式的歸國者般隆重對待。從這裏可以看出義雄的個性，他對於家族的名譽和面子是非常重視的。

「叔叔，要不要先脫掉身上的洋服——這裏有浴衣。」嫂嫂這麼說著。岸本的嫂嫂經常和一郎、次郎一樣稱呼岸本「叔叔」。換了衣服之後，岸本覺得自己終於不再是旅人。

「隨便說個和旅行有關的事來聽聽。」祖母這麼說著，也走進裏面的房間加入大家的行列。

「奶奶還是這麼的硬朗。」岸本說著，義雄接著說：「奶奶是家中身體最健康的。」岸本總覺得哥哥這句話非常刺耳。

「說到這個，我倒覺得叔叔一直都沒什麼改變。」嫂嫂說道。

「才沒有呢！」岸本回答著，並把手貼近自己的額頭說：「頭髮都變這麼白囉！」

「而且也曬黑了呢！」義雄說道。

「我剛剛也是這麼想，」愛子（根岸的姪女）的先生這麼說著並看向岸本。他又說：「叔叔眞的曬黑了呢！之前我記得您有留鬍子，對吧！爲何把那麼好看的鬍子剃掉了呢？總覺得看得出來您的臉稍微變了。」

「不僅如此，還帶了一身外國人的味道回來呢！」岸本自我解嘲的說道。

愛子的先生想聽的是岸本在法國的經歷。住在大川端水田邊的弘——岸本恩人的兒子知道他回到東京的消息後，也來拜訪他。經過三年再見到弘，他已經當上偉大的爸爸了。他的體格和已經死去的恩人越來越像。房間裏突然加入這位舊識，和來採訪他旅行生活的記者等人，讓岸本幾乎忘了自己的極度疲累。

到了傍晚，祖母點燃的蠟燭在設有佛壇的房間裏亮著。岸本走到佛壇前，看著蠟燭的映照下，園子以及三個女孩的古老生鏽牌位。這些舊牌位和佛器等在他出發旅行的前一天晚上都還不存在，他知道是祖母從故鄉帶來的。嫂嫂和節子常從廚房通到佛壇前來來去去。

岸本一直避免和節子接觸。回來後至今都沒有好好和她說過話，只是一直若無其事地從別人那裏探聽她的情況。由於映入他眼簾這位不幸的犧牲者，並沒有他在法國時想像中那麼墮落，因此他稍稍安了心。那天的晚餐，他和義雄的家人以及兩位親戚，還有泉太和小繁一起坐在餐桌前用餐。爲了慶祝岸本回國，特地端上兩盤生蕎麥麵。這頓飯的菜色再再說明哥哥的節儉及持家的辛苦。岸本覺得自己好像快要流下眼淚，吃著有家的感覺的久違晚飯。

21

那天晚上，岸本仍像剛從旅行回來的客人一般，和哥哥睡在同一張掛有蚊帳的床上。聽說高輪某條新闢的路早在一個月前就已經開始掛蚊帳了。岸本聞著屋簷下久違的老舊麻蚊屋香味躺下身子，那天他一直擔心的事仍然哽在胸口。躺在身旁的哥哥爲了引發睡意，一直背著隨處可見的碑上常會刻的漢文字句，不知不覺枕頭的那方已傳來高亢的打呼聲。岸本一直想著，他竟然可以在這個屋簷下，褪去旅行時穿的衣物。他心中往來著太多思緒，一個接著一個的滿溢在胸口，使得他整夜都睡不著覺。

到了隔天早上，義雄說，他每天的例行公事就是前往更接近東京市中心附近的旅店工作，便背著公事包出門了。在這種交通不便的郊區，以及連電話也沒有的住宅裏，根本無法創業，而這好像是哥哥到旅店工作的原因所在。等到孩子們也去上學之後，家裏突然安靜了下來。最近每天都會有人來訪，岸本以等待客人的心情，在屋內到處走走看看。他走到被棄置已久的書箱前，也站在舊衣櫥前看了一下。從園子那時留下到現在的掛鐘，裏頭的鐘擺仍發出和以前一模一樣的聲音，像迎接他歸來似的響著。其他如已經變色的宣紙，或是被孩子們弄壞的牆壁，其實都再再的訴說著自己三年前那像暴風雨般想捨棄一切的痛苦心境。

岸本的旅行袋仍然被放置在裏間的角落。上面掛著、貼著、蓋滿了往返時的船床號碼牌、貼紙，以及巡遊各國的紀念章。他從袋子裏拿出那件內裏被磨破的襯衣，和下襬已經露出棉絮的和服外套，還有在巴黎旅館裏被他穿到快爛的那些日本服裝，給在隔壁的嫂嫂和祖母看，還拿出在回程旅途上自己縫了補丁再繼續穿的那件單衣。

之後，節子走了進來，坐在祖母身旁聽著大家談話。在這群女人當中，一位是不知道發生了什麼事，從家鄉來到東京的祖母，還有一位是到現在為止，對於叔叔出國的真正動機連母親都隱瞞的節子；另外還有嫂嫂，岸本看著她，覺得好像很難預測她對自己的事是怎麼看待的。

庭院裏響起了次郎一個人唱歌走路的聲音。他時常從庭院爬上屋內，在大家面前尋找母親的懷抱。

「次郎，你看，叔叔在笑你喔！」嫂嫂說著，卻比誰都還要疼愛這位小兒子，讓他到了這個年紀還餵他喝母奶。岸本也從旅行袋底下拿出充滿心意的禮物要送給在這段期間照顧過泉太和小繁的人。他把這些禮物擺在嫂嫂和節子面前，那裏有在巴黎的聖傑爾曼林蔭大道來回尋找看中的東西，也有特地從婦產科醫院前的旅社出發，坐電車到一個名叫「歌劇院區」附近的鬧街上找到的東西。和收到禮物的人比起來，所謂紀念旅行的心情，反而是送禮物的人感觸比較深。

「啊！眞是讓你費心了。」話裏含著感謝的嫂嫂，眼神突然銳利了起來。

22

岸本想聽聽在他長久不在的期間發生的事。他當時在異國整理回國行李時就常常想著，若能平安無事的回國，他想聽聽這件事，也想聽聽那件事。那迫切想知道一切的心情是何等強烈啊！而現在嫂嫂就正好在身旁。但由於對嫂嫂有事隱瞞，因此對於長久不在國內的這段期間裏所發生的事，能談的非常少；若是問嫂嫂，他們離開家鄉到東京來時的情形，又會立刻觸及節子和自己丟下小孩逃離日本的話題；而如果問起輝子（節子的姊姊）從俄羅斯回來的情形，又會讓人立刻聯想起節子爲了逃避世俗的眼光而曾經一度離家的事件。一連串的聯想一直向他胸口襲來，讓他即使看著眼前玩耍的次郎，也無法立刻獲得平靜。節子那時所產下的男孩，也和現在眼前這位穿著短和服的嫂嫂小孩相同年紀。

岸本重新整理好情緒，打開另一個旅行袋。

「嫂嫂，還有這娃娃喔！也拿去給奶奶看看好了。替我把這個送給小君（岸本的小女兒）。巴黎旅社的老闆娘把它交給我時這麼說。」

「來，我看看，啊！這個娃娃好可愛喔！頭上還包著藍色的頭巾耶！」嫂嫂這麼說，祖母和節子也一起將身體挨近，看著這個有著藍色眼睛的法國娃娃。

「這個娃娃身上穿的衣服，旅社的老闆娘說是她自己縫的。她還說回國之後，把衣服拆下來看看就會知道了。法國女孩平常會穿戴的東西都在這個娃娃身上了。」岸本這麼說著。節子依偎著母親說：「頭髮是棕色的耶！」

「眞的耶！」祖母也把娃娃拿在手上把玩。

岸本總覺得節子一直注意著自己的手，因此他手上拿著娃娃，裝作若無其事地問道：

「小節，妳的手怎麼了？」

「她的手那樣已經三年了。」

祖母操著家鄉的口音說著。節子什麼話都沒說，好像一直苦於手上類似癬的東西，她把手掌伸給叔叔看，自己也一直盯著。

「好像還是很嚴重嘛！我還以爲早就痊癒了呢！」岸本看著嫂嫂這麼說道：「我在巴黎的時候，找到一種對皮膚病很有效的藥，我原本打算買來送給節子。正好我在鎭上的文具店看到喜歡的筆記本，買給小一、泉太和小繁一人各一本，那時連同藥一起託朋友帶回日本。但是妳們知道怎麼樣嗎？那位朋友的行李隨船一起沉沒了，據說是敵軍搞的鬼。而那位朋友最後搭別艘船返回日本。特地買來的筆記本和藥就因爲這個原因送不到妳們的手中，眞是可惜啊！」

岸本提起這件旅行中的意外，並不是要說給節子聽的，而是要說給嫂嫂和祖母聽。他一直想把自己和節子的關係回復到正常的叔姪關係。就是因爲這個想法，所以他要讓哥哥和嫂嫂安心，而同時他也思考著自己到底能不能忘掉那長期困擾他的苦惱。

23

「哥哥，這是爲了要送給你而帶回來的。」

義雄從上班的旅店回到家時，岸本從旅行袋裏拿出要送給哥哥的禮物。那是一個非常實用的手用公事包，往來於巴黎聖米榭林蔭道的人們腋下經常夾著，可以用來收納書本和文件資料等。

「咦！要送我這麼好的東西啊。那我就不客氣了。」義雄的心情非常好。

聽見岸本回國的消息，而前來探聽戰時巴黎情況的報社記者，以及其他舊識都離開後，屋內已是一片亂七八糟的景象。但岸本還無法眞正消除長期旅行所帶來的疲倦感。從神戶上岸到現在，他可以說幾乎都沒有休息，持續地和在國內一直等著他回來的人們接觸著。回到東京之後，他竟然懷念起在京都旅館的時候，至少那時能在榻榻米上躺上半天之久。

他忍著疲勞，走進裏面房間，來到叫喚自己的兄長面前。

「捨吉，你坐下。我今天有很多話要和你說。」義雄這麼說著，便開始訴說他不在家時來訪，或是很照顧自己的人的名字，以及特別是他不在時，曾經幫助自己度過那段煩事纏身日子的朋友。義雄做什麼事都很厲害，厲害到看準了就出手，此時他好像不一口氣講完想說的話就不盡興似的，把他自己親手寫的帳單拿給岸本看。

「這你當做參考就好。」義雄這麼說著又拿出別的帳單。

「嘉代（嫂嫂的名字），妳也把妳那裏的帳單拿來給叔叔看。」義雄把嫂嫂叫進來說道。

岸本邊搓著手邊退出了哥哥和嫂嫂跟前。這時他才知道，自己不在國內的這段期間，哥哥有多麼辛苦。以前義雄哥向即將前往法國的岸本道別時曾說：「捨吉，你就等著從法國回來，看我闖出一番天地吧！」岸本聽了之後，才瞭解到當時哥哥正處於時運不濟的狀態，除此之外他也明白，在往後的日子回顧過去時，自己不在日本的那三年，恐怕將會是哥哥人生中最苦的一段日子吧！那讓他無法原諒自己的過錯，竟也是這三年中支撐這個家的微小力量之一，這讓他感到世界上不可思議的事實在太多了。岸本兩兄弟雖已各自分家，但過去一直都是互相幫助，面對哥哥這種遺傳自父母親的濃郁手足之情，岸本怎麼也說不出「自己才剛回國，連喘息的時間都沒有」的話，這趟讓很多人擔心的旅行實際的意義到底是什麼？他也說不出「請你相信並體會我的苦心，在旅途中，我也曾想過要好好扶養兩個孩子」這種話。自己任性踏上旅途的行爲，簡直就是對哥哥夫妻倆的一種欺壓！——沒錯！這就是關鍵所在，最關鍵的地方。「發生的事已經無法挽回了，你趕快把這件事給忘了！」義雄以寬容的心原諒岸本一生的失敗。只要是哥哥說的，不論再怎麼不合常理，岸本都會聽從。

24

岸本跑到一個家裏人不知道的地方，伸出自己的右手看著，然後自問自答了起來。

「果然，關鍵是在錢的問題上——不過，我真的沒有辦法。」

岸本像是把手放在看手相的算命師前那般盯視著自己的手，把那隻手當作是別人伸出來的手一般看著。其實那不是別人的手，而是自己的罪過不知從何處伸出來的髒手。

岸本又再度伸出那隻手看著。要不是自己已明白，試圖偷偷埋葬自己罪行的卑劣，又怎能感受到那種雙手的存在呢？那是一隻接受再多東西也不知滿足的手，一隻應該感謝的手。但是那隻手卻也是強而有力、緊緊抓住自己弱點不放的手。岸本深深地看著自己的手，心情糟到了極點。

「嫂嫂，我已經回來了，不如從今天開始，讓我來管這個家吧！」

岸本走到嫂嫂所在的房間這麼說道。他從裝有護照的皮夾裏，拿出他從戶頭領出來的錢交到嫂嫂的手上。

到了同船回國的牧野來信約定見面的那天，岸本到橫濱海關領取尚未領回的剩餘行李。從神戶繞來橫濱的那艘熟悉的船隻至今還停泊在那裏。橫放在埠頭的汽船側面以及又黑又大的煙囪，好像在訴說著航海當中發生過的種種。岸本站在海關旁，再次以近距離眺望蔚藍的海洋。

岸本在遠方朝向日本歸來的心情，——那心情對他而言是永遠不能失去的重要東西——以他那份心情的角度來看，他不得不向哥哥和嫂嫂道歉。從岸本意想不到能再次見到哥哥平安的臉孔時開始，他就壓抑住那份心情了。「你什麼都不要再說了。」哥哥的眼神強烈地暗示這個訊息。但是這並不是岸本的本意，他原先想要好好地向兄嫂道歉，然後還必須面對爲他背負著滿身傷痕，而且完全沒有要求他任何回報的節子。對她，他必須比誰都眞心誠意的道歉。

25

從長途旅行回來之後的岸本，像巡禮般地一腳跨進家裏的門檻。他終於漸漸在孩子身旁找到自己眞正想要的休息。到家裏來訪的人還是很多，他們全都是岸本一直想再見一面的人。回國後的生活，遠比他想像中的忙碌。而在忙碌中，他還希望能夠答謝那些幫他把泉太和小繁照顧到這麼大的人，他想盡自己的能力，安慰像是在強忍懷才不遇而憤怒的哥哥，有時痴呆的嫂嫂，以及年事已高的祖母等人。他想以哥哥的意見爲依歸，看看是不是要把現在所住的房子改建成更大的宅邸，還是繼續忍耐住在這棟孤寂的房子裏。不論做出哪個決定，只要確定了，就不能半途而廢，因此就算屋外的的籬笆完全腐朽了，也只好任其荒廢。岸本努力想爲這個家多少注入一些清新的感覺，他期待著能夠從目前瀰漫在家中一種似乎就要倒下的氣氛裏，產生一些新的東西來。旅行回國後的他眼中所見到的節子，是個每天早起，會幫助嫂嫂料理家事，至少不是意氣消沉，而是個勤勞的人。「你回來之後，小節有精神多了。」——從哥哥這句話，可以知道自己這次回國，多少給了節子一點希望。總之，因爲那時在異國的天空下，心中最掛念的人是她。那份心意使他覺得自己全身充滿了喜悅。

「爸爸回來之後，看得出來連泉太、小繁都有些改變喔！——果然不愧是父子啊！」即使嫂嫂這句話是奉承，也讓岸本非常開心。目前岸本最想做的事，就是讓極度疲累到連自己都驚訝的身體稍微休息一下。這種時候，他便會走到孩子身旁，把在客人面前時硬是屈膝而坐的腳伸直。對已坐慣椅子的他而言，有時候他會扭曲著臉，抱著雙腳，甚至在孩子們面前發出呻吟的聲音。

「爸爸是不是把外國人的習慣帶回來了呢？」岸本詢問著孩子，於是泉太和小繁一起盯著父親的臉。

「爸爸有外國人的樣子，我不喜歡。」泉太小大人的語氣，把父親和弟弟逗笑了。

26

「但是小泉和小繁眞的都長大了耶！」岸本用眼睛比較著兩個孩子。「我猜想得到小泉差不多會長到這麼大，但看到小繁也已經長得那麼高，爸爸眞嚇了一跳！」

「我和小泉比起來，差不多一樣高對不對？」小繁看著泉太說。岸本看著坐在自己面前的二兒子，已經會使用「我」這個字眼，他不禁想起以前住在神田川附近，那時年紀還小的小繁還分不清楚早晚，經常詢問他「現在是早上嗎？」、「現在是晚上嗎？」的往事，想到這裏，他不禁微笑了起來。

岸本繼續說：「爸爸回來的那天，不是在車上叫你嗎？那時我一眼就知道你一定是小繁。那時候，你回了我一句奇怪的話就跑走了不是嗎？」

「那時，我沒想到是爸爸嘛！」小繁回答著。

「說得也是，你不知道爸爸長得什麼樣子！」

「而且因爲那時，我的眼神並沒有看向車子——因爲裏頭掛著遮簾看不清楚嘛——」

兩個孩子像是想起什麼似的對看了一下，跑去拿父親從國外帶回來的禮物。他們很小心的把東西拿到父親面前。

「小泉和小繁常把你們寫的字和畫的圖畫寄給爸爸對吧！在日本，字是用毛筆大大的寫，在外國都是用普通的筆喔！小泉的毛筆字在外國看起來特別大、特別罕見。是啊，我那時常常收到你們的信呢！」

聽著父親講這段話，兩個孩子更迫不及待地各自拿出要給父親看的東西。他們想和父親一同分享那份屬於孩子的喜悅。

「來，我來看看！哇！法國式的黑色封面呀，這記事本眞好。這記事本和彩色鉛筆都是爸爸從巴黎買回來的喔！還有故事書！是英國的童話，是爸爸在英國找到的。你們要好好收藏哦！」

「總覺得這本書好難，看不懂耶。」小繁說。

「因爲那是用英文寫的嘛！」泉太看著弟弟說道。

「不過，也不錯啊！因爲有很多圖畫呢！」小繁接受了這個說法。他說道：「爸爸在我的書上寫了字哦！我來念念看。『從旅行歸來之日——父贈——給小繁』」

念著這句話的小繁和聽著的泉太全都笑了出來。此時，泉太好像想到什麼似的說：「爸爸眞好！」

「爲什麼？」岸本問。

「因爲，爸爸都可以自己一個人吃法國麵包——」

「自己一個人？你也知道爸爸不可能帶你們去嘛！」

「爸爸爲什麼到法國呢？——」對於泉太的質問，岸本說不出話來。屋外突然傳來蛙鳴聲。岸本看著孩子們的臉，豎耳聆聽在旅途中鮮少聽見的蛙鳴。三年的時間，庭院裏的銀杏樹枝幹已長得相當大，旁邊還長滿了茂盛的滿天星。不久，東京下起了夏雨。

27

兩個孩子更是把原稿、圖畫之類的，還有岸本旅行時寄回來的明信片也排在一起給岸本看。

「有利摩日的風景明信片耶！是爸爸寄給小泉的呢！保存得這麼好啊！」岸本邊說，邊跟孩子們一起欣賞法國鄉下的風景明信片。這張明信片裏，有著岸本曾經生活兩個半月左右的利摩日城市、飼養羊群的牧場、記憶中彷彿就在眼前的樹木、還有立在遠方丘陵上聖艾提安教堂的高聳石碑等。明信片裏的季節，正巧跟岸本去旅行時一樣都是秋天，足以喚起他那時候在維恩河畔散步的心情。

「爸，這兒還有船的明信片喔！」岸本把小繁遞來的那張明信片拿過來看。

「這是我去時所搭的船喔！我就是坐著這艘船，到那遙遠的國家去的。」

「眞的這麼遠嗎？」

「你們看過海吧！」

「去品川的話，就可以看到海啊！」小繁回答說。

「我去鎌倉遠足時看過海。」泉太說。

岸本不知如何說明海的那一邊有孩子們所不知道的國家。泉太跟小繁盯著爸爸受盡風霜曬得黝黑的臉。於是岸本對身旁的孩子，開始述說自己經歷過的港口、當地居民獨特的風俗民情，熱帶植物、鱷魚、鴕鳥、山羊、鹿、斑馬、大象、獅子、將近千百種的毒蛇、毒蟲等所棲息的地方。

「哇！鯨魚耶！鯨魚！」二個孩子互相討論著，眼神簡直像在聽童話故事般的，專心聽爸爸講捕鯨的精彩畫面。

岸本自覺像是剛從海裏爬上來的旅行家一般，他的思緒略過回程的船上風光，往赤道的方向，一直到在大西洋海浪裏無數成群的飛魚翩翩飛舞的景象。生平頭一遭看見星空下微微傾斜像十字架般的南十字星座，流洩在海裏的青光，也好似夢境中的光芒一般。岸本由倫敦出發，直到抵達喜望峰前，跟陸地上的聯繫完全斷絕，在海上度過整整十八天的日子。船也順道經由南非的達班港運送石炭過來。船靠近新加坡時，可望見殷切期盼的蘇門答臘島、香港燈塔，以及濁黃綠的中國海——岸本在心中細數這一幕幕歸途中的景象，腦中浮現了數也數不盡的歸國之旅印象。

28

事實上，當岸本估計來訪的客人少了一些，而開始出門拜訪朋友的這段期間，節子突然消沉下來。岸本不瞭解難得打起精神努力工作的節子爲何突然變得憂鬱，感覺所有事情都變得了無生趣，簡直就像是枯萎的薔薇一般。

「節子到底是怎麼了？」岸本自言自語的說著。對於節子的急遽轉變，他感到非常吃驚。

節子是不是被義雄哥罵了呢？在岸本看來，家裏好像也沒發生什麼事。還是她對母親的對待感到不滿？但好像又看不出來。

「看她這個樣子，一定是我不在家這段期間，給嫂嫂們添了許多麻煩吧！」岸本又說。

回國之後，面對她那一臉了無生趣、神經質、缺乏自制力的模樣，岸本有點不高興。

讓岸本來說的話，到了現在已經沒有必要再對節子感到抱歉。他只是爲了獲得原諒，爲了盡可能從一輩子的挫敗中再度出發，甚至重新開闢一條新的道路，才一時改變了心意，再度回到自己的國家。幸好這趟旅行喚起了許多生活的樂趣，他也興起了再婚的念頭，而他也打算暗地裏爲節子談個好姻緣，盡一點心力，並且幫助她開闢一條新方向。岸本在義雄哥面前提過這事，義雄哥也非常贊成岸本再婚。節子的將來不會再意志消沉、失去希望。

於是，岸本想到一句話。他把節子原因不明的憂鬱，叫做「節子的低氣壓」。到那天爲止，他盡可能的避著她，就連面對面講話，也相當謹慎小心，只是遠遠地看著她。換句話說，他還是無法面對節子。一看到這令人不可思議的低氣壓來襲，他喜歡也好、不喜歡也罷，都沒辦法忽視這個沉默且不幸的女子。

29

岸本每天都出門拜訪朋友。抱著懷念的心情，盡可能拜訪了所有的親朋好友。他挨家挨戶宛如出巡一般地走訪了芝、京橋、日本橋、牛込、本鄉、小石川等地。但每當夜歸時，節子仍舊愁眉不展地呆坐在那兒。

岸本擔心地從旅途歸來時，他內心所想的節子已經從外表開始徹徹底底的變了。在巴黎時，照片裏節子的身影令岸本連拿出來看都感到害怕——套句節子的話來說，產後落魄的模樣簡直就跟鬼差不多。這也看在他的眼裏。他以爲節子只不過是瘦了一點，連剪短的頭髮，岸本也不是那麼在意。但是這不過是一時的安心。不同於以往，節子身體越來越差的事，慢慢地從哥哥、嫂嫂、奶奶的口中透露出來。

「自從你回來以後，或許是把精神都集中在你回來這件事上吧！對節子而言，早上這麼早起是有史以來頭一遭。有時她連打掃房間的力氣都沒有，最多只能整理整理自己的床鋪而已——這樣的日子持續了多久也不知道。你不在的這段期間，她簡直就像是沉睡了一般，偶爾有事外出，在電車中也是呈現晃神的狀態，眞是可憐啊！」義雄帶點鄉音地說給岸本聽。這種語調有著鈴本姊姊的謹愼，有著死去外甥太一老婆的聰明，還有著田邊婆婆的勇敢；用這種語調說話，他們才能談論女性的話題。

果然節子如岸本所擔心的，身體非常虛弱，碰水就不用說了，連拿根針都沒辦法，手的運用很不便。爲何她就自然而然變成大門不出二門不邁的人，實在令人擔心。「你在一個個地折磨大家！」這樣的聲音責備著岸本。就算不因爲節子的病痛而自責，但是岸本讓節子遭受打擊，造成她的虛弱無力是不爭的事實。

節子的低氣壓究竟是爲了什麼，岸本實在摸不著頭緒。岸本也曾若無其事地去看節子。朝北的房間外面，從後門通到廚房的地方有一塊小空地，平常喜歡植物的節子，在那裏種著以前神田川舊家移植來的胡枝木。胡枝木也曾經做成壓花隨著節子的信，一起寄到巴黎的住處。經過三年，胡枝木長大了許多。節子走到走廊無精打采地對著綠色的胡枝木，一副不想跟任何人說話的樣子。

30

有天岸本打算去拜訪以前的老鄰居，在出門前跟大家一起吃飯。剛好是午飯的時候，哥哥的家人以及從學校提早下課的泉太和小繁，全都聚在一起。

「叔叔從法國回來之後，家裏每個人都還是對你有些不自在，裝做一副沒事的樣子。」義雄半開玩笑的說。

「爲什麼讓太一坐在泉太和小繁的旁邊？如果叔叔不在的話，大家才不是這樣靜靜地吃著飯呢！大家都佯裝不知情。如果眞的可以瞞得過去的話，那可是件了不起的事呢，可喜可賀啊！」義雄又說。

泉太跟小繁一臉不知道義雄伯父在說什麼的表情，坐在伯父旁邊吃東西。

「你自己還不是假裝什麼都不知道。」嫂嫂看著義雄嚴厲的說道。對嫂嫂的挖苦，義雄也只能苦笑。

節子坐在母親跟一郎的中間，只是低著頭，什麼也沒說地吃著東西。岸本多多少少也感受到她的不悅。

「節子還是那張臉！」岸本這麼想著離開了餐桌。

爲什麼節子一直持續低氣壓的心情呢？就是因爲不知道原因，所以岸本顯得有些可憐。他掛心著這事，走出位於高輪的家，沿著丘陵的斜坡，走到搭電車的地方。

搭電車到了淺草橋，隅田川的河岸景象又再度映入岸本的眼簾。岸本站在橋上，從橋的欄杆眺望曾經留下足跡的河岸。那裏的河堤石牆，是以前曾坐過的地方。讓人出租遊船的船屋前，是自己曾划船出遊的地方。走到曾經住了七年的街道去看看，外觀全都變了個樣，住的人也不同以往了。從大馬路上望去，只有殘留在二樓的玻璃窗，訴說著遠行之前的故事。

他也拜訪了幾個舊識。其中甚至有些朋友看到他黝黑的臉龐、斑白的鬢角、沒有一點鬍子的臉，一下子不敢相信這個來訪的人，就是旅行回來的岸本。

岸本順著這條街，通過柳橋，來到了兩國橋的附近。岸本在旅途中的梭恩河、維恩河、加倫河等河畔感受到隅田川傳來的陣陣旅情，而如今這隅田川又再一次出現在他眼前。他用奧斯特利茲石橋上望著塞納河河畔的眼神，看著三年來無法忘懷的隅田川裏從上游流瀉而下的漩渦。

31

每當坐品川線電車回家，岸本總會在經過新橋站時，想起三年前從舊車站出發，踏上旅途的事。那天回家的路上，他從車窗朝著汐留車站和一個新倉庫的方向，望著失去光彩彷彿退引般的石造建築，街道上的光輝早已被其他的新事物所取代。他並未遺忘旅行時的心情。很多時候，他站在電車的角落，像是半個異國人似的，稀奇地看著其他的乘客。

嫂嫂跟祖母在家一邊準備晚餐一邊等著岸本回來。節子也跟大家一樣能做盡量做。有時岸本看著節子心裏就會想，嫂嫂她們若有所思的樣子，究竟是怎麼看待節子的呢？嫂嫂一副已看慣這種事的表情，即使節子一直沉默不語，嫂嫂還是完全都不在意。

那天晚上，岸本跟哥哥在房裏談話，祖母也來了，說道：「節子的手……總得想想辦法啊！」從鄉下來什麼也不懂的奶奶，三年來一直覺得節子的瘦弱很不尋常，她替體弱多病的節子操了很多心。

對義雄而言，祖母是他的岳母。嫂嫂是這年邁婦人的獨生女。義雄雖然離開岸本家，但卻跟著母親姓岸本，所以對祖母說話總是很客氣。義雄對祖母說：「捨吉也回來了！我們正討論有什麼方法可以解決那件事。」

「不管怎樣，節子的手從受傷開始到現在將近三年了。」奶奶說。

「給醫生看過一次了。」義雄打斷祖母的話說道：「按照醫生的說法，這是相當嚴重的病，必須去給專業的醫生治療。儘管如此，這手還是要花相當長的時間來診治——醫生是這樣和節子說的。如果這樣下去，最後她要出嫁的話，姑且讓她接受治療看看比較好——雖說如此，任何家庭都可能會有一個殘疾的家人——如果能這樣想的話或許就能死心了吧！」

義雄哥這番話強烈地撼動了岸本。

岸本在旅行時的某天，把節子交給她的父母之後，內心裏不斷地思考著，如何把節子從毀滅中拯救出來。每次聽到有人幫節子說媒，岸本就好像確定節子又恢復了一些。從旅途歸來後所見到的節子相當虛弱，四周的人甚至把節子當成廢人，但是岸本實在無法這麼想。

「只不過是多一個殘廢的人嘛！」這句話讓岸本感到無比震驚。

這種心情一直持續到隔天，一大早岸本去廚房洗臉時，嫂嫂跟奶奶都還沒起床。節子一個人無精打采地忙著。

「那張臭臉到底還要擺多久！」想著想著岸本走出廚房。節子那難以形容的模樣，在當時以一股不可思議的力量吸引住岸本，他幾近衝動的跑到節子身邊，什麼也沒說地吻了她。然後節子開始大聲啜泣，岸本驚慌地摀住節子的嘴巴。

32

進入八月，泉太和小繁兩人母親的忌日就快到了。已經放暑假的兩個孩子，相當期待跟父親久違的出遊。前一天晚上開始，他們就一直談論著掃墓的事。

他們決定早上早一點出門，岸本也邀一郎和節子一道來。寺廟附近住了一位岸本想拜訪的老朋友。所以他打算在回程時，把孩子託給節子，獨自前往朋友的家。

「捨吉要順道去菅先生那裏。節子也一起去掃墓的話，回程就可順便帶孩子回來了，這樣不是很好嗎？」哥哥和嫂嫂也一同勸說著，意思是要節子偶爾也出去散散心。

節子興沖沖地準備出門。在孩子的催促聲下穿上新買的白襪子，最後一個出門。「要是次郎看到你們出門，又要開始吵鬧了，趕快出門去吧！」三個小孩把嫂嫂的話當耳邊風，歡天喜地的往屋外衝。岸本和孩子們走了一會兒，停下來等著從後方趕來、手持淺色陽傘的節子。岸本非常擔心節子會在半途突然腦貧血。

「節子，今天沒事吧！」岸本問她。

「嗯！沒事。」節子恭恭敬敬地回答。

「妳的和服和很多東西都還寄放在倉庫裏，那些不是妳最喜歡的嗎？」

「喜歡也好，不喜歡也好，也只有那些了！」節子頓時臉紅了起來。她什麼也沒想的樣子，撐開手裏些許褪色的女用陽傘。

像這樣走在旅途歸來的叔父身旁，對節子來說算是生平第一次。不知何時節子低氣壓的心情似乎已放晴，當時刺激岸本的那種陰鬱似乎已不見蹤跡，今天她的眼神充滿了神采。岸本再度與義雄哥的家人碰面時，他所看到的節子遠比想像中來得嬌小。大概是看習慣了巴黎房東的姪女，以及在法國利摩日長大，跟節子同年紀，個子高䠷的紅髮女孩的緣故吧！結伴外出的同時，就連岸本也明顯地感受出節子三年來的轉變。她就像從籠子裏逃出來的小鳥一般，自在地呼吸著夏日的空氣。今天的節子，跟平日悶在家裏完全不同，雖不明顯卻完全發揮了年輕女孩那種毫不做作的的嬌羞。

途中孩子們一下子等著腳程較慢的節子，一下子又急著往前跑。節子覺得今天的一切彷彿是一場夢，她跟叔叔默默地走到清正公前車站。

33

岸本和孩子們連同節子，坐電車到了新宿之後，繼續往大久保的方向走去。

節子並沒有如岸本所擔心的露出疲態。他盡量配合虛弱節子的腳步，放慢自己的步調。在他眼前這片曾經綠意盎然，如今已全新開闢過的土地，是他多年前曾經住了將近一年的地方，現在已跟當時長滿雜草樹木的樣子完全不同了。當時身體還極為健康的妻子園子，帶著泉太及小繁的三個姊姊從山上移居到山下。那時的美好回憶，也都留在這片郊外。

「這一帶完全變了個樣……」

岸本這麼說著，節子光聽就一臉心滿意足的模樣，靜靜地走在叔父岸本身旁。相隔多年，兄弟兩人終於來到母親的墳前祭拜，特別是對哥哥泉太而言，現在走的這條路，有如通往自己當初出生的那個郊外。

「泉太，大久保到了哦！」岸本從後面喊出聲來，泉太走到一郎和小繁身旁，懷念地說道：「哇！這就是我的出生地大久保。」節子看著三個身高差不多的年輕人背影，靜靜地走在後頭。

寺廟附近跟以前比起來的確改變許多。想要買花給嬸嬸的節子留在花店，岸本先進去寺廟。不久，節子捧著自己喜歡的百合，走到正殿後寺廟的廚房口跟大家碰頭。

「爸，我去拿香。」一向急性子的小繁首先開口說。

園子的死——岸本的心中交錯著妻子過世之後所發生的種種，以及現在眼前所看到的事。年長的寺廟男僕站在前方帶領眾人前往墓地；紅色木桶和芥草葉、孩子們手裏捲著紅紙的香所飄出來的煙，這一切的一切都讓岸本陷入沉思的無底深淵。正殿旁有一條小道，可以帶領前來掃墓的人通往墓地的最深處。新墓與舊墓之間有一條小道，之前岸本每當失去一個女兒就會到這裏來走走。岸本有好多年未曾來到妻子墳前。

不管他說「我回來了！」，或是「我代大家來看妳了！」都無法臆測長睡於墓中的人想要聽到的是什麼。

「嬸嬸過世到現在，將近七年多了！」岸本回頭看向捧著鮮花前來的節子說。

四周一陣靜默，並排的墓碑，彷彿只爲了活著的人而存在。

岸本園子之墓
同　富子之墓
同　菊子之墓
同　幹子之墓

34

「在媽媽旁邊是富子姊姊和菊子姊姊的墓耶。」

「對呀！」泉太和小繁兩人相互說著。

寺廟的男僕把芥草葉跟百合花擺在墓前，岸本和節子以及孩子們開始掃墓。岸本沒有請寺廟的男僕幫忙，自己清洗墓園的石頭。看到父親勺了一瓢水倒在墓碑上，泉太和小繁也學著父親這麼做。

最後節子走到嬸嬸的墳前，雙手合十。

「今晚，兩國要放煙火了。」節子對叔叔說。想起七年前此時，嬸嬸過世的景象，離開了墓地。

連日大雨過後，曾經來這兒替妻子下葬的記憶，又再次浮現眼前。當時不只是替園子下葬，同時也將三個女兒的骨灰一起移到這裏。寺廟男僕所挖掘的土裏不斷有黃色混濁的液體溢出來，寺廟男僕將雙手伸進去，在坑洞裏找來找去，最後挖出三副小小的骷髏、散亂的骨頭、腐爛的棺材碎片。剛好八月的陽光，從樹葉的縫隙中射進來，將雨後的墓園照耀得閃閃發亮。在悶熱的空氣中，寺廟的男僕擦去額頭上弄髒的汗水，將三副骷髏洗乾淨。其中最小的那一副，在歲月的摧殘下，頭部及臉部的骨頭都碎得差不多了，牙齒也多半有殘缺，幾乎化爲泥土了。而最大的一個，牙齒還相當完整，毛髮也還有幾根，看起來仍舊活生生的額骨上面還附著泥土。那是泉太跟小繁的姊姊們。當時幫忙挖骨的寺廟男僕，就是眼前這位幫忙把芥草擺在墳前並插上香的老伯。

當時聞著那些刺鼻味道的心情，對岸本而言可說一生難忘。長年累月的恐懼感，動搖不安的靈魂，並不是由於喪妻才引起的，而是要追溯到更早之前就已開始萌芽了。從年紀最小的幹子，到五歲的菊子，接著是七歲的富子，岸本在一年之內同時失去三個女兒。結果當時的岸本連到墓地來看看的勇氣都沒有。甚至只是偶爾往寺廟的方向走，就像會昏倒在那兒似的。想著想著，岸本走到了寺裏廚房的前面，這時才注意到孩子們詢問的聲音。

「爸！今天就這樣了嗎？」泉太用不太滿足的臉說。

「就這樣？今天是來掃墓的啊！」岸本笑著回答：「你今天不是來玩的吧！」

35

在寺廟的廚房裏待了一會兒，沿著寺內的石子路走出門口時，八月的陽光已經熾烈地射向大久保的路上。

岸本的眼前，有看不到的混亂。爲什麼呢？是因爲帶節子來這兒掃墓的緣故。岸本和節子靜靜地走著，能夠打破兩人之間沉默的，唯有孩子們愉悅的笑聲。岸本在節子於來時繞去買花的那家店附近尋找一個歇腳處，讓節子和孩子們休息。雖然這附近只有掛著招牌布條的小冰店，但是這家店和這樣嶄新的城市，都是以前所沒有的。

泉太和小繁跟父親一起坐在店門口，光聽著涼快的削冰塊聲，他們就十分滿足了。

「阿一，冰來囉！」岸本把裝冰的杯子拿給一郎，也順便分給泉太和繁。

「泉太，檸檬冰，是爸爸請你的哦！」小繁拿著杯子說道。

「啊！好香喔！」泉太瞇著眼用手中的湯匙挖著冰。

「節子，妳要吃嗎？」岸本問。

「一點點就好。」節子回答。她揉著那隻生病的手，那隻手的肌膚似乎比一般人都還敏感。

節子不只是對岸本不多話，對自己的弟弟一郎也鮮少開口。雖然跟活潑又愛說話的姊姊輝子相比，從以前她就是話少的人，但也不像現在這麼沉默。那一天節子充滿生氣的眼神以及不發一語的紅唇，彷彿是在訴說著她內部生命想要延續卻無法延續下去的痛苦。

對岸本而言，掃墓也是回國後的行程之一。想要去拜訪所有友人的岸本，這才是剛剛開始而已。他感到不為人知的強烈疲勞，怎麼也克制不住，令岸本想將掃墓當作一個段落，之後好好休息。望著冰店外直射進來的陽光，更使得岸本想要好好休息一番。

為了送踏上回家之路的孩子們，岸本決定陪他們走一段路。比起來的時候岸本更加擔心歸途的節子。陽光刺眼令他難以忍受。爲了體恤節子的身體，岸本如同來的時候一樣，送她到離新宿不遠的地方爲止。有時他會想聽聽看處於不自由處境的節子有什麼要求，但即使走在一起和她說話，節子還是回答不出所以然來。她只是沉默以對，臉上露出沉思過去三年日子的表情，走在熾熱的街道上。

「拜託！救救這個人吧！」

岸本目送節子離開時心裏這麼想著。他站在那兒好一陣子，看著三個小孩的背影，和漸漸走遠的節子手上的陽傘。

36

泉太和小繁的暑假又過了一個月。大暑也過了。令岸本無法忍受的疲勞這次眞的襲向他而來，那力量足以讓他放下一切。在悶熱的夏夜裏，岸本常像死去般地癱在高輪家的榻榻米上。

回國後第一個夏天的酷熱，不只引發岸本從倫敦出發以來長久的精神性疲憊，也激發出三年來在法國不爲人知，幾乎不曾休息、持續走來的疲勞。緊繃的神經突然靜止休息，使得潛藏在他體內的東西一下子衝上腦門來。就像被這驟變土地上的熾熱給蒸發起來一樣。

岸本的心情怎麼樣也無法平靜，因爲不管再怎麼說，連繫著悲傷記憶的節子，所做所爲再再都刺激了岸本。不可思議的一股低氣壓向節子襲來，而且持續好幾天的時候，別說岸本無法面對節子的不安，他更後悔無預警地吻了節子。他甚至懷疑這三年來的壓抑與自責並沒有使他堅強，反倒令他變得更加懦弱。跟世上不幸的女人一樣，岸本似乎又要重蹈覆轍了。

某天，岸本打算在這附近找一間可以讓自己好好念書的房子，於是出門去了。兩個家庭加起來總共九個人住在同一個屋簷下，使得岸本想要好好整理從旅行帶回來的書都沒有辦法，而且小孩又多，對他來講實在有必要找一間臨時的書房。一看到城市的天空，跟任何一個走遍全世界的旅行家所體驗的一樣，旅行的感覺在他身上從未完全退去。抱著這樣的心情，使得岸本即使看著自己的國家，也感覺彷彿置身國外一般。他總覺得自己好像還停留在海上。回到陸地上大約兩個月，覺得不管到哪兒去都好像不會待太久。他的心緒飛到南非的凱普城、達班，還有曾跟馬來人、印度人、支那人、歐洲人同住在新加坡附近時的城市。有時他甚至無法相信自己眼睛所看到的。怎麼說呢？因爲有時他覺得在那兒走來走去的女人都不是眞正的日本人，而是住在馬來半島的土著女人。映入眼裏的幻影，與他身體內部某種東西不可思議的混合在一起。像是離開一個無形的監獄般地離開巴黎的自己，和再度接近節子的那個自己，這兩者之間有著什麼樣的關係，什麼樣的關聯？一想到這兒他就害怕了起來，他茫然的想著，搞不好他是因爲這件事才回國來的也說不定。

37

岸本在離家不遠處租了一間在二樓的房子，九月初起，他把這裏當作臨時的書房，只有吃飯和睡覺才回家。在他幾個孩子裏面，有個孩子習慣要人在熟睡時把他叫醒去上廁所。他發現叫這孩子起床是件苦差事，對義雄哥的家人來說非常痛苦。怎麼說這都不應該麻煩別人才對，所以他在朝北的房間裏放三個枕頭，讓孩子們睡在他旁邊，他相信孩子們長大後自然就會改掉這少年時期都會有的壞習慣，他希望盡量不要給嫂嫂們添麻煩。剛好義雄哥到鄉下去不在家，節子不忍心看叔父這麼辛苦，於是來幫忙叫孩子們起床。從那一天起，岸本與節子兩人之間漸漸恢復過去的關係。

每次去那間二樓的房間，岸本的腦海裏總是一片寂靜，同時在耳裏也會聽到這樣的聲音：

「你眞的同情過別人嗎？像是等待黎明再升一樣從旅行回來的你，即使能夠面對所有人，但你能面對在你身旁的那個人嗎？你的眼睛看不到那個半死不活的人嗎？你不可憐她要可憐誰？」

曾經有過被火紋身慘痛經驗的人，又再度身陷火海，岸本跟節子的關係剛好就像這樣，但是岸本已經不再是以前的岸本了。他雖然把單身當作是一種復仇，但卻並不討厭女性。他不再是以前的他了，不再是爲了不要再過同樣的婚姻生活，便把妻子留下來，讓家庭完全變了個樣，現在就算要他反抗無邊無際寂寞的人生沙漠，也要過自己想要的生活。他抵達神戶的當晚，決心一晚不睡的望著遠處自己家鄉的燈火歸來。旅途的疲累令岸本甚至想趴在地上親吻這片懷念已久的土地。

莫名悲傷的心向岸本襲來。這顆心不只是想拯救節子，更想要徹底解救自己。

38

越是同情節子，岸本就越想傾注全力幫助她。他現在所背負的重擔、對義雄哥夫婦及祖母的付出，一切的一切都是爲了節子。首要的就是希望能把節子的身子養好。她的虛弱、她的無力，就像任由雜草叢生的庭園一樣，從一些無相關的地方蔓延而生——不管是從無奈的家庭情形，或是從一直避諱閒言閒語的節子本身灰暗的境遇。

岸本試著教導還是靠父母親過生活的節子如何工作。如果她想繼續目前的生活方式，至少也要想個方法靠著自己的收入有點面子的過下去。因此他要節子幫他做事，負責用筆記下他的談話，然後以給予酬勞的名義或多或少的幫助她。他期望教給節子的不只是工作，還希望能引起她活下去的鬥志。

這樣的提議讓從鄉下回來的義雄哥和嫂嫂很高興。

「節子雖然手不方便，不能做碰水的差事，但拿筆寫字倒無大礙。」岸本這麼說之後，嫂嫂身旁的祖母也插話說道：「是啊、是啊！節子很喜歡寫這些有的沒的。也常常一個人很有耐心地寫寫、讀讀的。」

「嗯！說得不錯！她應該會覺得很有趣吧！」義雄又說。

「父親常常罵節子『無賴、無賴』，九元、十元想拿走就拿走。」嫂嫂接著泛著淚水說道。

岸本走上二樓，想到可以鼓勵節子就感到很高興。他一個人在房裏，把節子三點送點心過來時順便帶來的東西拿出來看。那上面寫著種種事情。

不管母親擁有多少孩子，孩子們整天吵個不停絕對不是一件好事。不管在什麼樣的情形，母親都必須扮演深沉的同情者、親切的商量對象，或是明智的引導者，但自己還是希望能擁有某種程度獨立自治的心。我認為孩子們可以由這種獨立的心獲得寶貴的經驗，而母親則可以由此得到開拓自己的時機。若彼此都有最佳的瞭解，那麼充滿秩序、擁有生命的眞正生活始能成立。姑息的愛裏是沒有生命的。

偶爾節子在紙邊寫下的一些感想，並沒準備給任何人看，那充滿女人味的美麗字眼，從她封閉的心靈滲透出來。

即使多麼微小，摻雜著自我心情的忠告裏頭，也沒有能夠撼動人的力量。

岸本微笑著讀節子所寫的東西，就像是口吃的人講出來的話一樣斷斷續續地唸著。

追求所有與極致時，通常會伴隨著苦痛而來，但是因此所得到的快感是其他東西所比不上的……不用自己的眼睛去看，不用自己的耳朵去聽，不用自己的雙腳去走是不行的。

39

其他節子丟給他看的東西中，有些寫著她等待岸本回來時的心情，有些則是她在產後接受乳房切開手術時，住在醫院寫下來的日記。不管哪一個都再再顯示出她那過於尖銳的神經及狹小的心胸。讀了之後岸本的心情更加悶悶不樂。

「眞是一個不愛人也不被人愛的不幸傢伙。」岸本說。

這天節子得到母親的允許來看岸本。因爲多少要幫忙叔叔的工作，如此一來節子來這裏的機會就變多了。她還不習慣把叔叔講的話筆記下來。因此給她的工作並不是這麼固定。這一天他滿足於節子的到來，想請節子順便打掃一下自己散亂的房間。

「妳跟在淺草的時候差很多耶！」岸本看著節子說。節子雖然一樣話不多，但是她好像只有在這二樓心情才會放鬆。她一下走到房裏一角的茶具組那兒，一下走到堆滿的書那兒，整理它們。

「我認爲妳到目前爲止所遭遇到的事情，其實都不是白白浪費掉的，而且結果是讓妳變好了。」岸本說給她聽，節子一副跟叔叔的話對抗似的輕輕嘆了一口氣。

「妳的心情跟妳媽媽她們很不一樣！」

「大家——都背叛我。」節子僅僅說了這句話就繼續低下頭去。

岸本總覺得眼裏所見的節子彷彿是另外一個人。不像是剛畢業不久的小女孩，而是一個完全用姊姊口氣在說話的人。從一個什麼都不知道的女孩變成如今嘗盡人間悲苦的女人。有時岸本會在節子身上找到一種東西，那是沒有徵求哥哥嫂嫂同意，或是根本就不會被同意的東西。和三年前一比，兩人的位置互相對調過來了。

40

岸本把打算用來補身體的葡萄酒放進臨時書房的壁櫥裏。喝慣了法國產的酒，所以在價錢方面沒辦法太節省。他取出壁櫥裏的酒瓶，「這本來是我準備要自己喝的，給妳好了，比吃藥好一點，每天喝一點吧！」這麼說著，把酒放在節子面前。

「節子，妳不覺得妳太瘦了嗎？」他又繼續說，「而且比起以前瘦相當多耶，妳本來沒這麼瘦不是嗎？」

「我之前很胖的！」節子有點沮喪的說：「祖母常說這麼胖的女孩子怎麼會變這麼瘦？」

「說到妳之前的頭髮，沒有剪那麼短啊？這樣剛好！之前妳寄到巴黎給我的信中寫著妳的頭髮剪得短到令人擔心。」

「慢慢才長成這樣的。」節子說，把前面的頭髮特意垂到額頭給他看。

「節子，妳很辛苦才能變成現在這樣，現在的妳比以前好多了。我好像越來越喜歡妳了——之前沒有那麼喜歡。」

岸本難得說出這樣的話。聽到這話的節子彷彿想起了很多事，叔父遠行之後一直到現在可以在一起說話為止，那段艱辛歲月一一浮上心頭，她頭低低的沒說話。

一會兒岸本要節子帶酒回家。即使到了這個時候他仍舊不放棄再婚的希望。自己與一個適合的人共組一個家庭，也勸節子進入一個新的家庭，這樣的想法打從他回來之後一直沒有間斷過。雖然從神戶回東京的路上，所拜訪的大阪友人提議要介紹人給他，後來也沒有什麼消息，但似乎只要他回國就會有適當的人選。現在根岸的姪子愛子以前曾服務過的學校校長那兒，也寄來一封關於婚事的信，文中之意是說有一個人絕對要介紹給他認識，現在正在等著對方同意見面，細節的部分可以問根岸。這位要介紹給他的人跟愛子是同屆的畢業生。

這樁親事岸本有點動心，雖然對方是個完全不認識的婦人，但因爲她平常和愛子有來往，所以多少可以打聽到她周遭的一些事情。總之他已回信告知校長說會跟根岸好好討論。他等著愛子回來的報告。

岸本的腦中一片空白，跟節子再度復合的關係讓他覺得自己很窩囊，但他不想被眼前的事情給綁住，所以覺得不開闢一條新路不行。爲了節子也爲了自己。

41

從根岸的姪子那裏多少知道了一些詳情。愛子把關於她同窗的事情，岸本會想知道的部分，一一地加以觀察並寫信告訴他。她的生平、生活等。如果不是長期以來住在東京，根本無法想像她是在江戶風的和平家庭中長大的。愛子連她的外貌都寫了下來，雖然她的長相不是特別值得一提，但是身爲一個黃花大閨女，想必一定相當溫柔，當母親的話一定可以好好照顧小孩吧！第一她不是那種會虐待小孩的人。愛子因爲跟她和她的朋友走得很近，因而不能說太多，但如果叔叔也有意的話，她會毫不考慮地贊成這門親事。對她而言，老朋友可以嫁給自己的叔叔也是一件值得高興的事。

到此爲止這樁婚事已漸漸成形。即使讀了愛子的報告，但節子曾經替他生過孩子，岸本還是沒有辦法不去想自己與節子間的關係，將會對這次的二度婚姻產生什麼影響。他把自己再婚的情況假想成節子嫁給別人時的情形。

「感謝你的來信。我對於這樁婚事想再考慮。」先給根岸回信，再跟義雄哥說這件事。吃飯的時候返回家裏一看，岸本再度被節子不知不覺的轉變給嚇到。岸本所取的「節子的低氣壓」比以前更加強烈的表現在她身上。

岸本知道節子心中的想法因而感到痛苦。岸本被勸再婚，而且他自己也有此意，這件事不只是對義雄哥提過，也在節子的面前提過。他實在無法想像節子會爲此跟家人一句話也不說地擺著一張臭臉。很快地他和節子之間的距離不再像以前那樣，他不再躲著她的眼神、盡量遠離她，不再只有在暗地裏幫著她，他們不再那樣的有隔閡。爲了解救她，他已經伸出手了。節子卻連這樣的他也避著。

「又開始了！」岸本自言自語地說，接受她因爲神經質所引發的不安。一直低著頭沉思的節子將飯桌的氣氛搞得很僵。

42

某天，岸本站到沮喪的節子身旁。節子那陷入絕望境地、愈發消沉的模樣，岸本實在看

「節子，妳怎麼了？」

不下去，他像以前一樣試圖安慰節子。這樣一來節子臉色有些變了，用她那僅有的力氣將岸本推開。

節子的低氣壓不再像以前那樣持續很久，變得很激烈但也很短暫。低氣壓發生前和發生後節子一樣的親密，且更加的幫忙岸本。

「節子雖然很好，但有時候就像低氣壓來襲一般沉默不語，一句話也不肯說。」

岸本曾在吃飯的時候，當著哥哥嫂嫂的面笑著這麼說。而節子被別人這樣說，並沒有特別不高興，還是打起精神。

沉默不語的節子曾有一次打開廚房旁房間裏的櫃子，拿出裏頭的手提箱給岸本看。雖說是手提箱，但對於什麼事情都不得自由的節子而言，光是糖果的空盒子就能夠滿足她了。節子一副「你給我好好看看這個」的表情，將岸本一個人留在那裏，自己跑到祖母和媽媽的房間去。節子如此寶貝的東西，在岸本的眼裏並沒有什麼特別。那裏面放著岸本到法國以來寫給節子的信和明信片，有從神戶寄來的，也有從去的路上寄來的，還有抵達巴黎之後所寄出的，也包括從鄉下寄來的。信裏寫著將這個家及孩子們交給節子照顧，不過是如此簡單的旅行紀念而已，每個都是他企圖迴避節子、充滿苦悶煩惱的心情寫照。岸本回想起當初寫信時的心情，也想到當時自己一接到節子寄到神戶、巴黎各種奇奇怪怪的信，就把它撕成碎片丟進火爐時的心情。岸本感到很不舒服。節子的手提箱底下，放著兩張浮世繪的舊版畫，那是三代豊國所畫，上面有著田舍源氏的男女姿態。看到這個，讓岸本想到這個手提箱的主人似乎是只能藉由這些僅有的顏色，來慰藉自己女人般脆弱的心情。不想被眼前事情給綁住的心情，及想要解救不幸犧牲者的心境，抱著這兩種混淆不清的心情，岸本走向二樓，跟拿著洗好衣物從家裏來的節子碰在一起。岸本叫住準備放下衣物的節子，告訴她自己想再婚的念頭。

「叔姪終究是不能結婚的。」岸本不經思考地說了這句話，他看著節子的臉繼續說：

「我有想過能不能娶妳爲妻，反正我是一定要再娶一個人的。」

「我父親就是這麼想。」

「節子，妳想不想把一生的幸福託付給我呢？即使無法結婚。」岸本說了這話以後，自己都被這衝口而出的話給嚇了一跳。

「我要好好想一想。」節子丟下這句話就回家去了。

43

夏日早晨的空氣中，從家後面通往廚房後門的狹小空間也明亮了起來。岸本在旅行回來這一年最後的夏天裏，經過悶熱而難以入睡的一天之後，他比家裏的任何人都先起床，走到後門口。牽牛花雖然已經過了盛開期，但還是跟爬滿藤蔓的圍牆重疊在一起，被樹葉覆蓋著。岸本醒了之後還一直想著昨晚的心情，在圍牆邊走來走去。在葉子和葉子之間露臉的花朵，不管看到哪一朵眼睛都會爲之一亮。此時猶如夢境一般，等待某人的那種痛苦已經離他而去。

「節子，昨天說的事怎麼樣？妳說妳要仔細想想，那答案是什麼呢？」岸本問。此時節子抱著天性的率眞，清楚地給了岸本承諾。

「妳可以接受叔叔吧——」

「嗯！」節子點點頭。

岸本只是想聽聽看節子眞正的心意，但是節子的「嗯」讓他感到無比愉悅。節子彷彿注意到廚房的事，很快地從岸本的身邊離開。岸本繼續漫步在早晨的空氣中，想著節子說願意把自己的一生託付給年紀相差懸殊的叔叔的那種悲哀。

當天下午，岸本在二樓等待節子來幫忙。他因爲體恤手不方便的節子，而讓她把旅行的事情筆記下來，每當節子有不會寫的字，他也會寫在紙上教她。這比他自己執筆寫下來還要花時間。工作告一段落之後，節子邊收拾著紙筆邊說：「得好好想想泉太和小繁長大後的事情。」

「妳這麼快就已經在想啦！」岸本笑著說。前一天說要仔細想想的節子，其實最在意的是泉太和小繁長大之後會如何看待自己跟岸本。

「雖然妳這樣說，妳眞的會跟著叔叔吧？」岸本又試問了一次。

「我會跟隨叔叔的。」雖然節子這樣回答，但她的眼睛裏不自覺地泛起淚光。兩人持續沉默了一陣。

「這次我不要再被當成木雕品了。」節子說。

「我也一大把年紀了，感覺卻像在做國中生做的事一樣。」岸本說。「節子，妳眞的不是開玩笑吧！」

「耶？你怎麼還說這種話，我不說謊的。」

44

事實上，岸本走到這種地步，直到了九月底，他才感覺到自己歸國後的這個夏天，是在激烈動盪中度過的。有時他的心緒會回到告別巴黎房子當時，從房子的餐廳看向有如圓形紙燈籠的巴黎天文台，期盼著黃昏時點亮的燈火，想著現在的自己。

「你從長途旅行以來一直累到現在，仔細想想，歸國遊子的心情並不是許多人想像的那麼幸福；有的人發生強烈的精神衰弱，也有的人極度的精神沮喪，還有其他很多煩人的病，或者突然被死亡給襲擊，這不是很嚇人嗎？就算看著這些東西，也會引發異常複雜的作用、難以抑制的動搖，這些活動是眼睛看不見、不爲人所知的。身爲歸國者的你，你的心是絕對無法平靜的。剛剛才從旅行回來，不要這麼焦急，先休息吧！」

這樣的聲音旋繞在岸本的耳朵。最近，他接到在巴黎認識的好友小竹的來信，得知他經由西伯利亞、比岸本先回到東京。信中可看出歸國者的心境。信中小竹非常老實地說，腦袋老是昏昏沉沉的，所以至今仍完全無法開始動手畫畫。看到這個，岸本想起小竹帶著其他模仿法國印象派畫家的作品，從里昂回到巴黎時那極度疲累的臉龐，懷念著小竹寫這封信來時的心情。

「這樣看來，大家都是一樣吧！」岸本不加思索的說。回到日本將近半年，完全處於茫然狀態的小竹這一番話，他了然於心。

「啊！簡直就像連自己的靈魂都顛倒不清了。」他感嘆著。旅行時他時常想像自己回國當天的情形。「有什麼會在自己的國家等著我呢？」他常常自己問自己。事實上，如果他能像眞正的旅人在心中想著：「過去就讓它過去，並將其埋葬。」如果可以給不幸的姪女一條新的方向，自己也再組織一個家庭，讓很早就失去母親的泉太和小繁得到幸福的話！就算這個世界是無罪的，那個本來要逃亡到遠方的人，又爲何可以輕易對那如顫抖小鳥般的節子袖手旁觀呢？他彷彿是一個行屍走肉，試圖用罪惡來洗去罪惡、用過錯來洗去過錯，這種可悲的心情從那個時候油然而生。如果一隻手不夠的話，他想爲節子伸出雙手。在還沒拒絕根岸的姪子舉雙手贊成的那樁親事之前，他仍舊下定決心將節子的事扛在肩上。

45

岸本一天比一天更清楚地看出節子那竭盡心力、尋求救援的姿態。她只有跟叔叔在一起的時候，才有享受年輕生命的感覺，似乎也只有在那個時候她才能忘記其他東西，包括她的病、不自由、遭遇，以及對雙親、姊姊、表姊妹的反抗。持續三年的艱困期到如今迎接叔叔的歸來，一切就像夢一般。她常常在岸本身旁哭泣。

岸本託節子到附近的郵局辦事。即使只是在秋天陽光底下走上一回，她立刻就會喊身體不舒服。從郵局回來後，立刻就到岸本二樓的房間躺下。

「叔叔，請不要理我，暫時借用一下你房間的一角。」節子說，並在二樓的小房間裏靜靜地躺著，等著她頭昏的老毛病恢復正常。岸本到樓下幫節子找藥時，她的臉還是蒼白的。

「節子又更虛弱了，只是做這麼一點事就立刻腦貧血。」邊說，岸本把找來的藥給節子吃。

「叔叔的房間裏什麼都沒有，突然有了病人，連給妳蓋的毛毯都沒有。這裏簡直像是我的修道院。」岸本又說，把泡過冷水擰乾的毛巾遞給節子。

岸本偶爾離開書桌去看看節子。蓋在她額頭上的濕毛巾，自然而然地擦去她臉上的慘白，天生的淡黑色皮膚慢慢顯現。四個兄弟姊妹中，姊姊輝子和弟弟一郎在鄉下出生，二郎在東京近郊出生，只有她一個人是在義雄夫婦於韓國的家出生的。她天生的膚色是從韓國帶回來的淺黑色。看得出來節子的腦貧血有漸漸緩和的跡象，此時岸本撫慰著橫躺的節子，說了玩笑話：「妳皮膚很黑呀！」聽岸本這麼說，節子別過頭去，面向牆壁用雙手遮住自己的臉。

家裏來的祖母憂心忡忡地走到二樓看節子。回去的時候，節子已經可以起身了。

「眞有點奇妙。」節子對著岸本說；她內心無限的感傷，僅僅用這句話表達出來。

此時岸本想起旅行期間，從節子那兒接到各種的信。對於在神戶、巴黎收到的信，至今他還是抱持著懷疑的態度。他第一次想在節子面前說說信的事。

「妳寄給我的那些信，到底有什麼用意？」對於岸本的問題，節子完全沒有打算回答的跡象，只是靜靜地躺著。

「我呢！我想妳是考慮到妳孩子的事，所以才會寄那些信給我，對不對？」

「事到如今要怎麼說都隨你了。」節子使盡力氣只回答了這句話。不知不覺她又再度熱淚盈眶，無法停止地流下女性的眼淚。

46

「捨吉，我有一些話想對你說，等一下到二樓去一下。」有一天義雄跟岸本說。岸本在自己租的房子二樓等哥哥。在家裏，哥哥跟岸本說話的地方通常在祖母和嫂嫂的隔壁房。哥哥這種不想讓其他人聽到的行爲多少讓岸本覺得怪怪的，他走到靠近二樓紙拉門的地方站著。秋天的蜻蜓飛滿了天空。此時泉太和小繁到附近的古池邊，專注地捉蜻蜓。望著從道路那兒射進的午後陽光，令人想起已到了九月底。從二樓還可以看見扛著黏蟲子竿子往池邊走去的小孩。岸本發現從家裏走來的哥哥在他們當中。

不久義雄從樓下爬樓梯上來。「嗯！二樓很亮嘛。可以給我喝杯茶嗎？」看著這麼說的哥哥，岸本和哥哥兩人面對面坐著。岸本的心裏盡想著節子。對他而言在這書房裏跟哥哥一起喝茶聊天實在不是一件快樂的事。義雄說著長久以來照顧弟弟小孩的辛苦，還有岸本不在家時，嫂嫂想拒絕照顧泉太和小繁的話，令他實在聽不下去等之類的事，接著引出下面的話。

「我一旦攬在身上的事怎麼樣也會貫徹到底，不只是小孩子的事。之前覺得這話不應該說，就算是對自己的妻子也不能說啊！」

每當義雄的話一點一滴地觸碰到岸本的痛處，岸本就會覺得痛苦。哥哥又回到泉太和小繁的話題，他說孩子們沒辦法和嫂嫂親近，如果挨罵也只會跑去找義雄。

義雄在弟弟的房間待了兩個多小時。岸本搓搓手目送哥哥下樓。留下他獨自一人之後，他回想今天哥哥所說的話。最主要是講嫂嫂的壞話、對嫂嫂的抱怨，還有哥哥瞞著嫂嫂那些兄弟間的祕密。

哥哥講的這番話讓岸本不由得想起一些事。他有一次在家裏跟嫂嫂說話，當時嫂嫂用可怕的眼神逼問著岸本說：「義雄有事情瞞著我對不對？」「我們要到東京的事究竟是誰說出來的？」當時岸本原本想在嫂嫂面前表示歉意，但完全沒有好機會開口。「要道歉趁現在。」這帶著命令口氣的聲音一直不絕於耳，但是當他跨過無人的大廳與哥哥嫂嫂見面的那一天，不曾順便道歉，現在已經說不出道歉的話了。即使要從回國之後與節子之間急速轉變的關係開始說起，他也說不出口。彼此同爲罪孽深重的同伴，要怎樣才能從彼此的苦惱中得到救贖？那焦躁，就把它當做是夢話吧！岸本這樣想著，無精打采地站在房裏的紙拉門旁。

47

說是爲了泉太也好、小繁也好，岸本覺得不應該再繼續讓兩家人同住下去，從義雄哥那裏知道關於嫂嫂的壞話促使岸本下定決心。

「叔叔，爸爸說了什麼？」節子從家裏拿衣服回來，隨即上了二樓。她對於父親在二樓說了什麼很擔心地問。

「沒有說妳啦！」岸本回答。不久他從紙袋中拿出一些錢放在節子面前。

「節子，這是妳的薪水。妳把這些錢全部拿給妳媽媽，從現在開始每個月，我保證妳可以在我這裏拿到生活費。我剛從旅行回來，一個人的話什麼也做不好。」

「那我就收下了。」節子把叔叔的心意收進腰袋裏。

這一天岸本比往常早一些收拾好二樓回家吃飯去。剛好在門口看到從古池拿著長竿子回來的兩個小孩，一郎和小繁。

「爸爸，銀。」小繁把夾在手指之間的銀蜻蜓給父親看。

「哇！真佩服你們知道這麼多蜻蜓的名字呢！」岸本說。小繁看著一郎說：「不知道蜻蜓的名字也沒關係啊！你說對不對呀？一郎。」

「叔叔，唸給你聽聽，」一郎站在岸本的面前說道：「銀，汐辛，麥蒿，然後是紅蜻蜓。」

「你看！黑色和黃色的大蜻蜓耶！那個池塘裏面有相當多蜻蜓耶！」小繁跟著附和。

岸本沒有從大門直接上玄關，他跟小繁一起走小門穿過庭院。從院子通過有火盆的房間，連房間最深處也看得一清二楚。看得到祖母、嫂嫂，和節子正在準備晚飯。

此時，岸本走到站在院子一隅拿著竿子的小繁身旁，低聲的說：「小繁，不可以跟一郎和泉太吵架喔！次郎還這麼小。聽好！你要聽伯母的話喔！」小繁點點頭之後立刻離開父親身旁，飛奔而去。

庭院裏的深色山茶葉還是很明亮。岸本一腳從庭院爬上走廊，走到有佛堂的房間去看看。節子把岸本給她的薪水拿給媽媽的話，她的地位多少會有所不同。

「託你的福，節子也可以賺錢了。她已經把錢拿給我了。」岸本心裏偷偷的想著，嫂嫂這般開心的模樣，節子已經幾年沒看過了。

48

「叔叔是笨蛋。」次郎這麼說著，往站在走廊等吃飯的岸本那兒走去。對岸本而言，被哥哥的二兒子說笨蛋已經無所謂了，次郎一直以來都把叔叔當外人看。次郎好像要表現自己的大膽。

「你這個笨蛋，我打你喔！」次郎看著岸本很生氣的說。嫂嫂偶然聽到，罵孩子說：「次郎，不能這麼囂張地說話。」嫂嫂對被罵的次郎還是非常溺愛。

晚飯後，岸本陪在孩子身旁。義雄也一起到這兒休息。他試圖將弟弟不在家時孩子們的性格說給岸本聽，於是指著站過來身邊的小繁說：「小繁這男孩很調皮哩！」聽這麼一說，小繁縮起身子偷笑。次郎也飛奔過來，一副對爸爸和叔叔的話很感興趣的樣子，突然摟住小繁。兩個小孩開始在榻榻米上玩起相撲來。

小繁故意輸給次郎。義雄看到這個情景，似乎受不了小繁故意發出的呼吸聲說道：「小繁在幾個孩子中相撲是最厲害的。在家裏最會吵架的是一郎，但一玩起相撲就會輸給小繁。

小繁雖然是個孩子，但玩起相撲來卻得心應手。」義雄笑著說。此時岸本看著一郎：「小一越來越聰明啦！」

「嗯！他也許是天才。」義雄摸摸下巴說。「不過他比較早熟，念一點書就喊頭痛，這麼軟弱我實在不想講。說到泉太的話，他是有話不說的那種人。別人說了什麼他也只是靜靜的聽。但是泉太很有毅力，大半天一直做同一件事也不會膩。這種人最後會是勝利者喔！」

岸本望著自己的兒子，他想泉太的沉默一定是長久以來一個人留在家的關係。小繁的個性很激烈，以前住在淺草常弄哭節子，但他能體諒爸爸不在家的原因。岸本看看家裏，想著把義雄的孩子和自己的孩子放在一起的後果，孩子們在這個跟哥哥熟、跟嫂嫂不熟的家裏會有什麼後果。不管怎樣，非得分家才行，非得好好想一下跟哥哥家人分開住的事。對他而言有這樣的心理準備也是一種禮貌。

49

十一月初，看得出來節子又有所轉變了。待在她身旁三年，一直為她操心的祖母也這麼認為。從她的動作到聲音都越來越有精神了。

「但是，你真的幫了我很多。」節子走到岸本所在的二樓很高興的說。

這股力量——得到這股力量的不只節子而已，一直想幫助她重生的岸本也越來越努力工作了。越是想去拯救一個人，他對於節子的轉變越是心有戚戚焉，他也切身地感受到這股跳躍的生命所帶來的喜悅。不只如此，他感受到自己和姪女的關係有些轉變。

即使岸本比之前更加影響姪女的意志，他並沒有打算強迫把她帶往錯誤的地方去。他和節子之間存在著根深柢固的心結，他們到底還是不應該用姑息的辦法相互排遣煩惱。身為叔叔的他所引以為苦的罪惡感，也是身為姪女的節子所引以為苦的罪惡。如果節子主動分擔此罪過的責任，願將自己的一生託付給叔叔，一起承擔無法預測的命運的話，他甚至可以不去想再婚後的生活，並且使節子更加發揮自我。

兩人的面前將會展開什麼樣的生活呢？岸本無法想像如果這真的發生的話將會變成什麼樣。他只是感覺到為了等待黎明的來臨，他們兩人將要在節子目前所走過的坎坷道路上一起並肩而行，而且這旅程很快就要開始了。

岸本從旅行帶回來的書籍中有羅塞蒂❷的畫冊，這是他在巴黎盧森堡公園附近的文具店找到的，還附了亞瑟・西蒙茲翻成法文的序。畫冊以〈但丁的夢〉為題，版面也做得相當完美，跟豐國筆下田舍源氏裏的男女姿態是完全不同的一個世界，他想拿給節子看。岸本很期

❷Dante Gabriel Rossetti，一八二八－一八八二。英國詩人、畫家。原先以油畫為主，但因不太賣座，所以改畫水彩，作品的主題多為羅漫蒂克的愛情。

待的把一張畫放在節子手提箱的下方。

剛好此時義雄跟他提起兩家分居的事。岸本用白紙把旅行的紀念畫包起來，打算回家時順便送給節子。畫中寫著：「撐到最後的人得救。」

50

岸本兄弟倆陷入分家的漩渦。即將尋找新房子的哥哥，和暫時留在高輪舊家收拾殘局的弟弟。岸本把搬家需要的錢，以及能讓哥哥家人生存下去的一些東西，當作是哥哥長久以來照顧自己小孩的謝禮，全送給哥哥。

一切動了起來。義雄每天出去找房子。嫂嫂、節子，甚至小孩子也都動了起來。岸本也是。跟節子住在同一個屋簷下不過才短短四個多月，岸本的心情轉變相當大，自己過去那段日子仇視女人而生的恐懼和膽顫心驚，面對節子時已經看不到了。他覺得與其怯弱的逃避節子，還不如從卑微的地方讓自己的心情放輕鬆一點。

岸本跟節子單獨在二樓時，他對節子說：「我們的關係雖然出發自皮肉之苦，但無論如何我想好好讓它重生。」

這話讓節子聽得很高興。

「我可以跟隨著叔叔你，如果你什麼都願意教我的話。」

「只要一想到妳的事，怎麼說才好呢？我總是被道德觀的問題所困擾著。」

「我也是。」

即使兩人的心情相同，但岸本還是告訴節子分家對彼此來說比較好。

即使到了現在，固執的節子還是那麼不容易鬆口。她告訴岸本的，只不過是她所想的事裏的十分之一而已，她常以沉默代替不能說的話。岸本無法分辨在節子的緘默中，哪些是充滿悲傷風暴的過去？哪些又是被命運綁束的現在？

「節子，妳永遠都是我的人對不對！」

「嗯，永遠！」節子忍住了湧上胸口的淚水，與哭泣的聲音。

51

義雄帶著家人前往的新家，位在離上野動物園不遠的谷中，花上半個月大概就可以準備完成。哥哥依照岸本所希望的那樣，決定將年邁的祖母留在弟弟家。

到頭來岸本完全沒有道歉，只是在搬家的混雜之際，發現自己停止了表達內心的感受，只是目送嫂嫂離開。

「大嫂，如果有需要什麼，我可以幫妳拿過去。」岸本說。他把舊家具和廚房用具都分給了嫂嫂。

時雨已下了好幾次。嫂嫂帶著節子前往谷中的新家打掃。她們正要出門的時候，義雄說鄉下那邊還有重要的事，搬家的事交給別人，他不會留在東京。這一天，嫂嫂和節子兩人筋疲力盡地從谷中那裏回來。

「回來啦！」祖母慰問地說，等著媽媽和姊姊回來的一郎、次郎聚集在嫂嫂的身邊想要知道谷中家的情形。

「我剛從那裏打掃回來，當然很討厭那裏囉！有點暗、有點不暗。」嫂嫂說給岸本聽。然後再看著一起坐電車回來的節子說：「爲什麼爸爸會想要租那樣的房子？只有二樓比較亮而已。」

「嗯，只有二樓。」節子看著母親說。

「但是二樓有一個房間比較暗，那裏一點陽光也透不進來。」

「如果不靠近水溝那還好。」

「不好意思，請允許我躺一下。」嫂嫂再度很累似地說，「節子，妳也躺下吧！」

「叔叔，不好意思。」節子邊說，很疲累似地把腳打橫。即使把穿著白襪子的腳向岸本伸去也不見她害羞，由這點看來，可以看出他們之間的親密。這一天節子跟去園子那裏掃墓那天一樣，發揮了平常所看不到的年輕活力。

「但是，如果有人願意來幫忙的話就好了。什麼事情都可以幫我做。」

節子對岸本這樣說，曲起在母親旁邊的那一隻腳，解開從谷中穿回來的白襪襪扣。

「總之辛苦妳們了。」祖母說，看得出來曾有一個時期連搭電車都會頭暈的節子，很高興自己能夠幫忙搬家。

隔天早上開始下雨。準備打包的嫂嫂等人高興也好不高興也罷，非得延後搬家的事。祖母跟嫂嫂輪流出去北邊的走廊望著看來不會放晴的天空。要把一直住在一起的祖母放在高輪，嫂嫂有些不安。

「如果不下雨的話，就可以快一點出門啦！」嫂嫂自言自語地說著，讓岸本覺得有些嫌惡。

下了一整天的雨，不只要到谷中的人無法成行，搬家的準備也無法順利進行，但除此之外卻給了祖母和岸本說話的機會。雇的傭人一到岸本家，就把廚房的事情交給她，節子也有了一點點空閒。岸本旅行時，歐洲戰爭開打後的第二個耶誕節前夕，有一次家裏聽到傳言說他將回國。這事兒難得從節子口中說出來。

「一聽說爸爸要回來，泉太跟小繁等到半夜還不睡覺。後來泉太睡著了，但是小繁那執著的孩子等了一整夜完全沒有睡。那時候眞的好高興啊！」

房間角落堆滿了裝箱的家具。伴著雨聲及漸漸昏暗的傍晚裏，節子捨不得這在高輪的最後一夜。因爲生病的關係她知道很多藥物的名稱，於是她替岸本把一些小孩服用的藥名寫在紙上。

52

一大早搬運行的工人就把馬車停在後門口。終於到了要送他們前往谷中的這一天。等待把裝箱好的家具堆到車上時，岸本擔心即將出發的嫂嫂等人會碰上陰陰的壞天氣。不久他看著笨重的馬車緩緩啟動，等著嫂嫂和節子做好出發的準備。

留下來的祖母走到節子身旁。「節子，偶爾要回來看看我喔！」

「嗯！我會的。再怎麼說我還是得來幫叔叔的忙呀！」節子回答，並允諾說一星期回來幫叔叔一次，順便可以看祖母。

天空沒有要下雨的跡象，但是天色看起來很冷，讓人覺得冬天即將到來。嫂嫂和節子帶著兩個小孩，向站在門口送行的鄰居道別之後，隨即在這樣寒冷的日子離開家門。岸本想著義雄哥人不在東京。盯著家裏剩下的女眷前往谷中新家的身影，佇立在家門外，直到她們的背影消失不見。

「家裏突然變得好冷清。」祖母說，在沒有嫂嫂和節子的房裏走來走去。

「奶奶，這個火盆放在妳的房間好不好。現在久米小姐來了，分隔壁的房間給她住就可以了。」岸本又說。久米從園子還在世時就很清楚岸本家的事，常叫岸本「先生」、「先生」。這個婦人偶爾來岸本家裏幫傭。他新雇用的僕人多半也都受到久米的照顧。

如此一來岸本剩下祖母、久米，開始過起與哥哥家人分開的新生活。與嫂嫂等人分別後的隔天，岸本收到節子的來信，並把信念給祖母聽。伴著寂靜的雨聲，節子在谷中新家二樓的房裏寫了這封信給他。信裏她訴說著「長久以來受到您的照顧，能在昨天搬家眞好，我想您一定也遭受流言所苦」等話。還寫到伴著悲淒的天空，吹著寒冷的冬風，走在上野公園時的不安。到新家之後，父親的朋友找了一個幫忙家務的婦人，而自己好像客人一樣。昨晚跟著來幫忙的婦人走在久違的街道上，婦人回去之後還跟母親兩個人聊到很晚。種種的回憶湧上心頭，致使她一夜不能成眠。她還提到弟弟們，還有現在正在塡寫流動人口的申報單，因此順便讓叔叔知道。家裏整理得差不多之後希望叔叔偶爾能回個信給她。

53

很快地節子已不在岸本身旁。她的母親、弟弟也都不在這裏了。岸本在心中拉著一條線，將嫂嫂帶著祖母和一郎從鄉下出來到今天爲止的這一小段歷史做區別，送嫂嫂到谷中這件事當做是一個段落。特別是，岸本竟然對於節子和自己彼此分開居住的日子感到非常高興。爲什麼呢？因爲他們兩個人既然要共同經歷這不可思議的命運，就得要相互學習壓抑。既然岸本是個懦弱的人，那他還是有可能會因爲某些原因，而重複當時非得出門遠行的事。

送節子出去之後，岸本感到心情更沉重了，而且節子丟給岸本前所未有的孤獨感。初冬剛好來到武藏野，很快地躡著腳步聲悄悄來到高輪家的庭院。節子所留下來的孤寂感不知不覺地從裏到外侵襲著他，特別是她從谷中寄過來問候的信，讓岸本更加的孤單。他一直想著她的事，晚上都無法好好睡，很多心情也從這裏被引發出來。到現在爲止，因爲他覺得爲節子付出是自己的責任，所以他伸出一臂之力，如果還不夠的話，他打算兩隻手都伸出來。但是他卻沒辦法把自己完全投入。同情別人的人與被同情的人之間的區隔，就是他和節子之間的區隔。「節子，妳永遠都是我的人對不對。」即使這麼親密的問，他跟節子之間還是有一層隔閡存在。他想要除去這層隔閡，爲了解救這個對他說願意把自己的一生、青春洋溢的身體託付給他的可憐人，他感受到自己即將給予這個女孩的無限熱情。而節子寫來的信，卻讓他感到無比的孤寂。

持續著難以入眠的夜晚。經過三年，岸本那惱於罪過之苦的靈魂不停地呼喚著不幸的姪女。此時他第一次意識到自己對節子的誠實；長久以來的煩惱、憂鬱、忍耐、寂寞的異鄉之旅，一切的一切只是爲了讓他察覺到這件事。他想要更推近他們兩個人之間的關係。把節子放在谷中的家，對岸本而言可以更清楚。

岸本連續五晚睡不著覺，再也無法維持住自己了，最後他寫信給節子，寫了封即使唸給嫂嫂聽也沒關係的信，還把其他寫的東西裝進信封。其中，他表明了到目前爲止沒有在節子面前展露過的自己。

54

節子回了信，信中寫道：「我打從心底高興，雖然我已經好幾年沒有笑了。很多話我都想跟你說，終於時候到了。我那時候想著不要這麼急，至少也要等個兩三年吧。

不管什麼樣的事都沒有辦法填滿我的心，我從小時候開始就一直盯著眾人看，覺得自己好像哪裏不足似地無法眞正的開放自己。我的『創作』雖然剛開始是那樣子，但是過了不久我找到了自己長久以來想要追尋的東西，可是叔叔當時完全不對我打開心胸。這三年之間，任何一個小小的影子都沒辦法進入我的心房，富貴與榮華不是我的精神糧食……

你旅行回來後有半個月左右，我眞的是無法言喻的喜悅，是您給予我那樣的喜悅。那時的低氣壓，已經漸漸解除了。請接受我長久以來的一份心，還有打從心底的那抹微笑。」

看到這樣的回信，岸本首先爲節子的率直感到高興。「創作」這兩個字，把兩個人緊緊連繫起來。岸本一直反覆看著節子的回信，他發現在節子簡短的話語中，充滿了她內心許多的心情。照她所說，自己和她的關係從最初開始就存在的，而且還是她長久以來追求的。這些話，是她以前寄來的信，包括自己在神戶和巴黎所收到的一些信件中，沒寫出來的內容，也就是岸本長久以來充滿疑問的。岸本想起自己到達神戶打算要出國時，她所寄來的第一封信裏，想要打消了岸本對她所感到的一切遺憾和抱歉。他又回憶起，當自己在巴黎的客居讀著節子寫來的信時，每次都不可思議於這個負傷的人如此不懂得去怨恨。她擁有一顆年輕女孩的心，卻對年齡相差這麼多的自己，打開她小小的心房。這種事情有可能發生嗎？他的疑問甚至包括了她的母性。難道她想要藉此來打消她不道德的觀念嗎？他感到很懷疑，這一切的疑問終於慢慢地解開了。

55

到了這時，岸本覺悟到，即使自己不被任何人原諒，至少還能得到那不幸姪女的寬恕。他漸漸意識到自己對節子的誠意，這不但使他從長久以來的罪惡痛苦中得到解脫，連那無比恥辱的一生挫敗，以及原本應該以死來償還的不道德，都變成完全不同的意義，這眞是人生不可思議之處。

停留在巴黎期間，經常來到婦產科醫院前旅館的岡，他的事情，他曾說過的話，浮現在岸本的腦海中。在旅途當中，每次看到那位血氣方剛的畫家，熱切的訴說著心上人事情時的表情，岸本總會把他拿來和自己比較。像他那樣還擁有熱情的時代岸本已經過去，就是因爲沒遇到足以讓自己投注熱情的人，自己才會漂流在這個世間當個旅人吧！有一股無法言喻的寂寞從心底升起。每當想起自己還能夠去愛人時，他總是會被某種深刻的喜悅給打動。

岸本已經覺悟到自己將背負節子這個負擔。他無法與節子共同分享家庭的幸福，雖然他沒有辦法使自己與她的孩子幸福，但幫助她、保護她，便能爲他帶來無上的快樂，讓他繼續活在兩人的新關係中。

岸本心裏這麼想。他將孩子交給祖母、久米和女傭。他已經搬離二樓那間，臨時書房，在義雄原本使用的裏面房間裏放置自己的桌子和書架。像接待客人一樣，他在這間房間中招待從谷中來的哥哥。義雄從家鄉回來時，爲了感謝岸本在這期間幫忙他看房子而前來道謝。

「我家那邊終於萬事具備了，嘉代也非常高興呢。」義雄這麼說。

「是嗎？我正在擔心不知道到底怎麼樣。」岸本接著哥哥的話說：「嫂子上次還說不怎麼喜歡那房子，搬過去住了之後原來還不太壞嘛。」

「哪裏哪裏，她說都是託小叔的福才能夠搬到那樣好的房子，還一直很感謝你呢。」

「她是很滿意。而且和待在高輪不同的，只是沒跟孩子們在一起。」

「現在還不到褒貶的時候。」

從義雄的話裏，嫂嫂提到有關岸本的話讓岸本笑了。那天義雄沒待多久，最後只說過幾天會派節子過來就回去了。岸本和節子漸漸起了變化的關係，看起來倒像是兄妹的關係。他不只把義雄當成兄長看，也把他當成父親一樣，岸本心中有了前所未有的感覺。

56

失眠的夜晚又開始持續。岸本懷疑自己爲什麼會發生這種改變，並焦急地等待節子的到來。一個眼看就要下陣雨但轉眼又轉晴的日子，節子帶著弟弟一郎來到了高輪。那一天對節子姊弟來說，是谷中別後第一次見到祖母和叔父。一郎把新學校的徽章別在帽子上，手提著禮品，一臉嚴肅的前來。看到一郎這副神態，泉太和小繁感到很新鮮。節子也比平常看來還要沉著嚴肅。她大多坐在祖母的身邊，告訴祖母谷中近來發生的事，或是說一些安慰的話。她還告訴祖母，過不久會再過來幫叔父的忙，然後那天就和弟弟一起趕很遠的路回去了。

即使是這樣一個與親戚交際的日子，對於岸本來說還是難以忘記。節子接受了岸本一直以來無法開啓的內心世界，而在那一天，岸本看到了節子從沒見過的另一面。節子回去之後，他反而能夠在自己心中描繪出那一瞬間的景象。那是節子走到岸本所在的房間外側的走廊來打招呼時的眼神，那是阻擋在叔父和姪女這種普通關係之間，使兩人無論如何無法相對而視的內心面孔。那一天，他們曾經一起在庭子裏照了相，但是岸本無法忘記自己拜託節子到照相館去時，自己隱藏的眞心。小鎭附近的照相館節子也很熟。派節子過去那裏時，他會順便要節子去拍一張她自己的獨照，並把拍照的錢偷偷的塞到節子的腰帶中。

「怎麼辦？雨怎麼還是不停？」

節子會在格子窗外撐著傘，故意這麼說給他聽，然後轉身望向一起走到玄關盡頭的他。節子一直壓抑在內心中的那份感情，只在這短暫的瞬間才會傳達到他的心中。

57

根岸的姪女寄來了說媒的信。愛子比過去更加熱心的寫著有關她同學的事。跟她同期的畢業生一直以來都是照順序輪流到每個同學的家中聚會，最近剛好輪到她的家裏舉辦，據說還招待了以前特別照顧她的老師一起來。那位老師聽到了叔父的事，也積極的勸進這樁婚事。她的同期畢業生目前幾乎都已經生了孩子，尚未結婚的只剩下這位同學。愛子甚至還提到了校長對這件事的支持，還說要是叔父答應，這樁婚事就算成了。

雖然身邊有人這麼爲他擔心，但是岸本的心早就定下來了。和節子保持這樣的關係，讓他甚至聽到有人說媒都感到羞恥。

謝謝。不好意思讓妳這麼爲我掛心，經過我深思熟慮後還是決心要婉拒妳的好意。請妳代我向校長先生道謝，並傳達我的心意。

岸本寫了這樣的回信給愛子。他心中想，要是愛子的那位同學知道了自己的過去，搞不好會主動拒絕這門婚事，那正好順了自己的心意。

剛好是節子離開谷中到叔父身邊來幫忙的那一天。節子彷彿是知道這件提親的事才來到高輪。於是岸本把自己寫的信拿給節子看，他沒有忘記要讓節子放心。

祖母的房裏早已放置了腳爐。節子從那房間沿著走廊來到岸本的桌邊。

「好不容易才放好，要是哪一天又被搬到別處去，就眞是白費力氣了啊。」

岸本的口中只說出這僅有、又沒頭沒尾的話。但是，聽了這樣的話，節子還是可以完全瞭解岸本想要表達的意思。

「只要哪裏都不去，就不用到處搬了不是嗎？」節子微笑著說。

就這樣，岸本再也沒有提到腳爐的事。近看節子，可以看到內心燃起的火焰鮮明的在她的眼眸裏燃燒著。有時還可以看到那深色、隱約的血潮爬上了她的臉，染紅了雙頰。

對岸本來說，他和節子才剛踏出了第一步，由另一種意義來看，好不容易才到達這種境地。他要帶著節子這個世間的旅伴，一起走到再也走不下去爲止。節子回到谷中後，捎來了一封短信：

您忍耐了多少的不如意啊！在我看來那眞是非常痛苦。請您原諒我的一切吧！

58

「冬」來到我的身邊。

我正在等待的，老實說是更沒有光澤、單調得令人想睡覺、貧瘠得令人發顫的醜陋枯皺的老太婆。我仔細端詳這個來到我身旁的臉孔，我震懾於他與我主觀思考的完全相反。我試著問他：

你是「冬」嗎？

你認爲我是誰呢？你眞的看不出我是誰嗎？「冬」這麼回答。

「冬」指了許多樹木給我看。他說，你看那棵吊鐘花。我一看，舊的霜葉早已落盡，但是在每一枝略帶茶色的細枝上，都可以看到一個個新生的綠芽，不論是在那閃著光澤的新枝上，還是那些蓄勢待發的新芽上，冬的烈焰都已經來到。不只是吊鐘花，梅樹也早就長出綠色的枝，快要一尺長了。一旁矮小蹲著的杜鵑花，也完全沒有寒冷發抖的樣子。看那株山茶花。「冬」對我這麼說。被日光照射時，發出了不像冬天綠葉所發出的光輝，濃密的葉子之間，大花蕾露出了頭來。不知何故深深微笑盛開的山茶花，在霜雪來臨前竟早已經歷了花開和花落。「冬」又指了八手木。那裏有接近白色的淺綠色新鮮，花朵的形狀打破了周圍的單調。

過去三年的時間，我在異鄉的客居裏度過了灰暗的冬天。冷雨來襲天色昏暗的日子裏，我經常想起巴黎的回憶。每到了一年之中白天最短的一天，也就是冬至前後，早上九點天才漸漸亮起，而下午三點半，天就整個暗了。在波特萊爾的詩裏火紅燃燒且冰凍的太陽，不用想像到北極的盡頭，只要走在巴黎的街上就經常可以見到。只不過，由枯槁的七葉樹林間眺望冬天來了也不會枯死的草地，是非常特別的冬天景色。但是那灰色中深刻寂靜的夏凡納❸的「冬」色調才是最適合該處自然的東西。

好久沒有像今年這樣在東京郊外度過冬天。冬天的陽光充滿整間屋子，讓室內發亮，這在過去三年中都沒有發生過。在這樣的季節裏，可以看到無限深藍的天空，對我而言眞是新鮮的事。來到我身邊囈語的那位確實是武藏野的「冬」啊。

「冬」指了櫨木給我看。不唱歌的鳥兒們在如髮絲般光亮的樹葉之間悄悄的飛著，就像唱著沒有歌詞的歌曲……

岸本不斷的壓抑自己，並在紙上寫下了這樣的開頭用以慰藉自己。那些吊鐘花、梅樹、杜鵑花、山茶花、櫨木，全都是在他房間外面的庭院中，從走廊就可以看到的樹木。而看似深深微笑的山茶花，以及唱著無言歌的鳥兒，則是反映了他心中的景象。

「即使你不說，我也能瞭解。」

留下這句話的節子，表明自己願意捨棄世間幸福跟隨岸本的意志。當兩個背負過去罪惡、同病相憐的人，彼此願意捨去世間的幸福時，就表示那是眞的捨棄一切。新的愛情世界在岸本面前展開，就像是丟臉還丟得不夠似的，能在這種背德的關係深處，找尋到這樣的誠意，令岸本增添了勇氣。從此，岸本抓住了至今從來沒有過的力量。

59

岸本的過去是一連串不可思議的艱難日子，頑固的他就是爲了與其對抗，才會更加封閉自己的內心。在巴黎客居時，他就愚蠢的認爲，任何事情一定要以純潔無垢的童貞之心來看待才能成立，但是無論他怎麼努力，都無法回復那樣純眞的心。當他站在火葬場的鐵門外看著妻子已經燒成灰的遺骨時，他也只是盯著看，完全未曾留下一滴眼淚。不論是在漫長歲月中痛苦旁觀著這世間，或是在三年旅程中，身處冷清的客居與石壁相對，他心中所想的不過是以下這些可悲的眞實罷了。

「我們這些喜愛藝術的勞動者啊！爲什麼平常人如此簡單就能得到的自由，對於我們來說卻不被允許呢？這也是理所當然的。因爲普通的人擁有一顆眞心啊！而我們卻在不知不覺

❸Pierre Puvis de Chavanne，一八二四—一八九八。法國象徵主義畫家的先驅。

中遺忘了那眞心。我們是無論如何都無法被他人所理解的一群……」

心中一直抱著這種想法的岸本，身上也隨著時間產生了不可思議的變化，他發覺自己漸漸能夠回歸一顆純眞的心，那時，他才能夠打從內心相信自己的熱情。他找到了快樂。如果不是像他這樣走過孤獨的道路，又怎麼會知道那份渴望「生」的歡愉之心呢？他認爲這是上天給予他這個旅人的自然寶物，他逐漸沉浸在這種歡愉之中。

一切對於岸本來說都令人驚奇。他認爲在自己的生命旅程中，尤其是在步入老年的現在，像節子這樣的女性會來到自己心中，這件事本身就非常不可思議。他比較著節子與自己和青木、菅及市川等人在互相較量青春的年歲時遇到的勝子，試著找出兩人的不同，兩人氣質上的不同，容貌上的不同，甚至年齡的不同。二十多年前與他分手的勝子，在年齡上與目前的節子沒有什麼差距。他曾經試著把自己與節子年齡的隔閡，看成某個時代劇中，年老主角與到他身邊彈琴的年輕女孩間的隔閡。他比較那藉著不含邪念的指尖飄揚而來的琴聲，忘卻老年的悲哀寂寞的人，與未來尚有漫長人生、嫩草般的人之間的隔閡。雖然節子這三年來的成長跟那位時代劇中的年輕女孩有所不同，但是岸本自己與節子之間的差距確實是不爭的事實。好幾次他覺得，像節子這樣的年輕女性會對自己動心這件事有點可疑，但是他透過節子「打從心底的微笑」開始能夠解讀彼此之間根深柢固的苦惱微笑。

逐漸解放的岸本心中開始迸發出連自己都無法預知的某種東西。就這樣，夜不成眠的日子持續了一個月之久。

60

對我來說再也沒有什麼悲傷的事。

節子在小簿子裏用鉛筆這麼寫著。她另外也留下了一些簡短的句子，將自己心中的隻字片語留在岸本身邊。其中還寫到：「如果下次身體不舒服，無論如何請一定要戒了葡萄酒。」。他們兩人之間不知何時開始發明了一些暗語，如「創作」或是「葡萄酒」之類的。後面那句的意思是從宗教儀式「以麵包代替耶穌的肉」，「以葡萄酒代替耶穌的血」的用詞中借來的。

看著曾被丟棄在困頓境地的節子，穿越黑暗路程而來的心情，她已從悲哀中走了出來，岸本的喜悅更勝於她。他走過的旅程越是寂寞，之後跳入廣闊自由世界時的喜悅也就越大。他將自己比喻爲一個突然變成大財主的窮人；從未擁有財富的人，連如何去使用金錢都不知道。他想起了很久以前從巢鴨監獄被放出來的親戚；那人就穿著白色襪子在監獄門口來回走著，彷彿發狂一般踩著腳下的泥土，並痛苦的呼吸空氣。這就像是他現在所感受到全新的歡愉，就像犯人終於能夠脫下紅色囚衣的歡愉，也像看到從來不曾笑過的不幸犧牲者打從心中展現笑容時的喜悅。

廢寢忘食的一個月，岸本完全進入失去自我的茫然狀態，他心想，要是有人看到他這個樣子會作何感想呢？他驚訝於自己一個月不曾闔眼。即使在那個熱血沸騰、內心瘋狂騷動的年少時代，他也未曾連續七天以上不睡。即使他再年輕二十歲，相信也沒有辦法承受這種精神上的悸動。最後，他終於發覺自己的熱情十分恐怖。

「這是狂亂的熱情。這與安靜地沐浴在愛情光芒中的人不同。——眞希望能有方法早日度過這個階段——再這樣下去我也撐不住了。」

他這樣告訴自己，無意識的企圖鼓勵自己。

陰曆十二月過了十天，岸本開始了一段小旅行。他把節子的獨照收到自己目光不及之處，她的信、她的小冊子、所有會讓他想起她的東西全都收了起來。從他的書裏掉出了一塊深色的布片，那是節子平日非常珍惜的，緊貼在她肌膚上的襯領。他將這片夾在書中、充滿女人味的禮物也收起來。他說自己要外出四、五天，並交代祖母與久米照顧孩子之後，就幽幽的走出了高輪的家。

61

岸本的腳步朝向谷中。有朋友爲了一些事情跟他約在義雄家中，另外他想邀從不養生的哥哥一起去磯部附近看看。他還想要去好久沒去的山地附近溫泉區，由火車的窗子眺望榛名與妙義山岳，享受被山嵐包圍的高原和深邃谿壑的樂趣，沉浸在含有濃厚鹽分的礦泉中，一面聽著山碓冰川的水流聲，讓長程旅途中的疲憊身心得到休息。

這是第二次到義雄家。當時上野附近尚未有電車經過池端，因此岸本從冬枯的公園旁邊的道路步行至義雄的住處。節子從谷中到高輪也是走這一條路。這讓走在不忍池畔的岸本心情好了起來。

對岸本來說，在谷中房子裏見到節子具有特別的意義。他發現在谷中見到的節子和在高輪見到的節子有很大的不同。這證明了她逞強的個性。有一次他突然在節子不備之時突然到訪，他看到了跟在自己家中截然不同、黯淡無光的節子。在高輪的節子，不但看起來像是天生越辛苦越有精神的樣子，而且由於曾經生產過一次，所以她的體態也變得比以前豐滿。他首次意識到，竟有少婦會像節子這樣，生產後反而將身上餘肉甩掉。而在谷中所見到的節子卻打碎了他的憧憬，對他而言就像幻滅的打擊。要是早知道這樣能讓自己鬆一口氣，爲何沒有早日來谷中看看節子呢？寒冷的風吹撫在他幾晚沒睡的臉上。爲了要沉靜自己連到磯部旅行都難以壓抑的精神悸動，他可以說是邊期待著那種幻滅，邊走向義雄的住所。

走過上野動物園後面曲折的路，有幾戶人家散亂的坐落於細長的橫町。不知爲什麼冬天鎭上的空氣竟然頗爲潮濕，就好像正在接近不忍池一般，這種感覺非常少見。那裏有個門牌寫著岸本義雄。

「啊，是叔父——」

突然有人發出聲音叫他，接著節子從格子窗裏面，幫他打開爲了以防萬一而整天都鎖上的門鎖。

62

下定決心離開高輪時，岸本早已浮現了小旅行的感覺。在下定決心去小旅行之前，他一直在煩惱完全沒有動的工作，但是當他下了決心出門休養個四、五天時，已經不再操心工作的事了。自從回國的那一天起，他就一直勞動自己的心，連想要去個溫泉都不可能。岸本這麼安慰自己。

到了谷中之後，這樣的感覺越發濃厚。看到節子在昏暗寂靜的入口小房間中，等著接過自己的帽子和外套，看到放置著長火爐的樓下房間中，節子以及次郎跟嫂子在一起的景象，還有當他告訴他們，他是爲了到磯部去才來訪的時候，對岸本而言，心中已經有一半是旅行的心情了。

「次郎。」義雄的叫聲由二樓傳來。

「請你叫叔父到二樓來。」義雄又說。

「次郎，你去爸爸那裏跟他說，叔父有話要講，請他到樓下來好嗎?」被岸本這麼一說，本來在嫂子和節子身邊玩耍的次郎，就在通往二樓的樓梯上爬上又爬下。

義雄下樓來了。看來很少坐在長火爐前的義雄走向房間角落的腳爐。當義雄加入大家的對話時，這個樓下的房間，看起來更像是女人和小孩的世界。此時岸本說出了想要邀請哥哥一起去溫泉的事。

「偶爾去走走也不錯。那裏應該滿有趣的，那我就跟你去一次吧。」

義雄邊說邊將手伸向腳爐，高興地笑著。

「節子，男人眞好。要去哪裏都可以說走就走。」嫂子用母親的口吻對節子說，然後看著岸本說：「其實我們全家都想跟著一起去泡溫泉療養呀。」

節子默默看著自己的手掌，一邊聽著每個人的話。

「不過再怎麼說，也要等到明天早上才能出發吧。我認爲那樣正好。」義雄說。

「大嫂，今天可以打擾一晚嗎?好久沒有像這樣在嫂子家過夜了——」

「哪裏的話。我們這兒也不是什麼好地方。」

岸本和嫂子交換這樣的對話。有一種置身於旅館的安心感。

「捨吉，我們到二樓去說吧。」

哥哥只丟下了這句話，就逕自走上樓去了。但是岸本還想多玩味一下留在房裏的旅人感覺。當他看到穿越玻璃窗投射進來的午後陽光時，整間房子好像都籠罩在冬天裏。流遍整個小鎮的水溝裏細細的水聲聽起來就像在格子窗外。岸本身處這房間，卻差點將對面人家格子窗的聲音誤以爲哥哥房間的聲音。他看見出入廚房幫忙母親的節子在日常生活中充滿家庭的感覺。在祖母年輕時就有的舊櫃子上，放著節子讀到一半的《新約聖經》，那本黑色封皮的小型聖經是岸本送給她讀的。雖然節子沒什麼事不會走到叔父身邊，但是她充滿感情的沉默，卻在沒人發覺時悄悄來到岸本的身旁。

63

「節子，可以借用一下妳的房間嗎？」

「嗯，您請用。」

「今天我想好好的寫封信。」

岸本對節子這麼說完之後，就爬上了二樓。陡急的樓梯一直延伸到義雄的房間前。次郎對於鮮少到谷中來訪的叔父似乎很好奇，一直在樓梯跑上跑下。對於岸本而言，隨著這個需要在乳房附近抹上辣椒才好不容易離開母親懷裏的年幼次郎，一面瀏覽二樓的房間，是一件有趣的事。義雄的房裏擺有暖爐桌，而由高輪搬過來的物品則放在角落。

「捨吉，我這就出去辦點事，晚飯前就會回來。」義雄在樓上大聲的喊著。「算了，喝杯茶再去吧。」

此時次郎探出了頭來。義雄告訴次郎，要次郎跟母親說快點拿茶具過來。

「當時節子也受了你不少照顧。」義雄說，「前一陣子她說你給她買桌子和《言海大詞典》的錢，她買了一張有趣的桌子呢！雖然言海是必要的東西，桌子也是讀讀寫寫時的必需品，但是那張桌子跟我們家還眞有點格格不入。」

「像節子她們這樣的年輕人一旦有了想要的東西，就一定得買不是嗎？」

岸本像是幫節子辯護一般笑了起來。他在節子房裏看到了哥哥所說的新桌子。他心中想，義雄說的也不無道理。

「我說你在高輪的房子再這樣下去不行吧！總不能一直依賴久米吧。」

「哎，現在只能維持現狀了，我還要再努力一陣看看到底行不行。如果祖母不肯待下去，我家就會不成樣子，幸好祖母處處爲我著想，還有久米也幫我做了很多。因爲她有病在身，我還擔心不知道她會做得怎樣，但是不管事情再怎麼繁重，她還是能將事情處理，眞是值得託付的人啊！再怎麼說，家裏總是有孩子在嘛。」

「你也早該成家了吧。根岸提的親事最後也是不了了之。前一陣子我到愛子那裏才談到的。她說你寫了一封信，說什麼經過深思熟慮才決定拒絕的。我看過愛子那朋友的照片，看起來是相當不錯的女孩啊。」

義雄最後還是提到勸弟弟再婚。岸本沉默了。

「啊！不過現在說這些也沒什麼用，不如到磯部之後再慢慢談吧。」

義雄像是想起什麼似的，取出懷錶看了看，喝了一口嫂子從樓下端來的茶，匆匆站了起來。

64

義雄出去了。這個半天可以說是岸本回國以來，第一次能夠一個人靜靜輕鬆過日子。岸本看著二樓，雖然他邀請哥哥一起去溫泉這件事得到了正面回應，但靜默地聽他說一些關於結婚的事時，岸本還是沒有辦法對哥哥說明自己的心意。

還是來寫信吧。以一種旅行中的心情，岸本走向跟節子借的房間。節子的房間與義雄房間隔著一間稍暗的客室。節子的房間是二樓最明亮的小房間，靠窗擺了一張新桌子，上面擺著節子爲他所準備的卷紙和新的筆。節子剛搬家時寄到高輪的信中提到「這封信是從谷中家裏二樓那三蓆大的小房間寄出。」指的就是這個房間。岸本覺得自己也能身處同一個房間是一件難得的事，他一個人坐在桌子前。

「節子，妳放著別再忙了，只要給我茶就夠了。」岸本對著送泡茶器具來的節子這麼說。

接著岸本又半開玩笑的說：

「叔父我今天開始旅行了。今天也要付旅館費借住在你們家囉。」

此時，節子拿出一件剛縫好不久的鋪棉外衣讓岸本看。這是岸本買給她的，那時說是要給她當做來高輪幫忙時的工作服，外表還故意做得很簡單樸素。雖然嫂子說「就用目前有的衣服湊合湊合就好啦」，但是，岸本顧慮到節子每次都要長途跋涉，因此又給了她另一件相同花色的披風。

「這是母親為我縫的。」節子高興地說。次郎從樓下上來，開心地跑跑跳跳，來到姊姊身邊，緊緊的黏住她。

「次郎也長成一個好孩子了。」

次郎聽到岸本這麼一說，就在叔父的面前抓住比自己高的姊姊的手。

「跟在高輪的時候，變得很不一樣了呢。」節子對岸本這麼說。

一聽到母輕的呼喚聲，姊弟兩人一起下樓去了。二樓只剩下岸本一個人。對於節子平常念書的桌子產生的親切感，與一個人優閒的在這個三蓆大的房間裏躺著的感覺混合在一起，就在這種心情下，岸本突然變得不想寫信。這是一間毫無裝飾的房間，看來這只是節子用來沉澱她靈魂的「隱居處」，這房間的簡潔反而讓岸本感到高興。

有位客人來見岸本。他回去的時候，太陽已經快要下山了。節子與在高輪時不同，看來相當安心，有時候一面整理二樓一面來找岸本說話。來的時候身邊總是跟著次郎。連一郎都很好奇的上來二樓。節子被弟弟們糾纏得很不耐煩，總故意繞過他們來岸本房間。

「不知道泉太和小繁長大以後會怎麼想？」節子只說了這一句話，把問題丟給岸本，然後就開心的走過來。

「他們怎麼想都是沒有辦法的事啊。只希望他們知道事實就夠了……長大了、懂事了，到那個時候妳也就能夠承認我們兩人之間的感情了吧。」岸本回答完，兩個人便再也沒有說話。

義雄遵守時間在晚飯前回家來。義雄和岸本兩人提起有好幾年沒有聽過碓冰川水流聲。當天晚上岸本就像寄住在旅館一樣住在哥哥的家中，第二天早上跟哥哥一起出發到磯部去了。

65

到山邊的溫泉地住了三、四天，讓疲倦至極的岸本有復活的感覺。他比義雄晚一些返回東京，歸國後他終於首次想著手很久沒有碰過的工作了。

之前從法國帶回來的書本，正在高輪的家裏等待著岸本。他知道自己跟節子之間嶄新的感情、那眞實的感情，是長久以來讓自己深感痛苦、道德所不容的事。人生很大。這份感情很難在這個世間有所結果的，卻同時也是眞實存在的東西。這種深思的情緒帶領著岸本，他深深感受到自己與那個爲了一家名譽，而替自己隱藏失敗和爲人不知罪惡的義雄哥，正站在一個分岔路上。他背著哥哥的心，決定不捨棄那個不幸的姪女。

岸本想，節子也跟自己一樣，默默的走出自己的路。平常被說是「丟盡了父母顏面」，現在對父母終於有了幫助。一年將要結束的時候，義雄突然患了嚴重的眼疾，眼科大夫對於義雄眼睛突然看不見的原因，尚未有明確的說明。無論是陪著義雄上醫院，還是代寫信件，節子對於谷中的家來說，成爲了不可缺少的人物。即使如此，她也未曾怠慢過往來於高輪之間，向擔心的祖母傳達谷中父親的近況。有時，她在寒冷的雨天來訪，也會在祖母的房裏對著腳爐烤火，然後稍微躺著休息一下。

「節子，不要連妳也倒下去了。」岸本對累倒了的節子這麼鼓勵著，有時也會用自己的嘴唇拭去她眼中湧出的淚水。

距離十二月只有三天左右的某一天，岸本收到節子寄來的一封短信。

「聖經裏面有一段這麼說：你們祈求，就給你們，尋找，就尋見，叩門，就給你們開門。❹我打前一陣子就開始喜愛這一段話。啊！叩門！就給你們開門——我們一定是最後的

❹引自《新約聖經・馬太福音》7：7。

勝利者。」她用鉛筆這麼寫著。

岸本讀了之後，胸中感受到將要迎接第二十五個年頭的她充滿活力的心。他光用想的，就好像能夠聽到胸中的鼓動，她以自己的力量努力向遠方前進。

「啊，叩門。就給你們開門。」岸本反覆的讀著節子信中的這句話，並想像著她順著這條路走下去的生命。

66

「還有別人能像我們這樣迎接幸福的春天嗎——」

年尾的最後一天，一封節子寫來的短信送到岸本的手中。節子寫的那種幸福春天離節子和自己還非常遙遠，他害怕這個無法壓抑的歡愉話語只是單純的不服輸罷了，他希望能讓他身旁的人捨棄對她的微小反抗。所謂「最後的勝利」這句話，倒是不怎麼重要。節子的文字雖短而易懂，但是他與節子一起迎接的，絕不是世間人所謂的「幸福的春天」，而是將世間的幸福全部捨棄之後，藉由貧乏的東西填滿內心的春天。

新的一年終於來臨。節子穿著叔父做給她的外套走過漫長的路途來訪。在那之前，她沒有任何防寒的衣物，經常在途中被雨淋成落湯雞，岸本再也看不下去所以送給她那件外套。「父親一定會說，外套這種東西就算沒有也沒關係。所以目前只有讓母親看過。」她一面這麼說著，一面將在玄關折好的那件質感很好的新外套帶到裏面的房間，就在岸本的面前換成一件灰色的衣服，一面綁著白灰色的內帶。那外套倒也不是特地爲她做的，只是剛好在松阪屋附近看到，請人稍微改過尺寸而已。

「就算我穿著，爸爸也不會知道。」節子又提到父親眼睛看不見的事。

即使只是買一件雨具給節子，岸本還是會顧慮四周的人。他不知不覺的想要保護節子，因此不只是在谷中而已，還需要考慮到她來自己家的時候。

「節子就是這樣一直很依賴叔父，把叔父看成自己的力量。她小的時候，總是最喜歡送東西給自己喜歡的人。」祖母這麼說著，把早就二十五歲的節子當成一個小孩子一樣。

67

然而，把自己的心給了節子之後，岸本卻一直反覆著忽冷忽熱的心情，激烈的熱情冷卻之後，完全相反的冷淡心情卻在心中鼓動著。

岸本環視自己的房間。有個聲音傳來，想要考驗正開始工作的他。那不是大聲阻止他的聲音，而是像囈語般在耳朵深處小聲說話的聲音，那細微的聲音帶來幻滅的感覺。那個聲音問他，學問或藝術能否跟女人的愛同時並存？回國以來再會的節子和他之間發生的不就是彼此誘惑嗎？連繫兩人的要素只不過是經過三年孤獨的境遇所帶來的性飢渴罷了，不是嗎？在愛的舞台上負責扮演愚蠢角色的一直都是男人，男人經常地付出，但是這個世界上有些女人只懂得獲得，完全不知道要付出。當你想起女人這麼冷靜，和焦躁不已的男人相比，難道不覺得憤怒嗎？他爲節子著想而背負的所有重擔，還有被眼前看不見的迫害力量所踐踏、忍了又忍的心中痛憤，因爲這個聲音所感染的情緒，都轉眼成爲一點也沒有用的事物了。

而且，他不得不懷疑如此年輕的節子會對自己展開心胸的原因。每次他檢視著自己，打算討節子開心時，就會有種無法形容的氣憤。以他的性格來說，連自己討自己開心都做不來了，又怎麼能不知羞恥地討別人開心呢？那其中一定還缺少了什麼。對岸本而言，只是保護她、引導她，已經不夠了。節子寫來的那些言詞過於謹慎的信也早已不能滿足他。換言之，他期盼節子那一方變得更加主動。

68

節子從谷中來到岸本家的日子大約都定在每週六。她每隔一天要陪伴父親到醫院去，只要這個行程一切正常，她來叔父家來幫忙也不曾怠慢。自從義雄患了眼疾之後，節子似乎不得不幫母親做更多的工作。即便到叔父家中所得到的報酬非常微薄，對母親而言也算不無小補。岸本著手進行這些可謂「旅行帶回來的紀念品」的工作時，便再也沒有時間準備工作給節子做，但他還是會請她做一些抄寫或是校對。其實不管有沒有工作可以做，光是兩個人在一起的感覺，就讓岸本很快樂。有一次岸本出門散步，順便到路上去接節子一起回來。由品川線車站附近走到他家有相當的距離。那一天，他從高輪的道路轉到橫町附近，沿著高地走到斜坡路的上方，再由那斜坡走到車站等待，但沒有遇到節子。

正月過了十五天，岸本走著同樣的路，一面感到心情愉快，一面到了某個大宅外圍類似郊外的轉角，站在那裏等著從谷中走來的節子，然後再與腋下夾著黑色小布巾包的她並行而歸。

節子一路上像是在思考著什麼，靜靜的跟著岸本走在人影零落的道路上。一直走到看得見鑲著古樸窗戶的那棟大宅時，她突然看著岸本說：

「我好像已經變成男人了。你看父親都變成那樣了，而且一郎和次郎都還小，我就和母親說，我已經變成男人了，我會把所有的事情都做好的——」

69

節子這番再三思量才說出來的話，引發了岸本的沉思。她彷彿已經拋開了世間的想法，岸本可以由她的語氣中感覺到。

同一時刻，岸本注意到後面有人正快步的接近他們。才正想著那腳步聲噠啦噠拉的越來越近，那個人已經走到他和節子的前面，回頭看了他們一眼又走了。好像是偶然從後面猜想這對男女究竟是誰，才走到前面來看看。大宅後面的安靜巷道是通往高輪的其中一條路。岸本光是跟節子一起走路都感到滿足，到了接近住處附近的道路上，他就開始快步走在她的一步之前。

岸本仍然處於比正月初那時以來更加清醒的狀況中，這種冷淡的感覺和焦急等待節子到來的想法正交雜在一起，他抱著這種想法回到了家。他不只是期待節子的動作，另一方面，他也希望節子看到更多眞實的自己。剛好祖母因爲過年難得到谷中拜訪，久米又去參加茶會，在兩人都出門的日子裏，岸本鼓起勇氣在節子面前暴露自己內心深處的複雜情感。

「我以爲自己這一生，再也不會把心交給誰，但是到頭來我的心還是被妳拿走了。」無法忘卻過去痛苦的經驗，轉化成這樣的話語從岸本的口中說出來。那彷彿在對男人說話的語氣，使她有些震驚。

「眞沒想到您會這麼說……」節子把目光移到別處，彷彿自言自語一般說著。

但是岸本甚至不打算隱瞞自己對於兩人年齡差距的猜疑。

「一直以來我覺得我對妳太過珍惜了。因爲妳是女人，所以對你百般呵護，結果眞正想說的話卻說不出口。節子，妳究竟喜歡我哪裏呢？我的頭髮都已經白了……而且我也不會活太久。比我年輕、比我更好的人多得是，何不去找別人……」

一方面是對節子無所顧忌，另一方面則像是開玩笑，岸本說出這些話後笑了。他從來沒有像這天一樣，那麼想把心中最醜陋的一面掐出來給節子看。他所說的話連自己聽了都覺得很諷刺。

「既然您這麼說，我今後會找找看——年輕人嘛。」節子戲謔地說完，以苦笑來掩飾。她看來已經不想再談論這件事。

70

節子的唇，似要釋放卻又無法釋放地緊緊閉著。即使她曾在信中寫道：「無話不可談的時刻已經來了。」但是實際上，多數時候節子總是以無法開口的沉默來取代那一股說出口的衝動。跟這樣的節子面對面，岸本想起了並肩回家的路途上節子所說「我已經變成男人了」的這句話。

「我想到妳剛才在途中說的話，看來妳也很苦惱啊。」

岸本盯著節子的臉。是節子將兩人由肉體的痛苦帶到目前的境地。那無比懺悔的心情，青春年華即將過去，節子糾結的心顯得非常可憐。

「能不能別這麼勉強的說自己是男人呢？是女人難道不行嗎？試著大徹大悟吧。如果靈魂能夠洗淨，那麼肉體不也是能夠洗淨的嗎——」岸本這番話，使節子展現了微笑。

那天下午，曾在巴黎時讓岸本離鄉背井的鄉愁得到慰藉的古老法國寓言，出現在兩人的話題中。岸本在旅途中投稿到日本報紙的文章，節子都剪下保存起來。其中節子還記得阿貝拉和艾蘿伊絲的名字。岸本無法忘懷那次去參觀陳舊的索邦禮拜堂的旅行。那已死的故事不可思議的在岸本心中復活。在貝爾．拉榭思墓園，並排躺在古寺裏長眠的修士和修女的雕像彷彿出現在眼前。雕刻在白色大理石像上象徵著兩人終生不變的愛情字句，浮現在岸本眼前。他告訴節子他是如何在寺院外圍徘徊再三不忍離去。還有寺院四周鐵柵欄裏開滿了與秋海棠相似的花。

「現在想起來，一般人要是沒有辦法長相廝守，一定會急著走向毀滅。像他們兩人這樣一起走過這麼漫長歲月，眞是不簡單。」他說。節子專注的傾聽著。

看來這個異國的故事鼓勵了她的心。他對她的反應感到十分高興，並跟她約好如果下次看到與這故事相關的文章，一定會寄給她。

岸本難得感受著自己與節子間私有的對話，尤其是節子回谷中後，這種感覺更是深刻。藉著這樣的對談，岸本長久以來的疑問，也就是年齡間的差異、男女之間認知的隔閡等，都一一化解開來。此外，岸本的反諷也被識破，在她寫來告知一些要事的信件角落裏，節子加上了這樣的話。

「請您不要再那樣捉弄我了。雖然我有很多話想要對您說，但是我希望最後能由我自己說出口，而不是被您所迫。」

71

岸本開始撰寫自己遍歷海外各國的遊記。在工作的期間，書房外的院子被降下來的雪覆蓋了好幾次。正好遇上在這趟旅行中回憶最多的氣候，使他的寫作得以繼續完成。作品中，他抒發了旅程中的心情，那是抱著某些感慨，即使犧牲一些東西也要繼續生存下去的感情。他這麼寫著：

……野蠻人依從生理需求而行動，我也一樣。一直要到所有辦法都用盡了才會有所行動。我在那間住了七年之久的小閣樓中，嘆息也彷彿是夾雜著土地氣味的風一般，留下了悲憤的語句。對了，有人說過，只求希望得到光、熱和無夢的睡眠。可能有人聽到這句話會笑吧。如果說這不只是想像性的美麗詞藻，究竟又有誰會在這個充滿了有趣事物的世間，只追求光、熱和無夢的睡眠呢？正好我也有類似的無法言喻的心情，兩週的時間裏，站在地板上都會發抖。快要過年的寒冬也引起了這樣的神經痛。我有靜坐的習慣——其實原本我希望藉著靜坐來保持身體的健康，但是卻好像反而引起了神經疼痛。而且我也厭煩於別人的嘮叨，連原本一個月一定要請人來三、四次的按摩也取消了。由於停止了這些愚蠢的治療方式，我只能等待身體自然恢復。我打算能睡多久就睡多久，就像酒醉而睡著的人一樣，連續睡個一、兩天。說不定我們的身體在某種意義上，是不斷在生病的。平常的我就像完全忘記這件事一般，原本不太睡覺的我，到了這種時候反而不知道該如何應付自己的身體，有時甚至好像要等待更嚴重的病症似的，在地板上睜開了眼睛。不可思議的顫慄傳遍了全身，那或許是紙拉門外街道的聲音，或許是一般人感覺不到極輕微的地震，也或許是自己身體在發抖，我完全無法分辨……大量的悲痛、厭惡、畏懼、艱難的勞苦，以及顫慄，不僅進入了記憶中，更爬上了我的全身——到達我的腰，我的肩膀……就算是再大的痛苦，只要是自己所擁有的東西，就覺得它值得尊敬，至少我認爲比起他人的快樂，自己的痛苦還令人驕傲一些。但每當深夜裏我一個人坐在地板上感到痛苦的時候，卻比完全麻痺時還要清楚地知道自己仍然活著，這時候就不得不覺得這種苦痛會不斷地持續下去……從山中搬到東京之前，我曾經爲了要拜訪住在志賀的友人山村而走過一條雪路。我無法忘記當時的冷令身上的每一個關節都凍僵。我一再地將它視爲心中的景色，並眺望那來往稀少的雪中道路。我常常可以感受到帶著睡意的暈眩，或是將要在某處倒下時呼吸的痛苦，未曾經歷過的顫慄，以及心中想著，我差一點就要死了、無邊無際的白色海洋的記憶。正好，我逃遁而來的這個世界，也同樣有著那種暈眩和顫慄的寂寞世界。那裏堆著有天上降下來的「生命」白雪。那裏宛如冰的世界，冰的海洋。而我就沉溺在那冰海中，那七年小閣樓的生活啊，再見了……

厭膩了現實之後，以一種悲痛的心情墜落到頹廢生活的底層時，那裏有著他想逃入的冰的世界。

72

自己的在淺草時代結束後過的生活著實頹廢，而節子在那種生活中則如同盛開的罪惡花朵——這些想法，都是岸本在長途旅行出發後一段時間才產生的。

「人最終是在玩弄一切事物。」

這是他在淺草二樓居所中，寫給某人的簡短感想。即使那時因爲自己心緒混亂以至於脫口而出這些話時，或是看到這麼多婚姻生活只是令男女夫妻無止盡的墮落，因而對於女人這種生物的想法破滅時，或是冷漠的想到對於自我破壞、自己可悲的觀察者命運時，他仍不願承認自己墮落。他像貓頭鷹一樣，只有雙眼發著光芒，卻只能在寂寞和悲痛的深處發顫。無論如何，他不願意去深究自己命運的底蘊，只是振作起那股把「死」視爲航海中領航燈的人們的熱情，去尋求人生航行中的新事物。

當他開始寫這段遊記的一部分時，旅途中發生事情的種種記憶、心中經驗的記憶，還有事後才領悟的種種心情一起在岸本的心中湧現。那樣污濁的生活中繼續下去，就算沒有發生節子這件事，自己遲早還是要逃到海外去的。他所墜入的這種墮落，並不是中野的友人所說的「無爲」陷阱，而應是最後不得不成爲狂人告終的憂鬱，不但別人這麼說，連他自己也常常這麼想。他越來越害怕「死」，這是他三個女兒先他而死所帶來的陰影。從前走過的時光都沒有像那段日子一樣，「死」經常往來於他的心中。他想起了那種近似破滅的暗示。當他對與人說話或下樓都感到厭煩，只是一動不動地盯著冰冷的牆壁時，便恐懼的感到「死」已經漸漸爬上了他的身體。他就是抱著這樣的心境，度過頹廢生活的尾聲。將節子視爲生活重心所產生的強大風暴，可以說是過去那段生涯的悲劇結局。

草木甦醒的季節又再次來到岸本眼前。

才見春雪覆蓋了庭園，卻只在一個晚上就溶化了，春雪後反而看到更多的綠芽。他感覺自己一直所期待的春天，正逐漸的接近。充滿回憶的心中很明白一直在等待這個季節的並非只有自己一個人。他翻開節子最近一次留下來的小冊子。

「爲什麼我非得隱瞞這麼深刻的心情呢？現在已經沒有這種必要了吧。但是，我卻像是被奪走表達自己心情的話語一般，無論如何都無法表達出來。漫長的沉默——眞是可怕啊，我就像是進行口業的修行一般，到目前爲止只能靜默。我想要說，但您眞的肯聽我說嗎？那厚冰遇到溫暖的春日陽光，漸漸地溶化。我的雙唇也一定能夠溶化的。要是能夠早一天自由開口說出自己想說的話，眞不知有多好。」

節子在冊子的開頭這麼寫著，然後接著寫道：「雖然心情有如救難小艇上的船員般，持續了好一陣子，但現在我已忘卻自己所有的多愁善感，希望能與您一起活下去。」又模仿古人的遺歌寫著：「就算上野森林的烏鴉有不啼之日，但我卻沒有一天不思慕著您。」

73

進入三月時，根岸的姪兒捎來通知說打算搬到大阪去住。雖然當時岸本正在趕著寫遊記，但他還是在高輪家中招待了難得抽空前來的愛子。將隨丈夫離開根岸的愛子，談到了離開東京有一陣子、目前在台灣的雙親（岸本的大哥夫婦）、在俄羅斯領地哈爾濱的輝子（節子的姊姊），以及義雄的家人，其中關於節子，她說：

「節子變了好多——前一陣子她來根岸這裏，我們聊了好一會兒。怎麼說呢，連外表看起來都比之前好多了。」

岸本從愛子——對節子來說，這年長的表姊是她「根岸的姊姊」——的口中聽到這樣的近況，十分開心。而岸本將這個根岸姪兒視爲自己最小的女兒。愛子說了關於大阪之行的事。

「我有東西要給妳看。」

岸本說完，指了指房間角落嶄新的三個書箱。雖說是書箱，但是三個放在一起卻有書架一般大小。那是他從巴黎回來時，用行李箱子所改成的，只有最上面的蓋子是其他檜木做的，是岸本巴黎之行的紀念品。

「我希望妳能在那書箱的蓋子裏畫一些東西。將有好一陣子看不到妳的畫了。在妳出發到大阪之前，可不可以幫我畫個桃花什麼的。我特地爲了這個才把中間的板子空下來。」

岸本把三尺長的三個蓋子翻過來，排在愛子面前。拜託身邊的人所畫的圖樣分別在蓋子的左右邊。岸本指著左邊用女性的筆調所寫芭蕉句子，告訴愛子這是久米的字。而右邊粗體字則是節子所寫的。她寫的是一位二十幾歲早逝之人的遺作七言絕句。

「哇，節子的字好像男人。」岸本和愛子一起看著素面木板。

「節子的字也越寫越好了——沒辦法，因爲她每天都要幫父親代筆。」他說。

那字句是突然看到，然後才請節子在來訪時寫的。節子說她從來沒有寫過這樣的東西，所以拿到祖母房裏寫完了才拿過來的。看到成品時，他還說怎麼有點歪。他試著想像，當那位用稚嫩文字寫成漢詩的作者還活在世上的時候，愛子幾歲呢？在愛子十三、四歲時，岸本勸她去向一位南畫派的婦人學繪畫。那是如此年少的時代啊！

「再簡單的東西都好，一點點素描也可以，請妳畫一樣東西留下來。」

「要畫是可以啦，但是現在要我馬上畫就有點爲難。」愛子回答。

一向把興趣當成人生目標的愛子，並不像叔父所想的，可以隨性畫在家具的隱處。她承諾先畫出個草圖，去大阪之前再來畫完。

「妳不用把這件事看得這麼愼重，只不過是書箱的蓋子罷了。」

「不，這可不行。」愛子無法接受這種說法。

74

兩天之後，節子從谷中來時，岸本想起了根岸姪女所說的話。

「那天愛子稱讚了妳——我卻好像是自己被人褒獎一樣高興。」岸本將自己這種無法形容的愉悅說給節子聽。他希望節子能夠丟棄那種痛苦反抗的感情。唯有將之捨棄，節子才能夠眞正成長。

柔弱的節子怕冷而不怕熱。她的信裏老是寫被感冒等疾病纏身，沒能幫家裏什麼忙，眞是不好意思，之類的話。

在一些極度寒冷的日子裏，岸本總是體諒到節子在谷中家裏的種種辛勞，而讓她在自己這裏好好休息。進入三月之後，寒冷的日子仍然持續著。祖母和岸本擔心節子回去的路不好走，當天晚上就讓她留在高輪。

「我好像沒有看過這件衣服？」

節子從祖母房裏端熱茶來的時候，岸本看到她身上披著的半襟披風。

「在淺草那時不是穿過了嗎？」她這麼回答。岸本趁機取出了自己在下町爲節子所買來的男偶娃娃。雖然那男娃娃沒有穿著和服，但是大小剛好，而且有一雙可愛的眼睛。岸本原先沒有打算，而是去辦事時順道買的。他將娃娃擺在節子的袖子旁。

很意外的，這個小小的禮物卻誘發了節子眼裏源源不絕的淚水。雖然節子努力地壓低啜泣聲，但聲音終究還是大到好像會被祖母和久米聽到似的。

「節子妳怎麼了？」

最後岸本盡力說了一些安慰的話，好不容易才阻止節子即將被家人聽到的哭聲。節子似乎連坐也坐不住了。她站起來走向角落的房間，一面用袖子捂著聲音，偷偷的哭著。

第二天一早，節子將娃娃收進行李中，出發要回到谷中時，岸本仍然沒有時間去將自己惡意的玩笑和節子的淚水聯想在一起。節子從谷中家二樓的房間寄來了一封格式內容很規矩的信件。裏面寫道：「昨天收到您特地贈送的禮物，最後事情卻變成那個樣子，想必違反了您原來的好意吧。一想到自己目前身處的狀況，就不禁胡思亂想，我本來以爲自己一點都不羨慕愛子姊姊，但是只有在這一點上……。當我看到那娃娃純眞的臉孔，我就感到悲傷。我想起了那無知的幼小孩子哭泣著離別的回憶。雖然我一直想要忍住，但越是忍耐，惡作劇的淚水就一再襲來，結果若是造成您的困擾，也請您千萬要原諒我的無禮。請體諒我身爲母親的痛苦心情。」

這是節子第一次對岸本訴說自己思念親生孩子的心情。而信中的抬頭寫的不是「叔父」

而是「捨吉先生」，顯出了一種親近的感覺，就好像拋棄親戚關係這一層世間的標籤，剩下身爲人與人之間的眞實而已。

75

即使不再戀愛也遍尋不著馳騁我心之國度
能夠悠遊於光明之道的兩人更勝鴛鴦之情
在春雨降臨充滿夕陽的窗中我隱忍無言
夕照窗口傳來的聲響是否有如我對你思慕之情的春雨
一面思念你　一面思念孩子　春日的夜晚我無法入眠
分別幾年之後　我身之怨仍在　但春天來臨
初次爲萌芽新葉中的春天感到悲傷
你悄悄乘船而去的長路　我卻將之聽成雨聲
春雨中紅色山茶花落　無主的房中備感寂寥
遠望天空　愛戀你的日子　令人心傷
夢醒的深夜裏　獨自思念著你　枕邊沾濕的可是春雨？
夜夜問著春雨　你是否已將旅衣丟棄

新生

成長的我　耳邊私語的春雨　說你不在身邊
被雨打濕的兩隻鳥兒並翅雙飛也看來幸福
你離去　我獨守　耳邊私語不知是夢是眞？
只有一個人的過往　連萩樹的細枝都嘲笑著我
枕著手臂入眠　想起夜夜寂寞卻什麼都不說的孩子
閃爍的雙瞳　是否明白豐潤的淚水
忍不住一再寫信給你　閨中的我感到羞愧
路旁的紅梅　也看成是孩子睡夢中微笑的雙唇
好幾次想要放棄　我不該有的孩子
眼中看到的是　純眞戲玩著鯉魚群的　可憐的孩子
風箏是否也嚮往著春光豔羨的廣大天空？
偷偷探望的父親可否多一日在身邊陪伴？
今天也是獨自啜泣度過
人世間追求的東西不過就像是泡沫一樣過眼雲煙
心中的悸動更勝古人

節子在小冊子中寫下這些，放在岸本身邊。她就像是要讓岸本看到才寫的一般。岸本是在從舊新橋車站出發的長途旅行歸來，在三月二十五日左右才看到的。不久後，節子又捎來了一封信。

前些日子打擾您了。您的工作都做完了嗎？上次我怕您尚未完成工作，因此還曾經想過不要去拜訪您，或是把我送過去的那首歌帶回來別讓您看，結果是否造成您的困擾呢？我十分的擔心。如果是的話，我非常的抱歉，下次如果還有同樣的情況，請您一定要告訴我，我一定會忍耐的。……二十五日快要到了。您有沒有什麼改變？自從聽不到火車的聲音開始，只要想起那個時候一直站在一個地方，好像做夢一樣……我們眞是幸福。您給我的《盧梭懺悔錄》裏有這麼一段：『眞正的幸福是不可言喻的，只能去感受，然後你就能瞭解它之所以不可言喻之處。』眞的是如此，眞的就是這樣啊。

76

岸本眼中看到了一個日益成長的女子身影。跟從前相較，現在他眼中的節子簡直就是另一個人。他心中浮現很久以前節子年輕時的種種。她從故鄉來到東京時才十五、六歲，當時還穿著短和服，經常和輝子姊姊一起來到舊房子玩——岸本從未想過節子的人生會有這樣女性化的展開。從節子長久的沉默中——雖然她自己沒有說過，但是她從彷彿正在修口業的沉默改變至今，很少寫這類東西的節子竟然會寫一首歌給他。岸本感到十分的珍貴，他反覆看了幾次，想像一字一句裏隱含的女性情感。她在歌裏說，即使拋棄世間幸福也要跟隨在岸本身邊，不願去羨慕鴛鴦的承諾。看來她已經對結婚這件事死心了。從一開始岸本就不是她可以控制的，連她所生的孩子都不是自由意識可以左右的。她的愛更是世界上最難以獲得的東西。岸本想到她因不安而尋求宗教支持的心情，感到一種莫名的哀淒。

「你這樣對待節子難道不會覺得她很可憐嗎？她的青春轉眼間就要過去了你知道嗎？」

這樣的聲音經常考驗著岸本。但是節子明明說「我們眞是幸福」，又能怎麼做呢？岸本一直以來就認為自己的罪孽深重，重到必須一肩扛起節子的事。要是能夠將節子從長久以來的苦惱中解救出來，或是使節子幸福，那麼人類微薄的力量也太大了吧！

岸本感覺自己的生命一直逐漸走向她，連他的興趣都不可思議的變得跟節子一致。她的髮型、她的服裝更是比任何人都符合岸本的喜好。他想像既是弟子又同時身為情人的艾蘿伊絲和阿貝拉結合的一生，想像著許多有名修士們剪不斷理還亂的愛戀苦惱，想像著擁有一切又一無所有的人的悲哀，最後他體會到古人唱著「只要丟棄一切就會放下重擔——」時的心情。

節子來時走的那一條路上，早開的山茶花瓣也都陸續掉落。岸本就像平常那樣到中途來接她，與來自谷中的節子在某大宅附近的寺院相會。岸本獨自在家附近散步時曾經發現一條到東禪寺墓地的路。那天他邀節子在回家前先一同繞到墓地走走。岸本首先帶她到小丘上的寺院本堂。從那裏到東禪寺附近，途中必須經過一些新墓地和接下來的斜坡，還有一個草叢繁茂的崖壁才行。岸本自己先跳下小崖，然後站在崖邊的樹木間望著節子。

「妳能夠下得來嗎？」岸本一面說，一面將手伸出去打算攙扶她。這時節子自己借助雨傘的力量從崖上走下來，與岸本相望。

廣大墓地埋著數不清的死者在兩人眼前展開。苔綠的墓石在前方並排著，從墓石的古老樣式和使用石材的高貴和製作手藝來看，都訴說著年代的久遠，四周甚至給人廢墟的感覺。在小丘緩和處有一個稍微高起的地方，可以看到有四、五個人正在移動舊墓地。岸本跟節子一起走到一個堆放墓石的區域。走到那裏，那些工人的身影已埋沒在高大的墓石中，只聽得見掘土之類的聲音迴盪在極度安靜的空氣中。

岸本想起老朋友青木的住處也有像一樣的廣大古寺。他想起自己在二十初頭時候，與這位亡友坐在墓地旁，看到一位像是來商談婚姻煩惱的少婦的身影。這件往事在心中浮現，但他也沒有說給節子聽的意思。他邀節子一同由墓地間的路走到小山，爬上傾斜而樹木茂密的石階。

小山上並列著巨大的墓碑，呈現出截然不同的光景，那裏彷彿遠離人世般的寂靜。從湛藍的天空灑下來的四月初日光落在兩人眼前，岸本的右手抓住了節子的左手，靜靜地走在被日光所照射的墓石中，一種不屬於這世間的夫妻的親密感，透過沉默前行的節子的手傳到岸本胸口。

但是這種無邊無際的虛幻感覺馬上被打破了。剛好遇到了從小山上經由品川電車道到高輪來的人們。節子打算從來時的石階折返，卻在斜坡上越過常盤木的影子，看到了迎面走過的人。她從岸本的身邊離開了一些。

「到那邊去吧。我們坐在墓旁說話。」岸本這麼說，與節子一起走下了石階。

78

「爲什麼妳正好是我的姪女呢？如果妳不是那該有多好。」

岸本走回原來的墓地後，對節子這麼說。節子在墓地的一角鋪上手帕，穿著那件灰色的上衣坐在石頭上。

「不過，世間的事情總是這樣的，不是嗎？」節子回答。

「但是，我們也是在經歷了痛苦之後才與妳相遇的啊，若不是這樣的話，我們也不會走到現在這樣不可思議的地步了。」

唯有此時，岸本與節子才能輕鬆的呼吸戶外的空氣，享受晴朗的天空，並找到眞正的自我。節子也十分享受這種兩人獨處，極爲難得的時光。

「對了，我有事要問妳。」岸本說，「妳寄來的信裏面說—現在什麼話都能開誠佈公地說了—我原先不認爲這種時刻會這麼快就到，還想至少要等個兩、三年——如果那個時候我結了婚妳怎麼辦呢？當時我正有打算要結婚，還想勸妳結婚呢。我就是爲了這件事才結束旅行回來的，如果我那時結婚了，難道妳也願意等我嗎？」

「所以我說，低氣壓又起來了。」節子的臉上泛起了紅色。

岸本不打算接受節子這樣的回答。因爲事實上，讓岸本從旅途歸來後得以再一次接近節子的，正是這股不可思議的低氣壓。

「啊，是這樣嗎？我知道了。」

岸本像是想起了什麼，在長排的古老墓石前來回走著。節子等了三年，她所盼來的不是一樁好姻緣，也不是飛黃騰達的道路，而是從旅途回來的岸本。這個答案已經十分明顯了。節子心中的憂鬱，也在旅行時收到的信件中，毫不保留的向岸本傾訴了。

「再也不會有低氣壓了。」節子感慨的說，離開了墓地的角落。

「山茶花開了。」節子一邊說的時候，已經登上了崖壁，跟岸本一起走在新墓地的小坡上。兩人方才坐著的墓地已經在下面了。

「但是，妳還真的能夠忍著等了三年啊。」岸本一面走一面回頭，「如果妳的手沒有變成這樣的話，也許沒有辦法等這麼久吧。」

「您說的沒錯，如果我的手沒有變成這樣的話……我大概一定得嫁了吧。這麼說來我還不得不謝謝這雙手呢。」

「話說回來，節子，妳眞的願意嗎——接下來的日子妳也能夠一個人走下去嗎？」

「您這麼說好像不相信我似的——」節子用力說的這句話令岸本感到安心。

79

在墓地的時光過得特別快。但是與節子一起並肩回家的短暫時光卻令岸本難忘。過了兩、三天，他接到來自谷中的信。那封信內容大約是節子替父親義雄寫來商量與金錢相關的事，但是她卻另外用鉛筆寫了一首歌夾在信中。

兩人漫步的路途是落滿紅色的山茶花的墓地
不是你也不是我　而是兩個靈魂靜靜的待在春日的光中

綠葉發芽的春日之光照射在長滿青苔的石頭上
牽著手無語地走在石階上　春風溫柔地撫弄我的髮

讀完了這首歌，岸本明白當天在墓地裏的一切也深深印在節子心中。

那次之後，節子總是想盡辦法讓自己白晰臉蛋變得很淡、很不顯眼，這件小事令岸本感到喜悅。她淡淡的裝扮是因爲接受了岸本的忠告，她變得比之前更加自然，她感受到日益老化的岸本，因此無意識地接受了這樣的忠告。她盡力讓自己變得不顯眼，其實應該是對於岸本的嫉妒感到羞恥的緣故。這嫉妒也是因爲她還有機會可以去接觸年輕人。但是這種情緒轉眼就消失了。有時岸本會等待時機與節子談論這些事。

「經常有各式各樣的女人來找我，妳難道不介意嗎？」他半開玩笑的說，節子只是苦笑沒有回答。

「這種時候人是一定會嫉妒的，怎麼可能沒有這種感覺。」他說完，節子只是像平常一樣，回答道：「我沒有時間去想這些……」岸本深刻地感受到節子拋開一切跟隨自己的決心。

當他問「妳會永遠屬於我嗎？」節子總是回答「嗯，永遠都是。」就像她的答案一般，節子早就屬於岸本。雖然如此，岸本卻還是有一種再怎麼追求也得不到的眷戀之苦，讓他對於這屬於他、卻又不屬於他的節子束手無策。到了夜裏，岸本寂寞的靈魂總是呼喊著節子的名字。睡覺的時候也是反覆的想著她是否跟我在一起、我是否跟她在一起這些事。一個不留意，在半夢半醒的時刻，他在耳邊聽到一個柔細的聲音。

「我的丈夫。」

當他熱切的尋找聲音的來源時，手中卻空無一物。他的手只抓住了寂寞。

80

自從與義雄哥一家分開之後，半年來岸本就過著時而依靠祖母、時而依靠久米的簡單生活。岸本不能缺少的祖母，對於義雄而言也是個不能沒有的家庭協調者，所以再也不能把祖母留在高輪的家裏。對於岸本來說，少了祖母，就好像少了家裏的重心一樣，而且久米原本打算來這裏學習的，總是請她照顧孩子，自己也感到過意不去。他能夠看出來，本來極度被壓抑的孩子性，在祖母和久米的溫情下也變得比以前驕縱。他明白，即使這樣能夠安慰這些失去母親的孩子，但若無法斥責他們，就很棘手了。尤其是排行第二的小繁，只要一鬧脾氣，唯一的辦法就是任由他哭到自然停止爲止，隨著次數的增加，岸本發現久米和女傭都只能在旁束手無策。再怎麼說還是自己親手帶最恰當，只有帶著這些無依無靠的孩子一起生活，等待他們自然成長之外，沒有別的辦法。岸本思及此，便決定將高輪的家解散了。他再也不忍心讓祖母和久米爲了自己的孩子煩心。

他心中盤算著，想要帶著泉太和小繁一起搬到外面去住。他希望自己巴黎三年的生活會對未來有所幫助。但是他還沒有跟任何人提到這件事。

岸本爲了節子而放棄再婚，他會以這樣的形式離開家庭，再度回到旅人般的生活，也是可想而知的結果。他抱著這樣的想法等待從谷中前來的節子。

節子來了，正好當天祖母帶著女傭和孩子一起到上野去賞花，家裏只剩岸本孤獨的看家。節子一來就跟平常一樣，打算先見見祖母，因此走進放著長火缽的房間。

「祖母呢？」岸本見到節子時，家裏正處於寺院般的寂靜中。岸本從前在淺草家裏時，也經常在所有人都出門後，關上麥稈做的門，獨自享受寂寞。

「今天大家都去賞花了，只有我一個人在。如果妳想要回去的話，現在回去也無妨。」

「既然這樣的話我就回去吧。」節子故意這麼說完，就沿著走廊進入了最裏面的房間。

岸本希望能獨自撫養泉太和小繁，首先就是想做給節子看，因此，他告訴節子自己想在附近找一個住處，跟孩子一起搬過去住。

「一個大男人是否能夠獨自把孩子養大？但不論做不做得到，我都打算自己撫養孩子。」

岸本的這個想法，節子似乎不太驚訝。

81

「在高輪的日子眼看就要結束了呢。」節子說。她對這個房子的記憶比岸本更多。當初是岸本將節子安置在這裏的，但是他隨即出外旅行去了，反而是節子一個人在這裏度過三年晦暗的歲月。

此時，四年來節子在這房中每一個角落的生活，都重新浮現在岸本的眼前。四年前，節子站在這個庭院中，一直等到品川發車的聲響聽不見爲止。現在這個院子早就進入綠意盎然的春天，新葉的顏色加深了草木的印象。鮮少整理的庭木全都恣意生長著。尤其是梅花枝葉，枯老的黑葉上附著新長出來的葉子。庭院的角落有剛開的如少女般的山茶花，也有開了很久仍不凋謝的紅色山茶花。盛開的花朵和繁茂的草木與廢朽的房舍交雜，一起映照在古老的玻璃窗上。

岸本的心中想起這首歌：

我回憶中的家彷彿遠方的雷雨在灰色中夾著銀絲，
銀色和灰色都令人懷念，就像是一幅畫卷一樣。

這是感覺到高輪時代將要結束的節子，爲了留下一些回憶而寫給岸本的歌。但是，岸本還沒有傻到唸出這些句子讓節子感到困窘。

「山茶花開得好美啊。」節子說著，與岸本一起從走廊走到庭院裏。在山茶木細而堅強的樹枝下方，大朵紅花隨性的在葉子之間綻放。有些花整朵掉在土地上，岸本凝望著一臉不捨站在樹下的節子。

「插在妳頭上不知道看起來如何？」見岸本這麼說，節子就四處尋找花朵，但是沒有一朵是在她伸手可及之處。此時，岸本突然有一股快樂衝動，將節子抱起來讓她摘花。

節子難得笑了起來，同時跟著這壓抑不住的笑聲一起跳到地上。她將摘來的花放在頭髮旁比一比，並沒有打算要插在頭上。過了一會兒，岸本坐在廊邊，並且讓節子坐在自己的身旁。接近正午的春日暖陽照在庭院的泥土上，兩人望著日光感受屬於兩人的寧靜。

82

節子爬上走廊，走向廚房準備午飯。中午，兩人就在祖母放長火缽的房裏吃了簡單的午餐——節子把庭院裏摘來的山茶花苞放在長火缽的板子上。

這一天，岸本眼中的節子顯得很不一樣，她拋開了顧忌，不再在乎別人，比平日自然多了。連樸素的深茶色邊寬大和服都看起來十分適合在各個房間來來往往的身影。

「妳還是比較喜歡靜態的事物吧。這一點跟我很像。」

岸本留下這句話，決定到高輪的大街附近找一些招待節子的東西。

「節子，麻煩妳幫我看個家，我出去買一些甜點回來。」他說。

岸本從鎮上回來時，節子正在後面房間準備茶。雖然還是四月下旬，他卻買到難得一見的粽子。就在令人聯想起男兒節的粽葉飄香中，節子說出了她難以忘懷的孩子近況。岸本第一次跟她談起他們兩人所生的孩子。

「我記得取名為親夫對吧。我還記得妳寫信告訴我，這原本是一位和尚為自己孩子取的名字，妳請他讓給妳的。」

旅行中，光是想到這個未曾謀面的孩子的存在，都會膽顫心驚；和當時相比，現在岸本卻有了一種截然不同的心情。節子彷彿也認為當初那種帶著罪過的心情已經過去了，回想起自己待產時住過的鄉村；岸本也想像著那個產婆家的二樓。那不幸又有幸的孩子得到了另一對好心的父母，被收養在一個平靜的農家裏。說到這一點，節子臉上浮現了年輕母親特有的表情。

「咦，妳說他的養父母家經營釣魚場，那下次我也假裝去釣個鯉魚，順便拜訪一下吧。」

岸本的話讓節子臉上出現了笑容。

「有時候還眞不知道會在哪裏遇到哪個人呢。」節子說，「我寄到巴黎的信曾經寫到鄉下有一位非常照顧我的女醫生吧。我遇到她了。在爸爸看眼病的醫院……那個人現在擔任眼科的助手。」節子說到這裏停頓了一下。岸本心中明白那沉默代表什麼含意。

「對了，妳母親怎麼樣了？」岸本在沉默之後接著說：「她知道『那件事』嗎？」

「媽媽知道啊。」

「那輝子呢？」

「姊姊說不定也知道吧。那時姊姊回家待產，我不在家，所以她就去問爸爸，爸爸叫她去問媽媽，她到媽媽那裏，媽媽又叫她回去問爸爸——姊姊當然會起疑心吧。那時爸爸還在名古屋。」

「愛子呢？」

「這個嘛，根岸姊姊到底知不知道呢？」節子的話變得含糊。接著兩人相對了無言。

「好像氣氛變得有點奇怪。」節子聽了岸本的話之後說。

「嗯，但是我總算把話說出口了。」她好像深深地吐了一口氣似的，對岸本這麼說。

83

兩個人獨處度過快樂的一天終究還是以悲傷收場。節子將一個月前岸本送的男娃娃小心翼翼的珍藏，聊以慰藉母性悲哀；她為娃娃穿上黑色和服，綁上黑色的頭巾，好像自己的孩子一般包在黑色的包袱中帶到岸本身邊，但想說卻找不到機會說出口。節子為自己能夠向岸本傾訴身為母親的情感，感到無上的喜悅，但是每當話題談到兩人之間的孩子，就越是讓岸本感覺到現實的殘酷。節子又說到，自己生產完之後，經常透過那位女醫生到孩子養父母家中去拜訪。那戶人家熱切的盼望能夠瞭解節子的來歷，想盡各種方法打聽，即使問不到眞實姓名也要問問來自東京的哪裏，甚至只要說出個方位也可以，結果最後女醫生還是什麼都沒有說。

「他們對那孩子可是非常的疼愛喔——那孩子眼睛患病時，老爺爺還每天背他去看醫生呢。」她對岸本說。

眼看著屋子裏漸漸暗了起來。雖然屋外還是亮的，但是岸本和節子都想起晚歸的祖母。岸本對節子說：「節子，妳可以開始準備回去的東西了。」節子起身，故意說道：「我不回去了。」節子話裏的率眞讓岸本嚇了一跳。

「祖母她們大概快要回來了吧。」岸本一面說，一面穿梭在各房間。由朝北的房間外面連接到廚房的走廊屋頂，有一個小小的天窗，從那個窗戶射進來的夕陽照射在緊臨走廊的小房間裏，從紙拉門透進隱約的亮光。節子站在鏡台前梳理已乾的頭髮，並開始準備要回家。岸本不經意的站在節子背後，凝視著鏡子裏節子成熟的姿態。霎時，節子將頭靠在岸本懷裏，像是捨不得離開這個房子的溫柔和表情映在鏡子中。賞花人們過了不久都筋疲力竭的回來了。

「欸，我們回來了。」泉太和小繁跟祖母的歡樂笑聲，頓時讓屋裏熱鬧起來。「多虧了您，今天玩得很愉快。」似乎連女傭都玩得十分盡興。

性急的小繁一邊走向岸本一邊大聲的說著午飯時的事。「爸爸，今天發生了一件失敗的事情喔。泉太把小吃店想成是賣蕎麥麵，結果衝進去叫了煎蛋和雜燴——結果被坑了一筆。」

泉太也笑著說：「人家把它和蕎麥店搞錯了嘛！」

「對了，小姐妳來這裏，午飯我卻什麼也沒有準備，眞是……」女傭對著節子說。

「別這麼說，我把家裏有的東西給吃掉了。」節子回答。祖母和岸本都留節子在家裏吃過晚飯再回去，但是節子沒有接受，仍然在黑暗中踏上歸途。

84

岸本開始把自己當做一個帶著孩子的旅人來行動。他早就想爲這個對家庭沒有眷戀的自己找一個居住的地方。在端午節的前夕——當泉太和小繁取出小時候裝飾用的陳舊金時❺和

❺指平安中期勇猛過人的武者坂田金時，小名金太郎。後人將他視爲男童的守護神，並做成人偶，在五月男孩節時供奉。

鯉魚旗，期待粽葉飄香的男孩節時——他卻故意望向掛著菖蒲葉的房舍，彷彿是臨別前最後一瞥，在心中下定決心離開高輪。

照顧孩子的人，尤其是久米，應是最有可能反對他的，但最後她還是同意了岸本的想法。

當祖母要前往谷中，久米返回自家，而女傭仍然是女傭，大家各自確定未來去處並即將成行時，每個人心中都有一種不捨之情。

過了五月十五日，事情有了進展，岸本在愛宕下找到了一處適合的房子。到了此時，岸本終於不得不告訴孩子們將要搬出去住的事。泉太和小繁學校裏的同學沒有人是住在外面的，岸本不知道他們是否可以接受自己所說的話，因此猶豫了好一陣子。一天，岸本趁著和祖母、久米一起吃飯時，在餐桌旁對孩子說：「爸爸決定要帶你們一起住在外面的租屋，不知道你們覺得如何？祖母再過不久就要回到義雄伯父那裏了，再怎麼說這個家也該結束了吧。其他的孩子因爲媽媽還在，所以才能夠從家裏去上學。但是你們已經沒有媽媽了，所以才想到要去住租屋。我也會跟你們一起住到裏面去的，怎麼樣，要不要跟爸爸一起去呢？」

「我要去。」小繁說。

「爸爸，」泉太彷彿要阻止弟弟的發言似的，說：「從新房子可以到學校嗎？」

「應該是可以的。」

「那裏有飯可以吃嗎？」這次換成小繁問道。

「當然囉，所以我才找租屋的。不過一旦住了進去，我給你們吃的東西你們就得吃，不能說不要這個、不要那個的，在租屋裏就不能說這些話了。有什麼就要吃什麼，這樣你們願意嗎？」

「可以、可以，我們做得到。」泉太很快的回答。

「租屋那裏還有別的人住，所以小繁，你到了那裏如果還像現在一樣那就不好了。你再不改是不行的。如果你像現在這樣大吵大鬧，還動不動就弄破紙拉門的話，大概只一天我們就會被趕走了。」

「去了那裏我會改的嘛。」小繁抓了抓頭。

「哎呀，小繁，你怎不不早一點改呢。」久米笑著說。

泉太和小繁比想像中還容易接受，這讓岸本安心許多，不但如此，喜愛變化的孩子們還迫不及待的希望父親能夠早一天帶他們去那新的租屋。

85

快要離開高輪之前，岸本想起了自己回國以來的日子。回國的第一天，他一個人從品川車站坐車到這間房子大門口。雖然籠罩在他心中的晦暗、祕密影子仍然揮之不去，但是卻比不上漫長旅途中的黑暗。朝向未來的每一步都讓他的心越來越明亮，這種喜悅更加激勵著他邁向應走的道路上去。

搬家前一天，岸本粗略地分配家中的物品。將園子時代的櫃子交給喜愛古董櫃的祖母，將久米房裏掛著的盧森堡公園風景畫留給熟知油畫的她，這些都是在高輪陪伴自己半年多的紀念品。祖母每日上香的佛壇上有一個小小的陳舊牌位閃著黯淡的金光。岸本取來自己帶去旅行的紀念提包，將牌位收了進去。

「你看，我把媽媽也收到包包裏了。」他對泉太和小繁說，並一邊把提包舉到孩子的面前。

「讓我提著媽媽嘛。」兩個孩子爭先恐後的提著那提包。

第二天便進入了六月。前來谷中接祖母回家的節子也順道來幫忙。岸本把當初從淺草移植來的胡枝子根分成幾份，一株送給久米，一株放在運送行李到谷中的貨車上。隨著每一件舊家具搬走，整個房子的內部光景便逐漸破壞了。

祖母帶頭和久米、女傭三人都說想要送孩子們到租屋，大夥兒便一同出發到愛宕下。岸本走在隊伍後面，最後一個離開高輪房子。

一群人率先抵達，家人們跟早就送到的行李一起等待著岸本。那裏看似古老寺院，院子生滿了青苔，而他們便住在庭院深處的廂房。這間房子朝向東和北，是一間古色古香的平房。有兩個隔間，一邊是岸本自己的書房，另一邊正好可以充作孩子們的房間。

「什麼嘛——我還以為是宿舍呢，原來是旅館啊。」小繁這番話弄得大家都笑了出來。泉太和小繁對於這個新住處感到非常新鮮，一直在主屋和廂房之間的通道上走來走去。

正好到了吃午飯的時間。岸本與祖母一行人一起吃了飯，又說了一些感謝的話之後才分別。在這個租屋裏，另外還有一位剛從台灣到東京來的學生，他是台灣的民助哥介紹來的，這位學生會待上好一陣子，對於帶著小孩的岸本來說照顧他不是問題，因為他不但身為孩子們的父親，而且早就同時扮演母親的角色。就算這樣的生活必須在孩子身上花費相當大的時間、精神和力氣，還是讓岸本心中平靜下，好像從隔壁鄰居家搬到屬於自己的家裏一般。

86

叔父您正要走的那條路，就是我曾經失望而錯過的路。叔父您和我不同，您一定能夠走得很順利——沒有什麼會令您失望的。上次我聽您談起您對教育小孩很有興趣，讓我有些不可思議，說不定這就是男女的差異吧。當我成為一位母親開始，我便會把自己所失去的，或是我一直追求不到的東西寄託在孩子身上，這是因為我想追求的是小孩的眞。我的力量很微小，但是我的誠心卻不會輸給任何人。但是身處在想法迥異的家庭裏，無論我如何努力，都沒有辦法和他們站在同一條軌道上面。甚至連一、兩個月好不容易才建立起來的基礎也馬上就崩潰了。把孩子視爲一個個人而待之，也就是教導他尊重自己吧。然而，這種想法，和催眠孩子、要他們把大人當爲萬能之神的想法，是無法同時並存的。如果要廢除施展催眠的這種想法，我就是個罪孽深重的人了。另外，無論是叔父您託我照顧的孩子們，還是我自己的弟弟，我都不會因爲他們不是我的孩子而在態度上有所不同。因爲我覺得我不想去分這是我的孩子、那不是我的孩子，我想的是難道我不能爲他們做一些什麼事嗎？——叔父您這段時間一定相當辛苦，但是只要這一步踏了出去，我們的心就會更接近了。雖然，也許會因爲孩子的事有點動搖，但是我相信最後還是能夠懷著一顆感謝和信賴的心情，像向日葵一樣朝向著有光的地方前進的。我很羨慕您能擁有這樣的心情……

節子寫了一封這樣的信寄到愛宕下。她以自己的失敗來安慰想要以男人的力量撫養小孩的岸本。

岸本收到這封信時，租屋的生活已經大致安頓妥當。爲何他會如此愉快的展開這樣的生活，箇中緣由只有節子一個人知道。好幾次岸本想在義雄面前，將自己爲何搬出去住的原因以及自己一路走來的歷程——包括自己與節子的關係——一五一十的說出來，但是可以想像義雄的回答一定是「你們是叔姪的關係呀！你們這麼做，只是一種不道德的延續罷了。」

想到這裏，岸本總是忍不住嘆氣，回歸到那虛假的沉默中。

愛宕下的租屋裏沒有一樣東西可以讓岸本想起巴黎的生活。看得到庭院裏青色松葉的紙拉門，取代了映照梧桐樹的窗子。位於市中心卻安靜的主屋，隔著庭院的客人說話聲或菸草盆的聲音，取代了蒙帕納斯大道透過玻璃窗傳來的電車和馬車跑在石頭路上的吵雜街道聲。而每餐飯前總是會來每個房間敲門，並喊著「飯已經準備好了」的家婢，卻換成了每餐飯前從主屋廚房端送飯菜和吃飯用具的女傭。原本放置著床舖、蠟燭台甚至洗臉盆的房間一角牆上，掛著蘇格拉底的最後一幅畫，現在則是貼滿了如同橫梁雕花般的扇面掛額。一切都相差得很遠，但是這樣的環境還是喚起了岸本在巴黎旅途生活的記憶，就像在異鄉時孤獨的與學藝親近一般，現在岸本也打算在這個廂房紙門旁的書桌上，重拾自己歸國之後久久沒有動手的工作，他打算在秋天之前繼續撰寫旅行日記。無論是爲此而專心坐在書桌前，或是爲了避免義雄哥對他的不悅，岸本都決定要暫時和節子保持一些距離。

搬到宿舍後一個月，節子寄來了一封夏日的問候信，旁邊也同時附著鉛筆寫的字。上面寫著：

前些日子到府上拜訪時，您的鬍鬚長長了，好像消瘦了一些，我覺得非常過意不去，什麼事情都讓您來操心。我也在去拜訪您的前兩三天開始身體有些微恙，昨天我陪爸爸去醫院時，在回家的途中差一點就快要走不動了，最後好不容易恍惚的走到家裏。當時我想起了叔父，我只有跟叔父在一起的時候才能夠表現眞正的自己。我現在的境遇也相當難過。對了，今天晚上是七夕，去年的現在我是多麼期待叔父從旅途歸來，但即使我把自己當作織女，叔父也不可能成爲牛郎。我覺得身體有些不舒服，就此停筆了。當叔父收到這封信時，搞不好跟去年好不容易見面時一樣有一種莫名的喜悅和悲傷呢。

節子的信，讓好不容易稍稍離開她的岸本心中，又再次起了波瀾。信中寫道：「沒有牛郎是害怕織女的吧。」顯出了一種純眞之心。這純眞的部分正是節子還年輕的最好證明，反而緊緊地套住岸本的心。

搬到這裏之後，不管是照顧孩子的事情或是其他事，岸本都想要藉助女人的力量。從這層來看，與在高輪一樣每個星期六來訪的節子幫了很大的忙。

但是酷熱之中，岸本請節子來家裏的次數變少了，一個月只見得到兩次面。岸本希望能藉由這些努力，來讓自己動搖的精神沉靜下來。

88

岸本送了一串念珠給節子。那串珠子是以透明的玻璃珠加上清爽的藍色線串成，很適合女人使用。他住處的區域增上寺周邊的古老寺町，像這樣的東西很容易就買得到，而且價錢還比別處便宜。

這個簡單而有心的禮物令節子感到很開心。她在七月中旬前來愛宕下時得到了這樣禮物，當時正是岸本打算要與她保持距離撰寫旅行日記的時候。後來在節子寄來的信中寫道，那件禮物實在是太好了，帶回谷中的家裏之後她還好幾次掛著看了良久。她正打算也找一條男性用的念珠來當作回禮。岸本愉快的想像那條念珠擺在谷中住處二樓三蓆榻榻米房間中的樣子。雖然還不確定，但是打算走宗教之路的節子，箱子裏放著滿載岸本愛意的信物。

節子寄來的那封信不只是表達收到禮物的感謝，她將岸本對於自己的不安保持沉默解釋成對她的不滿。「我們兩人在年齡上的差距和智慧見識上的差異—在這些事物上面叔父對我的不滿我能夠充分理解。而且不知不覺之中，我的態度也變得強硬起來，如果叔父有什麼話就儘管對我說吧。」她在信中這樣寫著。

岸本對節子說：「妳可能弄錯我的意思了，我沒有這個意思。」但是這些由胸襟狹小女子口中說出的話，卻不可思議地讓岸本的心又再次朝向她身上去。他嘆了口氣，學問藝術和男女情愛是否眞的難兩全呢？這個時候他經常想起「愛與智慧兼具的阿蘇歇」這句話。所謂的「阿蘇歇」是指一生的伴侶。雖然要達到那樣的境界並不是一件容易的事，但是他和節子兩個人有共同想要達到的目標，那大概是混合著「友情」的男女關係。無論是兩人產生愛情也好，或是考慮到將來的事也罷，他的心中都只能壓抑而已。

岸本眼中的節子已經不是以前的節子了。在岸本漫長寂寞的人生之中，節子就像一朵花一樣，與原先的印象完全不同。她令人驚嘆的身體線條，還有柔和的女性表情——不但讓岸本無法專心的坐在書桌前，她的那句「我好寂寞，只好抱著您的照片呼喊著您。」也在腦中揮之不去。買來念珠送給節子的岸本，對於那強烈的思念卻一點辦法也沒有。

他想像那些坐在雪裏一心要追求眞正「自然」的人們，藉此安慰自己。回國之後第二次的大暑時節又來臨，被那酷熱給灼燒的不只是庭院裏的草木，他被炙熱的愛戀所點燃，一整週都無法專心工作。

89

七月底，節子帶著弟弟來到岸本的宿舍。正好是學校夏天開始放假的時期，因此對於一郎的來訪，泉太和小繁感到十分高興。一起住在宿舍的青年回台灣後，孩子都感到寂寞，但還是一年中最快樂的季節。

孩子們聚集到廂房前，看著節子姊弟帶來的幾盆牽牛花；岸本也去看了看花，然後到房裏去叫兩個孩子。

「泉太、小繁你們都過來。今天一郎他們來，你們也該換個衣服吧。」岸本已經習慣於對孩子說這些話，並照顧他們的生活。雖然兩兄弟身材不同，但總是以相同尺寸的衣服來湊和。兩人看著父親拿出來的衣服，憑著帶子上的標記來區分穿著。節子也來到這裏，收拾孩子們脫下來丟在一旁的衣服，並放到房間的角落。

「節子，妳不換衣服嗎？」岸本說。

搬到這裏之後，岸本總是在家裏準備一套供節子更換的衣服。他體諒節子一路上的炎熱，因此特地爲她量身做了一件衣服。換上那件透氣的薄上衣，與岸本一起度過的時間對節子而言是最快樂的。

那一天節子卻猶豫了。岸本懂了她的表情，說：「對了，今天一郎也一起來了呢。」

節子帶著包袱來到岸本的起居室。她在膝蓋上打開了那包袱，拿出了要送給岸本當回禮的念珠。

「我帶了好東西喔。」

節子一邊說，一面將東西放在岸本面前。那是用茶色繩子串成的男用念珠。跟岸本送的念珠比起來，這一串的珠子較大，顏色也比較黑。

孩子們什麼都不知道，只聽到三個人愉快的喧鬧聲從無花果樹下傳過來。岸本對節子費盡苦心找到這樣的回禮感到非常高興。

「看起來如何，跟我配不配？」岸本笑著問節子。放在掌心的念珠珠子彼此的碰撞聲，聽在岸本耳裏相當悅耳。

當岸本將節子的禮物掛上時，心裏產生奇妙的變化。岸本一直想把自己視爲帶髮修行的和尚，但是心中的血潮太過於澎湃，而他走過的這條路也太過於罪孽深重了。將念珠掛在胸口的那一刻起，他有一種找到自己心靈容身之處的感覺，同時，使他在夜裏無法入眠的血液中的悸動也出現了。

90

由廂房通到主屋之間有一處可以清楚看到庭院風景的好地方。三個孩子有一段時間聚到這個涼風吹來的地方，但過了不久，又一起出發前往愛宕山附近去了。

從庭院裏青桐樹上傳來的蟬鳴聲，讓孩子們的房裏得到片刻的寂靜。

岸本整理了泉太的書桌，把節子叫了進去，讓節子看自己寫的東西。他想讓節子唸的不是信件，而是自己在心中浮現她的身影時所寫給她的隻字片語。有一些旁邊寫著：「雖然這麼忙，還是只能寫這些來安慰自己。」或「流過了像瀑布一樣多的汗之後，又寫了這些。」

還有一些是寫在紙片上，拿給節子看時把它們堆放在一起也有相當的分量。連自己都差一點嚇到的放肆想像——這些東西越是壓抑，就越是突破了精神力量併發在紙上。其中有一段是自己打算帶孩子去海邊時，想要爲節子到街上去挑選一件女用泳衣，並帶她一起享受潮水之樂，還設計了要在浪大的時候偷偷捉弄節子的計畫。還有和孩子們一起去附近的禪宗寺院時，在幽靜的庭院旁迴廊上想起節子的片斷。其中還有去年冬天磯部之旅以來自己心中的交戰，和希望節子瞭解的種種心底話。

節子動也不動的讀著，彷彿她所有的神經都被紙上的東西吸了進去。有時岸本站在她的身後，看著她長長的頭髮，還有極具女人味的耳朵和側臉，並一面偷偷觀察她讀的是自己所寫的哪一部分。

「雖然知道自己很忙，但是還是想要寫給妳。雖然知道自己很忙，但是依然不停的想妳。我決定每個月只見妳兩次，但是現在我非常的後悔。看不見妳的這兩週實在是太難熬了。昨晚很熱，我幾乎無法入睡地想念著妳。在高輪的走廊邊，那滿是胡枝子葉的庭院旁，兩個人享受著快樂，而忍受被蚊子叮的痛苦直到深夜，那些回憶讓我感到憂鬱。這樣的夏夜裏，我的心被等妳的欲望占滿了。我已經因爲想妳而一夜未眠……前天晚上我夢到妳再次當了母親，結果正被妳父親狠打的時候，我的眼睛睜開了。悲痛的夢裏留下來的淚水，弄濕了妳縫給我的天鵝絨枕頭……」裏面有這麼一段內容。

「如何，妳都看完了嗎？」他說話時就站在節子的身後，看到節子的眼中充滿了淚水，他朝向她望去。他知道節子的淚是高興的淚。他看著節子的淚流過那成熟的雙頰。

那天下午，岸本走到節子的面前。他詢問節子目前的種種境遇。

「節子，妳一個人眞的不感到寂寞嗎？」

「不，我並不是一個人——我們不是兩個人嗎？」節子的回答在岸本的耳裏迴盪。然後，他無意識的把節子摟入自己掛著黑色念珠的胸口。

「啊——節子妳眞可愛。」岸本像是吐了一口深深的嘆息一般，熱切的說。

91

節子姊弟倆兒留下兩盆牽牛花，當天傍晚便回到谷中去了。第二天、第三天的早上，節子帶來的牽牛花都在岸本的房間旁開了花。

「我眞的很高興，因爲……」一封節子寫的開頭未經修飾的信，在八月初寄到岸本的手中。這是她回到家裏以後隨手寫成的，雖然很短，但是卻充滿了感情。

「上次見面的前一天晚上，我好幾次睜開了眼睛，無法好好入睡。」

「過了一週，只要想到已經過了一週了，我的心就難過了起來。連一週都感覺很漫長。」

她無法經常寄信，因此只好寫一些身邊發生的小事，最後還寫道「希望能早日見面。」

結果八月過了一半，岸本想要整理的旅行日記仍然還沒有完成三分之一。他在旅行中曾經對畫家岡說過一句自我安慰的話：「人即使上了年紀還是會有複雜的戀情產生——不過，我想戀愛這碼子事再也不會發生在我身上了。」一路上抱著這種想法走來的他，事實上卻受到內心熱情的影響，鮮少工作，夜裏也無法入眠。他覺得非得想法子壓抑自己內部湧出的這股熱情激浪，越過這個夏天的「陡坡」。

一天，清涼的雨水濺濕了廂房走廊的邊緣，雨水滲透到屋簷下面，要走到主屋時一定得穿上屋內用的草鞋才能行走。這樣的日子裏，讓岸本想起自己在乾燥的巴黎時，心中一直懷念這種家鄉的天空和雨水。他沉靜到回顧自己的心情。他終究還是無法與節子繼續維持這樣的關係。已經到了再次回溯兩人的出發點、重新思考事情本質的時候了。因為兩人目前的狀況，是既不能跟她在一起，也不能離開她，越是愛節子，這樣的感覺就越深，畢竟他無法期待自己能跟節子在一起。那麼兩人是否眞的可以跟理想中一樣嚴謹地守著孤獨，只做精神上的朋友呢？他的熱情也無法讓他做到。究竟他應該帶領節子走向好的方向，還是跟節子一起踏上墮落的路呢？他無法找出其中的差異，因此開始懷疑自己。他決定帶著對節子的愛憐繼續走到不能走為止，瞞著哥哥、嫂嫂、祖母、久米，和自己的孩子，像是行走在谷底的水中卻不激起一絲的聲響。他輕易的就能看出，兩人這樣是走不下去的。

92

岸本已經脫離一直以來因不自由、怕事和小心翼翼所囚困的身體，他已經來到更自由的廣闊世界。

岸本四年以來隱藏自己心裏的祕密，這時他終於有了轉機。以一顆灰暗的心從流浪的旅途中歸來，這些日子以來，有兩次他的心終於能夠來到光明的地方。第一次是他的心結束異鄉的旅程再度朝向故國時。就像脫掉紅色衣服當時一樣，離開時，他把那穿舊了的衣服脫了棄置在巴黎的客居中。當時他的心中，好像已經埋葬了自己一生的失敗一般，只要回國，他便得到了赦免。經過了五十五天的船程後，他踏上了自己朝思暮想的土地。但是他回到自己的孩子身邊後，卻發現自己仍然身陷在一個看不見的牢房中，而且他還在同一個牢房裏看到了另一個犧牲者。他看到從來沒有笑容的節子臉上出現笑容的那一天，就是他的心第二次重見光明的時刻。但是他所說的話、所做的事還有他的想法，仍然被過去的行爲所束縛，最後總是碰撞到那個不可告人的祕密，即使他爲了償還過去的罪過而每天活在痛苦中，但他卻發現自己對於摘掉虛僞這件事完全未做任何努力。隱瞞不可告人的祕密並不是只爲了自己，也是爲了保護節子，這樣的想法只能存在於兩人還沒有對彼此吐露心意之前，到了現在這種地步，不再隱藏，對節子來說才是開闢出路的眞正方法。

「把一切在大家的面前說出來吧。」岸本心底聽到目前爲止從來沒有過的聲音。要是能夠將自己以謊言所構成的生活完全顛覆，把一直在黑暗裏的痛苦心情解放到光明之處，無論是好還是不好的事都全部在公眾面前說出來，這就是我，這就是捨吉。如果他做得到的話。

想到了這裏，岸本突然否定了這股心中的聲音。

「就算是謊言也好，既然義雄哥堅持地拜託了自己這麼久，現在又怎麼能夠這麼做呢？」這麼一想，他不得不猶豫了。等於毀了自己一般的懺悔——他甚至不知道懺悔這個詞能不能用在這種情況中——他想像那將波及自己的可怕結果，就更加猶豫了。如果他能做到「懺悔」，就是將自己的心從牢房解放出來的時刻，也是自己的心終於能夠看到藍色天空的時刻。那是自己一直在等待的黎明。就算他這麼想，但是要鼓起精神上的勇氣去執行，卻不是容易的事。

93

雖然岸本還沒有辦法下定決心將一切公諸於世，但是追溯自己的原點重新思考這件事情的本質之後，他仍然沒有辦法否定這種心中的聲音。爲了達成此事，岸本決定要向那些寫了懺悔書的人學習，著手寫一本愚蠢的著作，將此事公布出來。就寫「那件事」吧。這件事情他從來也沒有想過，甚至爲了盡量不去觸碰此事，而將節子寫來的所有信件燒掉或是撕毀。

從現在看自己的過去，岸本感覺到自己過去異於常軌的做法，而引導岸本走到現在的卻是自己對節子深深的愛情。

懺悔吧。岸本有時會驚訝自己爲什麼會有這樣的想法，僅僅是他的心朝著那個方向想，他就已經可以感覺到自己未來有一條可以走下去的路，但也同時感覺到前方仍會發生許多事。雖然未來的事情目前一點也使不上力，但是卻好像能夠找到眞正的解決之道。心裏一直想要捨棄糾纏的祕密，但在尙未能夠丟棄它們之前，就已經迫不及待的翹首而望了，那種期待，驅使著一直被悲慘過去所牽絆的心，獨自朝向前方。如果眞的有一天把懺悔給寫出來的話……一想到這裏，岸本不得不再次質問自己的心。

岸本的心中射進一股從未照射進他精神內部的光芒，不僅如此，連歸國之後一直容易疲倦的身體也漸漸好轉了起來。從寒暑、乾濕、風雨、霜雪、日光截然不同的異鄉歸來之後，過了一年多，他的身體才好不容易回到原來的狀態。

新的秋天氣息已經來到房裏，他有一種終於回到故鄉的感覺。走到看得見庭中從樹葉間隙灑入的日光的屋子旁，已經到了讓人又熱又寂寞的百日紅盛開的時節，連花的顏色在岸本眼中看起來都具有特別的意義。他感受到自己故鄉的風物所特有的親切感。

94

九月三日對節子來說是一個忘不了的日子，她總是不會忘記紀念自己孩子的生日。

「我又患了感冒，已經休息了四天。雖然明天不能見面，但是後天我一定會過去找您。因爲那是九月三日。雖然我不至於爬不起床，但是請您忍耐一天。那就後天見了。」節子在月初捎來了這樣的信。她已經能夠將自己心裏的話不拘禮節地表達給岸本了。

「那就後天見了。」岸本反覆的看著這句話，就像是口吃的人無法說話一樣，也像是活在陰影裏可憐的人習慣於自制和多慮，但想早一天自由地說出想說的話一樣，她的唇終於能夠解開了。

約好的那一天，岸本迎接節子的來到。雖然岸本希望在寫出自己的懺悔前能夠先告訴節子，尋求她的諒解，但是他目前還什麼都沒有說。

節子告訴岸本，姊姊和姊夫近來將要從哈爾濱回國，並轉達了一些近況後，問岸本：

「你爲什麼這樣看著人家的臉呢？」

在兩間廂房中，同一個房間裏有書齋，有客廳，還有喝茶的地方。岸本帶節子到燒著熱水的火鉢旁，要節子喝一些自己最喜歡的熱茶，岸本自己也喝。在榻榻米上有一種彼此親近的感覺。

「因爲妳說今天要來，所以我特地把好久沒剃的鬍子給剃了——留鬍子的時候沒什麼感覺，一剃掉之後馬上就清爽了起來，我自己也能夠感覺到。如果只有我一個人的話，才懶得剃呢。」

聽了岸本的話後，節子笑了出來。

岸本心裏這麼想。不知道什麼時候開始，她的生命有如散發著香氣的果實一般成熟了，他不曾看過的盎然生氣，在她身上的每一個部位都找得到——那越來越濃密的髮絲中，那明亮的雙眸裏。雖然不如歸國時義雄所說的那樣嚴重，但是周圍的人們眼中看來「一個有殘缺的人」也能夠變得這麼有朝氣，想起那些爲人所不知的努力，讓岸本感到安慰。

「對了，我們之間的小歷史究竟已經有幾年了？」

「加上今年已經超過六年了吧。」

「是嗎，已經六年多了嗎？」岸本與節子這麼對話著。他問節子：

「節子，我很久以前就想要問妳，——妳的『創作』究竟是從什麼時候開始的呢？我只知道妳比我早一些而已。」

「我會寫在信中告訴您的。」節子低垂著目光說。

那一天，岸本把所有需要藉女人之手來完成的事情，全部交給節子來做。他在附近的鎮上爲罹有眼疾的義雄哥買了一支手杖。節子帶著手杖回到谷中。

95

我要告訴您上次您提到的事。最初我剛到您家裏時，叔父眞的令人害怕。因爲您總是不發一語板著一張臉。而且只要提到泉太他們，之前説過不可以的事，之後不也可以做嗎？我因爲這樣而受到斥責了，不知道該怎麼做才好，所以那個時候我只覺得您是情緒化而令人害怕的長輩。但是自從我開始幫您搥背之後，就不再那麼害怕您了，而且直到目前爲止都沒有人眞正對我這麼溫柔，在家裏、在根岸、在學校都是，在我身邊的人總是具有威嚴。跟現在當然是不能比較，對當時的我而言，有人對我好眞的令我感到高興。一直以來，我對於男人總是抱著嫌惡，一點都不想要去瞭解，但是好像漸漸變得越來越懂了。當時的叔父也比現在看起來還要疲倦，而且好像總是在擔心著什麼似的，經常躺在床上休息。我想要爲您做些事，但是卻什麼也做不到。以前從來沒有想過這樣進展會有什麼結果，當時眞的有一段時間過得渾渾噩噩的，於是動不動便怨恨叔父，甚至有一次還持續了三天呢。突然有許多從來不知道的事物出現。此後也有怨恨之感，另一方面還是受到了束縛，有時那種怨恨會高漲，而有時又反而減少。當我知道自己要當母親時，兩種情況都加劇了。當我聽説您要出發到遠方旅途時，我感到不可思議。那個時候已經是無法離開的狀況了不是嗎？我不知道您爲什麼會有去旅行的想法。我還記得那天晚上的事——您的友人元園町派一輛人力車來接您，然後您參加聚會直到一、兩點才回家，回來後您對我說有好消息要告訴我，我去找您時，您只是一面說著可憐的女孩，一面緊緊地抱著我嘆息。雖然我什麼都不懂，但是仍然悲傷得流下眼淚來。直到現在我還不時會想起那天晚上的事。第二天您就告訴我要去旅行。您離開的那一段時間，我對您的恨意雖或有減少，但是仍然還是怨恨您的。當我到神户解決了孩子的事回來之後，大家都變得對我很好，之後有很長的一段時間，我總是在尋找叔父身上、別人所沒有的東西，到了那時，我是眞的愛上了叔父。

——有一件事情不說不行。叔父您總是待在廂房裏，讓我感到十分的不安。次郎也來了，一直在旁邊鬧我，讓我無法繼續寫下去，下次見。

節子第一次把來龍去脈說的這麼仔細，讀了信之後，岸本心中浮現了許多想法。節子所謂的「創作」這麼早就出現在她身上，究竟是幸還是不幸，岸本無法判斷。只能說，節子一生中最溫柔、最敏感的時代就是跟自己一起度過的，兩人走到今天這一步，其中小小的歷史是可以想像的。

岸本眼中的節子尚未在安全的地方安頓下來，只有岸本一個人瞭解節子的心志。她的青春眼看就要過去了，責任卻完全在岸本身上，就算要他犧牲一些什麼，也必須爲她開闢一條眞正的道路。

96

眼前的和平景象留住了岸本的心。兩個孩子早已習慣了現在的生活，與父親過著快樂的日子。

「泉太，我們來猜拳嘛。」

小繁對母親完全沒有印象，而他的哥哥也不太記得死去的母親。兩個孩子只是跟著父親，覺得跟父親一起住就是無上的幸福。

「剪刀、石頭、布。」

「布。」

「布。」

「石頭。」

「布。」

「剪刀怎麼樣。」

聽著兩個孩子在走廊上的嬉戲聲，岸本想起自己的少年時代。

節子每週都會來到這些孩子身邊，爲他們縫補和服或是褲子之類的，彌補父親所做不到的一些工作。

孩子們開始兩個人一起到谷中去玩，對於能夠和祖母、伯父、伯母，還有一郎和次郎在一起，感到十分的開心。岸本只要能夠維持目前的生活，兩個孩子幼小的心裏就不會蒙上任何陰影。不只如此，岸本的行動看來一定會影響到身邊所有的人，而這些影響若最後又加諸在自己的身上，那就實在是一件難熬的事了。

最近岸本收到了一本雜誌，裏面登了一篇喪妻後又再婚的宗教家的故事。文章中將這位再婚的宗教家與獨身的岸本做了一番比較。岸本從來沒有見過那位宗教家，但是他死去的妻子卻是他從前教過的學生，她正好跟經常和亡友青木一起浮上記憶的勝子同姓，也正好是同鄉，同樣是麴町學校的學生。從這層關係來看，也不能算是完全不認識的人。他抱著這種心情閱讀這本雜誌。結論寫道，與這位妻子過世之後再婚的宗教家相比，住在外面，獨自撫養孩子的岸本比較值得信賴。彷彿岸本的妻子在泉下有知也會感謝自己丈夫似的。岸本不知不覺羞紅了臉。讀過那一本雜誌之後岸本感受到自己的虛僞，但他更想阻止自己那不爲人知的心。

岸本迷惑了。難道這件事情不會改變目前的生活嗎？難道這件事情會破壞目前平靜的生活嗎？這兩個聲音在他的心中交戰。就在岸本心中持續這種想法時，哈爾濱的來信讓他得知，節子的姊姊即將和丈夫一起回來了。輝子夫婦帶著兩個孩子在十月初到達東京。

數年不見的輝子夫婦來見叔父的那天，谷中那邊義雄也說要提前一起到岸本家裏集合。義雄帶著節子，比輝子一行人早一步來到了愛宕下。

輝子的丈夫中根——對岸本而言是法律上的外甥——曾經在俄國領地哈爾濱遊學，是個經過俄羅斯生活長期洗禮的少壯官吏。岸本法國之旅結束要離開勒哈佛港時，曾經猶豫應該選擇乘船繞南非大陸回國，還是從英國越過北海沿著北歐經過西伯利亞的火車旅行？若他選擇了後者，就能夠途經哈爾濱去拜訪中根夫婦，看看這個人稱「小鳥窩」一般的幸福家庭，還可以品嘗以炊茶器煮的俄羅斯茶，讓他忘記旅途的辛勞。岸本回憶著自己旅途中的心情，迎接帶著兩個孩子前來的輝子。

「泉太和小繁都長大了呢。」輝子一面說著，讓身穿浦潮❻樣式旅衣的孩子站在廂房的一角，一面幫自己的小女兒脫下紅帽子。由於輝子從前總會回國採買一些故鄉的東西，因此說起「浦潮的姊姊」，泉太和小繁都對於這次的再會感到高興。岸本的孩子聚到哈爾濱來的孩子身邊，好奇的看著他們的服裝。

❻海參崴。

「節子妳們倒是先到了。」輝子以姊姊的口吻對節子說，接著領著孩子向岸本打招呼。

「唉，這樣我就放心了——這麼久終於見到叔父。」輝子心中想著從浦潮出發一路上的旅途天空這麼說。

「淺草那一次是最後一次見到叔父。我自己都已經七年沒有踏上日本的土地了。」

這種歸國者的說話方式讓岸本感到懷念，輝子又說：「您從法國回來時，我們還以為您會來我們那一邊，等了您好久呢。」他一面取出土產之類的東西，用花紋紙所包起來的糖果、封皮風格特別的故事書，全都散發著俄羅斯的味道。無論是看到或是聽到的，都讓岸本想起自己回國時難忘的那一天。

「節子，要麻煩妳倒個茶了。」岸本對節子說，打算好好招待這些珍貴的來客。他想起獨自站在高輪家門口的歸人，和目前的中根夫婦相比。將土產一一拿出來，說著「請收下」的自己，與對泉太和小繁說「這個給你」的中根夫婦有什麼不同呢？

98

晚飯前聚在廂房的親戚，大人小孩都過了一段愉快的時光。輝子的兩個孩子，哥哥叫做賢，妹妹叫做毬子，毬子比賢不怕生，馬上就加入了泉太和小繁的遊戲中，而賢則是乖乖的待在中根身邊，就算岸本的孩子一直叫著：「小賢，小賢，」他也不肯離開父親身邊。但是過沒多久，便跑過去跟小繁一起玩相撲。中根看著這光景，說起他的俄國行；義雄則是在房間的一角，要節子代筆寫一些給親戚的信，輝子看著寫東西的妹妹，有時走到孩子旁邊，在叔父的宿舍裏好奇的走來走去。

「這裏掛著淺草的鐘呢。」輝子說。

岸本房裏掛著一個古老的掛鐘；這個從淺草搬到高輪，又從高輪搬到愛宕下的八角型掛鐘，鐘擺仍然工作著，與園子時代一樣準確地刻劃著每分每秒，連那不變的鐘面都像是在慶祝這些分離許久的親戚相聚似的。

晚飯時岸本爲了慶祝中根夫婦歸國，拿出雞肉招待大家。女傭由主屋取來餐桌、餐具，以及鍋子等，還有生了火的火爐，最後送來了裝滿雞肉的盤子。

「節子，這些肉就麻煩妳處理了。」岸本站在節子面前說，此時輝子走了過來。「那這裏就交給我和節子兩個人囉。」說完便開始幫忙。

節子坐在火爐前，滾燙的鍋子裏發出雞油融解的聲音，四個孩子聞香跑到餐桌旁正打算坐下來。

「還要再等一下，好了以後我會叫你們。」節子揮手示意阻止這些孩子。

「節子，爸爸要坐在哪裏呢。」輝子看著妹妹說，「爸爸的話，放在盤子裏面再吃比較好，那就請爸爸坐在這裏，然後再讓孩子們坐在這裏吧。」

「這個台子眞有點窄。」節子說。

「如果嫌台子太小的話，我到別的地方吃也行。」身爲主人的岸本這麼說。

「那就麻煩您了。」輝子說。「節子和我就坐在這個角吧。把鍋子放到台上，一邊煮一邊吃吧。」

99

「叔父，可以過來坐，要開始吃了。」節子看著岸本說。

一切都準備好了之後，岸本走到中根和義雄身邊說：「義雄哥，沒有什麼好招待的，請用餐吧。還有中根，你也請啊。」

放在兩個火爐上鍋子裏的油噗滋噗滋地滾沸著，煮得十分軟嫩的蔥和煮熟的雞肉冒著熱氣，美味的香氣蔓延到四周。

「爸爸您坐在我旁邊。」輝子說，義雄由於自己最自豪的女兒和女婿回國，差一點忘了自己的眼疾。

「鍋子有點遠，爸爸我幫你夾，你吃吧。」輝子馬上夾了起來。

「好吧。」義雄一面說，自從患了眼疾後，他習慣用手探尋自己的餐具推到身邊。

「中根你也吃。」岸本面對面向坐在餐桌前的中根說，「今天吃雞肉——我想你們剛從國外回來，吃這樣的東西比較適當。」

「好久沒有和大家一起吃飯了呢。」穿著西裝跪坐的中根看起來膝蓋似乎很痛。岸本的孩子們等著父親開口。而眼睛長得像父親的賢，和頭上綁著紅色蝴蝶結滿臉笑容的毬子，兩人像小鳥一樣並排坐在一旁。

「阿賢，你喜歡雞肉嗎？」泉太問道。

「喜歡。」賢這麼回答。

「我也最喜歡了。」泉太又說。

「我要吃了。」小繁比哥哥搶先一步拿起筷子。

這頓愉快的晚餐進行著。圍坐在餐桌四周的親戚專心的吃著熱呼呼的蔥和雞肉。

「幫義雄哥再添一碗飯吧。」岸本一面嚼著肉片一面對輝子說。

「那我幫您裝飯。還會一直煮嘛。」輝子向旁邊伸出了手。

「節子，妳也再吃嘛。」岸本對節子說，節子將盤子裏粉紅色的雞肉一一放到鍋子裏，還要不停幫孩子添飯，一邊煮一邊吃非常忙碌。

「節子，不要再放蔥了。」

「我只要蒟蒻喔。」像這樣毫不客氣的指示。

「中根，再多吃一點。」岸本雖然這麼說，但中根動不動就停下筷子休息，好像覺得比起吃東西，他還比較享受於這種熟悉的大人、小孩一起吃飯的情景。

大夥終於結束了晚餐。滿足了的眾人離開餐桌，各自找了一塊舒服的地方休息。

「叔父，我們安頓下來之後，一定要為您泡一壺俄羅斯茶。請一定要到我們那裏來喔。」

「炊茶器我們也有帶來，用那個來沖茶可是非常可口的。」中根夫婦輪流著說，兩人的說話聲讓岸本的宿舍裏熱鬧了起來。

再會的親戚們並不打算要說話說到天亮。中根夫婦回到澀谷附近的新房子，義雄和節子回到谷中。當大家言謝道別時，岸本帶著泉太和小繁一起送他們到玄關。哥哥、姪女婿、姪女姊妹、姪女的兒子，還有女兒——這些人所留下來的一股空氣，回去後仍然強力的壓住了岸本的心。岸本深深地瞭解打破現狀有多麼困難。

100

「爸爸，節子是我們第二個媽媽嗎？」一天，泉太來到父親身邊問道。岸本看著孩子的臉。

「為什麼會這樣問？是不是誰跟你說了什麼？」

「因為女傭這樣問我嘛。」泉太的臉上寫滿了困惑。

「你們的母親不是只有一個人嗎？」岸本義正辭嚴的對泉太說，但是心裏卻對這「第二個媽媽」感到相當的敏感。

泉太已經是小學六年級的少年了。有時候岸本看著孩子的臉，就會思考在孩子的眼裏來家裏幫忙的節子究竟是怎麼樣的？這樣的記憶日後又會如何影響他們呢？他不得不將這件事跟自己幼年時的記憶作一番比較。節子最擔心的也是孩子們的事。「泉太他們長大了之後不知道會怎麼想？」、「我一直在想泉太他們長大之後的事。」這些都是岸本將自己的心意告訴節子時她所說的話。

等到這些孩子們大到看得懂所有的東西之後，如果有一天他們打開父親所寫的一些記事——如果他們看到了父親和節子的關係這一段——如果他們知道這個世界上還有一個同父異母的弟弟存在的話——想到這裏，岸本打算在隱瞞所有人之前，先瞞住自己的孩子。把一切都公諸於世這樣的想法究竟是對還是錯，他不得不感到迷惑了。

十月的第二個週六，節子如往常一般從谷中前來。岸本對於把自己與節子的關係公開化的想法一直放在心中，連要不要告訴節子都仍猶豫不決。

「泉太問了我一個奇怪的問題——」岸本在談話中不經意的提起泉太。

「好像是女傭對他們說了這些話，嘲笑他吧。」他補充。

節子聽了之後臉色果然一變。

「一定是那個女傭吧。」節子皺了皺眉頭，對於女傭在別人背後這麼說，讓純真的孩子知道一些多餘的事，感到相當不滿。

但是節子的情緒馬上恢復了。她臉上帶著見到岸本就很愉快的表情。兩個人終於來到該收穫的時候了嗎？兩人的愛情終於成熟了嗎？還是節子終於從多年的無力中恢復，而岸本終於從旅途的疲勞中恢復了呢？雖然這些都還不能確定，但是他終於能夠離開最初他心中的那股熱情。秋天濃厚的空氣不知何時已籠罩在他身上。

101

Your hands lie open in the long fresh grass,—
The finger-points look through like rosy blooms:
Your eyes smile peace. The pasture gleams and glooms
'Neath billowing skies that scatter and amass,
All round our nest, far as the eye can pass,
Are golden kingcup-fields with silver edge
Where the cow -parsley skirts the hawthorn-hedge.
'Tis vivible silence, still as the hour-glass.
Deep in the sun-searched growths the dragon-fly

Hangs like a blue thread loosened from the sky:—
So this wing'd hour is dropt to us from above.
Oh! clasp we to our hearts, for deathless dower
This close companioned inarticulate hour
When twofold silence was the song of love.

譯文

在綠草之中你執住我的手腕
你的指尖彷彿那紅色花朵般透著光
你的眼在笑　即使謝了也會再次出現
在雲海的波浪中照射下陰暗的牧草原
兩人身處於此處　眼光所及之處充滿了
金鳳花金黃色的花朵　遠方有一條銀色的線
那是大芹連接著山渣子的矮牆邊
此刻的靜默我看得見　就像是無聲的沙漏般
在日光不及之處的草叢中　一隻蜻蜓從空中穿過
劃過了一條　藍色的線條

「時間」的翅膀也同樣在兩人的身上停留
啊，你我的心　相互依偎　這是不變的珍寶
美麗的誓約是充滿了兩人的眞情的見證
這雙重的寂靜就是你與我的愛之頌

「生命之家」。岸本心中浮現了這首中野的友人所翻譯過的歌。他站在六蓆大的房中一角那個放置孩子衣物的古老衣櫃前，向前走了一步。由紙門的縫隙中眺望著秋日的天空好一陣子。身旁的節子停止了手中的針線，倚靠在同一個衣櫃上，伸長了同樣穿著白襪子的雙腳，正好有如男女之間的巡禮一般，兩人都想起了一起走過來那段小小的歷史。

岸本終於能夠成爲自己熱情的支配者，因此他的煩惱也消失了。他想像友人所譯的那首歌裏，蘊含著即將愛人與即將被愛的心。他想像那「生」的舞蹈。那舞蹈不是令人陶醉狂亂的「蘇格蘭舞」，而是一隻手十指相交，另一隻手摟著彼此身體，雙腳並列極爲安靜的「探戈舞」。他就像是找到那音樂一般想像著。漸漸不必再苦思於學術和男女之情是否能兩全這件事。節子和他已經十分親近，在他的面前從和服腰帶中取出梳子，梳理她前額垂下的頭髮，並整理綁起來的部分。他可以把自己的眼光從那散發深色光澤的髮絲上，移到書本上。可以在那充滿女性氣息的表情旁專心的做著自己的工作。

那一天，節子告訴岸本自己得開始準備走入宗教生活，並且談到了自己的前途。節子返家時，下起了寒冷的秋雨。第二天她來了一封信。

「搭上回家的電車時正好天上降下了雨，所以被狠狠的淋濕了，但是託您的福還是平安的回到了家。手倒是痛得不得了，吃飯的時候差點連筷子都握不住，只好用左手握湯匙來吃飯。昨晚塗了油膏休息一晚之後，今天已經好多了。」

她也寫道：「目前四周充滿了沉澱的空氣，想要大聲的發出聲音都做不到，只能坐著。果然我的身體還是十分虛弱。」

在信的最後，有以下這段被淚痕所濕透的數行文字。

「從剛才起不曉得在這裏坐了多久。四周已經慢慢暗了下來——我現在已經什麼都不要了，只希望您能讓我愛您直到最後那一天……」

102

岸本心中一旦萌發了轉機，一切眼前的平靜以及短暫的安逸，對他而言都只是表面的東西罷了，什麼作用都沒有。另一方面，隨著他在意的事情日益增加，他心中的那種聲音也就越來越清楚了。到了十一月底，他已將大致的工作計畫擬定。秋天起寫的旅行日記剩下的部分也已經完成，其他必須完成的工作也整理好了。接下來他打算開始著手那不易完成的懺悔錄。這部著作目前打算先完成，在自己死後才要發表——這樣的想法似乎也令他遲疑。

比前一年在高輪時還要寒冷的冬天就要來到愛宕下的院子裏。東北向的廂房只有在早上的時候才曬得到太陽，因此格外的寒冷。節子沒有經過女傭的帶領，自行來到走廊盡頭的房間，從紙門外叫他。正好岸本想把自己的計畫告訴節子。節子像往常一樣，從孩子的房間看了看岸本所在之處，然後解開了外衣的帶子。

岸本的房間朝向院子的那一面全都是紙門。無論是有時看起來變高的天花板或是牆壁，都讓人聯想到初冬即將來臨，尤其是紙門更讓人有這樣的感覺。被灰塵薰灰了之後換上白色的紙張，就會馬上變得十分明亮。岸本告訴節子自己打算在這個明亮而又親切的紙門旁邊，撰寫懺悔錄，希望能夠得到節子的諒解。岸本說要把兩個人一直極力隱藏的這件事暴露出來，節子聽了卻不如想像中的震驚，不只如此，她還用她一貫的直率語氣，對岸本的計畫表達同意的態度。

「雖然說我們只要保持沉默就不會有人知道——」她說，「但是這麼一來，就不會有人再跑來說要跟我結婚之類，反而是好事也說不一定。」

岸本看著節子的臉，好一會兒沒說話。

「像妳這樣被娶走了可不行——我可不會只想眼前的事呢。」岸本這麼說。要是他旅行歸來後沒有愛上節子的話，搞不好不會像現在這麼的清醒。他這麼想，然後又說：「我打算等孩子們長大了之後讓他們讀，所以也不打算再隱藏了。我想要讓他們知道自己的父親就是這樣的人，眞的希望自己的小孩能夠知道啊——」

103

「祖母在妳們家也開始用腳爐了吧。」

岸本對節子說，便走到孩子們的房裏去取已經溫好的土製腳爐。他把腳爐搬到自己的房間，放在北面的紙門旁。

「我怕小孩子從學校回來會冷，所以預先溫好了腳爐。」岸本告訴節子，並讓在寒冷的季節中易冷的節子溫熱身體。

「節子，讓我看看妳生病的那隻手。從去年起，我就把醫治妳那隻手當作我的工作了。」

被岸本這麼一說，節子把長久以來都不能夠碰水的手放在腳爐被子上給岸本看。侵蝕皮膚的病早就爬滿了手掌，神經極爲脆弱的手指附近，只要稍不注意就會滲出血來。

「妳的手很嚴重啊。」岸本說：「怎麼還放著不管呢——我幫妳找個好大夫看看吧。」

節子也看著自己的手，然後將手縮到棉被下面。岸本打算明年正月左右，就要讓節子去醫院看病，這話使節子感到愉快。他還說要停止節子每週來幫忙的事，而是改爲有事才請她來一趟，好讓節子可以專心治療手上的病，這些話令節子相當安慰。

此時節子像是想起了什麼一般，一面烘著腳爐，一面流下了淚來。

「父親常對我說，——妳從愛宕下回來之後，每次都要一、兩天才能回神。」

「妳不可以因爲沒事，就整天躺在床上喔。」

「不知怎麼的，姊姊回來以後，父親變得跟之前不同了。有的時候還會說我不是個人之類的話……」

「不要管他怎麼說——要是妳在意這些話，我就沒法子了，妳要丟掉這種痛苦的反叛之心。」

「……」

「這就表示了妳懺悔的心不是嗎？就算妳不進入修道院或是尼姑庵，在妳心裏都已經有宗教存在了。雖然沒有辦法把谷中那裏看成是寺院，我認爲反抗是沒有意義的，妳應該丟掉這樣反抗的想法。」

「……」

「妳和我都已經來到這一步了，接下來也只能繼續往前，走到走不下去爲止。以現在這樣見不得人的態勢繼續下去，我看很快就不行了。應該要想想如何活出眞我才是。」

孩子們從學校回到家裏之後，兩人就停止對話。由於得到節子清楚的回答，更加深了岸本的決定。那一天節子回去之後，岸本想起她留下的那句話。

「我都已經等了三年，……再過多久我都會等下去。」

104

到了隔年的四月，岸本在著手開始寫懺悔書前，正在處理一些尚未完成的瑣碎工作，他的四周出現了種種變化。中根把妻子留在新蓋好的家裏，再度出發到哈爾濱去了。岸本把自己託大阪的愛子照顧的小女兒君子接回到愛宕下身邊來親自扶養。加上君子，岸本在宿舍裏總共要照顧三個孩子。谷中那邊的家大嫂則是罹患了流行感冒整天躺在病床上。

嫂嫂的病情沒有好轉的跡象，只是一直惡化。除了岸本去探病時親眼所見之外，來自谷中的種種訊息都讓人有這樣的感覺。從谷中帶著節子的信前來借用體溫計的一郎，和經常往返谷中、非常瞭解嫂嫂近況的輝子兩人處，都得到相同的報告。岸本不僅擔心病人的病情，對於日夜陪伴看護的節子也非常不捨。前月十九日節子的來信中寫到，已經三個晚上忙得沒有時間休息了。

「現在天已經快要亮了，剛才請人來幫祖母按摩，我才得以下樓休息。吃飯前抽了點空寫這封信——」

讀了節子這封信後，那種心情一直持續著。他想像在寒冷的二月，夜裏三點左右帶著弟弟去敲醫生家門的節子。他想像節子陪伴在胸痛病人身旁雖然可以打個盹兒，病人需要的時候又不得不起來幫忙，而唯有盡力照顧母親的病才能讓自己安心的樣子。岸本試著想像節子在凌晨時分又冷又累地對著硯台時，想將心中想法分一些給岸本的那種心情。

這個月已經過了十天，嫂嫂的病總算有了個確定的名稱，叫做「胸膿」。醫生建議找一家適當的醫院做開刀手術，所以義雄為此來到了愛宕下的宿舍。嫂嫂前年年底為中根出發到哈爾濱，而在駒形的鰻魚屋舉辦送別會中還十分活躍。岸本對義雄這麼說。

談話中，義雄壓低了聲音說：「搞不好之前的那一件事就是嘉代生病不癒的原因，但是我們家有祖母在，所以也不能說得這麼明白。雖然我不明說，老人家不愧是老人家，她竟然說：『如果我們不離開鄉下的話，嘉代就不會病成這樣了。』」岸本想起自己一直有來往的一位醫生，他對哥哥說，自己會請一位熟識那位醫生的田邊弘（岸本恩人的孩子）去問問看，是否能早一天讓嫂嫂入院。他向義雄說完，就馬上起身出門去拜訪田邊弘。

當時義雄的眼睛已經痊癒到可以一個人來訪岸本，然後回家的地步。岸本送義雄到玄關。

「但是，一切還是順應自然吧。」臨別前，義雄像是對著自己說一般，留下了這句話。

105

生病的嫂嫂從谷中搬到和泉橋附近的醫院是三、四天後的事了。岸本事後聽說，入院那天，嫂嫂乘著轎子，輝子和節子則是坐人力車跟在後面。另外由於專屬護士也是同鄉，所以病人相當放心。

有一天，岸本送孩子到學校，一個人坐在書桌前時，節子突然來訪。她說自己是到醫院途中順便繞到愛宕下來看看岸本的。節子試圖從連續幾晚看護的疲累，還有對母親病情的擔心所自然產生的抗拒感中逃脫出來，想稍稍地喘幾口氣，所以才跑到岸本這裏來的。

「我也很擔心妳啊——像這樣幾個晚上不睡覺，以後身體會很虛弱喔。」岸本看著操勞過度、極度疲累的節子這麼說。突然她蒼白的臉上泛起淡淡的血色，表情開始顯得銳利而又令人憐憫。

「但是，既然都住院了，妳也比較輕鬆了吧。」岸本安慰道。

「不過，只要我不在身邊，媽媽就會鬧脾氣，而且晚上她一個人又會寂寞，所以我現在都在醫院陪媽媽過夜。」

「難道不能請輝子來幫忙嗎？」

「哎，輝子姊姊雖然也會來幫忙，但是畢竟她也有家室。我們家就是這樣，到了這種時候，就沒有個人可以讓我依靠。」說完節子把手插到衣服腰帶之間，頭垂了下來。

「節子，妳的『創作』在這個時候是否幫得上忙？」

「我現在只剩這最後的力量了。」節子說完深深地吐了一口氣。

終於節子把話題轉移到如何透過那位女醫生得到孩子的消息。一提到孩子的事，她就彷彿忘卻了煩惱一般。她說，她瞞著父親，跟女醫生約好未來的某一天要與孩子見面，還買了兒童圖畫書託女醫生帶給孩子，現在那個孩子已經開始會寫字了，他的養父母覺得他一定會變得很可靠。

節子在岸本的身邊忘情的說著孩子的事。

「已經到了該去醫院的時候了。相信妳母親已經在等妳囉。」岸本催促著節子。心中為她感到擔心，節子不要再這麼脆弱，他想要助她一臂之力。

「要不要先喝一杯葡萄酒？」岸本一邊像是突然想到一般走到房間角落的茶櫃，取出了一個瓶子，這是他為了忘卻工作辛勞所買的。他倒了一杯充滿香氣且又能激起刺激的酒，讓節子喝下去。

106

岸本掛心醫院的狀況，因此在嫂嫂入院第六天，離開了愛宕下的住處去醫院探病。他搭電車到和泉橋，然後步行到醫院，看到了那棟記憶中有點印象的古老龐大建築。由於還是早上，正要接受診療的男女患者聚集在入口處的石柱旁。

嫂嫂住的病房，位在連結幾棟建築的長廊盡頭。由於岸本認識的那位醫生，因此他們特意安排小兒科比較明亮的病房給她住。病房門上掛有岸本嘉代的黑色牌子，病床靠在牆壁邊，嫂嫂躺在床上，因爲生病而憔悴得令人認不出來。

「唉，小叔你來了。」

嘉代對著來探病的岸本說道。房裏只有嫂嫂，沒有看到任何看護。

「大嫂，只有妳一個人在嗎？」岸本問。

「昨天晚上節子好像有事，所以回家了。」嫂嫂落寞的說。

嫂嫂的意識相當清楚。岸本從她的口中，還有來房間巡視的護士口中，得知她還沒動手術。岸本出席了醫生的討論會，明白對於這樣衰弱的病人動手術會有多麼大的危險性。

「護士小姐，我小叔來探病，請妳幫他倒杯茶吧。」嫂嫂在病床上招呼著岸本，有時拿紙巾自己擦拭黏稠的嘴角，看起來好像滿有精神的。

好一陣子，岸本坐在病床旁看著病人的臉。他眼中的嫂嫂，看起來是不會再有機會回谷中的家了。在病房古老的牆壁前，床上的嫂嫂看起來更是悽然。另一邊窗子旁種幾盆植物盆景，應該是節子爲安慰病人買來的。

節子還沒有來。岸本把病人想吃的冰塊放在枕邊的容器用湯匙餵食，偶爾打開霧氣朦朧的玻璃窗。春分前後的日光照進病房外面。岸本看見窗口一邊紅色芍藥的新芽伸展過來。已經是春天了。患者在庭院各個角落愉快的散步。爲什麼義雄哥要隱瞞嫂嫂，不讓她知道自己和節子的祕密呢？就算義雄這麼想，節子又爲何要隱瞞自己的母親而不向她道歉呢？異鄉的天空浮現在他的心裏。在異鄉旅途中，他曾經想過只要能夠回到故土，至少要向嫂嫂吐露實情。他想起自己在回國途中的心情。

岸本抱著這樣的想法，看著床。打算將一切都攤在所有人面前。爲什麼要對行將就木的人隱瞞呢？反正嫂嫂應該是沒救了。有個想法一直不停的催促著岸本——趁病人意識清醒的時候說吧。每次想說時，總覺得護士馬上就要推門進來了。岸本懷著打算下跪的心情，在病床旁邊走來走去。

107

「隱瞞一個快死的人……不能這麼做！」

岸本心中想著，離開了醫院的大門。最後他沒有說出自己想說的話，只是在嫂嫂身旁做一些看護的工作後，就離開了病房。爲什麼說實話這麼困難呢？想到這裏，他獨自嘆了一口氣。

岸本回到愛宕下時已經接近中午了。回到自己的房間後，這件事情過了半天還無法離開他的心。到了晚上，廂房裏安靜的空氣反而讓他更在意這件事了。當病人自己本身同意，而他的家人也同意，或是主治醫師判定一定要動手術的時候，這個機會就已經過去了。岸本心想現在不是磨磨蹭蹭的時候。當三個孩子都熟睡以後，岸本寫了一封信給嫂嫂。信的開頭寫著：「請在病床上讀這封信——」體諒到病人狀況因此盡量寫得簡潔。岸本想將自己一直以來對不起嫂嫂的心情傳達給對方，他一再的告訴自己要寫短一點，再短一點。這封小心謹慎的信寫到半夜兩點。

第二天早上，岸本帶著這封信又來到了醫院，正好見到在病房裏看護母親的節子。嫂嫂有節子在身邊，顯得比前一天一個人的時候更彆扭，而兩人確實也展現了親子之間的親密感。病房恢復到前一天的寧靜，除了窗邊那盆花以外，沒有一樣東西引人注目，在這個灰色的病房裏，穿著不起眼工作服的節子身影，更加充滿了女人味。

「咦，節子妳在讀什麼？」岸本走到房間一角的置物櫃旁想著。他能夠體會節子待在醫院過夜看護母親時的心情，節子就是因爲如此，才把盧梭的《懺悔》譯本夾著書籤，放在架子上。

岸本在病房裏待了一段時間。醫院方面也來訪視病人。他打算讓嫂嫂一個人靜靜地讀這封信，因此把節子叫出嫂嫂的病房。他們走到一個和護士們活動場所有點距離的地方，兩人站在柱子前，穿過玻璃窗剛好可以看到對面走廊的窗子。

他告訴節子自己寫好帶來的那封信。

「還是用寫的比較好吧。這種事情很難啓齒。」節子說完，沉默地看著窗外。

「走吧。」

岸本叫節子一同返回到病房時，她的臉上顯出了狼狽的神情。節子跟著岸本進入病房後走到了窗邊。岸本站在病人身旁時，節子已在窗邊流著淚了。

「大嫂，這個放在這裏，希望妳等一下能過目……」

岸本留下了這句話，帶著謝罪的心情道別，放下了信，離開了病房。

108

那天傍晚，岸本回到愛宕下的住處，忽有電話聲響起。

「爸爸，醫院來的電話。」

泉太和小繁齊聲說道，兩個人以擔心的表情站在電話旁。在電話中岸本得知嫂嫂下午進行了手術。對方傳來節子的聲音，她告訴岸本手術之後病人相當疲倦正在休息，而父親從谷中趕來。

「今天早上我帶去的信，大嫂讀過了嗎？」岸本在電話中問。

「還沒有。」節子的聲音這麼說。

「啊，是嗎，她沒看啊——」

「她叫我先收著，所以現在在我身上。」節子又說。

掛了電話之後，岸本對於自己沒能把信的內容傳達給嫂嫂，感到非常的惋惜，回到了自己的房間。

岸本眞正開始著手將一切事情公諸於世，是從寫信給嫂嫂時才開始。節子曾說，只要什麼都不說就不會有人知道了。自己卻傻得將這樣的事特意去向人表白，這又會有什麼樣的結果呢？這種念頭好幾次制止了岸本的行動。如果台灣的民助哥夫婦和大阪的愛子夫婦知道這件事的話，如果這件事傳到遠在北海道的園子娘家親戚耳裏的話，可想而知一些跟自己沒有直接關係的人們，都會有相當嚴重的結果。每次一想到這裏，岸本的精神和勇氣就會遭受挫折，而好幾次打算停止自己的計畫。寫信給嫂嫂卻引出他實際的行動。終於他能夠順著自己的意志往前走。他可以預期各面隨之而來的嘲笑和指責。在某種情況下，可以預期自己或許在社會上就要被埋葬了吧。最後的結果，甚至被迫退出自己多年來從事的學術界……

狂風般可怕又悲傷的記憶吹入岸本的胸口。「叔父，幫幫我吧。」過去節子對他說出這句話時的樣子。被隱暱的罪惡感責難時她的痛苦、讓岸本聯想到順著河水漂流到岸邊的孕婦屍體，她臉上的陰影——這些記憶仍然歷歷在目。曾經將岸本差一點逼上自殺絕路邊緣的，正是節子臉上的「死亡力量」。到遠方去旅行，再把她從破滅裏救出來，同時也解救自己，也是相同的原因。欺騙長兄、嫂嫂、親戚、朋友、甚至這個世間，戴上西洋旅行的假面具逃出這個國家，也是這個理由。想要讓節子和自己的關係公諸於世，得先從找出原點開始。岸本把自己一直處在黑暗之處的羞恥，帶到日光下的同時，心裏仍然非常的猶豫。

109

嫂嫂的身體一天天日益衰弱，無論醫生再怎麼努力、節子盡心看護，都不見起色。手術後過了十天，情況已經到了束手無策的地步。岸本和三個孩子從這兩天來醫院的電話得知消息。

進入四月，節子告知母親的病情重大的惡化，聽到這個消息，岸本很快的到了醫院。那一天他坐人力車而非電車，途中還採買送給護士們的手帕等。義雄從一開始就不太贊成將嫂嫂送入這個以慈善爲名興建的醫院，但是那裏有岸本認識的博士，讓嫂嫂受到貴賓般的禮遇。以岸本的立場來看，他是希望嫂嫂入院時，一切的事情由自己來處理，不讓義雄操心，也當作是給嫂嫂的賠罪。

節子哭腫了雙眼疲累的等待岸本到來。岸本來到病人身邊跟她會合時，義雄和輝子也趕到了。死亡已經來到嫂嫂身上，空洞的雙眼睜得很大，她大約只能從一群人中區分出岸本而已。病人不曾間斷的急促呼吸聲、醫生和護士不停的奔波聲，一切都讓人感覺已經接近臨終了。

由谷中前來的祖母帶著一郎和次郎來看嫂嫂最後一面。

「次郎，進來。」輝子在旁邊說。

「媽，次郎來了。」節子在母親耳邊說。

「看得到次郎嗎？」

「啊，我看到了，次郎你來了就好。」嫂嫂在痛苦的呼吸中說，把枯瘦的手伸向次郎。

祖母跪在旁邊，為自己將死去的女兒合掌。

岸本到走廊去叫醫院的助手時，太陽已經下山了。高大的玻璃窗外彷彿下雨一般變得很暗。一郎和次郎一面哭一面走出病房，跟著祖母早所有人一步離開了長廊。過不久，田邊弘也來到病人身邊。岸本的親戚中，沒有來的只有還在哈爾濱的輝子丈夫、台灣的民助哥，以及大阪的愛子。

「小叔在嗎？」岸本在家人包圍中聽到嫂嫂的聲音。嫂嫂之後還說了一些什麼話，但是都變成了短促激烈的呼吸聲。這是岸本聽到嫂嫂最後告別的話。

110

節子的母親在醫院住了二十二天便過世了。岸本原先沒打算讓醫院來料理後事，但這是該院的常規，在醫院病房過世的遺體必須由醫院送到火葬場，燒成骨灰再交給家屬。岸本在愛宕下聽說嫂嫂的遺體已經送到火葬場。聽到消息的那一天，他開始為自己的懺悔錄起稿。

在岸本尙未發表愚作時就已經深刻感受到把世界變得狹隘是怎麼一回事了。歸國後，岸本每週在某私立大學教授兩個鐘點的課，他以寫書爲藉口拒絕了再開課的事，平常也參加一些身邊的聚會，但後來他也漸漸地不出席了。計畫中也包括了把自己放置在一個只能容得下自己的地方，但是他還是要丟棄以前的岸本捨吉，回歸到一個書生的身分，進而走到一個更光明自由的世界。不跟任何人說，終於到了他走出這個無形牢房的時刻。這讓他感到愉快，他想起漫長旅途結束後，踏上故國土地時的事。他將之比喻爲漫長船旅中難耐的思鄉情懷；乘船時，打算伏在地上、親吻土地的心情，完全和自己現在的心情相似。現在那時刻終於眞正來到了，這樣的想法也讓他感到愉快。

「兩人只要一起靜默地燃燒　這個世間的人事物都只是過眼雲煙。」這首歌傳達了節子近來的心情。她擁有岸本的一切，岸本也擁有她的一切，但是兩個人卻什麼也沒有。

岸本心中早已認爲無論把節子放在什麼地方都可以，他也希望自己能夠養育她直到她的心能夠獨立站起來爲止。岸本一直以爲她還很年輕，但節子已經二十六歲了，如果她理想的未來是建構在宗教生活中，那麼岸本也會像現在一樣每個月補貼她一些，讓她衣食不至匱乏，無論如何都要讓她達成自己的願望。

III

岸本帶到醫院的那封信，嫂嫂最後是否眞的沒看呢？事情似乎不完全是這樣的，這件事是嫂嫂過世後岸本才得知。義雄哥帶著嫂嫂遺骨出發到故鄉前，說嫂嫂留下了一句話。「小叔寫了一封信給我，不要讓別人看到，把它燒了吧。」這麼一來，自己的心情倒也不是眞的沒有傳達到。岸本自我安慰。

岸本瞞著義雄哥，正打算走出無形的黑暗牢房。當他決定背叛哥哥，不拋棄節子的那一刻起，他知道自己跟哥哥已經走上兩條路了。一想到命運的不可思議，就會想起節子這個人；在他寂寞的生涯中能遇到節子這樣的女子，已經是一件不可思議的事了，而她長久以來所追求的，竟在對岸本的愛戀中找到，這更是一件不可思議的事。如果岸本產生罪過的對象是別人的話，那個人雖然或許不會像節子一樣這麼恨他，但是大概也不會像節子一樣這麼離不開他吧。三年來的旅程讓岸本第一次看到節子身爲女人的心，要不是這樣，再會時節子心中也不會產生低氣壓，要不是因爲低氣壓，岸本也就不會有機會再次接近她了。因爲是節子，岸本才感受到這樣的苦惱；因爲是節子，岸本才這般的愛憐。一切的罪過、旅程，以及彼此交付一生的悲哀——這全部都是由於對象是節子才發生的。岸本對於某些人以醫生自居，卻沒看清楚病人的個性，便一口氣要審判病人的行爲，感到非常的遺憾。

「反正都是人之所爲。」

岸本對自己這麼說，因而經常獨自嘆息。

但是岸本在等待自己懺悔錄發表的日子來臨時，打算寫信給義雄哥。他打算接受兄長的譴責，並且表達謹慎的意志。當他還在思考時，一天，義雄來訪了。義雄辦完了故鄉的葬禮，終於回到了東京。他帶著了最近爲節子相親之事來到岸本的宿舍。

112

「唉，這可是一門好的親事。我就是爲了這件事才來找你的。」義雄馬上就談及節子的親事，然後坐在岸本面前。

是到了節子該辦親事的時候。從前這種事偶爾會有，但節子總是堅決地拒絕，加上大嫂因爲不捨得女兒離開身邊，也都幫著節子，因此這些親事總是沒有成功。現在大嫂過世了，心裏擔心妹妹往後生活的輝子也在旁邊幫腔，而在大家不知情當中經過了岸本的努力，節子恢復了獨立的氣力，她再也不是「幽靈」也不是「殘廢」了。

「我不細說你也不知道——」義雄用一貫的煩惱的語氣說：「前一陣子布施他來了——布施跟我很要好，所以他問我：『你好像還有個未嫁的女兒，你打算把她嫁了嗎？』我答道：『哎，現在是嫁不出去吧。』結果他說：『好，那我就當個媒人吧！』當下就跟我討論起一些不錯的人選。再怎麼說對方家裏都有五萬圓的家產呢。而且布施也把話說在前頭，對方對我們過去的事情既往不咎。這麼好的對象可不好找。節子也老大不小了，遇到好對象我當然希望她能夠嫁過去啊，結果她竟然不同意，中間還發生了很多事啦，——就算是我說的有點過分吧——不知怎麼的，昨天起節子的神情就有點奇怪了，一直到很晚都傳來收拾行李的聲音。祖母怕她打算離家出走，正好又發生一怪事，祖母叫一郎出門去買東西，把一張五圓鈔票放在長火缽上，結果就不見了。一郎說他不知道，而祖母又說她確實有放。我就想，該不是節子拿的吧，但是仔細一想，又覺得如果說她要離家出走的話倒也不是完全不可能啊。」

「節子不是這樣的人。」岸本打斷義雄的話。

「節子她不會把別人放的東西拿走的。」

「這件事情怎麼說都好啦——」義雄又接著說：「總而言之，現在這種狀況看起來也是很可疑。今天早上我打給中根，請輝子來家裏一趟。輝子一來，節子心情應該就會平靜下來吧。接著我就來你這裏了。你知道節子說什麼嗎——眞是個笨蛋，這麼好的對象她竟然說是虛僞的婚姻。什麼叫做虛僞的婚姻啊？誰不是這樣嫁出去的？中根娶輝子時，他們也沒有見過我女兒啊，而輝子也不認識對方，結果結婚之後，還不是造就了一個那麼幸福的家庭啊？不管是誰來看，都會覺得那是個無可挑剔的家庭。不管在哪裏都一樣，只要身爲女人，有哪一個不嫁人呢？有的話也是那些廢人。我們鄉下有好幾百戶人家，沒有一個家裏有未嫁的姑娘。村裏只有一個叫做『霜婆』的女人一輩子沒有結婚，孤孤單單一個人。看看她吧，不結婚的人是沒有辦法走入這個社會的。連一次都沒有嫁過是不行的。只要嫁過去，就算到時候回來，也比現在好得多。沒有人連一次都不嫁的。舉個例來說，嘉代死了以後，我寄了封通知給各方親友，在岸本捨吉的名字旁邊有一個田邊弘的名字，沒想到我到鄉下去的時候，就有人問，那個田邊弘是不是節子的丈夫啊？這個世間就是這樣的。」

「那麼，哥哥你打算怎麼做呢。」岸本問。

「所以我要節子明天來你這裏，你勸勸她嘛。」義雄說。

「我沒有辦法勸她。」岸本簡單的回答。聽了這句話以後，義雄繼續說了下去。

113

義雄環顧了弟弟的房間後又說：「這麼說來，其實你一直不再娶這件事，也影響了節子，就好像離心力一樣，老是把她往外拉。節子曾經有一度差一點就要嫁了，就是你到法國去不在的那段時間，她有一次連相親的照片都看了呢。說得明白一點，她眼看就要在你還沒回來就嫁了。但是最近她好像經常問起自己那孩子的近況。上次她生孩子的時候，照顧過她的護士，正好是我現在看病醫院的助理，所以有時候會到我家裏來。我看節子好像要拜託那個護士把孩子接出來。這件事要是被別人聽到就糟了。這是絕對不成的。我得好好封住那個護士的嘴才行。台灣的哥哥要是在東京弄間房子，我打算把節子安置在他家。這對我來說分別可是很大的。現在看樣子很危險。一想到昨天的節子，就好像哪裏要出紕漏一樣。這個世間的事情，有眞實的也有隱藏的。去年台灣的哥哥來的時候，什麼都不知道，還誇獎了你一番，說什麼只有你無可挑剔，還說只有你最讓人放心。讓大哥最放心的是你啊——這也是因爲有些事情大哥不知道吧。我當時覺得很可笑，大哥什麼也不知道還這樣褒獎你。但我可是想到了我們岸本家。你也要考慮到祖先的名聲，私底下的事情就不要說了，但是一提到岸本捨吉這個名字，別人不知道，也不會汙辱了這個家的名聲，面對祖先也不會失顏面啊。我可是考慮到這麼大的部分。跟岸本家的名譽比起來，節子一個人所犯的錯誤眞是微不足道的，這樣的錯誤都是可以原諒的。我爲的是岸本家兄弟的名聲啊。」

義雄的聲音逐漸拉高，從廂房傳到主屋去了。直到目前爲止，岸本都是低著頭聽哥哥說話，這時他卻想到自己要背著哥哥丟掉自己的祕密。反正他已經決心要接受哥哥的譴責了。他自己走到被告的位子，打算把哥哥商討節子婚事的話題引到自己身上。

「我想，哥哥你大概不清楚我旅行時發生的事情吧——」岸本說：「如果不是因爲這裏還有那些孩子，我想我也不會再讓哥哥你看到我。」

「啊，這種話你也說得出口？」義雄銳利地看著弟弟。「首先，一般人都會把孩子先安頓好才出國的不是嗎？你竟然什麼都沒有交代就走了——這眞不是一個有常識的人會做出來的事情，你究竟是怎麼了？嘉代從鄉下出來之前，你把孩子安置在神戶然後人就走了對吧？嘉代一直以爲你人還在神戶，到那裏一看，眞是被你嚇到了。」

「嫂嫂生氣也是應該的。」

「那個時候我在名古屋，聽到你竟然這麼不負責任，就趕到東京看看，結果嘉代抓著我的袖子說：『節子的樣子好奇怪啊，我問她她也只是一個勁兒的哭，這件事情可不是開玩笑，你如果再說出一些不該說的話，會發生什麼事誰也不知道。』因爲她這麼說，所以我對嘉代說：『我知道、我知道，妳不要離開這裏，什麼都別再說了。』那時候你和節子就是這樣了。」

「不，那些事情不用您來詢問，我也是一度決心要死了的。」

「這都是你自己的事，那時眞有這回事嗎——有這麼嚴重嗎？」

「我也是有孩子的人，只好厚著臉皮回國，但是我爲了這件事，打算要盡自己一切的力量。」

「這一點倒是沒話說，由這點來說沒有什麼欠缺。要是你也有過想死的念頭，那麼那個時候應該所有的事就已經做了了斷不是嗎？你的個性就是這樣，你太在意這件事了，所以說這也是你學問念得多才導致的吧。我也不是不懂你的意思。你在神戶寫的信，直到香港才寄給我，這種心情我能夠瞭解，所以我才幫你處理你沒有處理的事，可是你從法國回來，拒絕大家去接你，一個人回到品川，這件事我也看到了。怎麼說呢？要說你不負責任呢。也算是不負責任，但是你對這件事情在意的程度，由我看來非常可笑。每個人都會做這樣的事情——大家都在做類似的事情——算什麼呢？」

114

一直逼著弟弟說話的哥哥，以及柔順地接受哥哥責難、垂著頭聽著的弟弟，兩個人對坐著。每次感到全身顫慄時，岸本可以感受到自己的臉色開始發白，不只如此，自己的弱點即使是繞一圈再來觸碰也相當疼痛。由自己先提出來，並不是平常岸本的態度，所以義雄也抱著懷疑的態度。

義雄對於岸本爲了這件事而下了必死決心，感到十分不可思議。

「雖然說，我在學問方面不及你，但是以一個人來說，卻比你高尚太多了。我曾在人生哲學修過業，知道如何應對進退，如果你有些事情想不通，就來跟我談，如果像你這樣自己一個人想，到最後就會做一些傻事——那就這樣了，我這就回去了。」義雄站了起來。

岸本搓搓手送哥哥一起走出房間。

「已經這個時間了，要不要一起吃午飯？」聽岸本這麼說，義雄投以尷尬的眼光。「這個愛宕下也開始變了，我看即將發生什麼錯事了。」他一邊說一邊回頭。

搞不好這是最後一次見到哥哥了。岸本胸口浮現這種想法。他不打算跟任何一個人在言語上爭執，只想要表現出自己，然後順著生命的趨勢前進，把對前途的不安放在心裏。岸本跟哥哥道別後，仍然站在長廊上。

幾天以後，岸本正想著節子時，收到一封她的來信。岸本明白該面對的事終究還是來到她身上了。她說之前提過一次親的布施先生，又來提了。布施先生說完話走後，父親馬上認為這件事情非做不可，祖母也來勸她，但是自己堅決拒絕了。父親說，不要再說一些愚蠢的哲學大論了，對父親根本是大逆不道。最後父親說，如果不嫁人，就跟殘廢沒兩樣，他沒有義務去養一個殘廢，所以也不再是父女關係，叫她馬上從這個家滾出去。不管自己如何哀求，都不被接受，還被大大斥責一番。不知道什麼時候會被趕出家門。可是當她表示要退下時，父親又說，妳等等，妳坐下，又對她說了許多話。那個晚上就這樣過去了。第二天，父親從叔父家回來時，中根的姊姊也被電話叫回來，父親和姊姊之間談了許久，只知道姊姊勸父親不要逼她，一旦她要離家出走，一定會把叔父的信或是一切的東西整理好，但是現在這些東西都還放在原來的地方。可以忍耐到最後的人終將得到救贖，現在她只能繼續撐下去了。

115

岸本把自己寫好的稿子一一地發表到世間。岸本和節子最初的關係已經成了眾人皆知的事了。他可以預期自己將接受的嘲笑和指責，這些都是他應當接受的報應。

在宿舍裏的岸本婉拒了訪客，幾乎不見任何人。五月下旬，岸本未經由女傭傳話便得知節子的姊姊有事來訪。

「打擾您了。」他只是聽到輝子的聲音，就知道輝子的目的跟他將祕密公開有關。

「泉太和小繁都去學校了吧，君子現在大概正在吃便當吧。」輝子先提起孩子們的事，好像想要找個適當的時機說話一樣。岸本馬上就感覺到非常的尷尬。

「叔父您知道我今天爲什麼來訪嗎？」結果輝子以這樣的方式說。

「我想妳讀了我寫的東西吧。」岸本說。

「我拜讀過了。眞是讓我嚇了一跳。這樣的事情可以寫出來嗎——每個人都爲叔父你惋惜呢。」

「……」

「不幸的是，我滿熟的友人家裏所有的人都看過了。大家都覺得很奇怪的當兒，卻接二連三的繼續刊登——我到那友人的家裏時，那位太太丟給我叫我看的，那個時候正好寫到節子的部分。」

「可是我也是抱著相當的決心才寫的。」

「誰都會這麼說的。我想你沒有經過反覆思考是不會寫這種東西的。如果說叔父你是爲了自己所寫的，那或許是沒話說，但是妹妹她眞的很可憐——我走到哪裏都有人對我這麼說。您寫出這種東西，要妹妹她怎麼辦呢？」

「節子她知道這件事，我是得到節子的同意才發表的。」

「就算是這樣吧——難道不能想想別的方法嗎？有一個友人的丈夫說：『妳妹妹眞可憐，以後什麼都不能做了。難道您不能把它寫成是您的一場夢嗎？』。」

「我很抱歉讓妳們這麼擔心。但是要說惹上最多麻煩的那個人，應該是我呀。」

「畢竟是叔父本人寫的，這也是沒辦法的事……但是叔父你把這種東西發表出去，別人會怎麼想？他們會把這件事情看成眞的發生呢？或是看成虛構的？」

「我也不知道。他們大概讀完以後會想，啊，也有這樣的人生吧。」

「不過，『別人的事情也要說個七十五天』，再過一陣子就會被遺忘了吧。——總之，請您別再寫下去了。」

輝子嘆著氣說，一面以袖子擦著淚。在輝子的面前，岸本只能對她說，謝謝妳肯讀我所寫的東西，其餘什麼話也說不出來。

116

好幾次岸本打算要寫信給義雄哥，但總是停筆嘆息。背著哥哥的心意，將自己的懺悔公諸於世，他覺得自己再也不能對哥哥繼續沉默下去了。一方面是要負起責任，另一方面則是與哥哥暫時道別。他坐在書桌前打開了信紙，這封難以下筆的信無法將自己的想法表達出十分之一。他寫道：

義雄大哥。我本來就決定要接受大哥你和過世的嫂嫂的責難，所以才從遠方的旅行回國，但是我卻默默地安然地到了今天。每次接受您們對我的款待和好意，我就會備感痛苦，我寧可接受您們斥責，這才是我的本意，因此我決定將自己所作所爲公布於眾人的面前，現在大哥您責備我的時刻到了，正好您也說到擁有古老歷史的岸本一族的名譽，爲此我遮掩了自己的失敗，因此長久以來忍受隱藏的痛苦，這對我來說實在是難以忍受。擁有眾多美德的先人，卻生出了像我這樣子不德的岸本家子孫，眞是侮辱了祖先，但是我今天把我所做的惡事公開，遭受大家的指責，反而是展現了祖先的品德。當時，我要前往異鄉旅行時，留下了一封失禮的信，現在我對於自己必須寫這封信給大哥您，同樣感到很悲傷，但我也是不得已的。我的心裏得到了各種的經驗，我准許自己寫一封信然後接受大哥的處置，就連公開自己的懺悔對我來說也是接受大眾的鞭韃。由於我犯錯的對象是節子，所以不幸也會波及到她身上。但是大哥，剛開始您認爲這個行爲會爲她增添麻煩的，但很久以後，您就會發現這樣做是爲她好。我想會有好一段期間不會出現在大哥的面前，所以要向大哥告別。一直以來大哥對我的照顧我一直感念在心，絕對不會忘記。捨吉拜筆。另外，泉太和小繁偶爾也會到府上去拜訪，請您恩准。

岸本寫到這裏，深深吐了一口氣。他把這封信寄出去到谷中，但是，當義雄收到這封信的時候，就是自己不得不跟節子暫時分別的時候了。岸本認爲這對於她的修業來說是好的做法。他決定一切都順著節子自己的自由，因爲他相信，節子的生命一直帶領她走到今天，應該能夠帶領她走到明天才是。

117

以谷中家的親戚爲主所產生的衝突本來就是難以避免的。即使是如此，岸本還是想要將節子放在一個明確的地位，因此這封寫給義雄的信就更加難以下筆了。

這封信是要寫給義雄的，信上寫著要請輝子代爲轉達。因此他把信送到澀谷，希望能請輝子也看一看。不僅希望哥哥能夠瞭解節子，也希望輝子瞭解，所以才請輝子帶去。現在自己想要表達的，除了法國之旅出發時羞恥的心情，更寫出了節子心中的變化。

自己是在離開故鄉的那段時間知道這件事的。是在神戶某個旅館中從節子的來信中得知，我知道自己決定要出國的事情動搖了她的心，但是自己卻感到很意外。當自己到了法國的港口，到達巴黎，在旅程中，希望自己能夠從節子這個舊記憶中離開，也希望節子能夠忘記自己，讓她多爲她自己去想如何在社會上重新站起來。「你也快點忘了這件事情吧。」我在巴黎客居中讀哥哥您寄來的這封信時，更加深了這個念頭。此後的歲月，只要我一讀到節子的來信，就深深的責怪自己。那時我不僅盡量不回信給她，打算盡我所能避免跟她直接通信，即使有事，也寫信給大哥轉達。但是，節子仍然繼續給我來信。每次我覺得她這是最後一封了，結果下一封又來到。三年來她都沒有忘記寫信給我。終於，我回國了。經過了這次旅行，我的生活和想法都改變了，我不再打算保持獨身，我想要結婚，而且也勸節子去找個跟她相配的對象嫁了。我抱著這種念頭回來後，看到節子成了一個憂鬱的人，在我眼裏的節子虛弱得是無法跟現在的她相比。不論是再次接近她，還是考慮再婚的事情，以及決定要負起自己罪過的責任，一切都是因爲沒有辦法對她的崩潰坐視不管。自己遭到挫折、失望，也經過迷惑，但是這些都沒辦法讓我停止想要救贖她的大方向。從罪孽深重之處重新出發，至少要帶她走到反省自己時不會感到內疚的程度。我們的罪只能以罪來洗淨，過錯也只能以過錯洗淨。結果彼此發誓要單身。節子本來就不是個想要家庭的人，她的願望現在雖然還不能確定，但可以說是進入了平靜的宗教生活，我一點都不希望束縛她，更希望她未來的生活中會有幸福，就只是這樣而已。現在想起來，我的想法已經跟回國當時有很大的不同，但是我除了這麼做之外別無他路可走。此外，到目前爲止節子的生活是由我來保證，我把這當做是自己的責任。那麼就要麻煩輝子幫我匯錢，送到那邊去了。

岸本又擱下了筆嘆息。複雜且矛盾的心情終究還是無法在信紙中傳達。

118

澀谷的輝子將岸本的信送到谷中的回程，又來到了愛宕下的宿舍。

「浦潮的姊姊。」孩子們什麼都不知道純眞的叫著。

對孩子而言，與其叫她「澀谷的姊姊」還不如叫「浦潮的姊姊」來得順口。

「我有點事來找你們爸爸，等到事情辦完了——等一下再陪你們玩。」

輝子對泉太和小繁這麼說。岸本坐在燒著熱水的火缽旁等待輝子。他還在等著義雄的回應所以一直無法平靜下來。

「爸爸說過一陣子會回信。」輝子話裏有話，接著又說：「節子已經不會再來叔父這裏幫忙了，請叔父要有心理準備。」

「這我知道。」他簡單地回答。

「爸爸要我跟叔父說——『你這樣不分青紅皀白，把自己的所作所爲全部寫出來，眞是惡劣的商業行爲。』他要我這樣跟你說。」這句透過輝子傳達的話，岸本接受了。

「祖母有沒有要對我說什麼？」他問。

「您聽我說，——」輝子稍微動了一下肩膀。「我想如果什麼都不對祖母說，那也不好。所以我就對她說了節子的事。不知道怎麼的，祖母竟然一副想通了的表情，聽完了我說的話，也像平常一樣。……叔父您的信我也拜讀過了，再怎麼說可憐的也是節子，她有了小孩以後，就眞的很難忘記。」輝子說完就笑了。她好像不願再談相關的事情，並且爲叔父做的這一件破壞親戚之間平靜的事情感到悲哀。這樣的場合，她也只能說一些她該說的話，接下來就流露出她容易流淚的個性。

「欸，我的事情辦完了——君子，妳來姊姊這裏。」輝子開口叫正在隔壁小孩子房間裏玩的君子，逃避大人之間的尷尬氣氛轉移到孩子身上。

留下岸本一個人，他開始寫一封給節子的信，內容給任何人看都無所謂，大致上是告訴節子，自己寫了一封信給義雄，還有很久沒有跟她聯絡，請她要侍奉祖母等老人家。隔了兩天，他收到節子的來信，信上說，父親的心難以敞開，但是自己的心情已經輕鬆多了。也有了打算讀書的感覺，所以請岸本放心。在那封信上寫道：「爸爸不讓我看你寫給他最初的那封信，所以我自己寫了一些東西，寄給台灣的伯父了。」

「一位叫布施的人又寄了明信片來。裏面寫著：『您的信我拜讀過了，我想要就這件事情跟您討論一下，所以這幾天我會登門拜訪』——他怎麼不知道要退縮呢？」

岸本看了之後，得知義雄和輝子仍在爲節子的婚事奔走。

119

嗌，萬事俱休。吾今斷腸。足下口口聲聲稱自己在懺悔，藉由保障對方生活遂行不德之事實，此種行爲令人難以接受。吾女當自行處置，不容足下置喙。

以此信與足下含淚義絕。

岸本捨吉先生大啓

又，孩子們無罪，我准許泉太、小繁等前來舍下。

世上明知善惡者亦會踏上迷途

岸本義雄

義雄派輝子帶來這封信。之前義雄所說的回信就是指這個。

輝子將父親的信放在岸本面前之後，就馬上離開座位。她走到廂房走廊邊，站在紙門的外面。計算著岸本讀完絕交信的時間，又回到叔父的身邊。

「你父親寫了這樣的東西給我。」岸本對輝子這麼說完把信給她看，那封信用大張信紙寫成，由於是義雄親自執筆，因此字寫得很大，看起來的確是個患了眼疾的人所寫。

「叔父你處處為節子著想，反而害了她。」

輝子這番話打斷了岸本的沉思。輝子以困擾的語氣說，但是岸本卻無法回答些什麼，起身倒了茶，慰勞送信來的輝子。

輝子回去之後，岸本反覆地讀著哥哥寫來的信。他反覆地讀著最後那段帶著諷刺意味的短歌文字。

世上明知善惡者亦會踏上迷途

岸本將自己長久以來的苦惱與哥哥的指責做了一番比較。他想，原來哥哥責難的罪惡，還包含了過去罪難可恕的自己，在這世間這本來也就是人之常情。但是只要自己回顧來看，並不覺得有所虧欠，即使這件事情為世間所不容，也不能稱之為罪惡。岸本不僅在這一點上與哥哥的意見不同，也與過去的自己不同。他只能默默地接受這封信。懺悔錄的內容就是他所有的回答。

義雄與岸本絕交後，繼續勸節子結婚。岸本由節子的信裏知道這件事。節子寄給岸本的信中，還另外附了一份寫給父親的信。岸本很快的將兩封信看過一遍之後，再次重讀了她寫給父親的那封信。

前幾天我確實恭聞您的教誨。這是您從自己的角度來思考，或許可以說是您所沒有料到的事情眞的到了這個地步。您說我的歪理就算說了幾百萬遍也沒有益處，我也要說我的想法不矯飾不隱瞞，我有什麼事情都只會照實說。

——首先我要說的是關於親子之間的事。如果不服從親命，就不能稱爲是個人——我認爲這是過於誇大的親權想法。就算這麼說會被別人誤以爲是不孝，但我要說我絕對沒有這樣的意思。凡事唯唯諾諾，或是明明心中抗拒，但是表面上卻還是順服的話，絕非我所希望的。我心中一直希望自己能夠服從唯一的眞。思想的懸隔，以及我平常的寡言，一直沒有機會說出這些話。

——您說，對於自己的過錯不肯悔改，並且再次犯錯，簡直是禽獸般的行爲。如果只看外表，而不去觀察內部的變化，也許你會覺得我是世界上最愚蠢的痴婦吧。但是我的心中追求貫徹一切事物以及眞實，所以一旦犯錯會有多大的痛苦，您能夠想像嗎？現在我更不能說出來。因爲我有責任將最後一滴苦汁也喝下去。我在孤獨中開啓的雙眼，看到了太多世間的虛僞，看著能夠在其中毫不在意生活的人們，耳裏聽著空虛的聲響，這樣令人厭惡的念頭讓芭蕉感到愉快，加深了西行的喜樂之心。我發現犯了眞實的過錯，從一方面來看是一種不幸，但是不完全是這樣，積極努力地將過錯轉變爲一種光明才是我心中深切的期盼。

——我所選擇的生之道是宗教。與其探求一個神，不如說是從嘆息深處浮上來的時候，碰觸到令人驚恐的世間寒冷，其悔悟其熱心後來都導致許多的罪人自暴自棄，沒有別的結局。所以關於宗教，我必須在此表達我的志向。

——前述的意見還有許多詞不達意之處。但請您往後可以稍微考慮我的想法。

看完節子寫給父親的信，岸本感受到她明確地表達出自己的立場，但同時也感受到，這強烈的威嚇力量終究還是沒辦法對這個小小的靈魂發生作用。岸本又反覆讀了節子寫給自己的信。

昨天布施先生來了，我終於眞正地拒絕他了。前幾天姊姊來的時候，父親對那件婚事還遲遲不肯放手，但是我和祖母及姊姊談了很久，在兩人面前表達了自己的心意。最後姊姊要我選擇，是要完全和叔父分開，一個人獨立生活？還是像一直以來那樣，做自己該做的工作？如果不抉擇的話，她沒有辦法向爸爸交代。結果我就說，即使好幾年不見面也沒有關係，我和叔父在精神上已經分不開了。結果姊姊大概把這句話告訴了爸爸，後來我去向爸爸請安的時候，他什麼都不說，兩個人陷入了長久的沉默。姊姊這時候問爸爸，難道你沒有什麼要跟節子說嗎？結果爸爸說：「我太驚訝了什麼都說不出來。我以爲她是個人，結果竟然是禽獸，我有什麼好說的？他們跟禽獸沒兩樣啊，像蒼蠅這樣東西即使到了高貴的人面前也不正經的。我能夠忍受這種東西跟我們這些人在一起嗎？」接著他又說了很多激動的話。姊姊對他說：「爸爸你自己一直說，也該聽聽節子的想法，我問過節子但是她沒有辦法跟我說出口，所以我請她用寫的，我念給您聽吧。」接著爸爸又說：「鸚鵡和鸚哥也很會說話，但狗屁不通的話說個幾百萬遍我也不會聽的。好吧，我這就聽聽禽獸要說什麼吧，我很好奇這個戴著人皮面具的禽獸到底寫些什麼。」父親竟然說要看看禽獸寫的東西。我想，我怎麼寫他都不會瞭解的，但是不論如何，昨天晚上我還是將自己的想法寫了下來，就是我信裏面附上的那一張紙。今天姊姊也會來，我也會請她看看。我每天都遭受冷嘲熱諷，但是現在我已經不生氣了，我把它看成是鞭策我的工具，讓我看清自己的心意，每天念念書，做做家事，我想這一切都源自「創作」的力量。但是，從爸爸的反應來看，一切只是順著他自己的意思去做，由就算用強迫的方式也要讓我出嫁這件事情來看，我不順他的心意，他就將我看成是野獸，眞是讓我感到遺憾。希望您好好照顧自己。再過不久，您從遠方旅行回來的日子又要來臨了。

節子的信寫於六月下旬。對於節子，岸本只是覺得這件事是一定要面臨的。前方的路將會展開，當她把心底話告訴父親時，就能夠引領她來到光明的地方了。岸本想像一直考慮「創作」的節子，想像節子身處在無人理解的人們之間，違背父親的心意開創自己的路，因而經常以淚洗面的每一天。

121

「你做了一件可怕的事。如果你不說出來，這件事情就不會有人知道了不是嗎？如果你默不作聲，就可以當一個好親戚，也可以當一個好叔父了不是嗎？」這樣的聲音不斷的傳到岸本的耳邊。

弟弟暴露了事實雖然主動接受懲罰，但是顯然這不是責難就能算了的，這不但引發哥哥宣告斷絕關係，還讓父親的計畫難以達成、使女兒反抗父親、在親戚間充滿了混亂和狼狽。岸本知道自己的生活將被顛覆，但是他眞的能夠從看不見的牢房中走出來嗎？謊言如果不能一直是謊言，就會為身邊的人帶來麻煩。這件事情也一起顛覆了。

岸本看到的是更遠更廣的自由世界，因此他心中非常著急。即使親戚離他而去、受到每個人的排擠，一定要一個人活下去的時刻來臨了。岸本都是不得已的。進入七月之前，他向世間所發表的懺悔錄已經寫到他想逃到國外去，因此半夜離開神戶港，成為外國船中的旅客。過去歲月中最黑暗的一段日子，隨著他的發表一天天地暴露出來。長久以來纏在他身上的祕密影子，以及他想要埋也埋不掉的過去罪惡，——他心中充滿了與這些事物一齊日益頹倒的感傷心情。

節子早就不來愛宕下了。每個月為節子送生活費，還有寄信時，他都小心翼翼地表達謹慎的心意。但是節子卻經常來信，她不曾怠惰於將自己片刻的消息傳達到岸本心中。她寫道：「前一陣子我寫給父親的信，已經請姊姊來的時候拿給爸爸看過了。當時從二樓傳來父親憤怒的聲音，但是最後姊姊對我說，爸爸說：「我會考慮一下。」雖然父親一臉嫌惡，但有的時候也會發現他自己的愚蠢。我從姊姊那裏聽說父親寫給你那封信。對於事情的自然發展我感到束手無策，不過只要想到從前的痛苦、悲傷，這一切都沒有白費，現在發生的種種事情也能讓我們思考一些事，反而讓我覺得現在是給我一個靜靜思考而且學習的機會。」她又說：「不知道下一次見面會是什麼時候了，是幾年後的事吧？很期待到了那個時候，能讓叔父你看看我。我每天都在向神祈禱。」

「節子小姐這陣子怎麼了，好久都沒有看到她來？」從主屋送飯菜來的女傭對岸本說。正好是中午時分，三個孩子帶著便當到學校去了。女傭把岸本的飯放在廂房。

「要是少爺們的衣服破掉了，請您拿出來，這裏有好幾個人能夠幫您縫。」說完便離開廂房到主屋去了。

七月的雨讓岸本想起歸國時的季節。現在，他已經成爲這個宿舍中住得最久的房客，在廂房裏度過的這一年，連女傭的臉孔都有了改變。他像往常一樣坐在房裏的茶櫃旁用餐。從開始撰寫懺悔錄的一年來，他看著庭院裏的草木。夏天清涼的雨水順著紙門外的青桐樹幹流下來，豎立在走廊前古老纖細的松根，以及生了青苔的石子，還有青色的竹葉，看起來全都弄濕了。他把小飯桌拉向自己，優閒地拿起碗，從房間裏眺望門外的雨，一個人吃起飯來。

一片靜謐中他想起節子來宿舍幫忙的日子，一切就像是昨天才發生過一樣。岸本想起院子裏黃鶯飛來啼叫的時節裏，節子有一次從醫院來訪。那是嫂嫂過世的十天後。她滿臉倦容地前來。四月底她帶了一盆花來，五月後她也來過，直到那個月底還看過她。「眞的有好消息，請打電話給常去的米店，然後我會到你那裏，我們見了面再說。」她寄來了這封信的隔天就來了。所謂的「眞正的好消息」就是那位女醫生帶來了孩子的照片，她拿照片來給岸本看。那是岸本第一次看到那個叫親夫的孩子。他和節子一起看，那孩子的五官長得很像他的母親，尤其是眼神跟節子非常相似。那張照片是他和另一個年幼玩伴一起拍的。「你是不是又想要孩子了呢？」岸本在這個玩笑中，透露自己對節子獨自一人的憐憫之情。而她搖搖頭，認眞的說：「已經夠了，如果之後再有孩子的話，我可是會死的。」那是她最後一次來愛宕下。

吃完飯後，岸本取出節子放在這裏的孩子照片。這個無辜的幼小生命，他的存在加深了岸本身爲父親的自覺。

123

岸本聽著庭院裏的雨聲這麼想著。漸漸沉澱下來的熱情一旦在寂靜時分回想起來，可以從中看到許多不一樣的東西。一個二樓的建築，那裏有窗子，也有紙門，紙門外就是曬衣場，從那裏可以看到不遠處鎭上的屋頂；也可以看到遠處高崗的崖壁上一片雜木林。有個女子倚靠在窗邊，懷抱著無法言喻的不安眺望著窗外。這個二樓的房間就在高輪附近，岸本曾經當作臨時書房來使用過。那個女子便是節子。

岸本第一次感覺到自己的懦弱。因爲就是從那個時候開始，他懷疑這三年旅行的修業到頭來實際上什麼用也沒有。那時他也擔心節子或許不會再次當母親。人的經驗竟是如此無力，這不禁令他嘆息。經歷了差一點走上死亡之路的痛苦之後，——在那寂寞的旅程中，他跪在異鄉的地上，把頭壓在冰冷的木地板，流下男人眼淚也無法形容的痛苦經驗——這些痛苦的經驗一點用都沒有，他發現自己又爲了同樣的事情悲傷得不能自已。他告訴節子：「我沒有辦法再去一次那樣的旅行。如果事情眞的發生了，我也只有死路一條了。若非如此，那我至少要到寺廟去。就算只是聽到這樣的事情，我都已經打算要去剃度了——」他想起自己感受到的那深沉的悲痛。兩人持續地爲了某事而不安的日子。節子抱著這種不安，從高輪搬到谷中的家裏。節子寫來的信上只有下面的一句話，岸本直到讀內容爲止，心中一直無法安心。

「已經沒有過僧侶生活的必要了，請您安心。」

岸本將自己與節子串在一起，或是意識到她對自己的誠實，都是在被這種悲哀打擊過後才開始的。在走過起伏的熱情之後，這些事情更清楚浮現在岸本心中。

124

但是事情不只是這樣，岸本和節子共同度過的年月裏，自己從小對事物根深柢固的想法也一一改變了。他想起法國現代雕刻家所雕的瑪利亞石像。那石像無法與法國旅程中隨處可見的天主教教堂和美術館所見的古畫相比，而且把它跟利摩日的鄉下房子裏牆上所掛的瑪利亞像一比較，她的表情臉孔也有缺陷。但是那石像給人的印象不是一般瑪利亞一向給人和平圓滿的感覺，而是生過孩子後，萎靡衰弱的處女姿態。取代了原有的豐頰和胸部，石像上雕的是消瘦凹陷的姿態。那是他旅行回來後所看到的節子模樣，節子在外貌上變得讓人差點不認識，而三年來在她身邊爲她處處擔心的祖母也有相同的改變。岸本想起她的動作和聲音。最後節子來到他的身邊，對他說：「我眞的得到力量了。」說話時充滿了愉快的表情。他原先一直認爲自己做的是不義之事，這個觀念從那個時候完全改觀了。從那裏產生出不屬於這個世界的夫婦之情以及互相交付一生的悲傷，而一直以來爲之痛苦的罪惡也反而成爲罪惡的救贖。他開始感受這一股清淨的自然力，他開始感到自己的罪已經淨化，他開始不再認爲肉體是邪惡的，他一向輕視女性的心或許就是出自對女性厭煩的想法。他經常將節子與阿貝拉和艾羅伊絲的故事聯想在一起。她還會來這裏的那段時間，岸本經常將那對修士和修女的傳說唸給她聽。在巴黎的貝爾．拉榭茲墓地中如愛的涅盤一般長眠的兩人的石像，那如旅人一般的羅馬教風格的古老御堂邊上雕刻的文字，這些浮上了他的眼裏。僧侶終身不變的精神之愛，不就是源於東方鄙視肉體所造成的結果嗎？

岸本等待的黎明，並不是遠方天空漸白後來到身邊的黎明，是必須由他的雙腳來開創。每當他感到自己從血液中解放、從肉體中解放時，他晦暗的心就會一步步朝向那更光明的地方走去。

在七月底前，隱約可以看到節子未來的路。義雄哥曾說，如果台灣的民助哥上東京來，就把節子交給他。義雄的信中也提到：「已有自行處置吾女之覺悟。」這句話，之後節子的信裏面也說，父親不斷催促台灣的伯父快些上京，種種的事態讓岸本明白了哥哥的心意。即使與兄弟斷絕關係之後，他仍然想把節子的事一併處理，義雄心中無法接受節子的告白，坐視節子像目前一樣過生活。

岸本什麼忙也幫不上，只希望能夠藉由她和自己的告白，來尋求一個眞正的解決之道。她已經不再能拋開一切照著自己選擇的目標前進了。

「原來節子快被送到台灣去了——」

岸本這麼告訴自己，一方面覺得她很可憐，另一方面又覺得這麼做的確對她好。岸本想像她眞正開闢了一條路，至少可以脫離現在的處境。

岸本想念著無法見面的節子，在傍晚帶著孩子來到鎭上。在往來的行人中，偶爾也能看到和節子年紀相仿的婦人，他把這些路過身影拿來和節子比較，甚至開始尋找背影和節子相似的人，但最後卻因爲髮型不同而幾乎沒法找到。節子的髮型終究只屬於節子一個人，要說到親戚中有誰跟她相似，反而不是跟她最親的嫂嫂，而是祖母。雖然祖母上了年紀，頭頂的部分也開始禿頭掉髮，但是後面的頭髮仍然茂密到可以梳成老人的髮髻。節子遺傳到祖母的特性，岸本特別喜歡從後面看著她的髮型。不只是髮型，女人味的耳朵以及額頭，都跟祖母十分相像。節子曾向岸本說起博多和服腰帶，讓岸本看到她女性的一面。據她說，所謂的博多和服腰帶，只能給身材姣好的人綁才好看。她還說像自己這種骨架大的人穿起來不適合。節子雖然骨架大、個子高，但從她身上，岸本仍不可思議地發現許多令人驚嘆的柔和女人線條。

岸本的宿舍附近有座愛宕山。每次帶孩子一起去的時候，不僅泉太和小繁對於能跟父親一起散步感到很高興，連君子都會樂意地陪同。

孩子們仰望上方，快步爬上傾斜的石階，廣角鏡一般的風景在眼前慢慢展開。從充塞著建築物的東京中心一直看得到品川附近的海邊，就在這座山上，岸本的心奔向谷中方向的天空去。

126

節子捎來一封信寫道：「最近您一定想要叫我別寫信給您。」當岸本掛心於她的近況時，總是會在自己的房間裏靠在紙門前讀著她的這封信。

我每次寫信時，都很高興自己能寫這樣的信給你，每次寫信以前都會好好的整理一下自己的思緒。現在這樣無法見面，爸爸一定覺得我現在心情很鬱悶吧，但是，看到我很認眞的在念書，爸爸又一臉意外地對我說了很多。一旦他說得太多，我又會想要離開眼前的煩擾，更加想要讀些東西了。

節子信裏難得地寫到自己年幼時的回憶。

我從小生活環境不太好。但沒有什麼事情是讓我後悔的。家裏面經濟狀況也不是那麼苦，雖然自己知道不能像別的孩子一樣拿著零用錢去買零食什麼的，但是每當賣三角餅的小販一來鄉下，所有的孩子都人手一塊的時候，我也會很想吃。我去求大人給我錢時，他們會要我自己去拿一個銅板去買一個。那個放信紙的盒子中放了一個毛線編成的包包，裏面放著錢。可是當我看到裏面的錢竟是這麼少，就覺得自己這麼做很不應該。我很難過，決心從此以後再也不做這種要求了。這是我十、十一歲左右的事。現在想起來，我從很小的時候起就有一種吃苦耐勞的毅力。

這一次就算要我到台灣去，我心中也早就沒有陰霾了。前一陣子，爸爸狠狠罵了一郎一頓，罵完之後一郎的臉色一直發青，祖母看不下去說了很多心底話。那時候父親說，節子是說了很多意見沒錯，但是如果她只是嘴上說說那也就罷了。若是說了不聽，就算把他關到牢房，或是交給警察，也是不會聽別人說的話的。這樣的人自然有別的對付方式。從父親的話中得到這樣的暗示。但是我很堅強，心也不再受傷了。不論將來去台灣或是朝鮮都不會受到動搖而改變。「在心靈上我們永遠都會在一起的」。

讀到這裏，岸本不得不掛念起心痛又焦急的節子目前的處境。他很想想個辦法讓節子逃離目前的狀況。從這種立場來看，他寧可節子早一天出發到台灣。

127

節子即將要出發到遠方，在出發之前，岸本很想和她再見一次面。自己告白之後，節子就如同被軟禁了一般，被父親警告「哪兒也不能去」。岸本明白，哥哥甚至禁止她獨自一個人前去澀谷姊姊家。不過，若是岸本想盡辦法要見節子，倒也不是完全沒有機會的，只不過岸本認爲即使勉強找到見面的機會，目前也不是兩個人應該偷偷見面的時候。他寧願期待有一天兩個人能夠光明正大地見面。「從今以後不知道什麼時候能再見面，那是幾年以後呢？」節子在信中也寫過這麼一句話，他希望自己在那個時候可以看到安頓下來的節子，到時候，他希望節子可以將現在這些艱難和忍耐當成遙遠往事一般。現在這一切才剛剛爆發，節子和他彼此都應該要表現謹言愼行，爲了長遠的未來，兩個人都得要忍耐。

岸本不能見到節子，卻可以聽到她的聲音。每次當女傭呼喊著「節子小姐打來的電話」時，岸本便到電話旁邊，聽著那令人懷念的聲音。

當節子說「這是公用電話」時，他知道節子已被准許晚上一個人到街上買東西了。節子的意思是，現在要講什麼都沒關係。「妳那邊是這樣沒錯，但是我這裏不太方便」——這話無法簡單解釋清楚，岸本站著的位置，正好是房間裏的老闆娘和廚房裏的女傭都聽得到的位置。而且說不定連在屋主房裏乘涼下棋的人也聽得到，岸本只能聽著節子對自己報告一些生活近況和煩惱，然後適當地回答。

「是叔父嗎？」有一天晚上，節子又打電話來。

「我不知道怎麼了，連續三晚都夢到叔父——所以我覺得很奇怪——以爲叔父發生了什麼事——大家過得都好嗎？」節子問。

從她口中得知台灣的民助哥不久將要上京來的消息。但是由於大哥還有別的事情要辦，因此上京的確切日期還沒有確定。

「這樣啊，台灣的大哥也快要來了。」岸本說。

「妳可要好好爲自己拜拜，——主動放個供品才是啊——」

「我正有此打算——」節子的聲音這麼說。

「那我下次就到那裏去旅行吧。——」岸本這句話一說完，就聽到節子許久沒見的笑聲。

岸本想像自己和節子就像隔著堅固緊閉的門扉，一個在裏一個在外地說話。掛上電話後，岸本的心在這寂靜無聲的沉默中，飛到了谷中的夏日夜空中，飛到了街上燈光明亮的公用電話亭裏，更來到了站在電話前的節子身邊。

128

到了八月底，岸本心中暗暗地爲節子擔心，一直焦急地等著台灣來的任何消息時，節子寄來了一封信。

今天爸爸出門去醫院，所以我來到好久沒有進來的二樓那間三蓆大的房間。每次我到這房裏，就好像是個妨礙者，因爲父親只要不是在睡午覺就是在朗誦文章。所以我一直在樓下的四蓆大房間跟大家在一起。最近我過著人所不知的滿足又自豪的日子。若不竭盡全力，我就無法從心底感到滿足，但是不知道爲何身邊的人總是爲了一些芝麻小事努力就能感到喜悅或悲傷，卻不去碰觸最根本的問題呢？最近讓我感受到人生意義的，就是媽媽過世的前後吧。相信只要您稍微想像一下，就能夠瞭解現在我過的是什麼樣的日子。媽媽入院前，你對我說：「如果妳生了大病，我也沒法爲妳做到這些事。」我能夠理解，這就是身邊有個想愛的卻不能愛人的悲哀。我和母親之間心靈相通，勝過跟其他任何人的關係。但是這種母女親情對我而言也比不上我們所創作出來的東西。我簡直無法想像這樣偉大的創作會隨著肉體一起毀滅。「只要是神選給我的，就能一直愛到死。」這一句外國女人所說的話讓我深深的喜悅。我目前期望的只有創作的豐富性，即使風吹雨淋都不怕——因爲它可以超越死亡。

——請不要擔心我的健康，就算我偶爾勉強自己，但是只要有滿滿的希望在眼前，這一切都不算什麼。

岸本認爲既然她的心已經走到現在這樣的地步，應該不會有任何東西可以摧毀她了。他感覺到她的愛情是如此的可靠，也爲她被環境所逼而寫下如此偏激的信感到悲傷。要說到節子的幽默感，就是她喜歡把臉湊得很近，就像是要看透靈魂一樣地四目相對。岸本想像自己正看著節子的眼眸，讀著她用鉛筆在中式的紅色信箋上寫下的，她心中的消息。

我不就這樣老去。就算我變成了老婆婆，也不希望擁有一顆嚴酷的心。

這句嘆息的話語，寫在信的最後面。

129

「哎呀，又在您忙的時候打擾了。」輝子從澀谷來到岸本宿舍探訪。一旦打破了眼前的平靜，岸本一方面苦盼著想見輝子，另一方面又由於自己像是一間上了鎖的屋子緊閉著，所以偶爾也懷念起與那些漸行漸遠的親戚。

「妳看怎麼樣？我現在都穿著這種衣服在做事喔。」岸本一邊這麼說，身上穿著山裏農夫的藏青色木棉工作服，走到火鉢前親自為輝子倒茶。

「在東京沒有人穿這種工作服，我不習慣別人好奇的眼光，所以有客人來的時候，通常都會急急忙忙脫下來。不過因為是妳，所以我就這樣穿著。」他又說。

「哪裏的話，很適合您嘛。——」輝子帶著年輕外交官夫人的口吻說。

「沒那麼好啦。這裏的女主人是東京人，沒有看過這種東西。我這樣穿，活像個江湖賣藝的。不過如果穿著工作，還真是舒服。就算是夏天也恰到好處，不會太熱。我這樣坐著工作，穿上它就不會被蚊子咬了。從國外回來之後，才真正瞭解這種東西的好處。」

談笑之間，岸本似乎可以忘了自己和哥哥的絕交，自然地面對輝子。

但是當輝子的話題轉到谷中時，岸本就沒有了笑容。

「前一陣子爸爸帶著一郎來澀谷。」輝子說：「當時也說到節子的事。結果爸爸對我說：『妳以後也不准去愛宕下——妳要是不聽我的話，我連妳也一起罰。』我自有自己的想法，加上叔母在世的時候很照顧我，要我不來您這裏是做不到的。不管爸爸怎麼說都是一樣的。」

「在我的懺悔錄還沒登出來以前，妳究竟知不知道我和節子的事呢？」

「那個時候我就知道了。媽媽知道，我也知道。我有次不是從浦潮回來過嗎？節子不知跑到哪裏去了，結果我不小心打開櫃子看到節子寫給媽媽的信。不知為了什麼事，內容牽扯上叔父，那個時候我就知道了。在那之前沒有人肯告訴我節子人在什麼地方，所以我真的覺得很奇怪，真是太奇怪了。」輝子說了這些，她的心總算也解開了。妹妹節子跟現在的祖母相似，而姊姊輝子卻在某一方面和岸本兄弟的母親相似。岸本的母親總是擔任調停者，輝子現在也像個調停者一般，來到叔父的身邊。

130

「節子她也有不對的地方——」輝子說：「雖然她差一點就要對不起爸爸和祖母了，但是她一點都沒有愧疚之意，還一副自己很了不起的表情，好像一點都不覺得對不起祖母和爸爸的樣子——」

聽了這些話，岸本本打算要為節子說幾句話，但是他想說的卻是「節子她自己也覺得很不好意思」或「但是我不覺得節子有什麼不對」之間的範圍內。這種曖昧地帶只能請聽話者自行領悟了。岸本在某一點上，也希望聽聽輝子的看法，所以默默地點燃了香菸。

「所以之前爸爸才會說，節子眞是不知廉恥——」輝子又說。

「只要身處於想法不同的人群中，就是這種感覺，就會變得完全不知道怎麼做才好。」

岸本對輝子說：「妳可以試試看，如果有太多人對妳說太多的道理，最後妳就會變成除了呆滯之外什麼都不能做。」

這次換成輝子沉默了。岸本不得不將節子和父親之間的隔閡，比喻成現在自己和輝子之間的隔閡。他又對輝子說：

「我的意思是說，因爲妳父親不瞭解節子，所以沒有辦法。」

「說不定是這樣沒錯，但是節子也不懂爸爸的心情啊。」

「這個嘛，如果讓我來說的話，節子和妳父親太接近了。至少跟妳比起來，節子跟父親比較接近吧。節子也這麼說過。在爲父親代筆寫信之前，不是那麼瞭解他，那個時候反而比較好。」

「節子和叔父眞像啊。」

「是嗎……她跟我像嗎？」

「最像的地方就是什麼事情都要用異於常人的方式來思考，這一點她眞的跟叔父很像。

就是因為這樣的兩個人才會湊在一起，這也是沒有辦法的。」

輝子的語氣令岸本笑了。然後，岸本嘆息著說：

「你們都覺得節子正一步步走向地獄吧，但是事實上節子卻認為自己正慢慢走向極樂世界呢——妳看，想法上的差異就是這麼大。」

「我雖然不懂，但是這種想法可一點都不普通。」輝子依然是輝子，說完後便嘆了一口氣。

岸本不想再繼續這個話題。只要話題不碰觸到節子，輝子是個不需客氣、很健談的親戚，而且是個經常來看孩子、很有人情味的人。「姊姊一來你們就這麼高興啊。」輝子被孩子們包圍時這麼說。這是她最像輝子的時刻。

「君子她們快放學了嗎？那麼我就不客氣多打擾一會兒了。」輝子雖將話題轉移到孩子身上，岸本仍將話拉回到輝子丈夫的近況，以及民助哥上京來的事。

「今年夏天讓我擁有炎熱的回憶，我幾乎沒有見到任何人，只是一味地在寫懺悔錄。幸好梅雨很短，這一點倒是幫了大忙。這個夏天就像是熱汗跟冷汗齊流的感覺呢。」岸本對輝子說。

131

結果到了十月初，岸本還是只能從節子的來信中，知道今天台灣那邊說了什麼，明天又說了什麼的消息。岸本憐憫節子待在家中，一個月比一個月更加尷尬。自從她與岸本之間的斷了往來之後，彷彿自立的道路也被中斷了。在這樣的環境中要延續好不容易才萌發的生命之芽，是一件很不容易的事。岸本想，要是能在她身邊的話就好了。爲了熱情和眞實存留下來，才坦白說出一切，然而殘酷的結果卻讓岸本的胸口爲之鬱結。

「快點出門去旅行什麼吧。」爲了節子岸本經常對自己說。

從節子的信中，岸本就彷彿可以想像出她的生活。

一天，義雄和祖母談到了一個人，他對於飼養鶺鴒和種植花草極爲投入，義雄說：「那個男的總是把心力投注在一些沒有用的東西上。」祖母聽了之後答道：「如果他喜歡的話有什麼不好呢？」「這倒也是，同樣喜歡鶺鴒和花草的人便能理解其中樂趣，不過如果是男女之間的事情，那麼這人就應當被處罰才行……」他可以想像這段對話深深刺傷被迫聽見的節子。有一次飯後談到了宗教，義雄說：「宗教眞是一樣沒用的東西，只有愚蠢的人才會相信。天理教、日蓮宗和什麼基督教，那些都是瘋子才去信的。」他可以想像義雄說這些話的神情，以及節子聽了之後很想要說些什麼，但卻忍了下來的樣子。

「但是，像女傳教師那種類型就不是我所喜歡的。如果從外觀來看呢，我喜歡的是那種高尚卻不至不通人情，而自負中不至下流的人物。」節子在信裏寫道。

要說到爲何谷中的家裏會談到宗教，不用說，又是因爲節子有志投入的緣故。在眾多的親戚中，只有岸本一個人認爲將親戚送到宗教裏面去是一件可行的事。他的贊成不僅是因爲那是節子自己的意願，也可以說是他鼓勵節子投入的。他受節子的委託，打聽到一處由基督教女信徒所開的宿舍。若是節子打算投身宗教，有很多條路可以走。在岸本的眼裏，她的宗教心正是一株幼芽，而且她幼年並沒有根深柢固的先入觀念。那心之芽是從罪過中萌生，帶著岸本的期待。但是再怎麼說，她現在都不是能馬上行動的身分，除了等待「時機」之外別無他法。

岸本抱著這種想法，日夜期盼民助哥上京。

十月中旬之後，一封通知來到他的手中。民助哥在裏面寫著，自己將搭乘十一日由基隆出發的船上京。

132

台灣的民助哥先到大阪愛子夫婦家中停留一兩晚後，先到靜岡處理一些事才上京，先到谷中的家裏，最後才到岸本的住處來。

節子眼看行動的時刻就要到來，岸本也打算有所行動。他在距離宿舍不遠處的天文台附近找到了一間房子打算要搬過去，不論是住在宿舍裏撫養三個孩子，或是租一間房來住，那半個旅人般的生活幾乎沒有改變，只不過將現在放在廂房裏的東西搬到新家裏去而已。正好他也找到了一位煮飯照顧家裏的阿婆。泉太與小繁、君子也都一天天長大了，而自己親手撫養孩子的心願也算是達成了，而孩子都已經習慣和父親四個人的生活。

一天早上，那是十月下旬初的事，岸本被大雨聲吵醒了。自己住了不到一年半的廂房南側有一扇窗子被雨水打濕透著一點光。在枕頭上聽，可以聽到某處傳來的蟲叫聲。在秋雨中，他再度把頭枕在枕頭上，聽著黎明時分窗外的雨降在庭院草上的浠瀝聲，想起自己在巴黎客居時經常睡不好，半夜就醒了。每一次失眠，他就會下床去，走到窗邊抽一根法國菸，然後再回到床上。不知不覺自己的心已經在谷中，他想著目前住在谷中的民助哥，會以什麼樣的心情來讀自己的懺悔錄呢？而民助哥又會以什麼樣的心情來宿舍呢？此時，他自己的羞恥感、對節子的憐憫，以及希望貫徹此生的心情，全部和傳到耳裏的蟲鳴混在一起。他想窗外的鳴蟲是否被雨打濕？還是自己覺得冷？最後他無法找出其中的分別，漸漸的天就亮了。

岸本一面準備搬家，一面等待民助的來到。下午民助來訪時，雨已經在不知不覺中停了。前一年，民助從台灣上京時兩人也見過一面。岸本在法國之旅出發前於神戶旅館中跟哥哥偶遇，一起喝了幾杯別離酒，哥哥幾乎沒有變。現在再次見面，身子仍是俐落，隨身帶了許多台灣土產，有香蕉、羊羹等，孩子們很高興。他以往是從工作上的事談到目前和嫂嫂兩人住的房子，庭院種滿熱帶植物等。但現在卻用一種岸本從沒見過的表情看著他。在他提到節子之前，岸本的心情澎湃難安。

133

岸本和民助說了半天的話。拿出了酒，到了晚飯都做好的時分，仍然沒有提到節子的事情。孩子們對於能和台灣伯父一起吃飯感到非常新鮮，而且對民助帶來的土產——椰子殼做成的糖果盒等這些熱帶地方才有的東西很有興趣，因此吃完飯後也一直不肯離開伯父身邊。

「請問客人今天要留宿嗎？」終於女傭過來問了這句話。

「孩子們今晚就早點睡吧，妳們也是，泉太和小繁你們該去睡了。」聽到民助這麼說，孩子們都高高興興地上床去了。女傭送來了客人的寢具後，就拉上廂房的紙門離開了。主屋方面仍處於晚上的開端，宿舍主人的笑聲傳到了廂房來。

「該說說懺悔那件事了吧。」民助起了頭。

岸本一直在等這句話。他可以想像民助來訪前在谷中和義雄做了某些協議，但是，在這位接受義雄所託處分節子而來的長兄面前，岸本不知道該說些什麼。

「我不想拐彎抹角……」民助說，「你去旅行之前的事情我就不管了，但是旅行回來之後，你和節子還是有關係嗎？怎麼樣？我要問的就是這件事。」

「是的。」岸本簡潔地回答。

「這就奇怪了。回來之後還跟她有關係，眞是豈有此理。你簡直就是個意志薄弱的男人嘛！」

「我本來就是個懦弱的人，我知道自己很軟弱。我已經寫了一封信給義雄，其中寫了許多我的想法，不曉得哥哥您看過了沒有？從旅行回來之後，無論是義雄家裏的狀況，還是節子的狀況，都是難以言喻的。尤其是節子就像個半死的人一樣，所以我才會起了這種憐憫之心。」

「如果是沒和節子發生關係的時候起那種憐憫之心還無所謂。」

「即使有關係，只要不是男女之間的關係，就不會眞正想要解救對方，不是嗎？我曾經非常地鄙視這種男女關係，所以從中吃了不少苦頭。現在我不再像哥哥你們一樣鄙視這種東西了。」

「這麼深奧的道理我是不懂，我不是爲了跟你說這些才來的。我來是要說你沉溺在一個女人的愛裏面。」

民助爲了敦促弟弟反省，告訴他父親的一段從來沒有對人說過的往事。由民助的說法來看，那麼遵守道德禮教的父親，也敵不過誘惑，而且還是跟同族的女性發生了一段情。

「我從來不打算把這件事情說出來。」民助在弟弟面前，深深地爲父親在道德上的缺陷遺傳到么子岸本身上而感到悲哀。

「當初我就是覺得不能再讓你待在這樣的父親身邊——非得讓你到別處修業不可——才勸父親將你送到東京來的。你果然是他的孩子，這就是不得不愼重的地方了。如果讓我來看的話，我覺得你這樣迷戀一個婦道人家，眞是可笑。」

「哥哥你這麼一說，我也很爲難。」岸本回答，「我走了很久才走到今天這一步。雖然哥哥你說她一個婦道人家，但是我從來都沒有輕視過她。而且照您這麼說，彼此扶持一輩子的妻子不也是一個婦道人家嗎？」

「不，就是這樣才可笑。同樣是勞心勞力，爲什麼不去做一些更大的事情呢？例如爲了這個世間，或是爲了人類全體利益什麼的。」

「我並不是沒有這麼想過。但是如果說是爲了人類，首先也該從身邊的人做起不是嗎？所以我才會開始想要幫助節子，並且自己養育孩子啊……」

「你變得相當偏激哪……」民助笑了起來。過了一陣子，他似乎打算說些什麼，又躊躇了一番才說：「總而言之，——我這次要帶節子回台灣——如何？你的意見呢？」

岸本就是在等哥哥的這句話。

「是嗎？您要帶她走嗎？正好我也想拜託您。」岸本堅定地說。

民助瞪大眼睛看著弟弟。原先以爲自己帶節子到遠處的提議，一定會遭到弟弟反抗，這樣的結果令他大感意外。

「這眞是太好了。」民助說，「只要你也贊成我就放心了。這樣我就算是完成這一趟的任務了。這世上的事情要淡泊才行。這是我的主張。任何事情都應該要以淡泊的心來面對，千萬不要太過堅持。怎麼說呢，節子這次一到了台灣，過一陣子再回想起來，搞不好就會覺得自己眞像個傻瓜吶。」

「怎麼樣都好，只要能讓我的心情沉著一點就夠了——」

秋天的夜不知何時變得更深了。「今天就到此爲止。睡吧。」哥哥這麼說，岸本打開了女傭放在一旁的寢具，鋪在自己的床旁邊，兩個人並排睡了。

少年時代岸本曾經到東京遊學，當時就是和這位長兄一起徒步穿越故鄉幾座山。青年時代，他從漂泊的旅行中折返，也是這位長兄陪著自己到恩人田邊家去，一起頂著尷尬爲自己的離家出走向對方道歉。躺在床上之後，往日種種來到岸本的心裏。節子將會怎麼樣——當思緒陷入這裏的時候，他反覆地思考哥哥方才所說的話，遲遲無法入眠。

135

第二天早上，岸本由廂房走廊來到庭院，獨自走到無花果樹下整理自己的思緒。然後從那裏回到房間裏，和民助一起喝茶說話。送孩子出門上學之後，民助的話題又來到「懺悔的那件事」，但是跟前一天比起來，已經不再那麼有隔閡了。

「你爲什麼會想把這種東西拿去發表呢？」民雄說完，壓低了聲音。「不過，我在台灣的時候跟阿秋（岸本的嫂嫂）都認爲，這一次義雄的做法未免也太過分了點。──」民助像是突然想到了什麼。聽到民助這麼說，岸本想起自己和節子所度過的黑暗日子。

「您這麼說是沒錯。」岸本回答，「但是我並不是把這些東西丟出去就算了，這是累積了我心裏種種的經驗後才走到這一步。其證據就是我願意爲義雄哥付出一切。如果要問原因的話，只能說我跟您們一樣單純，只是因爲想做所以就做了，只是這樣而已。」

「嗯，把節子帶到台灣已經成定局了──」民助說完，從岸本面前的座位上起身，重新調整腰帶的位置。岸本這位長兄像是決心完成這次短暫上京的使命，重新坐了下來，最後還是希望讓一切的事情圓滿落幕，因此他繼續說：

「我都已經來到這邊了，不能由著你們繼續這樣下去，兄弟之間怎麼能夠因爲這些事情鬧得不愉快呢？無論如何我也要讓你們恢復舊好，不這樣做我的責任就不算完成。」

「我看有點難。」岸本嚇了一跳，打斷長兄的話，「我都已經說了我願意接受一切的懲罰，希望目前就暫時維持這樣吧。」

「這怎麼可以?!我要找個地方讓你們兩個見見面，讓我來當中間人吧——維持現在的狀況，是絕對不行的。」民助無法接受他的說法。

岸本想起了義雄寄來的絕交信。他走到自己收起來的地方，取出了那封信。

「義雄哥寫來了這封信。」岸本把信放在民助面前。「站在我的立場，今天我會接到這封信，等於是得到應有的懲罰。如果大哥你覺得自己的責任未了，那麼就把這封信給帶走吧。」

「好，交給我。」民助終於退了一步，說完打開了那封信來看。

「要切斷兄弟血緣不是那麼容易的事。」岸本這麼說，「不曉得別的親戚聽到了會怎麼想，我覺得自己不是那麼可惡的人。」

「從你自己認罪這一點來看，應該還是有正直的地方。」民助笑著說：「我說你啊，快去做一些大事，洗清自己的名譽吧。」

「大哥你說要做一些大的事，由我來看，將節子帶領到現在這一步，對我來說就是一件大事了——畢竟我們是人，再怎麼樣也做不了什麼事情——總而言之，節子的事就要拜託你了——我也是好不容易才走到現在的地步。——」

「你們再怎麼樣也不可能會結婚的，你心裏怎麼想，我都無所謂——不會有什麼影響的。」十年如一日地協助某位企業家的民助，得到了三組銀製的獎盃和金幣。現在他像在談論自己的台灣事業一般說起節子。

「那麼我這就去谷中一趟，兩三天之內再回來。」

長兄說完，將義雄的信放進懷裏起了身。

136

岸本搬到新居的前一天下午，民助再度來訪。

「你就快要搬家了吧！」民助環顧岸本的房間說。

「這一次搬家就像你看到的一樣這麼簡單。您這次來應該有話要對我說吧。」

岸本打算在一切變動的時刻，接受大哥帶來的消息。

「上次我到谷中之後就試著跟他談，結果義雄說：『爲什麼捨吉竟敢斷然發表懺悔錄？爲什麼在那之前沒有來跟我談談呢？』如果事前你去跟他談，他一定會阻止你的。這個我倒是能夠瞭解。」民助用什麼事情都瞭解的表情，看著弟弟繼續說。

「不過，我的想法跟義雄的想法有點不同。我覺得不論你心裏是不是還想著節子無所謂，畢竟這不是別人能夠干涉的範圍。可是義雄卻不這麼想，他認爲你連在心裏想都不可以。他說除非你在心裏完全放棄節子，否則他絕對不收回這封信。既然義雄這麼說，而你的態度又是那麼嚴謹，那我這一次就先不管這件事情了。哪，這封信你收起來。」說完，民助拿出那封信，放在弟弟面前。

從主屋傳來孩子們跑近的聲音，一時中斷了兩人的對話。岸本心不在焉地收起信，心裏仍在擔心節子的前途。

「我有一件事情要先拜託大哥──」岸本說，「關於節子的未來，我想總有一天她會跟你談的，希望你千萬要尊重她的決定，只有在這一點上，拜託大哥順著她的意思去做。」

「這個不用你說。」民助回答，「我最討厭束縛別人的意志。在這一點上，我會答應她的。」

「如果你逼迫她的話，不知會發生什麼樣的悲劇啊──」

「總而言之，我把她帶到台灣後，她的意志說不定也會改變，等到那時才知道。」

「還有她的手，原本再接受一些治療就能痊癒了，卻因爲嘉代的病弄到這步田地。到了台灣之後，不知道能不能幫上大嫂的忙──這一點我是很擔心。」

「哎，台灣跟這裏可不同，氣候很熱，所以節子的手我想應該馬上就會自然好起來了。」

「無論如何，我只希望她能活出一條自己的路──這就是我的希望。只要能走出這條路，比什麼都還重要。」

岸本原先希望能再告訴他節子的目標在宗教，但長兄只是笑笑沒有理會。

「那麼事情大致就這樣決定了——」民助說，「我還要警告你一件事，絕對不能讓節子心中對你還有什麼依戀，所以你就別送她什麼臨別紀念品了。」

「我明白。我什麼事情都不會做的。你願意把她帶到台灣去比什麼都重要。」

「義雄也贊成，你也贊成，這樣這一趟就沒白跑了。節子一定會很高興的。我想她已經打算要跟我走了，今天好像開始整理行李呢——」

137

親戚們看了岸本的懺悔之後，反應很簡單。輝子在岸本告白時說：「節子今後不會再到叔父這裏幫忙了，請叔父別再抱著期待。」——義雄後來捎來了信「我要與你斷絕關係，你斷了這念頭吧。」——「悉聽尊便。」岸本對於義雄哥這封信，只能用這句話回答。「你想想，我現在要把節子帶到別的地方囉。」——「悉聽尊便。」

兩人約好在新居中再見一次面，之後民助就回谷中去了。強烈的悲哀留在岸本的心中。

「爸爸。」小繁從院子走進屋子裏時，房間中已經有些暗澹了。

「烏漆麻黑的爸爸你在這裏幹嘛？」小繁問。

「我正在準備搬家。」岸本回答。

「我還以爲爸爸不在呢。都已經這麼暗了，爸爸怎麼不點個燈呢——」

小繁一面說，一面過去開燈，散置著包袱和草編行李箱的兩個房間都明亮起來。在這宿舍的最後一個晚上，岸本感到特別的忙碌。孩子們對於要搬家都很期待，和宿舍的女傭度過搬家前的夜晚。正在忙碌之際，岸本接到節子的電話。

「是叔父嗎？」主屋電話裏傳來的聲音。不知道下一次什麼時候才能再聽到，令人難捨。兩人看不見彼此，隔著一扇大門在裏面和外面向對方告別。

「嗚—嗚—嗚。」電話中出現了雜音後中斷了，過了一會兒節子的聲音又傳到他的耳裏。

「我已經跟台灣的伯父交代好妳的事，——以後就算妳告訴他將來打算時，他也會尊重妳的意願，我已經鄭重拜託他了——他也答應我，無論如何會讓妳自由地走下去。」

「哦——台灣的伯父這麼說嗎——」節子的聲音。

站在人來人往的電話旁，岸本無法再說什麼心中的話了。他只能極盡所能地用任誰聽了都無所謂的字句，來表達那些自己無法說出口的話。

「請您告訴我新家的地址——」節子說：「出發前，我有東西想寄給您——您等一下，我把它寫下來——」岸本站在電話旁邊。想像看不見的電話另一頭，節子拿出記事簿，寫下自己告訴她的地址。

「如果新家附近有電話，請告訴我號碼——」節子又說。

「這就不用了。」岸本回答，「我們就此分別吧——祝妳有個美好的旅程——到了台灣伯母身邊之後，一定要盡量她的忙——算是我拜託妳——這樣她才會疼妳——」

「叔父——」最後傳來了節子呼喚岸本的聲音。難捨別離而不願掛斷的節子讓岸本覺得很可憐。岸本一咬牙，掛上了電話。

138

岸本在天文台附近找到的房子，只不過是從愛岩下谷底走到坡上，因此搬家的那一天，岸本帶著三個孩子和阿婆一起走到新家。

岸本終於在歸國後找到一個像樣的房子，也好不容易得到了一個書房。雖然從那裏看不到天文台，但的確很近。讓他想起了自己在巴黎望著天文台過的三年歲月。房子有二樓，讓岸本想起曾在神田川河口附近度過七年的小閣樓。孩子們好奇地在家旁樹林成蔭的小路，和通到鎮上的斜坡走來走去。

搬家後的第三天，岸本收到節子寄來的信件和小包裹。包裹裏面是四個她在谷中親手種的秋海棠根。岸本在二樓的新書房中讀那封信。

這封信寫得很倉促，而且雜亂無章，請你見諒。我常去愛宕下的那段時間，從祖母那裏得到了一個玳瑁髮簪，原先說要拿去修理一下，一放就放到了今天。對我來說，那東西已經用不到了，雖然有些失禮，但是希望送給您作紀念。因爲種種原因，如果您有空到上野附近，請你去取來。那間雜貨屋的位置我寫在另外一張紙上。我現在要去寄一個包裏也麻煩您收下。

──您寄給我的信件，或許某一天會被別人看到，所以我全部都整理好，在出發前寄到您那裏，請您代爲保管。爲了保護我們的創作，有時候得有這些犧牲。

──我將抱著接受新教育的心情出發。在旅行中盡己之力在創作上，我覺得這時候的我是最堅強的。以前您送了我一些衣服和腰帶，以後不太適合再穿了，所以我拿去換成了旅費或是其他的東西，您的心意已經在我的身上和心中，請原諒我在物質上的失禮。

──原本希望能夠在更加冷靜的心情下，好好地寫一封信，結果最怎麼努力也只能做到這樣，只好讓它順其自然。道別之類的話聽起來也很奇怪。因爲我們永遠都在一起。據台灣的伯父說，這一次可能很久都不會回來了，請您保重身體。能爲創作而犧牲，我很高興。再見。

節子用鉛筆寫下了這些。在那一段看似堅強的話──「能爲創作而犧牲，我很高興。」

的旁邊，紙上留下了離別的淚水痕跡。岸本讀著，想像她開啓了一條自己的前途，而且她的心也確實可以從現在這種處境中離開了。

那一天，岸本接待從谷中來訪的民助，兩人在新居中吃了一頓離別的飯。岸本把節子的旅費交到哥哥的手裏。

「這一次請您原諒，我就不送您了。」岸本對哥哥道別。看起來民助甚至不打算告訴岸本自己何時要帶節子去台灣。

139

現在岸本只能在心中默默地目送節子。在度過六年充滿淚水的日子後，她下一步要踏上遙遠的旅程，岸本也只能在遠方保護她了。十月的最後一天，輝子來到岸本家來，在二樓的房間中說著妹妹的事情。

「明天下午一點節子就要從東京車站出發了。」輝子說，「我明天也打算去谷中——雖然台灣伯父不准任何人送行，怕節子會不想走。可是我還是會帶著一郎，送她到上野吧。」

「是嗎？我這次什麼都不會做了。」岸本答道。

「我昨天把節子和伯父一起叫到家裏來，在他們出發到台灣前招待他們兩個。我也想要爲節子送行，所以就問她有沒有什麼想要的東西，結果她說她想要書，所以我們兩個就到神田去找。她說，有一些書還放在叔父你這裏，所以我今天也是來幫她向叔父拿那些書的，這是節子交代我的。如果叔父這裏有的話。」

「妳明天去谷中的時候，告訴節子一聲，我想不用說她應該也明白，到台灣之後，沒什麼時間讓她好好看書了，如果她還以為有就大錯特錯了。妳跟她說是我講的。本來義雄就沒有責任繼續供她衣食，而且對於台灣伯母而言，她也只是一個麻煩而已。男人還比較無所謂，可是女人畢竟心思細，所以說我看節子過去之後還有很多困難得克服。我很擔心她的。」

「這方面節子自己也很擔心。」

「所以書我就不給她了。還是暫時放在我這裏吧。」

「但是，我就是為了這件事情才來的。」

「不，妳就對節子這麼說吧，要她專心幫忙台灣伯母就好。」說完這句話，心中有一種自己所養育長大的東西，被人連根拔起帶走的悲哀，那股悲哀以強大的力量壓住了岸本的心。

「哎——這麼多親戚之中，竟然沒有一個人懂我的心。」岸本一面說，一面起身去拿茶具。

「這也不能怪大家，因為他們都不知道我經歷了什麼樣的路過來的，也不懂我的心情。」

岸本又說，一面將熱茶送到輝子面前，繼續說，「無論我寫了什麼，他們都只會覺得，捨吉又再寫一些夢話了吧，你看看。對了，眞正瞭解我的人只有妳丈夫和田邊弘了。就算妳不瞭解我，至少妳的丈夫他瞭解就夠了——」聽了岸本的話，輝子一面苦笑，一邊聞著茶葉香。

「我下樓去跟阿婆說幾句話。」輝子說完就下樓去了。

輝子回澀谷之後，岸本一個人走進新書房。他已經不再被肉眼看不到的鎖所束縛，也不再隱藏自己了，他感覺到自己已經走到一個自由寬廣的世界裏，也看到節子一起來到了這個世界。她不再遙不可及，而是那麼的近。

140

我心常與您同在。

帶著衷心的信賴踏上這個旅程，實在感到幸福。我要將這種喜悅留在這裏。

節子

致　捨吉

節子從谷中寄來的信送到了岸本手中，從東京出發的十一月一日已經到了。岸本反覆的讀著這封信，並回顧兩人一同度過的歲月。最後那一句話，就像是傍晚，枝頭上最後一隻的小鳥叫聲一般，那最後如歌一般的句子，也像笑過哭過後漸漸淡去的聲音一般，只留下愛的眞實而已。岸本心想，自己的力量十分微薄，一切只能按照「生命」的動向來前進了。

岸本打開節子另一個小包裹。她請岸本代為保管的這個包裹中她放東西的小箱子。裏面裝著用來紀念高輪時代的牽牛花壓花，還有那個男孩娃娃。她平常所珍藏的東西，留著她感覺的東西全部都放在這裏面。不知道什麼時候開始，她也開始收集岸本的舊照片，裏面有幾張從少年時代到青年時期的照片。在箱子的底部，還有她和岸本合照的相片。這是節子女人柔情的一面，但是，最吸引岸本的心的，卻是一張一陽齋豐國的古老錦繪，這張畫岸本從未看過，畫面上有一位古代婦女站在三十六句選的前面觀看。她藉著這幅古老的畫作毫不掩飾閨中的悲傷，表現出自己女人的心情。箱子中還保存著岸本寫的信和明信片等，甚至一些通知正事的信件也在其中。獨獨缺少了那串佛珠。他知道節子只帶走那串愛的信物踏上旅程。

午後的太陽照滿了新居二樓房間，朝東北方的窗子外，橿木細而堅強的樹枝從鄰家延伸過來。再過不久就要準備過冬的常磐樹上，新葉也已經染上深綠的光澤。岸本好幾次走向那扇窗。望著常磐樹上方展開的十一月天空，然後，他為即將踏上旅程的節子祈求一個好天氣。岸本想像節子跟隨在台灣伯父的身邊，即將就要離開谷中家成為一個旅人的身影。

「阿婆，現在幾點了啊？」岸本從窗戶向樓下問道。

「正好一點整。」阿婆戴著眼鏡走到梯子下面回答。

「台灣來的那位客人現在要從東京車站出發了。」岸本說完又望著窗外。青色明亮的天空彼方，清澄得能看透在遠方流動的水蒸氣團。他想起自己經過香港、上海然後回國的那段航行，他想起黑潮，想起當時海的顏色，心中祈禱初次到台灣的節子會有個愉快的船旅。

岸本走下樓梯。經過飯廳前的走廊來到了庭院中。院子裏還有一塊地可以種植花草。節子留下來的秋海棠根已經埋在靠土牆附近的地方。

出遠門之前送給您當作紀念，希望您朝夕灌溉時能夠想起我。

岸本想到了節子寫來的這句話。他發現自己處在剛剛搬完家的混亂中，雖然自己已經將這四株根埋在庭院中，但是他擔心種的方法不太正確。好像這些根發芽或是不發芽，會關係到兩人往後的生命一般，他試著再把它挖出來，結果發現黑色秋海棠根像長了頭髮一樣，已經在土裏發芽了。

「爸爸，你在幹嘛？」從學校回來的小繁問。

「對了，那是節子留下來的喔。」泉太也走到庭院裏說。

「好，那我也來幫忙。」和這些孩子一起，岸本再一次深深地埋下這些根，好讓近來開始降下的霜，不會傷害到它們。節子不僅活在岸本的心中，同時也活在這個庭院的土中。

國家圖書館出版品預行編目

新生 / 島崎藤村著；黃錦容譯．--初 版．--
臺北市：麥田出版：城邦文化發行，2004
【民93】
面；　公分．--（文學の部屋；17）

ISBN 986-7413-45-8（平裝）

861.57　　　　　　93017644

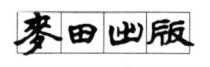

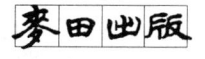

cité 城邦 讀者回函卡

謝謝您購買我們出版的書。請將讀者回函卡填好寄回，我們將不定期寄上城邦集團最新的出版資訊。

姓名：________________電子信箱：________________________________

聯絡地址：□□□____

____

電話：(公)______________________分機________（宅）____________

身分證字號：________________________________（此即您的讀者編號）

生日：___年___月___日　性別：□男　□女

職業：□軍警　□公教　□學生　□傳播業　□製造業　□金融業

□資訊業　□銷售業　□其他

教育程度：□碩士及以上　□大學　□專科　□高中　□國中及以下

購買方式：□書店　□郵購　□其他________________________

喜歡閱讀的種類：________________________________

□文學　□商業　□軍事　□歷史　□旅遊　□藝術　□科學　□推理

□傳記□生活、勵志　□教育、心理　□其他____________________

您從何處得知本書的消息？（可複選）

□書店　□報章雜誌　□廣播　□電視　□書訊　□親友　□其他

本書優點：（可複選）□內容符合期待　□文筆流暢　□具實用性

□版面、圖片、字體安排適當　□其他________________

本書缺點：（可複選）□內容不符合期待　□文筆欠佳　□內容保守

□版面、圖片、字體安排不易閱讀　□價格偏高　□其他

您對我們的建議：____

____

____

____

____

____